回檔1988

1

目錄頁
CONTENT

第一章 回到一九八八年，狗血糊一臉

米陽躺在搖椅上昏昏欲睡，一個小風扇咿咿呀呀吹著，像安眠曲似的，米陽聽著聽著眼皮更沉了。沒一會兒，手機響了兩聲，他拿起來看了一眼，是銀行的收款通知訊息，房貸終於還清了，米陽鬆了一口氣。

正準備入睡的時候，他表弟敲門走了進來，喊道：「哥！」

米陽嚇了一跳，感冒還沒好，說話都帶著鼻音：「有事？」

戴眼鏡的表弟湊到米陽身邊沉默不語，欲言又止地看著米陽，一副難以開口的樣子。

米陽被他看得有點奇怪，問道：「怎麼了？」

表弟沉默一下，忽然道：「哥，白家人今天訂婚。」

米陽愣了一下，道：「啊？」

表弟打量著他的神情，小聲道：「就是那個白洛川。」

米陽擺擺手，「我知道他家，但他訂婚跟我有什麼關係？」

表弟道：「你以前不是跟他關係最好？」

米陽想了想，擰眉道：「你是說……我得包禮金過去？」

表弟看著他的表情有些古怪，說話有些結巴：「哥，你要去嗎？我覺得，要不你今天先躲躲？你回城裡去吧，你倆這麼遇上也不太合適。」

「回什麼城裡，明天就是姥姥過壽了，我特意來一趟還沒過完生日走什麼？」米陽聽得雲裡霧裡，但是他最近剛還清房貸，無債一身輕，摸著口袋裡剛發下來的薪資，內心略微膨脹，對表弟的話也沒放在心裡，笑著道：「沒事，不就是禮金嗎？這錢我還出得起，我晚上

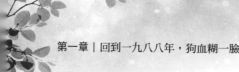

過去看看吧！」

表弟立刻道：「我陪你一起過去。」

米陽道：「不用，我去送個禮金就成了。」

米陽特別安心地在家裡吃了一頓飯，又陪著老太太聊了一會兒。米陽的姥姥最疼的就是大女兒，愛屋及烏自然也最寵米陽這個外孫，瞧見他感冒非要拿了自己的人參片讓他吃。米陽假裝吃了兩片，哄著老太太去午休之後，這才抽空去了一趟白家。

他過去的時候已經是下午了，夏日午後蟬鳴一片，光聽就覺得燥熱難耐。

白洛川家裡的祖宅在當地頗有名氣，圈了一大片的林地，米陽騎著自行車過去愣是騎了十幾分鐘，他一路走一路忍不住感慨了一下白家的家業，不止這一片林地，聽說後面還有兩座山頭呢，他不過擁有個幾十坪的小房子就心滿意足，白家這麼大一片地卻只有白洛川一個人繼承，真是比不得。

到了白家老宅，米陽在門口按了兩下電鈴，原本想來個人直接就轉交紅包就得了，沒想到裡面的人還沒出來，就遇到了白洛川。

白洛川開車過來，和米陽擦肩而過的時候，很快就踩了剎車，俐落地搖下了車窗，眼神鋒利地看向他。白洛川生得英俊，深邃的眼中情緒翻滾，一字一句道：「你怎麼來了？」

米陽感冒，帶著鼻音道：「聽說你要結婚了，來看看你。」

白洛川深深看他一眼，道：「上車。」

米陽有點猶豫，「不用了，我騎車來的，不方便……」

白洛川不耐煩道：「我讓你上車！」

米陽有點不高興了，他和白洛川以前關係不錯，但是這個人性格霸道，飛揚跋扈，骨子裡的傲氣都懶得遮掩，慢慢的他就不怎麼跟白洛川聯繫了，攀起關係來只能算是同鄉舊友，但這會兒白洛川要結婚了，他也就客隨主便，把自行車往旁邊一放，坐進白洛川的車子裡。

白洛川的跑車身矮，米陽坐進去之後跟窩在裡面似的，冷氣開得足，沒一會兒他就打了個噴嚏，蜷縮在那裡鼻尖泛紅。

白洛川看他一眼，道：「你怎麼知道我要結婚了？」

米陽道：「哦，我表弟說的。」

白洛川抿了抿唇，一言不發。

氣氛有些尷尬，米陽想了一會兒，又試探道：「恭喜？」

白洛川冷笑一聲，瞧著也不是多高興的樣子。

米陽頭疼得厲害，伸手揉了一下，他最煩這些有錢人了，心裡都想什麼呢？要是他有這麼多錢，天天開心得像過年好嗎？還能不能好好享受人生了啊？

白洛川停車之後，忽然擰了眉頭，湊過來伸手摸了米陽的額頭一下，道：「我從剛才就覺得有點不對勁，你怎麼這麼熱……發燒了？」

米陽本就有些感冒，這會兒被曬了一路，又上車吹了冷氣，人已經有些暈了，聽見他開口問，點了點頭道：「好像有點。」

白洛川道：「自己病沒病都不知道，你是不是傻逼？」

米陽心想：你才是傻逼！

然而，當面頂嘴他是不敢的，白洛川讀書時候教訓人的手段就挺厲害，換了現在，他更不敢挑釁這個人。

白洛川嘴上嘲諷，力道卻還算溫柔，半扶半抱帶他進去之後，先送了他去房間休息。

米陽被按在床上，才覺出不對勁來，忙起身道：「不用，我就是來送個……」紅包！

白洛川不耐煩道：「誰稀罕你那點鈔票，自己留著吧！躺著別動，我去叫醫生來！」

米陽被他大少爺脾氣激得有些叛逆了，但是他脾氣越大，反而看起來越沒什麼情緒，語氣謙和道：「也是，我這點紅包你也不放在眼裡，我送個別的吧。」

白洛川看著他，道：「送個什麼？」

米陽道：「送個祝福。」

白洛川還在看他，「就這？」

米陽點點頭道：「對啊，我送完了，也不勞煩你叫醫生了，這就回去，我姥姥還在家裡等我吃飯呢！」

白洛川吸了口氣，「既然來了，等等再走吧。」

米陽掀開薄毯就要起來，白洛川按住他，薄唇揚起一點，似笑非笑道：「你既然是來送祝福的，總要吃一頓飯再走吧？我的訂婚酒，你喝不喝？」

米陽聽見他說，只好點頭。

白洛川像是剛開始張羅，偌大一棟宅子裡剛才還挺冷清，不過白洛川一個電話的功夫立刻多出不少人來。客人來得快，宴會籌備得也快，米陽看了個醫生休息了片刻，就可以去樓下參加訂婚宴了。

米陽看了眼時間，下午四點，他們這兒講究上午辦宴席，下午和晚上屬於二婚，也不知道訂婚有沒有這個忌諱。不過白洛川向來任性，想必這些小事白家對他都是縱容的。

新娘也是認識的，是他們讀書那會兒的校花，最要命的是還和米陽傳過緋聞，據說交往了短短一個禮拜。她看到米陽眼神有些閃躲，米陽卻神情坦然。

準新娘臉上帶著僵硬的笑，應該是對下午辦宴也忌諱，但敢怒不敢言。她穿著一件小禮服，臉上的妝容樸素寡淡，像是被臨時抓來的演員，沒來得及盛裝打扮就被拽到了臺上。

白洛川站在臺上，連敬酒的時候都像是在參加別人的訂婚儀式，只是到了米陽這裡才臭著一張臉惡狠狠同他連喝了三杯酒。

白洛川道：「這麼多年的同學情誼，不能不喝吧？」待他喝完，又問道：「我們認識這麼多年了，算不算是兄弟？」

第三杯的時候，白洛川已經喝多了，手撐在米陽肩膀上抓得他有些痛了，但跟毫無所覺一樣盯著米陽像是要吃人的山鷹，目光銳利道：「你說，你算不算我最好的……朋友？」

一桌人低頭喝酒吃菜，沒一個人敢吭聲。

米陽只能喝了那三杯酒，白酒下肚，他本就感冒，這會兒更嚴重了，昏昏沉沉的，連白洛川跟他說了什麼都記不清了，模糊記得白洛川同周圍的人說了句「他醉了」，然後扶著他去了樓上。兩人一路走，白洛川一邊同他講話，說了很多交心的話，聽著是對這場訂婚的不滿，和更多的不甘。

「……你當她是什麼好人嗎？不過是想從我這討點好處罷了，我一通電話她就來，我讓她走她就走。米陽，你當初喜歡的就是這麼一個女人？我告訴你，你想娶她，簡直是做夢，我得不到的，誰也甭想得到！」

米陽皺眉，「你什麼意思？」

白洛川緊緊抓著他，咬牙道：「這麼多年了，你眼瞎了還看不出來嗎？看不出來我這是什麼意思……」

米陽頭疼欲裂，睏意漸漸湧出，躺在床上的時候聽到白洛川嘆息似的說了一句：「我真想回到小時候，從頭開始，再認識你一遍。」

米陽心想，這大少爺竟然還想回到過去？換了他，他都不想再回去過一遍了，現在的日子挺好的，折騰什麼呢？

這麼想著，迷迷糊糊就睡了過去。

等到再醒過來的時候，米陽耳邊聽到的是一陣撥浪鼓的聲響，「咚咚隆咚」很有節奏。

米陽皺著眉頭，一邊想伸手按掉這個鬧鈴，一邊又想著他手機裡沒有這樣的鈴聲，等到奮力睜開眼之後，才看清了叫醒自己的人——穿著老式軍裝的一對年輕夫妻，手裡拿著一個撥浪鼓來回晃著逗他玩，兩個人的臉上有著幾分青澀，還有一絲為人父母的滿足光輝。

「陽陽，你瞧，這是爸爸出差特意給陽陽帶回來的撥浪鼓，喜不喜歡，開不開心？」

米陽：「……」

米陽一點都不開心！

但是他連抗議都不成，他現在被捆在襁褓裡變成了一個小嬰兒，眼前是他父母二十多年前年輕朝氣的臉龐，而他回到了小時候。

米陽一個小嬰兒，完全沒有半點人權，他想動動手腳，卻被捆得結實，那一點小力氣根本掙脫不了分毫，只能仰面躺在那「咿咿呀呀」叫上半天，試圖表達自己的不滿。

剛升級做爹媽的兩人半點也不知道他什麼意思，米澤海得意道：「聲音洪亮，像我！」

二十五歲左右的程青，身段容貌都頗出眾，一張鵝蛋臉看起來特別有親和力，笑起來眼睛彎彎的，柔聲道：「鼻子也像你呢！」

米澤海看了老婆又看看兒子，樂呵呵道：「還真是，不過眼睛、嘴巴像妳，人家都說兒子隨媽，咱兒子肯定是個帥小子，以後找媳婦可不用愁嘍！」

程青推他一把，羞澀道：「瞎說什麼呢！」

米澤海道：「我哪兒瞎說了，高中時妳可是咱們學校的校花，他們誰都沒想到我能把妳娶回家呢，羨慕死他們！」說著又得意起來，半點沒有日後嚴肅穩重的樣子，抱起米陽用臉上那一點的鬍渣蹭了蹭，親了一下道：「兒子快長大，跟你爹一樣當兵！」

程青在後面護著寶寶，嗔道：「陽陽以後要考軍校的，才不跟你一樣！」

米澤海道：「妳昨兒還誇我好呢！」

米陽也不哼唧了，乾脆閉上眼睛不看他們。

這狗糧一把一把往嘴裡塞，他實在吃不下了。

小嬰兒的身體容易疲憊，吃吃睡睡的也沒什麼時間概念，日子倒是過得飛快。

米陽猜著自己現在大概才三四個月大小，翻身都不會，前幾天趴那抬了個頭，就把他爸媽給驚喜得直拍手，不過也沒一直讓他趴著，大部分時間還是仰躺在那。因為是躺著的，看到的地方也有限，偶爾瞧見日曆的時候才知道現在是臘月。

米陽眨巴眨巴眼，一九八八年的臘月啊，基本上要重新來過一遍了。

過了幾天，天氣更冷了，天黑之後軍營安靜得能聽到風吼聲，颳得窗戶嘩嘩作響。

程青抱著他湊在窗邊看，心裡有些擔憂。米陽伸出小手碰碰她，就被程青握著放在嘴邊輕輕咬了一下，嘆了口氣道：「陽陽也擔心了？你爸爸帶隊出去拉練了，這會兒還沒回來，你說萬一大雪封山怎麼辦……」

米陽眨眨眼，他記得他爸是野戰部隊出身，後來身體不好才轉去地方，但也依舊堅持在部隊裡待了二十多年，這次應該沒什麼事的。

但他現在不會說話，只能伸手拍拍媽媽，表示安撫。

程青逗弄了兒子一會兒，心情好了很多，很快又打起精神來去準備了薑湯和熱水。

米澤海回來的時候身上都夾著雪粒，在門口跺了幾次腳才走進裡屋來，耳朵和臉上都凍得通紅，只是一雙眼睛閃亮，瞧見老婆孩子就咧嘴笑出一口白牙，「回來了！」

程青忙起身道：「等等，我去倒碗熱湯給你！」

米澤海笑呵呵道：「多倒幾碗吧，還有朋友一起過來。」

米陽好奇地抬頭去看，可是他太小，拚命揚起腦袋來也只看到一個邊角。外面房間裡傳來不少走動的腳步聲，還有人笑嘻嘻敬禮，喊道：「嫂子好！」

那人又羨慕道：「副連長說的是真的啊，有媳婦疼真好，晚上回來還有熱湯呢！」

外面說話的聲音頗大，約莫是軍營裡也少有探親的軍屬來，尤其是深山老林，瞧見人就忍不住多說幾句，那人又道：「嫂子妳不知道，本來我們早就能回來了，下山的時候雪掩了路，正巧新來的政委對路不熟，開到雪堆裡去了。哎喲，得虧是碰上我們，連人帶車給挖出來，那車上還坐著政委的老婆和孩子呢，政委的孩子跟咱家陽陽差不多大，凍得小臉發青，瞧著就怪可憐的。」

程青嚇了一跳，忙問道：「他們人呢？現在沒事了吧？」

那兵呵呵笑道：「沒事了，就是車壞半路了，還是副連長讓人去接回來的。哦，對了，政委還說一會兒要來親自謝謝副連長。」

程青有點拘謹，米澤海這會兒雖然是個副連長，但是當兵的一窮二白，她們這小家一共兩個搪瓷杯，這會兒不夠招待客人，讓她有些束手束腳起來。她小聲跟米澤海說了一句，但是米澤海顯然也是在野戰部隊大大咧咧習慣了，擺擺手笑道：「沒事，白政委兵齡比我還長，隨便找個碗就成，他不在乎這些！」

米陽躺在隔間裡正在努力翻身，擰了下眉頭：白政委？怎麼好像有點耳熟？

等米陽奮力翻身過來的時候，白政委人也到了，他並不是一個人過來的，陪同的還有他的夫人和孩子，那個據說被凍壞了的小孩包裹在暖和的羊絨毯子裡，一頂厚厚的同款小帽子遮住了大半張臉，瞧著被包裹得胖嘟嘟的。

程青倒了兩碗熱薑湯給他們，道：「政委，您怎麼還帶您愛人和孩子來了，這再凍一下可怎麼得了？」

白夫人瞧著比程青大上幾歲，她拉著程青的手笑道：「不礙事，妳就是米連長說的程青吧？路上他說了妳好幾回呢，走吧，咱們去裡面說話，讓他們這些大老粗自己聊去。」

她說著就和程青一同走進隔間，程青進來之後鬆了一口氣，她確實不太會應對那樣的場合，反而是在這裡和白夫人聊天更自在些。

米陽抬起頭努力去看的時候，看到陪他媽走進來的那個年輕女人就有點傻眼，聽見她帶著笑意的自我介紹更是心裡咯噔一下。

「別叫什麼夫人，我比妳大幾歲，我叫駱江璟，妳喊我一聲駱姊就行啦！」女人把帽子摘下來，露出燙了一點小捲的頭髮，看起來十分時尚。她把自己抱著的小孩放在床上也摘下他的小帽子，就露出一張嚴肅漂亮的小臉，閉著眼睛，小眉頭緊皺。她笑了道：「這是我兒子，叫白洛川，跟他爸一樣，整天就板著個臉，一點都沒妳家寶寶討喜。」

米陽乾巴巴地看著她，眨了眨眼，不是他想的那樣吧？但是駱江璟嘴裡說出的姓名，還有眼前這張驚豔的臉龐，實在是很容易和成年後的白洛川重疊起來。他大少爺可是得了一身好皮相，生氣的樣子也只讓人覺得瞳仁裡火光跳動似的動人心魄。

駱江璟摸了摸米陽的小臉，還拿小手帕幫他擦了擦嘴角的口水，「真可愛！」

米陽：「……呀？」

駱江璟驚訝道：「這麼快就學說話啦？」

程青笑道：「沒有呢，就是我在這裡閒著沒事，找了本唐詩天天對著他念叨，可能是學我也變成小話嘮了。」

駱江璟道：「這樣挺好，是要注重早期教育的。」

兩個女人說說笑笑很快就熟悉起來，駱江璟一看就是家境優渥的大家閨秀，但是她沒什麼架子，程青說什麼她都能接上話，大概是帶著感激的意思，對程青和她的寶寶都格外多了一份親近。沒過一會兒，外面有人敲了隔間的木板門，一個沉穩的男聲道：「江璟？」

駱江璟起來開了門，米陽也被程青抱起來，正好抬頭看到迎面進來的白政委，瞧著那張年輕時就眉宇帶上淺淺川字紋的嚴肅俊臉，米陽知道這真是白洛川家沒跑了。白政委——白敬榮和二十幾年後基本沒變模樣，依舊是站得筆直繃著一張臉，進來之後對她們道：「車已經開回來了，帶來的東西我拿了一份。」

駱江璟喜道：「那正好，直接送過來吧。」

警衛員抱了個盒子過來，四四方方的，打開來裡面放著的是新鮮水果，香蕉和柳丁有不少，還有幾顆又紅又大的番茄。

米陽一連幾個月除了奶粉什麼都沒吃過，冬天裡猛地聞到新鮮果香，忍不住小鼻子動了動。旁邊閉著眼睛睡覺的小白洛川也動了動手腳，人沒醒，轉頭先去找吃的。

駱江璟道：「這是給孩子添加的輔食，冬天裡也不好帶多少，分洛川的一些給你家的寶寶。我來的時候問過米連長了，三個月大可以吃一點果泥了。」

程青連忙擺手，紅著臉道：「不不不，這怎麼好意思，太多了……」

這會兒大棚還沒普及，北方冬天大多還是白菜蘿蔔馬鈴薯居多，偶爾有些綠葉菜就新鮮了，南方來的水果更稀罕，尤其是這樣一盒，程青不好意要。

駱江璟卻笑著要了一把小湯匙，切開香蕉教程青餵孩子。她人細心又溫和，程青也是剛做了媽媽，身邊沒有長輩在，帶孩子上有很多事不懂，被她手把手教著餵小孩吃果泥，心裡忍不住生出了幾分感激。

米陽吃了一口香蕉泥，咂巴咂巴嘴，吃得很是香甜。

旁邊的另一個小霸王雖然不過半歲大小，但已經能熟練地翻身了，自己從羊絨毯子裡爬出來「啊啊」叫著，伸手去拽湯匙，一副護食的樣子。

駱江璟戳戳他鼻尖，「小饞貓，給弟弟吃一口怎麼了？你等等，回家再給你吃。」

小白洛川不樂意，還要吃，瞧著湯匙湊到米陽嘴邊的時候自己也追著上去，滿眼只有湯匙，差點啃到米陽嘴巴上。

米陽仰頭朝後，漲紅了小臉也不肯吃了——他吃什麼啊，白洛川口水都滴他臉上了！

小白洛川執著地啃湯匙，米陽也堅持不要吃那勺香蕉泥了。

他轉頭看著旁邊放著的水果盒子，「咿呀」叫了一聲，拍手指向盒子，想要另外一個跟白洛川分開吃。

程青抱著他湊近了一點，米陽伸出手去，搆著什麼立刻就抱住了。

管他呢，反正不吃同一勺就行了！

米陽抱出來的是一個圓圓的番茄，深紅的色澤看起來特別誘人，大概是剛從外面車上拿下來，上面還有一層水霧，十分水靈。

程青猶豫道：「這個有些涼吧？」

駱江璟伸手摸了一下，點頭道：「是有點涼，放一會兒吧。」

從這個番茄拿出來之後，米陽就目不轉睛盯著它，一副「哎呀這個怎麼這麼好吃」、「我就只吃它一個」的樣子，餵什麼也不肯張嘴了，一心一意等著吃番茄。

程青哭笑不得，拿什麼哄都不能讓米陽轉過頭來。

駱江璟被他逗笑了，用手指輕輕點了點他小腦袋道：「你呀，也是個小饞貓！」

旁邊大口大口吃著果泥的另外一隻饞貓半點沒有羞愧的意思，吃了大半個香蕉，打了飽嗝兒才停下。這會兒大概是睡足了、吃飽了，小白洛川睜大了眼睛打量陌生的環境。他家中玩具多零食也多，吃飽了就對這些沒什麼興趣，米陽就一隻手工做的布老虎，小少爺看了一眼之後也不感興趣了，很快就把目光放到同樣是嬰兒的米陽身上，「呀」一聲，蹬了蹬腿。

但是他錯估了自己的力量，小肚皮挺在中央四肢動了動，完全沒挪動半步。

小白洛川皺了皺眉頭，這麼大一點就能看出日後少爺脾氣的端倪，繃著張小臉跟自己較勁兒似的使勁翻騰半天。旁邊的程青想伸手幫忙，被駱江璟攔住了，駱江璟笑著道：「妳別管，讓他自己折騰。」

小白洛川終於在使出吃奶的勁兒之後坐了起來，剛才還憋紅了臉，這會兒又神氣活現起來，仰著小腦袋別提多得意，還拍拍肚皮「呀」了一聲，看向大人們，跟炫耀似的。

米陽有點羨慕，他明裡暗裡都偷著練習過，身體成長和腦力發育沒有半分關係，他知道的再多，現在也只會一個抬頭。

程青驚喜道：「駱姊，他會自己坐了嗎？真厲害！」

駱江璟笑道：「也是這幾天剛學會坐起來呢。」

程青羨慕道：「陽陽還不會。」

駱江璟道：「老話說三翻六坐八會爬，洛川是七月底的生日，比陽陽大，提前能坐起來也是正常。等他們一歲會跑了才要頭疼呢，一刻都離不開人。」

程青羨慕了一陣，又和她聊起育兒經，兩人有說有笑地小聲交流著，米陽也在瞧著旁邊依靠著枕頭神氣坐著的小白洛川。他倒是想跟這個小少爺交流一下，不過瞧著他吃勺果泥就美滋滋，能坐起來就神氣的小模樣，倒是覺得這人不像是跟他一樣重生的。

這樣是重生的，得拿奧斯卡小金人了，表演得太真了。

小白洛川沒堅持多久，又一個倒栽蔥摔旁邊去了，肚皮朝天。

床上本來就是為了方便米陽準備的，鋪得厚實，摔一下一點事都沒有，白小少爺又開始憋紅了臉想自己翻身起來，但是這次有難度了。米陽伸手過去，「呀」了一聲，小少爺憋著氣一把揮開他，繼續練習翻身。米陽樂了，趁著他剛起來一點，就使壞地拽著他那毛絨絨的小衣服給他加了點分量，又讓他跟小烏龜似的翻在那，哼唧著爬不起來。

小白洛川撇撇嘴，脾氣上來就要蓄力開始哭，米陽瞧著不好，立刻鬆手，讓他略微挪動了一點。小少爺察覺出來阻力少了，又繼續在那翻身，忙著一件事忘了哭。

在大人眼裡，卻變成了兩個小傢伙玩耍親近的模樣，駱江璟先入為主，因為米澤海救了他們的關係，所以瞧著米陽也格外親切，笑著道：「洛川還沒跟同齡小夥伴一起玩過呢，他家裡那些哥哥姊姊年紀大一些都讀書了，玩不到一處去。」

程青心思單純沒想那麼多，笑了道：「陽陽也是頭一回見到別的小朋友，瞧著他還挺喜歡洛川的。」

駱江璟道：「是，咱們兩家也是有緣分，等過幾天我先生的事情都安排好了，我就帶著洛川過來，妳可不要嫌我煩呀！」

程青道：「怎麼會？我平時也是一個人在這，求之不得呢！」

兩個人又聊起孩子，說了一會兒才發現生日相近，「喲，洛川是七月二十三的生日，陽陽是九月二十三嗎？那可真是巧，就大兩個月呢！」駱江璟抱著自己兒子讓他湊近了米陽一些，笑吟吟道：「你以後也是小哥哥了，要照顧弟弟，知不知道？」

程青聽著也笑了。

米陽躺在床上努力用僅會的一個姿勢仰頭躲著白洛川，但是這小魔王被人抱著，動作靈活了許多，一下就抓住他的小衣領，緊跟著就是一個口水嗒嗒的親親，糊了米陽半張臉。

「喲，這麼喜歡弟弟呀？」

米陽奮力躲著，好歹保住了另外半張臉，等白小少爺被抱起來的時候他已精疲力盡。

駱江璟看看兒子，還在笑著問：「明天再來看弟弟好不好？」

小白洛川「呀」了一聲，也不知道說的什麼意思，但是駱江璟顯然帶入了自己的主觀認知，點頭道：「好，明天咱們再來。」

米陽心想：你們可別再來了，我躲得太累了！這還沒長牙呢，就嘬得我臉疼！

駱江璟幫兒子戴好帽子，裹好小毯子，正好外面那些男人們也聊得差不多了。程青送了她出去，兩人已經是互相挽著手臂的好姊妹了。

米陽躺在床上，想想過幾天白夫人要帶著小少爺不間斷突擊，就一陣陣的心累。

送走了客人，米澤海和程青又在外面收拾了一陣，這才走了進來。

米澤海洗漱過了，笑著抱起兒子親了好幾口，「兒子，想爸爸了沒有？」

程青問他道：「你都跟白政委聊什麼了，說了這麼久？」

米澤海道：「哦，白政委這次來有任務，聊了一些公事。他還說這次咱們這要選一批人去考軍校，說咱們這邊報名一直不怎麼積極，但又是師長帶著的老部隊，師長有感情，讓白政委特意過來一趟動員大家呢！」

程青道：「這是好事，怎麼沒人報名？」

米澤海道：「大家也想，但是報名至少要高中生，我這邊的高中生一個巴掌能數過來，又每天都要訓練，眼瞅著明年還要大演習，報了名也不一定考上，願意吃苦的沒兩個。」

程青看著他，忽然道：「要不，你去考吧？」

米澤海嚇了一跳，道：「我？我都當兵這麼多年了，高中那些東西都忘了，讓小趙他們去吧，他們年輕。」

程青嗔道：「瞧你說的，你只比他們大幾歲。要我說你就以身作則，帶頭念書才對。」

米澤海有些猶豫，他平時抓訓練就已經夠累的了，明年還有大演習，他們野戰軍每次都要拿個前幾的好名次，這成績可是要拚體力訓練出來的，老師長對他們抱以厚望，新來的幾個文化兵學習一下也就算了，要是他也抽時間去念書，兩邊一起抓，多半要很吃力了。

程青勸他道：「你就試試，人家白政委都來了，你不得支持人家？」瞧著他一臉難色，立刻又換了語氣道：「反正我不管，別的我不知道，考軍校是好事，你不考，我就抱著陽陽回家去，才不在這深山裡陪著你！我帶陽陽提前入學讀書，我讓我兒子去考軍校！」

米澤海道：「好好好，我去報名，我去還不成嗎？」

程青臉色又好轉起來，笑了道：「這還差不多。」

米澤海嘆了口氣，也想過來了，他和程青青梅竹馬一起長大，程青一個眼神他就知道她要說什麼，這擺明也是想他上進，這麼想著，抱著兒子的手臂也沉甸甸起來。他哄著兒子，又對老婆笑道：「不管能不能考上，我先探探路，以後咱兒子考軍校的時候也能幫上忙。」

程青表態道：「我全力輔助，以後家裡的事你甭管，全都交給我吧！」

米澤海哼唧道：「我還想吃小灶，不想吃食堂的大鍋飯。」

程青道：「行行，你好好考試，想吃什麼我做什麼。」

米陽模糊記得這件事，當初他爸軍校考得還挺順利，連升幾級，從軍二十多年才退下來轉業去地方做了一個閒職小領導，他們家一直都是溫飽有餘，沒什麼大富大貴的，倒是也還過得去。他媽退休之後養養花，打打毛衣，最大的愛好就是去跳個廣場舞。

就這他爸還不放心，跟著一起去，明明跳得不好還非要當舞伴，死活不肯鬆手。

兩人感情就這麼好了一輩子，米陽都不記得他們在家裡紅過臉，比起其他同齡的小夥伴來，有這樣和睦有愛的家庭，他可以說是在蜜罐裡長大的了。

米陽一直以為自己也會這樣過一輩子，找個和自己爸媽這樣樸素愛笑的伴侶，不吵架，就兩個人平平淡淡過上幾十年的小日子，不求大富大貴，只求家庭和美，但怎麼也沒想過會一覺醒來回檔重來。

米陽琢磨過自己怎麼回到小時候，但是除了最後一點頭暈的印象其餘什麼都沒想起來，像隔著什麼似的，以前的事有些記得有些記不清了，想的多了就容易犯睏，有些時候打著哈欠就睡過去了。光現在這麼想著，他就忍不住又打了一個哈欠，眼皮沉甸甸的。

米陽想了一會兒，懶得繼續想下去了，他也不強求，反正都回來了，就只能踏踏實實過下去。他性子溫和，挺隨遇而安的。

米陽快要睡著的時候，就聽到他爸媽在那說話，「……就是那個，還涼不涼了？」

米陽心想，什麼東西涼的？

很快一顆飽含汁水的番茄送到了米陽嘴邊，薄薄的一層皮跟包裹著一層膜似的，輕輕一咬就能吸到裡面的汁水，光聞就知道這個熟透了的番茄酸甜可口，但是他還沒有牙齒，努力了一下，也只留下幾個口水印子，饞得不行。

程青想學著剛才駱江璟教她的，挖一些果泥給米陽吃，但是米澤海顯然更有想法，提議道：「不用吧，香蕉需要做果泥，番茄本來就帶汁，挖個口給陽陽自己啃好了。」

程青猶豫道：「能行嗎？怎麼挖呀？」

米澤海也是第一次當爸，但是非常有創意又具有一腔初為人父的熱情，很快就用湯匙在那個番茄頂端挖了一個又圓又大的缺口。熟透的番茄瞧著肉厚，味道沙甜，汁多爽口，又帶著微微的酸甜，在冬天的雪夜裡吃上一大口別提多美了。

米澤海把挖下來的那一塊餵給老婆，又喜孜孜地抱著兒子放在那個番茄上，道：「來來來，兒子，吃吧！」

米陽趴在那沒撐住，差點一頭栽進那個番茄裡去。

他吃兩口仰仰頭，「呀呀」叫著，迫切想讓爹媽抱自己起來，但是年輕的父母並沒有發覺，還當兒子吃得津津有味，在那美地搖頭晃腦呢！

米澤海得意道：「瞧，他自己會吃，吃得多好！」

程青看著米陽沒嗆著的跡象，也寬心下來，點頭道：「是挺好。」

米陽這是不會說話，要是能開口說話一定大喊出聲了：你們倆倒是管管啊！真的不怕我嗆著嗎？這都計劃生育了，少了我，你們二十年內是還能再有別的小孩怎麼著啊？尤其是米澤海同志，你怎麼敢對獨生子女這麼大膽地放養呢？

米陽努力撐著脖子上的小腦袋，低頭就被地心引力壓下去糊上一臉的番茄汁，簡直要委屈得哭出來。

爹媽是指望不上了，他能怎麼辦？

米陽只能小心再小心，努力靠自己撐下去。

啃了小半顆他就啃不動了，好在程青也知道一次不能讓孩子吃太多，很快就收了起來，幫米陽擦乾淨手臉，又餵了點清水，開始哄他睡覺。

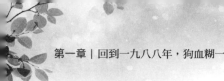

米陽這一天晚上過得太累了，不等程青安眠曲唱完就睡著了。

他在夢裡又看到了自己上輩子的時候，還是那天感冒，他騎自行車去給白洛川送禮金。翻箱倒櫃準備了一個紅包袋塞好了錢，想拿給他的時候被白少爺毫不留情地冷嘲熱諷。

不知道是不是在夢裡的緣故，米陽像自己抽身出來看似的，並沒有當初那份憋屈和惱怒了，瞧著白洛川那位據說訂婚了的新娘，也依舊是沒什麼太大的反應，甚至遠遠比不上白洛川對他的那兩句羞辱來的情緒波動大。

白洛川在臺上很不客氣，好臉色半點沒有給的意思，那個女人一聲不敢吭，有人湊了過來，她反而要自己先做出一副笑臉迎人的樣子，努力維持著所謂的體面。

米陽也在瞧著，他早就知道白洛川誰都看不上，這人永遠都只以自己為中心，隨自己的心意行事，任性妄為慣了。不過他也有那個本錢，白洛川本人就是聚攏人心的閃光點，生來就是要被眾人仰慕，要仰頭去看的。

米陽也在遠遠地看，說實話他並不討厭白洛川這個人，白少爺想要對誰好的時候，態度如春風沐雨一般，很難有人對他冷著一張臉。

米陽只是懶，他一想到在白洛川身邊的人維持假笑的樣子，就有一種……想跑回家幫他媽種花的想法。

他是在這種小家庭裡長大的，喜歡這樣簡單的氛圍，恭維白洛川的人那麼多，反正也不缺他一個，這麼想著也就只樂意維持表面功夫了，慢慢兩人便疏遠起來。

畫面破碎晃動，米陽覺得頭暈。

他在夢裡扶不住牆，好像醉得連牆壁都跟著晃動無法撐住，他聽見白洛川在跟他說話。

「我真想回到小時候，從頭開始，再認識你一遍……」白洛川湊得極近，幾近喘息的熱氣噴在耳邊，一手撐在他胸口用力按下去，一邊咬牙切齒地說出那句他沒有說完的話：「挖出你的心來，看看是什麼鐵石心腸，這麼多年都捂不熱……這麼狠的一顆心！」

他說得認真，米陽生生嚇出一身冷汗來。

他睜開眼睛眨了眨，房間裡漆黑一片，能聽到外面風捲著雪粒砸在門窗上的聲響。在這樣漆黑的夜裡，外面的雪倒是映襯得亮一些。

旁邊是父母睡著後的呼吸聲，摟著他的母親側躺著一副保護姿態，而父親訓練一天疲憊的鼾聲大作。米陽動了動手腳，沒有發出一點聲音，卻過了很長時間才又睡著。

大約是想了白洛川太久，這次竟然又夢到了他，不過是剛學會翻身，會吃果泥的白小少爺，腆著肚子，仰著小臉，傲嬌又可愛。

小少爺在夢裡對他伸手，米陽略微猶豫一下，他就一副立刻要變臉開始大哭的樣子，米陽只能俯身抱住他拍拍他的後背，耳邊就聽到他一連串的咯咯笑聲。

笑聲太真切了，米陽醒過來的時候都覺得好像還在耳邊迴蕩一樣。

「咯咯……哈哈哈！」

米陽歪頭去看。

哪是夢裡啊，白小少爺怎麼又被抱過來了？

小白洛川今天穿了一身新衣，頭上戴了一頂絨線帽，最上面還有一個毛絨球球，他來回轉頭的時候也跟著一晃一晃的，正自己坐在那，捧著一顆大紅橘子咯咯笑著，眼睛彎起來時像是月牙兒，格外討喜。

米陽動了動小手就被程青抱了起來，和白洛川放在一處，笑了道：「陽陽也醒了，來，和小哥哥玩，哥哥又來看你了，開不開心？」

米陽眨眨眼，朝大人伸出手要抱，但是並沒有被如願以償地抱走，反而在他伸出來的小手裡塞了一顆大橘子。

駱江璟笑呵呵道：「也給我們陽陽一顆，和哥哥一樣的，好不好？」

米陽低頭看看那顆橘子，鼻間都是果香，他動了動小鼻子，心想也行吧。

米陽吃不動橘子，但是抱著聞聞過過癮還是挺不錯的，橘子清香，指尖摸著涼絲絲的，米陽回憶了一下橘肉酸甜的味道，吧嗒了一下嘴巴。

駱江璟看著兩個孩子，稱讚道：「陽陽這眼睛像黑葡萄似的，睫毛也長，剛開始我還以為是個小丫頭呢，難怪人家說兒子像媽媽，長得跟妳一樣漂亮。」

程青有點不好意思，連忙誇道：「哪兒呀，洛川長得才好看，皮膚白，像駱姊。」

米陽轉頭看了白小少爺一眼，別說，這人還真是從小白到大，一身皮膚不管怎麼曬頂多就是紅一點，一直都是白皙的，他記得有一次他們出去野營，白洛川不耐煩山裡燥熱，非拉著他去河裡游泳，脫下身上那件襯衫的時候，身上白得簡直要發光，一層薄而緊實的肌肉，讓他也頗為羨慕。

大概是察覺到了米陽的目光，小白洛川轉過頭來看他，但是平衡沒掌握好，身子歪倒了差點摔到米陽身上去。米陽只會一個逃命動作，仰頭拚命向後躲——從昨天的經驗來說，白小少爺又要嘬他臉了！

米陽猜的沒錯，但是意識到位，並不代表動作也能逃脫，很快就被白小少爺咯咯笑著嘬住了一邊的小臉，留下口水印子。

米陽小手小腳撲騰，嘴裡「呀呀」兩聲去叫大人。

但是兩位媽媽站在床邊只是笑著看他們，程青笑彎了眼睛，駱江璟甚至還要讓警衛員回去取照相機來拍照留念。

米陽不撲騰了，一臉生無可戀地躺在那讓小白洛川嘬臉。

白小少爺抓著他玩了半天，大概是幼兒的示好就這麼兩種，大力抱抱，還有愛的嘬臉，示好完了又開始滾橘子玩，還對米陽「呀」了一聲。

米陽：「……」

米陽轉頭看向程青，固執地伸手，他要先洗臉，臉上全是白洛川的口水。

好在程青照看了他幾個月，知道他的一些小習慣，拿了手帕幫他擦乾淨了小臉，又變成一個香噴噴的寶寶之後，再次把兩個小孩放在一起。這次米陽配合多了，一過去就極力配合白小少爺玩滾橘子的遊戲，把自己那顆也推給白小少爺讓他玩，努力保證自己的安全。

程青看他們兩個玩得開心，笑道：「我之前還擔心陽陽沒見過其他小朋友，想他們多久能玩到一起去，這才幾分鐘就這麼要好了呢！」

駱江璟也挺高興的，她陪同丈夫過來要待上幾個月，在這裡她們大人吃苦倒是沒什麼，但是她一個人帶著孩子，難得給兒子找到個小玩伴。這比她預期的要好得多，看向米陽的時候，眼神裡也帶了關愛。

駱江璟中午的時候有事，原本是想抱著孩子回去的，程青為人實在，勸了道：「駱姊，營裡就咱們兩個軍嫂，妳抱回去也是小趙幫妳看著，妳要是放心的話，就把洛川放在我這，讓小趙也留下幫幫忙，我帶陽陽也是帶，多帶一個也不費什麼事。」

小趙是白敬榮的警衛員，雖然平時也幫忙，但是一個大男人帶孩子總是讓人有些放心不下，駱江璟聽見程青這麼說頗為高興，問道：「不耽誤妳做事吧？」

程青笑呵呵道：「我有什麼事呀，就是幫米陽他爸做個飯，沒事的！」

駱江璟抿嘴笑了，「那就麻煩妳了。」

駱江璟留了警衛員在這和程青一起幫忙照看孩子，自己先走了，說好下午就回來。

程青鋪了一個小毯子給兩個小傢伙，然後用枕頭圍了一圈防止他們摔出來，就坐在一邊開始打毛衣。她神態輕鬆，偶爾還逗弄一下小孩兒，倒是一旁提著挎包的小趙有點緊張，掐著時間，問道：「嫂子，他們是不是該吃點果泥了？」

米陽也有點餓了，抬頭眼巴巴看著他媽。

程青點點頭，「行，我去幫他們準備。」

小趙道：「我帶著呢，出門的時候都帶著點零食，今天是蘋果。」

程青道：「那好，你照顧他們一下，我正好去給陽陽泡奶粉。」

小趙答應了一聲，又從挎包裡掏出一塊嫩黃色的圍兜幫小白洛川繫上。小少爺可能也知道戴上就有東西吃，乖乖坐著，兩隻帶著肉窩的手放在小肚子上，水亮亮的大眼轉向小趙，在瞧見小趙把他那個卡通小餐盒拿出來之後，眼睛又亮了幾分，伸了伸手，又拍了拍自己肚皮，「咿呀！」

小餐盒裡面是一顆蘋果和一把小湯匙，蘋果對半切開之後，小趙想給米陽也吃一些，但是程青笑著拒絕了，晃了晃手裡的奶瓶道：「不用，陽陽不能吃太多，他吃這個。」

小趙就開始給白小少爺餵果泥，一勺遞過去，就被張嘴等著投餵的小少爺吧嗒吧嗒吃掉。小傢伙吃得香，眼睛都瞇起來，然後又拿了一塊切好的蘋果啃得津津有味。

另一邊米陽也在等著自己的加餐。

他平時是喝奶粉的，這會兒等著程青沖泡好了在手背上略微試了試溫度後，就慢慢喝起來。米陽吃了兩口不怎麼餓了之後，就心不在焉一邊吃一邊看窗外。昨天夜裡雪已經停了，外面銀裝素裹的，唯一的綠色可能就是幾棵大雪壓枝的松樹，光看就覺得冷得厲害。

小嬰兒容易犯睏，吃吃睡著的情況很常見。

米陽吸著奶瓶，閉上眼睛沒一會兒就睡了，期間有一次被他媽抱起來又餵了一回奶。米陽即便是在睡著的情況下也伸出一隻小手來圈著奶瓶閉眼大口喝著，直到打了個飽嗝。

白洛川看到了，伸手去摸他奶瓶，「呀？」

米陽怒了，這什麼破毛病啊！他以前喜歡個什麼白洛川都搶，從讀書時候就這樣，多看了兩眼的東西要搶，寫情書給他的校花也搶，現在一個奶瓶還搶！

米陽吐出奶嘴，豎起小眉毛，對小白洛川「噗」地吐了一口奶——叫你再搶！

白小少爺鍥而不捨，強盜精神還是很頑固的，拽著米陽那個奶瓶硬是放到了自己嘴裡，吧嗒吧嗒喝了兩大口。

等米陽把奶瓶搶回來的時候，已經少了好些。他低頭看了一眼，好傢伙，奶嘴都讓他咬破了一個小口子，難怪剛才喝那麼快呢！

程青驚訝道：「哎呀，洛川長牙了！」

米陽原本抱著奶瓶往他媽懷裡躲，這會聽見也轉頭去看。小白洛川咧嘴正在那樂，露出兩顆米粒大小的乳牙。米陽心裡羨慕，雖然生日就差兩個月，但感覺發育差了好多。

米陽記得白洛川以後大概能長到一米八幾，他那會兒比白洛川矮大半個頭，一米七六的個兒在北方偏矮了，不過現在還不晚，多吃飯多喝牛奶、骨頭湯什麼的，應該多少能再補個兩釐米吧？他不求多的，一米七八就知足了。

小白洛川還想伸手搶奶瓶，米陽這次不讓了，自己張嘴叼住，大口咕咚咕咚喝起來。

程青戳了戳他腦門，笑話他：「小氣鬼，給哥哥喝一點怎麼啦？」

小白洛川眼巴巴坐在一邊等著，大概是覺得米陽喝完還能有他的份，抓著手裡的蘋果啃啃咬咬的，又眨巴著一雙大眼睛去瞧米陽的奶瓶。

米陽別開頭躲著他喝，哼唧了一聲。

程青被他們逗得不行，又找出個奶瓶來給小白洛川沖了奶粉讓他喝。兩個小傢伙一人抱著一個奶瓶咕咚咕咚喝奶，像比賽似的，吃飯都香。

小趙在一旁感慨道：「還是兩個湊在一起好養。」

小孩子吃飽了就犯睏，白洛川比米陽強一點，但到底也是個嬰兒，大半瓶奶喝下去很快就開始揉眼睛了。程青拿了小被子來，新棉花做的特別輕軟，她抱了兩個小傢伙過去，讓他們午睡。米陽打了個哈欠，小手放在臉邊蹭了下，很快就閉眼睡著了。旁邊的小白洛川睡著姿勢沒這麼規矩，自己翻過來趴在那睡的，白嫩嫩的臉頰在柔軟的小被子上蹭了蹭，像是在確定它的氣味似的，眼睛張張合合幾次，這才慢慢睡著。

中午米澤海回來，還帶著兩本書，瞧著已經打算開始準備考試了。

程青要去做飯，米澤海習慣性要去幫忙，被程青推著去隔間的桌前讓他坐下，「你呀，什麼都甭管，坐在這裡念書，抽空幫我看一下孩子們就成了。」

書桌倒是正對著米陽他們睡著的小木床，米澤海嘆了一口氣，苦笑著拿起書翻看起來。

程青擀麵的功夫，小趙跑出去打了三份菜回來，有自己的，還有米連長兩口子的。

程青也做了小趙的麵，小趙起初還拒絕，米澤海下了命令：「必須吃完，這是任務！」

小趙這才敬禮，笑嘻嘻道：「是，保證完成任務！」

他們幾個大人在外面吃飯，米陽睡了一覺醒了，旁邊是和自己身上一樣帶著奶香的白團子，兩個人挨得近，小白洛川就算是睡著了，也沒忘了他的大橘子，把兩顆橘子都滾在自己和米陽中間，一手抱著一顆橘子，和米陽頭挨著頭，腳貼著腳的，像是隻彎起的小蝦。

真是能吃能睡！

米陽在心裡評價了一下，難怪長得比他快。

小白洛川呼呼睡得正香甜，小嘴微微張開一點，長而濃密的睫毛像小扇子一樣垂下來，軟軟的頭髮翹起一撮，比醒著時候的小魔王樣子乖多了。米陽看了一會兒，伸手戳一下他的臉。很軟，戳一下還吧嗒嘴。米陽又戳了戳，沒控制好力道，戳到人家嘴巴裡去了。小白洛川睡夢中擰了一下眉頭，很快就含著手指頭下意識嘬起來，兩顆小乳牙還試著去咬。

米陽費了不小的勁兒才抽出自己的手指，不敢去招惹人家了。

程青擔心房間裡的孩子，吃了半碗麵條就過來了，走進來就瞧見一個正在呼呼睡著，睡顏像是小天使，另一個睜大了眼睛骨碌碌轉著看看天花板，又玩玩自己手指頭的，瞧見她進來就咧嘴笑了，也不發出聲音伸手讓她抱，像是睜開了眼睛的小天使。

程青抱起自己的兒子親了一口。

兩個小的都很安靜，但是中午的時間也沒有辦法讓米澤海小憩一會兒，他還得看書。他早上五點就帶人上山訓練，中午還要看書、寫筆記，雖然人沒吭聲，可眼睛裡帶了紅血絲，程青心疼他，去倒了一杯濃茶水來給他，坐在一旁陪著，給他鼓勵。

米陽一點都不擔心，他爸當年不但考上了，名次還很高，全師部都排得上號。當年被老師長在大會上重點稱讚的幾個人裡就有他，這事他爸吹了一輩子，風光得意得厲害。

不過雖然知道，米陽也沒有發出聲響去搞破壞，安安靜靜自己玩手指頭。

旁邊的小白洛川眉頭皺了皺，慢慢醒了。這位小少爺醒得就沒有這麼乖了，閉著眼睛先哭了兩聲，程青忙抱著他輕聲哄著，卻怎麼也不好使，跟發洩脾氣似的，乾打雷不下雨，非哭一陣不可的。

窗外的軍號響了，米澤海合上書，用力揉了揉臉把疲憊按下，咧嘴笑了道：「嘿，這小子多半也是當兵的料，醒得還真準時，正好下午該出操了。」

程青道：「你一會兒慢點，下午天冷，記得加件衣服，別又天黑才回來。」

米澤海答應了一聲，瞧著房間裡就兩個小不點也沒有別人，湊過去親了老婆一口，美滋滋道：「放心吧，我知道。」

程青紅了臉，催著他趕緊走。

程青一個人帶著兩個小孩，一個省心，一個半點也不省心。

米陽自己躺著能玩上一天，不哭不鬧的，只有想尿了什麼的才會憋紅小臉貓兒似的哼唧兩聲來表達自己的想法，十分好帶。白小少爺脾氣大多了，程青拍著他輕聲哄著的時候，他也閉上眼假裝睡一會兒，但是一放下就開始哭——就是故意叫人，非讓人來看著他，一時半刻都離不開人的那種磨人精，小壞蛋。

米陽怒了，這人怎麼從小就不安好心眼啊？這可是我親媽，有你這麼使喚人的嗎？

他今天非教訓這個小兔崽子不可！

等到程青再把小白洛川放下來，米陽就舉著小手動了動，努力做出人生中第一個翻身，湊近小白洛川。沒等程青驚喜出聲，米陽就對白小少爺做出了攻擊動作，噴口水：「噗！」

小白洛川眨巴著眼睛，沒反應過來，「咿呀？」

米陽趁機又吐他：「噗！噗噗……」

程青把米陽抱起來，「幹嘛呢，想跟哥哥說話是不是？怎麼噴了小哥哥一臉口水呀？」

米陽在程青懷裡還在鍥而不捨地噴白洛川，像個小噴壺「噗噗」的，還是程青看不下去了，哭笑不得拿小手絹幫他擦了嘴巴和小臉，「這是從哪兒學的？」

小白洛川坐在那歪著頭看米陽，表情嚴肅，過了一會兒，他開始學米陽：「噗！」

米陽立刻反擊：「噗！」

小白洛川第一次學這個，一邊看一邊試著模仿：「噗……噗……」成功率不算太高，但是練習多了也學會了，很快就得意地坐在那「噗」地非常標準了。

程青：「……」

白小少爺這噴人的本事是從她家兒子這裡學會的沒錯了。

下午白敬榮夫婦一起過來接孩子，小白洛川已經學會噴口水技能，白敬榮抱著他穿衣服的時候，他還不樂意走，等穿戴好了被抱起來立刻不高興地對親爹吐口水：「噗！」

駱江璟樂了，「喲，今天學會新招式了？」

程青不好意思道：「他們兩個一起午睡，睡醒也不知道怎麼的就開始這麼玩起來。」

駱江璟擺擺手，笑道：「沒事，小孩嘛，正常，也是在練習說話呢！」

白敬榮是個嚴肅古板的人，對待兒子的襲擊也簡單粗暴，直接給他戴了口罩，瞧著兒子怒目而視的樣子也沒當一回事，向程青點頭致謝，就和妻子抱著孩子走了。

等人走了，程青就教育兒子。米陽哼哼唧唧，故作一副天真不懂事的樣子，要麼就乾脆閉眼裝睡，半點都不受教。

程青就是念叨幾句，別說這麼大點的小孩，就是三四歲也是說不通道理的。

軍營裡沒有其他軍屬，軍嫂就更是只有程青和駱江璟兩個，有時候是駱江璟抱著孩子過來，慢慢的程青也會抱著兒子去白家玩。

白敬榮沒有要特殊待遇，住得也挺簡樸，但是駱江璟收拾整理得很好，隨便放在那的一些茶具也都是擦得乾淨反光，更別提她還帶了不少的小玩意兒，都是城裡最時興用得上的物品和小電器。別的不說，那個小小的旅行保溫壺就讓程青忍不住多看了兩眼。

細長的紅色硬殼瓶身，擰下旋轉的蓋子正好是一個喝水的小水杯，旁邊還有一個折疊收攏起來的把手，拿起來非常方便，程青估摸著容量也剛好是沖泡三個奶瓶的分量，給孩子喝一晚上正好呢！

她是來這裡探親的，等過完年就要回去了，光坐綠皮火車就要三天兩夜的時間，天這麼冷，火車上的熱水總是第一時間被搶光，她自己忍忍倒是沒什麼，孩子怎麼能忍得了呢？

程青暗暗記住那個旅行保溫壺的樣子，琢磨著等過段時間臨走時也買一個。

米陽眨巴著眼睛也在看那個保溫水壺，巧了，他家還真有個一模一樣的，他媽經常念叨著這壺跟他年紀差不多大，一直到他初一那會兒家裡還在用。

不過他沒看多久，很快就被駱江璟笑著抱進去讓他跟哥哥玩了。大概是在這裡熟悉的物品比較多，小白洛川比在外面要放鬆許多，也沒那麼折騰人，自己坐在一堆毛絨玩具裡像小皇帝似的，瞧見米陽過來，也沒有半分排斥。

小少爺玩玩自己那個玩偶熊貓，又玩玩米陽，特別滿意。

米陽：「……」

米陽覺得白小少爺沒排斥他，這完全是把他當玩具了啊！

北方冬天經常下雪，尤其是靠山的地方雪積累起來經常有個半米深，數九嚴寒的天氣，也不能經常去山上搞拉練，營裡的戰士們便開始加了一些文化課，每天晚上集體帶著小板凳抱著筆記本去會議室上課。米澤海主持，白敬榮有時候空下來，也會來旁聽上課的進度，戰士們的情緒還是熱情高漲的。

白敬榮非常滿意，瞧著米澤海手頭的書不多，又專門找老朋友去弄了一些去年軍校班留下來的軍事理論書籍，這些都是部隊內部發行的，有些還劃了重點，挺有用的。同時，除了軍事理論，語文和政治這些統考的也要學習。米澤海帶頭，每個週末都要檢查筆記，還打分數，倒是有幾個新兵冒頭，瞧著成績不錯。

米澤海為此相當高興，他帶兵好幾年了，手底下的兵出息，自己面上也有光。

這些對米陽並沒有什麼影響，他現在四個月大小，能活動的範圍很小，最遠也是最常去的地方就是白洛川家。

走動了一段時間，米陽就發現軍營裡開始打掃房舍，掛紅燈籠，每個人都喜氣洋洋。

程青把他的小圍巾往上提了提，親他凍得冰涼的小臉蛋一口，笑著道：「要過年了，陽陽還是第一次過年呢！」

米陽眨巴眨巴眼睛，要過年了啊？

一九八九年的春節，米陽是在軍營裡度過的，他記事的時候已經對軍營裡的生活沒有那麼印象深刻了，只記得當時有幾個和他爸同鄉的叔叔經常來看他，送過沾滿芝麻的麥芽糖酥棍，還有一兩個玩具。這麼認真地再過一遍，讓他有點新奇感。

程青這段時間在跟駱江璟學習打毛衣，她手頭毛線不多，便拆了以前的一件舊毛衣，打算趁這幾天織一件款式新鮮的毛衣當作新年禮物給米澤海，他帶兵都是衝在第一線，身上的衣服都磨得不像樣子了。

駱江璟來這裡也是不想和丈夫分開，專門帶著孩子一同來陪伴的。軍營裡寂寞，有程青作伴聊天也有趣些，而且程青懂事明理，駱江璟樂意多跟她來往，不光是打毛衣，兩個人坐下來聊的事情也慢慢多起來，感情也好了許多。

米陽就更簡單了，他自己帶著奶瓶過來，偶爾被小白洛川搶幾口奶喝，順便練練手勁兒努力再搶回來，一上午就過去了。

小白洛川開始長乳牙了，冒頭了一點米粒大的小白牙，特別喜歡啃東西。

米陽的奶瓶沒少遭殃，這個月都換三個奶嘴了，但怎麼也防不住這個小強盜，駱江璟給了新奶瓶都不成，白小少爺就認準了米陽手裡的東西好，就是米陽啃個手他都能坐在一旁饞得口水滴答，有回還啃了米陽的手一口，米陽也不甘示弱，「噗」他一口，然後就嗷地一聲開始假哭叫大人。白洛川六個月，他四個月，誰還在乎哭丟臉啊？好漢不吃眼前虧，抽身才是第一要務。

今天也是一樣，米陽正一邊大口喝奶一邊防備地盯著小白洛川，不過小魔王被抱著餵蛋黃，可能是剛開始加這個，吃得津津有味，破例沒去關注奶瓶。

程青餵完了他們，又等了一會兒，問道：「駱姊，現在開始吧？」

駱江璟點點頭，「好。」

米陽還沒弄清楚怎麼回事，就和小白洛川一起被抱著去了裡面的房間。房間正中央是一個小澡盆，上面支撐了一個小帳篷似的東西防止熱氣流失，米陽只來得及踢了踢腳，就被親媽俐落地扒了衣服給放澡盆裡去了。「噗咚」一聲，小白洛川也光溜溜被放進來，面對面，眼對眼，跟他坐在澡盆裡。

米陽轉頭要走，但是身為一個小嬰兒反抗的能力還沒貓大，很快就被按著洗白白了。

對面的白小少爺顯然不是第一次這麼洗澡，邊洗邊玩，笑得咯咯的。

程青把米陽裹進一個厚實的大毛巾裡，抱著去了床上，一邊拿帶來的新衣，一邊逗他道：「過年啦，洗澡澡，穿新衣，陽陽高不高興啊？」

米陽沒多高興，他覺得平時在家裡用熱毛巾擦擦就挺好的，頭一回在浴盆泡澡還是和白洛川一起，這總讓他忍不住想起上輩子兩人一起泡溫泉的時候。那會兒白少爺脾氣正是最大的時候，也是最叛逆不怕鬧事的時候，帶了個小明星過來參加聚會，外面的小明星像鬧翻天一樣又哭又鬧，白少爺臭著張臉跟他在豪華寬大的溫泉水池裡一人占據一邊，互相不說話。米陽是尷尬，不知道說什麼，白少爺喝著冰酒，眼神沉沉地也不知道在想什麼……

米陽正想著，眼前就忽然冒出一張圓嘟嘟的小臉，笑出小白乳牙對他咯咯直樂。

平心而論，白洛川還真是從小漂亮到大，就這張臉，去拍個奶粉廣告都綽綽有餘了。

洗完澡的白小少爺整團軟綿綿水噹噹，帶著嬰兒肥的臉頰軟嘟嘟的，一身雪白的皮膚，簡直像是剝了殼的雞蛋一樣白得要發光了。他坐在那，一邊玩積木，一邊「咿咿呀呀」地說話，頭上被擦了兩把，軟軟的頭髮左右翹起來一些。

米陽這會兒已經穿好小棉褲，程青在外面給他套了一條背帶褲，特別可愛。

駱江璟瞧見了，道：「喲，陽陽這個衣服怪漂亮的，新買的嗎？」

程青不好意思道：「這是我自己做的，駱姊喜歡的話，我也給洛川做一件吧？做小孩子衣服很快的，我這兩天加緊速度，過年正好穿新衣。」

駱江璟也不跟她客氣，點頭笑道：「那可真是太好了，這附近沒有百貨公司，我還發愁過幾天給寶寶穿什麼好。」

房間裡雖然為洗澡做了準備，但是也濺了不少水出來，程青和駱江璟給兩個孩子穿好衣服，就開始打掃收拾。

米陽現在會翻身了，歪倒在軟軟的被子上便拱來拱去的。

程青笑了一聲，抱起棉被裡那個拱啊拱的團子放到了外面，讓他和小白洛川坐在一起，還戳戳米陽的鼻尖道：「淘氣鬼，又鑽被子，好好在這跟哥哥玩，不許搗蛋知道嗎？」

米陽就是想躲著啊。

除了噘臉，白小少爺高興起來還喜歡抱著他啃，難得今天洗澡換了新衣服，米陽可不想再糊一臉口水。

等著大人不注意，米陽又開始翻身，還計算著角度好不容易離遠了點，但是他一動，小白洛川就被吸引了，先是目不轉睛看了一會兒，瞧著米陽仰躺在距離自己一米遠的地方，小肚皮一鼓一鼓的，眼睛亮亮地「呀」了一聲，坐起來爬了一步，伸手拽住了米陽的小腳。

米陽扭了半天也掙脫不開，力氣用得差不多了，眼珠一轉，計上心來，拿腳丫踢他臉。

小嬰兒沒什麼力氣，踢也不過是像蹭到臉頰似的，小白洛川擰著眉頭，吧嗒吧嗒嘴巴，兩隻嫩藕似的手臂一下就抱住了米陽的小腳丫啃了起來。

剛洗完澡還沒來得及穿小襪子的米陽：「……」

米陽想掙扎也沒用，只能放出大招哇哇大哭來呼喚大人。

駱江璟進來一看，笑道：「喲，我就是看洛川這兩天老抱著吃自己的腳才給他穿筒褲，怎麼一會兒功夫不見，抱著陽陽的腳吃起來啦！」

程青進來瞧了一眼，看到自家兒子水汪汪含著眼淚對自己伸手的樣子，也笑了起來。

駱江璟怕自己的兒子欺負小米陽，拿了個枕頭放在中間把他們分開，但是沒一會兒兩小隻就又湊在一起。沒辦法，米陽一直躺著太難受，就想翻身動一下，白小少爺也是這樣，可被圈起來的空間就這麼大，沒一會兒兩人就爬到一處勝利會師了。

小白洛川已經學會很多東西，吃手踢腳，還會用一點簡單的字表達情緒，最直白的就是他現在可以清楚區分自己喜歡的玩具了。遇到喜歡的就咧嘴笑，不喜歡的放在身邊也無動於衷，理都不理。

他現在最喜歡的就是米陽，每回出門去米陽家或者程青抱著米陽來的時候他都很興奮，現在洗完澡和米陽一起躺在小床上也很高興。他就跟一隻追逐動靜的小狗一樣，米陽動一下立刻就抬起小腦袋來，一雙亮晶晶的大眼睛好奇地隨著米陽移動，米陽發出聲音的時候，他也會拍手叫，「咿呀」童聲十分有趣。

米陽對他「啊」一聲，那邊當即拍手，特別捧場。

米陽自己都樂了。

除了長牙偶爾有些不舒服之外，白洛川小小的身體裡充滿了無窮的活力。

米陽有時候也想跟他比較一下試試，但是一連試了幾次，沒兩個小時米陽就開始犯睏地直點頭了，而白小少爺那邊還在努力把小皮球滾過來給他玩呢。光從嬰兒時期的身體上來看，米陽覺得自己輸了——這個人怎麼體力這麼好啊，是太陽能充電的吧？

米陽玩到精疲力盡，昏昏沉沉睡過去，連回家都是在睡夢中被他媽媽抱回去的。

臘月二十九，部隊裡是一片喜氣的紅色。

軍營大門上貼了春聯，營地裡掛了成串的大紅燈籠，晚上亮了燈紅彤彤的，特別喜慶。司務長為了年夜飯，特意出去採買了好些蔬菜米麵回來，還給軍營裡的兩位軍嫂送去了一些小胡蘿蔔之類的東西，憨厚笑著道：「嫂子，辛苦妳們過來了，咱們這也沒什麼好東西，就買到這些，妳們蒸一下給孩子加餐吧！」

於是，當天晚上，米陽就吃到了胡蘿蔔泥。

程青給他煮著吃的，味道甜絲絲的，尤其是裡面的黃芯子，特別甜。

米陽吃得津津有味，足吃了小半根。

晚上米澤海去向白敬榮彙報這段時間的學習狀況，程青讓他順便把那條小背帶褲一起拿了過去，米澤海還有點不好意思，支支吾吾的不肯拿，「讓人家瞧見，以為我賄賂……」

程青啐他一口，「就這麼巴掌大的一塊小布料？人家好意思收，我都不好意思送呢！」

米澤海想想也是，自己想多了，就大大方方把那件小衣服一起帶了過去。

回來的時候也沒空著手，帶了一包駱江璟給米陽的大白兔奶糖。小孩子不能吃太多，但是過年家裡有點糖果總是喜慶，駱江璟考慮得周全，又藉著小孩的名義送來。程青收了糖也很歡喜，念叨著讓人家破費了回頭得多做幾件衣服補償回去才行。

米澤海躺在床上翻著軍事理論書，隨口道：「不用吧，過完年白政委就回師部了，我上回聽說他太太也不是隨軍家屬，好像在上海有工作。上海多發達，什麼好衣服買不到，妳就別費這個心思了。」

程青的熱情淡下來，嘆了口氣道：「也是。」她坐在那想了一會兒，伸手拍拍米陽，又道：「過完年你的探親假也用完了，原本就超了些時間，人家上級是看陽陽小冬天走怕凍著孩子，等過完年天暖和了，我就帶著陽陽回老家啦。」

米澤海沒吭聲，書也看不下去了，翻身抱著老婆道：「我捨不得你們娘兒倆。」

程青被他逗笑了，「這話應該是我說才對吧，你怎麼搶我臺詞呢？米副連長，你在外面不是鋼鐵硬漢嗎，怎麼還趴在老婆肩上哭？哎哎，別鬧了……還真哭了呀？」

米澤海沒哭，但是臉色不好看，委屈得像是一隻大狼狗。

米陽仰躺在一邊看著天花板吐泡泡，翻著小白眼覺得他爸真是人前人後兩個樣，這麼多年了都沒能改過來。

不管怎麼樣，年還是要過的。

部隊不放假，天南海北的士兵們搬著板凳聚集在會議室看彩色電視。一貫的軍事坐姿，挺直了脊背，坐著整齊得像是用尺畫了線一般，只有笑起來時發出哄的一聲，還有每次節目之後熱烈地鼓掌，神情認真得像是在看現場演出。

米陽和小白洛川被抱著出去轉了一圈，兩人穿著一樣的背帶褲，戴著款式相仿的毛絨小帽子，連圍巾都是一樣的，瞧著像兩兄弟似的，粉白精緻的一團，特別可愛。

駱江璟給了米陽一個小紅包，放在他肚子上的兜兜裡，笑呵呵道：「過年好，給咱們陽陽壓歲錢。」

米陽喜孜孜地摸了摸那個紅包，這還是他第一回見到錢呢！

程青也拿了一個紅包給白小少爺，但是被小少爺伸手推開了，小白洛川「咿呀」一聲，就要伸手去抓米陽。

程青逗他道：「喲，這個可不能給你。」

周圍的大人都笑起來。

過年來拜年的人多，白敬榮和米澤海，一個是政委一個是連長，都要出去主持工作的，連帶著駱江璟和程青也不得空閒。外面人進進出出的，時不時一陣冷空氣捲起來，她們怕凍著孩子，就把兩個小傢伙放到了隔間，拿了兩把椅子讓他們坐著，找了個警衛員看著。

米陽抬頭好奇地打量著，這隔間裡掛著大地圖，足足占了一面牆，旁邊還放了兩張辦公桌那麼大的巨大沙盤，上面有許多小松樹和車輛、坦克、士兵，看起來很新奇。

小白洛川沒有他這麼放鬆，猛然到了一個新環境，又沒有熟悉的人在身邊，他的小身體繃緊著，好幾次想要翻身爬出去。警衛員嚇了一跳，他是臨時被叫來的，沒接觸過小孩子，只能僵硬著把白小少爺給抱回去，但是小少爺對陌生的人非常抗拒，扭來扭去的，被塞了一個玩具在手裡時還發脾氣了，「啊」一聲就給扔到地上去。

反抗了一陣，小白洛川就緊挨著米陽不動了。

米陽歪頭看他，不大點的一個小嬰兒已經可以表達情緒了，白小少爺現在眼睛裡沒有以往的神氣活現，黑葡萄似的大眼睛裡帶了焦躁不安。

米陽想了想，主動伸手過去，幾乎是立刻就被小少爺抓住了。

他動了動手指，小白洛川就被吸引了，低頭看他在那擺弄手指頭。

米陽晃著手哄他，心裡想著，再厲害的小霸王也會害怕的呀。這麼一想，抬頭再瞧小少爺的時候，心裡忍不住軟了幾分，還是個孩子呢。

米陽和他在裡面玩了好一會兒，隱約能聽到一點電視的聲音：「司馬缸砸光，哐噹！」

米陽咯咯笑起來。

警衛員偷著打量他們，瞧著沒真哭起來鬆了口氣，他忍不住多看了一眼米副連長家的小孩，覺得雖然沒有白家的孩子雪團似的漂亮，但是笑起來真是可愛。

小白洛川挨著米陽很緊，兩人快要睡著的時候，外面鞭炮劈里啪啦地突然炸響起來。

米陽嚇了一跳，小白洛川更是嚇得抿嘴要哭，好在他們的媽媽這個時候回來了，一人一個抱起孩子，小聲哄著。

小白洛川瞧見母親進來，委屈得眼淚像金豆子似的往外滾，小手抓著她的衣服。

米陽比他好多了，趴在程青懷裡打了個大大的哈欠，然後歪頭瞇著眼睛瞧外面那最後一點閃亮的炮仗光亮。過年了，真好！

年後，小白洛川開始學說話。

從簡單的疊字開始，叫得慢慢順口。他學得快，沒幾天就會蹦出不少詞了。對大人們喊他名字的聲音很敏感，基本上跟他說什麼都咿咿呀呀跟著說一點。米陽一直跟白小少爺在一起，也在暗中練習，他控制能力強許多，比小白洛川會說的要早一點，但是沒敢顯露出來。米陽等白洛川喊了之後，過了一陣子，他才試著喊「爸爸」、「媽媽」，學說話。

等到春天，米陽已經可以熟練地喊爸媽了。

米陽記不清小孩子什麼時候開始會說短句子，就努力跟著白洛川學。

小白洛川叫人，他就過個幾天試著也說上兩個詞；小白洛川說話，他就跟著一起說；白小少爺單蹦一個字，他就絕不說兩個字。以致於幾年後，所有大人都誇說是白洛川教會米陽說話的。米陽真是想吐血三升，但這個悶虧只能認了。

程青在家帶孩子，有時候做上兩件小衣服，米澤海在外面手腕鐵血的一個男子漢，摔打得一身泥，進家門後就抱著老婆、兒子，笑得見牙不見眼。

米陽見慣了這種反差，現在連小白眼都懶得翻了。

米澤海最近忙著軍區大演習的事，還為這個特意去找白敬榮，兩人一起去了作戰室擺沙盤，搞得神神祕祕的。

比起念書複習，米澤海這個在軍營歷練了數年又在野戰部隊實打實用軍功換來職務的老兵，顯然更喜歡用武力說話，擺個沙盤比起他捧著書本念的時候精神百倍。

程青看在眼裡，起初還有點急，在家就抓他念書，弄得米副連長一有時間就往外跑，去作戰室跟幾個兵擺沙盤擺得相當積極，那癮頭簡直像是退休老人在湖邊下象棋的勁兒。有兩回被程青碰到過，還嚇得抓著手裡的鉛筆手足無措，半天繃著沒敢說話。

程青在人前還是很給他面子的，只說是有事找他，讓他先回去吃飯。

米副連長心領神會，挺直了腰，道：「咳，妳先去吧，我還有事要忙。」

程青答應了一聲，溫順地出了門，轉頭就抱著米陽咬牙切齒道：「你以後長大了一定要好好念書，千萬別學你爸，陽奉陰違！」

米陽有點好奇，他爸這樣是怎麼考中軍校的？

米澤海很快就回來了，進了家門在外面房間裡小聲吭哧解釋了幾句。米陽豎起耳朵聽，聲音太小，並不能聽清楚他說了什麼。

程青的聲音也不大，輕描淡寫道：「不忙了？」

米澤海慌張道：「不忙了，不忙了！」

程青依舊冷淡，「那進去看書吧，老規矩。」

米陽在床上閒著無聊正練習翻身，就看到他爸拿著個搓衣板進來了，先是把房間裡窗簾拉得嚴實，然後就跪在那老老實實開始看書，甭提多認真了。

米陽笑出一個泡泡，敢情這麼頭懸樑錐刺股地讀書啊，難怪能考上了！

米澤海臭著臉瞅了一眼兒子，總覺得臭小子在笑話他這個當老子的，但到底也沒敢離開膝蓋下面的搓衣板，跪著背了半個多鐘頭的書。程青還進來抽查，像老師似的嚴肅。

米澤海回答得還不錯，基本全對。

「這還差不多，去吧。」程青合上書，讓他起來結束了懲罰。

米澤海一臉輕鬆，跪那麼一會兒一點都不礙事，反而覺得跟老婆交差完畢，事情都過去了。程青看著他那張記吃不記打的笑臉，又有點不高興了，道：「你這聰明勁兒，要是當初好好努力也能考上大學，就是不認真念書。」

米澤海討好道：「我現在開始努力，妳別生氣。」

程青抬眼看著他。

米澤海又表忠心道：「真的，咱們苦點沒事，陽陽以後就趕上好時候，過好日子嘍！」不，你們根本不知道陽陽以後有多苦！米陽沉著小臉認真地想。

他攢了那麼多年的錢，好不容易把房子的貸款還清，還一天都沒住過呢！

離著米陽他們母子倆離開的時間越近，米澤海就越是捨不得，經常抱兒子又抱老婆，能做的事不多，他就盡可能地去做。

米澤海找了一個週末，拿著剛發到手的薪資，帶著程青坐車去了一趟城裡買東西。

米陽是第一次離開軍營，眼睛左看看右看看的，充滿了好奇。

離著軍營最近的是一座老工業城，街道老舊些，樓房也低矮，連市中心的百貨大樓也不過是幾層高的樣子，但是比起周圍的樓房來說，已經足夠氣派了，光門店前面幾個金光閃閃的大字就很亮眼。

米澤海先是帶著程青去女性服裝區，隔著玻璃櫃檯看了好幾件毛料的衣裙，價格都很昂貴，程青連聲說不要，拽著他去了雜貨區。

程青還記得白家的那個細長的保溫水壺，在百貨區轉了好幾圈，巧了，還真是找到個一模一樣的，一問價格，售貨員對他們道：「這是上海來的新產品，就這麼兩個呢，您不要今天可就都要賣出去了。」

程青咬咬牙，對她道：「麻煩包起來吧，我們就要這個了。」

米陽視線落在那個紅色的保溫水壺上，想著原來家裡這件老古董是這麼來的。

白洛川以前曾經跟他提過一兩回，想來是白夫人同他講過幾次他們幼年的趣事。他都不記得了，還以為是白少爺故意在戲弄他，對這些也不怎麼感興趣的樣子。白洛川講了幾次就惱羞成怒，再也不肯開口去說了。

也難怪白洛川戒心這麼重的一個人，會對他格外親暱照顧。

他以為他們是同鄉，白洛川卻把他當作穿一條褲子長大的死黨。

正想著，就聽見程青帶了笑意的聲音說道：「這個大小正合適，保溫性也好，帶著在火車上用剛剛好。」

米澤海道：「妳也買兩件衣服吧，妳來了之後都沒給自己添過什麼東西。」

程青沒讓，嗔道：「還得留著路費呢！」

米澤海道：「夠用，妳也給自己買件新衣。」

程青不肯，她瞧上一隻玩具小鹿，也是在小白洛川那邊瞧見過的款式，又貴又精緻的小玩具，她瞧著歡喜就想買給米陽。

米陽不要小鹿，幾次推開，完全不感興趣的樣子。

程青這才作罷。

米澤海笑了道：「瞧瞧，你們娘倆一樣的倔脾氣。」

倒是在女裝區的時候，米陽伸手指著櫃檯後面一件紅色毛衣「咿呀」兩聲，不肯走了。

這款式漂亮，顏色鮮亮，特別適合他媽。

程青哄他也不聽，售貨員瞧著米澤海一身軍裝，對他們態度頗為客氣，站在櫃檯後面對他們道：「這是春天從南方新運來的衣服，賣得特別好呢。就是咱們這裡不能試穿，您太太人漂亮，穿上肯定合適。」

米澤海就做主買給老婆了，程青雖然嘴上嗔怪，但是拿到新衣的時候還是喜孜孜的。

最後也沒有漏下給米陽的禮物，程青買了兩塊彩色七巧板給他。

米澤海道：「怎麼買兩個？」

程青道：「還有駱姊家的孩子呢，他和洛川兩個一人一份。駱姊什麼時候都沒落下陽陽的，我難得出來一次，怎麼能只給陽陽買？」

米澤海摸摸頭笑了一聲，他神經粗，還真沒想到這件事。

兩口子在百貨大樓門口一人喝了一瓶冰鎮橘子汽水，米陽看著橙黃的汽水冒著小氣泡，忍不住有點饞，伸手摸了摸瓶身，米澤海只給他用吸管沾了一點，米陽咂巴咂巴嘴，真懷念橘子味冷飲的味道啊。

程青擔心道：「別給他，太冷了，萬一生病怎麼辦？」

米澤海大大咧咧道：「沒事，就一滴。」

從老城回來之後，米陽又被抱著去了白家。

小白洛川正在吃飯，他現在可以吃很多輔食了，戴著小圍兜正在吃青菜粥，旁邊還放著半個蛋黃、幾顆魚肝油丸。

小少爺原本吃得起勁，看到米陽被抱進來，立刻興奮起來，湯匙遞到嘴邊也不肯吃東西了，伸手要大人把他從兒童椅上抱起來，非鬧著去玩。

駱江璟也沒辦法，只能幫他擦乾淨小手小臉，放他去跟米陽玩去了。

這次帶了新玩具七巧板，小白洛川還是玩得挺開心的，米陽努力扮演陪襯，儘量模仿對方當個合格的小嬰兒。

小白洛川努力掰下來一塊粉色的圓形，拿在手裡晃，練習說話：「吃……吃吃……」

米陽比他乾脆得多，往外噴他說得最熟練的單字音：「不。」

小白洛川也不知道聽懂沒，反正米陽那邊出個什麼動靜，他就能咯咯樂上半天。

那邊程青和駱江璟聊起要回老家的事情，對她道：「春天回去正好，天氣不冷不熱的，坐幾天火車也不遭罪。」

駱江璟問起她老家的情況，她之前只聽程青說是魯省的，魯省來的兵多，她原本也沒在意，但聽著程青說出山海鎮這個地名，忍不住帶了驚訝道：「喲，原來認識這麼久，咱們老家在一處的嗎？」

程青驚喜道：「怎麼，你也是？」

駱江璟笑著搖搖頭道：「我不是，我是南方人，不過老白家裡是。」

程青道：「但是我聽人家說，白大哥是在陝甘寧老區入伍的？」

「是，家裡老爺子是那邊軍區出身，在那邊待久了，有很深的感情，老白就在那邊入伍了。妳瞧洛川的名字，也是老爺子當初在那邊打過勝仗，特意給取的呢！」駱江璟道：「不過我家老爺子入伍之前是在山海鎮，我婆婆老家也是那邊，前幾年還回去過一趟。」

駱江璟又低聲解釋道：「是去祭拜，老爺子只娶了我婆婆一個，婆婆家裡早年光景好，後來遇到那些個運動，被折騰得不輕，身體不好，去得早，家裡老宅被封了。」

程青有些手足無措，她無意打聽人家的這些私事。

駱江璟對她擺擺手，語氣溫和道：「沒事，我也就跟妳說說。這不，七八年後平反了，上面派了專人歸還那些老物件，我公公別的沒要，全都捐了，只要老家的一套房子和地。」她嘆了口氣道：「他也是記掛著我婆婆臨走時說的那句話，說是要落葉歸根，老爺子親自扶棺回去治喪的。」

程青跟著唏噓了一陣。

駱江璟笑了道：「不礙事，都是多少年前的老黃曆了。」

米陽在一旁豎著耳朵聽著。

他以前倒是聽人提起過一些，不過傳得已經沒譜了，說什麼的都有。駱江璟說得平常，但是米陽是知道白家老宅圈了多大一片地的，以前一直以為是白家人經商置辦下來的，沒想到竟然是祖產，不愧是多年傳下來的大家大業。

白家老宅這麼多年一直有人照料，不管什麼時候祭祖還是都去那邊，現在看來，原來是老爺子記掛自己的妻子。

小白洛川看他轉頭一直看大人，有些不樂意了，想要引起他注意。

米陽轉回頭看他，小少爺怒目而視，大概是覺得沒得到足夠的重視，很快就生氣了。

米陽覺得自己也快離開軍營了，再遇到白洛川得等個好幾年，至少要讀書以後了，這麼一想，也大方配合他，還特意給了好幾個大大的笑臉。

白小少爺脾氣來得快去得也快，米陽在他眼裡就是一戳一動的心愛玩具，現在玩具自己動起來，還笑得特別好看，小少爺頓時就滿意了。兩個小嬰兒對著咯咯地笑，連一旁大人都跟著不自覺笑起來，心情好了許多。

駱江璟嘆道：「我可真捨不得陽陽。」

程青道：「我也捨不得你們，但是探親假就要結束了，也得回去了。等今年冬天的時候我再帶陽陽來過年，到時候洛川就要會跑了吧？」

駱江璟點頭笑道：「應該是，他現在就開始爬了，扭著身子哪兒都想去。」

程青誇道：「真好，很活潑！」

駱江璟搖頭道：「妳不知道他脾氣有多大，脾氣一來，我都怕了他。」

程青道：「陽陽平時看著老實，其實也倔著，心裡有自己的主意，我都拗不過他。」

米陽眨眨眼，他倔嗎？

旁邊的小白洛川又開始摸他的奶瓶，米陽幾乎是立刻就小手臂抱緊了，下意識把奶嘴往自己嘴裡塞進去，吃到奶的時候才反應過來，好像是有點倔啊？

不，這是嬰兒本能的護食反應！

米陽在心裡安慰著自己，繼續努力喝起來。

在白家待了一會兒，送下七巧板也道別之後，程青就抱著孩子回去了。

小白洛川被抱到門口的時候還沒有察覺什麼，因為米陽還在他視線範圍內，他們也經常這樣被大人抱起來互相交流的，但是瞧著米陽被抱走看不見了，這才急得踢腿，嘴裡「咿咿呀呀」地喊，駱江璟拿了塊小餅乾哄他，被他繃著小臉一把扔到地上去。

駱江璟哭笑不得，戳他腦門一下，「你這脾氣真不知道像誰！」

白敬榮帶著警衛員回來，臉色不好看，擰著眉頭，駱江璟問他道：「怎麼了？」

白敬榮坐下喝了一杯水，半晌才嘆了口氣道：「還能有什麼，咱爸非要過來，說要看看今年野戰區的訓練成果。」

駱江璟笑道：「那不挺好，是去師部嗎？」

白敬榮搖搖頭，「不是，他要來這裡。」

駱江璟驚訝地道：「爸要來？什麼時候說的？幾號到？」

白敬榮頭疼道：「就剛剛，打了電話給我，說是已經到半路了，要突擊檢查。」

駱江璟抿嘴笑起來，「那不正好，我瞧著米連長準備得很充足，再說二炮部隊什麼時候丟過臉？我和程青有時候在房間裡打毛衣，都能聽到你們在山上轟轟地搞射擊演練呢！」

白敬榮道：「但是爸這樣一聲招呼都不打，不合規矩。」

駱江璟道：「他老人家就是規矩，你呀，甭管那麼多，也給米連長一個表現的機會。」

白敬榮嘆了口氣，點點頭沒再說話了，他伸手想逗逗兒子，但是小白洛川的「玩具」被抱跑了，心情正不好，一個笑臉也欠奉，被戳兩下小肚子，毫不留情地伸手拍開親爹的手，嘴上乾脆俐落地喊出一個字：「不！」

白敬榮哭笑不得，「這又是跟誰學的？發音倒是標準。」

他到底還是把兒子抱起來了，放在手裡掂了掂，道：「胖了。」

小白洛川瞪大眼睛看他，小眉毛挑起來，特別生動地表達了憤怒的情緒。

白敬榮神情微妙，他抱著兒子，忽然想到隔輩遺傳這個詞兒，別說，他兒子真的跟他老子一個脾氣套下來，爆得不得了。

另一邊，米陽被抱回了自己家中。他躺在床上翻了個身，看他媽收拾行李，心裡有點期待，他這次回去就能見到姥姥了。

上輩子的時候，米陽除了每年來軍營住幾個月，剩下的童年時光都是在姥姥家的記憶，他是被老太太親手養大的，跟老人感情最是深厚，老人平時收到什麼好東西都要留著等他回來吃一口，從小時候的一塊冰糕、幾塊點心，再到米陽逢年過節給她的錢，老人都留給他。老太太不怎麼出門，也不花錢，一分不動全都攢在一個存摺上，存一個整數之後就笑呵呵地給米陽，讓他拿去買房子。

米陽想著姥姥，眼眶紅了，他突然回來，老人找不到他多半心急，她心臟不好，也不知道身邊有沒有帶著藥。

晚上的時候，米澤海兩口子鬧了一件大烏龍。

想著臨走了，程青就想開小灶，給米澤海做了他喜歡吃的豬肉白菜包子，一個個白白嫩嫩發得軟胖胖的皮，裡頭特意放了肉丸，咬一口直流油，特別的香。

米澤海一口氣吃了六個，程青自己也吃了兩個，米澤海看兒子一直在旁邊吧嗒嘴的小饞樣，便明著暗著給米陽餵了半個包子餡。

米陽難得偷吃，配合得很，但是到了晚上的時候，米陽嗷嗷大哭起來。

沒別的原因，包子餡太鹹了，他爹媽忘了給水喝，他渴啊！

這對新手父母慌了手腳，他們拿了各種小兒吃的止咳糖漿和山楂消食片來，試著餵給米陽，都被孩子伸手推開了。米陽越是喝不到水，越是撲騰得厲害，要命的是，他還沒跟白洛川學過「水」這個詞兒，不能冒然開口說出來，真的是憋壞了。

程青很少瞧見兒子哭，一下就想多了，自己差點也哭了，「都怪你！一定是白天那個橘子汽水害的，我都說了不讓你給陽陽喝，你偏不聽！」

米澤海手忙腳亂，道：「或許不是這個，是……是不是病了？」

程青嚇得手腳發抖，「我聽說吃了不乾淨的東西容易生病，難道是闌尾炎？」

兩個人慌忙穿戴好衣服，包裹著米陽去找軍醫，但是軍醫不管小兒科，瞧著他們慌成這樣也被嚇了一跳，讓他們快開車去醫院做檢查。軍醫這麼一說，程青眼淚就滾下來，米澤海忙著去找車，營地裡的車正巧不在，所幸白敬榮那邊還有一輛專車，便派了司機開車過去帶了米澤海一家去了趟醫院。

到了醫院，急診室裡正巧坐著的是一位對兒科拿手的老醫生。先認真給看了一下，又詢問病情，米陽這會兒已經蔫蔫的了，他心裡想著，要是這老醫生要給他開刀，他就什麼都不管了，一定說出「喝水」兩個字。

老醫生認真看了半天，怎麼瞧著眼前這孩子不像是生病的樣子，沉吟一會兒道：「你們帶奶瓶了嗎？辦公室有熱水，你先接一點給孩子喝喝看。」

米陽抱著奶瓶一口氣喝了大半瓶的水才鬆開，也不蔫了，簡直精神百倍。

老醫生一下子就樂了，「我就琢磨著是這樣，你們晚上給孩子除了輔食又吃了包子餡，肯定是鹹著了。沒事，新手父母犯的這種錯太多了，抱回去吧，不用吃藥。」

米澤海鬆了一口氣，「是是是，都怪我，是我亂餵他東西。」

程青破涕為笑，孩子沒事就行了，就是這麼大半夜折騰了白家一次，讓她不好意思。

第二天她特意過去白家道謝，駱江璟倒是先急著問了孩子的情況，聽到他們這事也笑得不行，道：「沒生病就好，要不這樣，妳再留下觀察幾天看看，孩子小，說不清什麼話，預防萬一總是好的。」

程青有點猶豫。

駱江璟又勸：「妳坐火車要好幾天才能到家，孩子要是在車上生病，那才麻煩。」

程青想了想，道：「也對，那就推遲幾天吧。」

米陽那邊也開始提高說話速度，他自己不敢表現得太過聰慧，就趁著大人不在的時候，在小白洛川那邊使勁兒，多跟他練習著說一些有用的詞彙，白小少爺得意地當眾表演一遍之後，過幾天他也「會了」，倒是讓程青很是驚喜。

米陽因為被送了一趟醫院，特意多留下來觀察了一段時間。

軍營裡事情忙，據說上面來了長官視察，米澤海和其他幾個連長忙得腳不沾地。那位軍區來的長官沒走，一連幾個月都窩在山裡，據說還成立了演習作戰指揮部，每天訓練都翻倍了，沒兩天米澤海就黑瘦了一圈。

這些消息程青都是從駱江璟那邊聽到的隻字片語，駱江璟不說的，她一個字也不問，只是瞧著米澤海回來疲憊地倒頭就睡的樣子，忍不住給他開小灶，做些他喜歡吃的菜。

米陽倒是記得他爸立過幾次軍功，家裡獎章就有好幾塊，對這些沒有什麼擔心的，他現在還是個小嬰兒，能做到的就是晚上不哭不鬧，讓大人睡個好覺。

大演習臨近，米澤海帶兵走了，只留下程青一個人在軍營裡。

米陽在多當了小白洛川兩個禮拜的小玩伴之後，終於在一個週末的下午又被抱著離開軍營，去了火車站。

米陽在他媽懷裡仰著小腦袋好奇地張望著，這會兒坐火車還是挺新奇的體驗，米澤海的薪資不高，程青也是節儉的人，買的是硬座票。一張長方形的硬紙板票被剪上一個小洞，就算是驗過票了。

米澤海這段時間在山上忙演練，讓警衛員來送她娘倆，程青剛上火車找到位置坐下，就瞧見那個警衛員又趕著回來，隔著綠皮火車的一個個窗戶拍著喊她名字：「嫂子，嫂子……

連長讓您回去！連長找您回去！」

程青以為出大事了，慌慌張張跟著一起回去，一路上想的也都是大演習的時候一些槍傷的事件，抱著孩子差點把自己嚇哭了。

到了之後，得知是米澤海的一通電話，讓她先多留幾天。

程青拿不準出什麼事了，忐忑不安地等待著，直到三天後瞧見了丈夫。

米澤海背著行囊笑嘻嘻地站在軍營門口，瞧見她們還熱情伸出手去，「留得還挺及時，我剛從師部回來，原本那天能趕回來送你們去車站，結果有點事，開了幾天會。」

程青上看下看，黑了瘦了，但是手腳都在，也沒瞧出他身上缺哪兒了，她氣得打了他肩膀一下，道：「你嚇死我了，我還以為出事了！」

「嗯，是有點事。」米澤海儘量保持語氣平穩，但是嘴角已經翹起來，「大演習我立功了，三等功，提了一級，現在是正連級別。」

程青很是高興的，但依舊困惑地看著他，「這事你發電報或者寫信告訴我就是了，喊我回來幹什麼？」

米澤海咧嘴笑道：「妳和陽陽可以隨軍了，以後咱們三個再也不用分開了。」

這次不光是程青，連被抱在懷裡的米陽也眨巴著眼睛看向他親爹。

不用說，米陽回山海鎮的計畫泡湯了。

程青以為還留在這裡，正在那喜孜孜地打掃那個簡單的房間，但是沒一會兒警衛員就進來幫著收拾行李，把個床鋪收拾得只剩下光禿禿的床板。

程青愣了一下，道：「這是要換地方住？」

警衛員道：「是啊，嫂子還不知道吧，連長也是，光忙著工作了，都忘了跟您說他這次升職之後要調去師部工作了。」

程青道：「啊？」

警衛員道：「上回來的那個老首長一眼就瞧中咱們營裡好幾個人，包括米連長在內，都給抽調到師部去了。營長放人的時候心疼得臉都抽搐了，尤其是米連長的介紹信，愣是拖了三天才給開，捨不得呢！」

程青聽見也笑起來。

米陽被抱著坐上軍用吉普車，一路顛簸著去了師部。他看著沿路的大片山林風景，對這一段的記憶有些模糊，他只記得他爸以前是在野戰軍區工作，但是工作有保密性，蓋的三角軍戳都是從來不寫發件位址的，也拿不準那個時候有沒有去師部。

另外隨軍的事也得再等上兩年，不過那會兒只有他媽一個人去了，他幼年的時候經常生病，姥姥實在不放心，把他留在身邊養大，一直到讀小學了才和父母住在一起，也是初中的時候再次遇到了白洛川。

他這隻小蝴蝶扇了扇翅膀，好像不少事情都提前發生了。

米陽隨遇而安慣了，現在發生的又都是好事，他便坦然接受，在媽媽懷裡打了個哈欠，揉揉眼睛踏實地睡著了。米陽想過會在師部待上一段時間，再過一陣子軍營裡的生活，但是萬萬沒有想到，這一體驗就是好幾年。

第二章

寵你寵得天經地義喪心病狂

米澤海立了功，提了一級，待遇也跟著提高。原本隨軍家屬的安排也跟著一併提前了不少，按規定他們是在艱苦地區的人員，可以跳級申請，米澤海這次就是依規定申請的。

程青不用急著帶米陽回去了，馬不停蹄去辦了手續，正巧有一批人調走空出了房子，接著又是分房、收拾新家，等忙完都到了冬天，馬上又是春節。

寒冬臘月遠在山海鎮的程家老太太發了電報過來，叮囑女兒不要冬天帶孩子回家，生怕凍著寶貝外孫。

米陽一直掰著手指盼著回老家，但是一連幾次，要麼不是米澤海工作忙，要麼就是程青分配了工作要熟悉一下，一再拖延下來。

等到他一歲半的時候，才好不容易回了一趟老家。

那次湊巧，駱江璟也帶著白洛川回滬市，他們火車只差三個小時，程青不想麻煩警衛員跑兩趟，乾脆和駱江璟一起出行了。

小白洛川這會兒已經知道出遠門的意思了，原本不大高興，但是瞧見米陽上車，小臉又露出笑模樣來，大約是覺得米陽要跟他一起走，在吉普車上就開始不停把自己帶著的玩具分享給米陽，要不是駱江璟攔著，就連火車上吃的小零食也要提前吃光了。

因為米陽一直都待在軍區大院，倒是給了白小少爺一個錯覺，米陽就是住在這裡的人，他在這一睜開眼睛就能瞧見米陽，每天都玩得美滋滋，所以被駱江璟帶上火車的時候，臉色就臭得不行，他一點都不想走。這次還是他頭一回笑咪咪地來坐火車，但是等上車坐下後，小白洛川隔著玻璃瞧見程青抱著米陽在月臺那跟他揮手，就知道自己上當受騙了。

小白洛川拍著窗戶，擰緊眉頭道：「一起！」

駱江璟耐心教育他：「弟弟要去坐另一輛火車，也要回自己家，你聽話啊！」

小白洛川不聽勸，還在拍窗戶，駱江璟皺眉喝斥道：「洛川，不可以！」

小白洛川不拍窗戶了，抿著小嘴特別倔強，他一直看著外面的月臺，比他媽還生氣。等駱江璟給開了一點窗戶透氣，他脫下自己的一隻小鞋就扔了出去。

駱江璟連攔都來不及攔著，眼睜睜瞧著那隻小鞋子飛到了外面的月臺，在地上彈了彈，那個方向分明就是瞄準了人家米陽那邊。

駱江璟也生氣了，「你想幹什麼？」

小白洛川指著鞋子那邊的方向，意思表達得明確：「要穿，要下去！」他丟了一隻鞋，那就得下去撿起來，這一撿鞋，不就能下車了嗎？能下車，不就能留下了嗎？

駱江璟哭笑不得，不知道該訓他還是說他心眼多。

不過小白洛川低估了這趟旅行的重要性，駱江璟沒有像以前那麼縱容他，把他抱在懷裡伸手將他另一隻小鞋子也脫下來，從窗戶扔到那邊月臺的方向——程青一直瞧著這邊，她這剛撿起來一隻，又見一隻扔過來，趕緊撿起來準備給送過去，就瞧見駱江璟隔著窗戶對她擺擺手喊道：「別過來了，馬上就開車了，這鞋留給陽陽穿吧！」

米陽被他媽抱著來月臺揮手道別的，現在平白得到一雙鞋，一臉懵逼。

小白洛川已經開始哭起來，也不知道是哭鞋還是哭米陽，哭得一抽一抽的，駱江璟難得沒有給他半點笑臉。大約是瞧著真的不能下車了，白小少爺開始趴在玻璃窗那嚎啕大哭，都哭得打嗝了。

米陽看得嘆為觀止，恨不得手上有個手機拍下來，留著等二十年後再給白洛川看。

比起小白洛川坐的軟臥車廂來，程青就沒有那麼捨得了，她帶著米陽坐的是硬座。那可真是硬生生坐回來的，老式車廂擁擠，座椅也遠沒有現在這麼寬敞舒服，程青抱著一個孩子帶著行李，走得十分艱難，尤其是轉車時，最後那七八個小時是無座的票，當真就是沒有空座，中間走廊都站滿了人，程青只能抱著孩子去車廂中間相連的位置找了個空位，依靠著車壁晃晃悠悠地站著。

三天兩夜的旅程，她一個大人都有點受不了，更何況是米陽一個小孩。

程青抱了米陽幾天，手臂實在酸疼難忍，瞧著人少一些，就從包裡拿出一疊報紙鋪在地上，讓米陽躺著休息，她自己也趁機蹲下來略微瞇一會兒。程青第一天的時候還不好意思坐在地上，到最後一天她撐不住了，原本就暈車，這一路上也就喝了幾口水，還要帶著孩子，真的太為難一個剛結婚三年的女人了。

程青坐在那打盹兒時，是手虛繞著米陽護著的，略微有什麼動靜就能驚醒。

米陽盡可能不動彈，讓他媽多睡一會兒，瞧著她臉色慘白自己都心疼起來。這會兒火車上倒是沒有什麼拐賣小孩的，但是來來往往的旅客還是有不少，有幾個走得匆忙差點踩到米陽的小手，還是米陽眼疾手快自己抬手抱在胸口，這才免去一場意外。

米陽也沒作聲，只是把自己盡可能團起來，藏在他媽保護範圍內，一邊盯著行李。沒辦法，他家現在太窮了，一件行李也丟不起。

火車終於到站，米陽被抱著帶下來的時候，連月臺的空氣都覺得特別新鮮。

程青沒走兩步，就瞧見幾個熟悉的身影，全都是年輕漂亮的女生，一朵朵鮮花似的對她揮手笑著跑過來，一個拿行李，另一個抱孩子，還有一個伸手親熱地挽著程青笑道：「姊，妳總算回來了，我們等了好久，說是火車晚點，嚇我一跳！」

「三姊沒聽到廣播，瞧見火車沒來，差點要蹦起來去找站長理論了！」

程青點了那個挽著她手臂的女孩額頭一下，和其他年輕女孩就一起笑起來。

米陽看看這個，又看看那個，都是鮮活漂亮的面孔，這不用說了，一準是他那三個姨。當初他姥姥讀了一首詩覺得特別好，給自己家孩子起名帶了「青春如歌」四個字，趕巧了，剛好就生了四朵金花，他媽是老大，叫程青，這來車站接他的就是程春、程如、程歌了。

抱著米陽的是他二姨程春，逗他道：「陽陽認不認識我？你媽媽有沒有把我們郵寄過去的照片給你看啊？我是二姨呢！」

這回不用程青教，米陽就湊上去親了他二姨臉頰一下，樂得咯咯的。

他媽和這三個姨感情特別好，長姊如母那種。這麼多年只有他媽訓人的份，訓哭了這幾個姨還自己站牆角念悔過書，他可是沒少聽姥姥說起過，這會兒沒準還能趕上現場實況。

米陽在山海鎮待的這幾天還是挺開心的。

他二姨程春訂婚，家裡面人來人往的特別熱鬧，那個未來的二姨夫每天跑得最殷勤，不是送禮盒就是送水果什麼的，恨不得一下班就騎上車來老程家報到。

程家三女兒程如最是潑辣，經常在門口打趣上幾句：「喲，中午剛送了鯽魚，怎麼晚上大工程師又來啦？」

剛訂婚的準二姊夫是一位剛大學畢業分配過來的工程師，在油建工作，此刻滿臉通紅，扶扶鼻樑上的眼鏡，留也不是，走也不是。

米陽被程春抱著走過來，一邊把他塞程如懷裡，一邊戳老三的鼻尖道：「全家就屬妳最壞，快去吧，後院的無花果熟了，咱媽讓妳帶陽陽過去摘些吃。」

她一開口，就提醒了門口的小夥子，連忙把手裡帶著的一兜零食遞過來，道：「聽程春說大姊回來了，這是買給孩子吃的鈣奶餅乾。」

這個馬屁拍到位了，程如笑嘻嘻地接過來，也不再為難他了，「謝謝姊夫！」

聽見稱呼都變了，門口那位也跟著咧嘴直笑。

米陽趴在他三姨肩上回頭看，門口站著的一雙年輕男女，一個在門內一個在門外，都是臉紅紅眼睛亮亮的，又害羞又想看對方。米陽記得後來二姨夫家裡幫著給程春安排了工作，等以後姨夫提了總工程師之後，還分了兩個大房子，老兩口退休後每天攝影，拍些花啊鳥啊什麼的，小日子過得挺好的。

程如抱著他去摘了無花果，又洗乾淨了放在盤子裡餵他吃，還拆了一包餅乾給他。

米陽看了一眼包裝，這牌子太熟悉了，他小時候老是生病，姥姥找不到什麼好東西給他吃，就總是買上一些這個餅乾泡奶粉哄他多吃些。

米陽拿了一塊小口啃著吃，眼睛瞇起來細細感受二十多年前的味道，好像一直都在記憶裡沒變過。

程如見他愛吃，喜孜孜地拿小布袋都裝起來給他帶上，等把米陽送回去的時候，那小布袋裡面已經裝了不少零食，山楂果、無花果、杏仁糖和鈣奶餅乾。

米陽在這邊是跟著姥姥住的，他們鎮上的老房子有點像是四合院，中間是天井，四周蓋了偏房，最中間的是長輩住的地方，也是最寬敞亮堂的房間了。米陽回去的時候，他媽正在和老太太說話，瞧見他進來，老太太招手笑道：「陽陽來了啊，快來，讓姥姥瞧瞧！」

米陽脫了小鞋，穿著襪子跑過去，一把抱住老太太，小臉挨著她蹭，喊道：「姥姥！」

程老太太喜歡他喜歡得不得了，原本就疼愛，米陽這張小嘴又甜又討喜，沒住上兩天就成了全家的開心果，老太太心尖尖上的那塊肉，恨不得什麼好東西都給他。瞧見他提著的那個小零食袋，程老太太又大方地往裡面塞了一把紅棗乾和蓮子，笑呵呵道：「正巧，前幾天出去吃喜酒，人家那邊送了些乾果，陽陽拿著吃。」

程青忙道：「媽，他咬不動這些。」

程老太太道：「那就讓他拿著玩。」

米陽小財迷似的把袋子抱住，眯著眼睛笑道：「謝謝姥姥！」

程老太太就喜歡他這調皮可愛的模樣，摸摸他的小臉，樂呵呵的。

蓮子主要是圖個吉利，不煮是咬不動的，米陽拿了幾顆和老太太玩扔蓮子的遊戲。

程老太太忽然道：「喲，瞧我這記性，差點忘了。」她翻身去旁邊的床櫃抽屜裡拿了一個紅包出來，念叨著：「這是給陽陽的，昨兒瞧見你們回來太高興了，一下給忘了。」

程青攔住了，「媽，這又不逢年過節，給他錢幹什麼呀！」

程老太太道：「哎呀，這是給陽陽的，去年他沒回來，姥姥給補上。我估計你們今年工作也忙，冬天又冷，回不了家啦，先提前給了，省得一直記掛著！」

程青攔不住只能收下，旁邊的程如瞧見了，也拿了一疊紅包出來，比老太太的薄許多，但勝在數量上，她一把將這些都塞到大姊手裡，笑著道：「姊，咱媽的妳收了，我們的可不能往外推啊！這是我和二姊和小妹的心意，沒多少，給陽陽壓歲呢！」

程青推讓不過也只能收了，米陽抱著八個大紅包，仰著小腦袋道：「謝謝姥姥，謝謝二姨、三姨、小姨！」聲音清脆，聽得大人們都笑起來。

晚上睡覺的時候，米陽那些紅包就被程青要走了，說的理由還是一萬年不變的那種。

程青道：「陽陽，你還小，壓歲錢媽媽先幫你存著，以後給你娶媳婦喔。」

米陽：「……」

紅包被拿走，換來的是一個小皮球，米陽想還行吧，好歹有個玩具，當安慰獎了。

準備睡的時候，程老太太又給送來一床新被，裝在一個看起來很高級的真空袋裡，她一邊打開一邊道：「這是年前妳爸的一個學生送來的，說是什麼蠶絲被，薄著呢，我瞧著給陽陽當夏涼被正好，省得他晚上踢被涼了肚子。」老太太念叨著就給米陽蓋上了，被子不大，做工頗精緻。給米陽捏了捏被角，老太太這才放心走了。

可是半夜米陽就被送去了醫院。

說來還是新被子惹的禍，不知道裡面有什麼成分，米陽過敏了，起了一身的小紅疙瘩。醫生檢查了一下，開了點過敏用的藥膏，叮囑道：「看著點，別讓孩子抓。現在這市面上的蠶絲被，說是蠶絲，卻都往裡面摻好些化學纖維製品，這些咱們大人用沒事，小孩皮膚太嫩了，就容易引起過敏。」

程老太太問道：「醫生，這要緊嗎？」

醫生笑道：「沒事，養幾天就好了。」

程家人這才抱著孩子回來，程老太太更是自責得厲害，親自守著米陽一晚上沒合眼，又是打蒲扇又是給用清水擦拭，生怕米陽自己睡夢中抓破了留疤。

程青怎麼勸都沒用，半夜起來還瞧見老太太去泡奶粉。

她過去問了一句，才知道是米陽說餓了，程青又氣又急道：「媽，您這也太慣著他了，只是過敏，醫生都說沒事了……」

程老太太不聽，擺擺手讓她別管，自己泡了一瓶奶給外孫，瞧著米陽喝了，問道：「陽陽還難受嗎？」

米陽睜大了眼睛，像是感受一下，「姥姥，不癢了，喝完就好了。」

瞧著活像是一隻騙吃騙喝的小狐狸。

米陽喝完了，伸手去拽老太太，「姥姥我睏，我要妳拍著我睡，妳也睡這兒。」

程老太太笑道：「好好好，姥姥也睡。」

程青勸了一晚上，都沒這小壞蛋一句話管用，在旁邊看得哭笑不得。

米陽生病，這幾天沒怎麼被抱出去玩了——他這兩條腿基本成了擺設，回了山海鎮，家裡幾個姨都搶著抱，根本沒下來自己走過。

等到米陽好得差不多了，也到了要回部隊的時候。

最後一天程青收拾行李的時候，程春過來了，米陽很喜歡這個語氣溫軟的二姨，先撲過去給了一個抱抱。

程春拿了一個提包過來，打開來裡面裝的是兩件新衣，尤其是外面一件羊絨的小風衣又時髦又厚實，一瞧就是價格不菲。程春把衣服推給大姊，說要讓她帶去部隊穿，程青哪裡肯要，連忙推拒道：「胡鬧！這可是妳訂婚的衣服，人家送來給妳的，妳拿來給我，像是個什麼樣子……」

程家二丫頭人溫和，卻非常堅持，笑著道：「姊，妳就拿著吧，妳要去那邊上班了，我留在家裡穿著它們也沒什麼用。妳上班，穿得體面些，別讓那些城裡人看不起。」

當時的農業戶口和非農業戶口差距頗大，所有人都想要跳農門，出去上班有工作，說出去是非常體面的事情。程春是真心實意想大姊在外面好一些，都是親姊妹，能幫的能給的，她都願意拿出來。

程青聽得眼眶都紅了，臨走前，姊妹兩個有說不完的話。

米陽在一邊聽著，心裡感慨的卻是戶口的問題。

當年大家都不要農業戶口，一方面是不想務農，另一方面也跟農業稅有關，後來農業稅取消了，也沒有了戶口限制，去哪裡都能找到工作，非農業戶口沒有那麼稀罕了，再後來隨著土地開發，農村反而吃香起來，尤其是他們山海鎮這種靠近老城的地方，擴建規劃之後地皮飛漲，價格在短短兩三年的時間就翻了數倍。

那時候好像也只有沒有離開山海鎮的三姨一下子翻身，光別墅就分到手兩個。

這種事情還真是說不準。

米陽返程回去，這次程老太太託人給買了硬臥的票，還特意買了一張下鋪的，她心疼大女兒和外孫，把自己能給的都給她們辦好。

程青這次大包小包帶了不少東西回來，但是因為是硬臥的關係，反而比來的時候還要輕鬆不少。米陽在火車上不但好好睡了一覺，中午的時候還吃了一次火車上的便當。

臥鋪車廂這邊人相對要少些，賣零食小吃的小推車來回走動，飯點的時候餐車也推來叫賣兩聲，程青買了一個牛肉便當和孩子一起吃。米陽試著吃了口牛肉，味道是不錯，但是他咬不太動，吃了一些肉汁拌飯也挺香的。

到站之後，米澤海親自來接。北方漢子高大，一隻手拎了幾十斤的行李包，另一隻手抱著孩子，旁邊的程青笑咪咪地提了一個小挎包跟著他出月臺。打從瞧見丈夫開始，旅途的疲憊就淡了許多。

米陽回部隊大院過了兩天，這才覺得身邊好像少了什麼。

小白洛川不在，往常這小魔王要是在的時候，總是恨不得一天三次地跑他們家來，他最近跑得非常快了，身邊的警衛員都追得滿頭冒汗。

母子連心，他這邊想著，程青也忍不住念叨了一句：「洛川還沒回來啊？」

人經不起念叨，沒嘀咕上兩天，駱江璟就抱著小白洛川登門拜訪了。

幾乎是剛進米陽家大門，小魔王就扭著身子要下來，落地就衝米陽那去了，手裡的玩具都拖到了地上。米陽被他嚇了一跳，坐在小板凳上差點被他奔過來撞到地上去，好不容易坐穩，就被塞了滿懷的玩具——是白小少爺拖過來的變形金剛。

米陽看看玩具，又抬頭看看他，「一起玩？」

小白洛川想了一下，點頭答應：「好。」

米陽：「……」

這是誰求著誰陪玩呢？

不管怎麼說，米陽還是盡職盡責地坐下來哄小孩了。他這個年紀也只能做這些，不過也趁著小少爺心情好的時候，拿了自己的一疊識字卡出來，故意裝作特別感興趣似的開始一張張擺出來念。白小少爺果然被花花綠綠的卡片吸引了，跟著米陽一起念起來，大概是覺得這是遊戲，「玩」得特別認真。

駱江璟在旁邊跟程青訴苦：「……妳不知道，這才剛進家門，我衣服都沒來得及換，他抱著玩具就要來找米陽，攔都攔不住。回去這麼小半個月，吵得我頭都疼了，出門就給買兩個玩具，還非得要一模一樣的。喏，就這種變形金剛帶來一大堆，這是他挑了最喜歡的一個拿來了。」她正說著，就瞧見調皮搗蛋的兒子隨手就扔了這兩天最心愛的玩具，湊過去跟米陽玩識字卡去了。駱江璟眨了眨眼，有點不敢相信眼前看到的，兒子天資聰穎，一學就會，但就是淘氣故意不學，這種卡片她家不知道買了多少，他基本一遍沒讀完就全扔光了。

這真是太陽打西邊出來了，她家白洛川竟然主動學習了？

駱江璟欣喜得不行，左看右看，問了程青道：「妳家這卡片在哪兒買的呀？」

她覺得一定是程青買的卡片好，能吸引小孩。

程青找出一盒識字卡來給她，「老家的妹妹們買的，有好幾盒呢，這個給洛川。」

駱江璟笑道：「那我就收下了，我還是第一次瞧見他這麼認真地看圖識字呢。」

那邊米陽小老師還在盡可能用少少的詞彙教導白小少爺，同時忍受他的各種騷擾。米陽覺得白洛川這人簡直有多動症，一會兒碰碰卡片，一會兒碰碰他，他說個「白菜」，這邊就能咯咯自己笑上半天。

米陽拍拍那張印著粉紅小豬的卡片，抬頭看了白洛川，神情嚴肅道：「豬。」

小白洛川又笑起來。

駱江璟那些卡片帶回去沒什麼用，白小少爺完全不吃這一套，拿回去也不見他玩了，怎麼哄都沒有在米陽家那麼有耐心，人家根本不學。

駱江璟試了幾次終於明白過來，不是卡片好用，米連長家的兒子才是寶貝。她琢磨著兩個小孩湊在一起學得也快，也就不怎麼攔著白洛川了，每天讓警衛員帶他過去。她自己工作剛調動過來，每天也不在家，放白洛川一個人在家不放心，兒子樂意往外跑，就乾脆直接送米陽家去了。

從這以後，程青下班回家找不到兒子了，只要往白家一問，肯定就在那裡。

兩個小的像分不開似的，有時候是在白家一樓那邊玩積木和玩偶，有時候是在白家二樓鋪了軟墊的兒童房裡一起呼呼大睡，手邊還散著拆開的零食袋……

小日子過得平淡又順遂，米陽卻總覺得好像有什麼事給忘了。

直到有一天米澤海撿起書本開始認真看書的時候，米陽才想起來，他把他爸考軍校的事給忘了。印象裡應該是這一兩年就有好消息，米陽有時候也跑過去看看他爸看的那些書，米澤海對他非常寵愛，瞧見了就把小米陽抱起來，扛在自己脖子上讓他陪自己一起念書。

米陽居高臨下看著他爸念書，大概是從野戰軍區到了師部的關係，雖然還是參與訓練，但是比在下面的條件要好一些，找來的書也更多了，米澤海白天晚上地苦讀，眼睛熬紅了不說，人也瘦了些。

米陽覺得他太辛苦了，但是米澤海卻不這麼覺得，大演習之後他高升了，但是在師部更難出頭，要做得好，就只能奮發努力。他之前是想當最好的兵，現在比之前要求要高一點，想當一個好軍官。

米澤海沒有經過系統學習，全憑自己摸索，什麼書都看得認真，但是時間卻遠遠不夠，他累壞了，米陽也心急。

這一年軍校考卷出得有點偏，考的軍事理論比較多，他爸曾經得意地跟他說多虧臨考試前兩個晚上看了一本書。米陽記得清楚，他們家那本書擺了很多年，硬殼都有點散架了，還是他給修補好的，他爸當傳家寶似的放在那，來人就給講一遍，那書他簡直太熟悉了。

米陽瞥見米澤海放在手邊的那本「傳家寶」，拍了拍他親爹，道：「爸爸，看那個。」

米澤海抬眼瞧了，「這個紅色封面的？」

米陽點點頭道：「對，這個好看。」

米澤海樂了，他只當小孩喜歡顏色鮮亮的，就乾脆拿起那本軍事理論書翻看起來。他不挑，什麼書都看，先看哪本都一樣，但是等他想要換一本看的時候，米陽就不樂意了，堅持讓他看完那本紅色封面的書。

米澤海哄他道：「這本也好看，還有圖呢，咱們換看這本啊！」

米陽抱著奶瓶晃了晃，想使壞，但是還沒等他用小手擰開蓋子，就被米澤海發現了，把他奶瓶給沒收了。

米陽道：「……爸爸我要尿尿。」

米澤海正在那看書，隨口答應了一聲，還沒等起身，他寶貝兒子就騎在他脖子上尿了，連帶著正看的書也被弄濕。米澤海一邊扶著騎在脖子上的兒子，另一邊手忙腳亂搶救書，絕望地向上級求救：「老婆！老婆，妳快來，發大水了！」

程青拿著鍋鏟跑來的時候，米陽已經換好了小褲子，一臉無辜地坐在床上玩卡片。

米澤海擦著自己的參考書欲哭無淚，他手邊讀的這兩本徹底遭殃了，只有米陽看中的那本紅色封面的軍事理論因為擱置一旁沒有受到波及。

程青挑高了眉毛就要教訓這個小壞蛋，米陽手腳俐落地爬下小床往外跑。米澤海心疼兒子，攔著她道：「算啦，這些我擦擦先曬外面去，不是還有一本，我先看那本……」

程青道：「那也不能就這麼讓他跑了，幹錯事就要受罰！」

米陽從她語氣裡聽出要挨揍，跑得更遠了，一溜煙就去了白洛川家。

駱江璟護著他少挨了一頓打，白小少爺趁機提出要他跟自己一起睡，連小床都鋪好了。

米陽想想他媽盛氣之下的樣子，二話不說，點頭就答應了。

程青來白家抓人的時候，米陽躲在白洛川的床上睡了。大概是他說了怕被抱走，白小少爺睡著了也抱得緊緊的，分開一個，另一個立刻能醒來大哭。程青隔著門縫看了一會兒，低聲跟駱江璟說了幾句，沒帶米陽回去，暫時放過了他。

米陽在白家躲了一晚上，第二天還是被抓回去了，屁股不輕不重挨了幾巴掌。米陽覺得比預想中的好許多，大概是小孩子做久了，自尊心沒有自己想的那麼強，尤其是瞧見米澤海捧著那本軍事理論認真看的時候，他心裡最後一點不好意思的勁兒也消退了。

當年九月，米陽剛過完生日沒幾天，米澤海得到一個好消息，他被軍校錄取了，並且拿了他們師第一名的好成績，連老師長都特意過來誇讚了一下，專門開了一個會，讓得了好名次的人上臺領獎。米澤海作為第一名，更是挺直了腰桿走在第一位。

米陽被程青抱著遠遠看了一眼，臺上站著五六個人，胸前都戴著大紅花，程青指著其中一個高興道：「瞧見沒有，那是爸爸，陽陽以後也要好好讀書，跟爸爸一樣拿第一名！」

米陽點點頭，樂得笑出小白牙。

第一名啊，比之前那個名次風光許多，他爸這次恐怕又要吹上幾十年啦！

米澤海讀了兩年軍校提到副營長的時候，米陽也到了上幼稚園的日子。

臨入園之前，米陽和小白洛川一起被捉去理髮。

小白洛川個子比米陽高些，頭髮略長，稍稍擋著眼睛，一進理髮店就要跑：「不要！」

駱江璟眼疾手快，抓住他的衣領把人給拎住了，「必須理髮，你頭髮都擋著眼睛了。」

小白洛川不愛理髮，哪怕是駱江璟和程青把米陽送去第一個理髮給他做示範，他也只肯在一旁看著，一到了自己要去剪髮的時候，就在座椅上扭個不停。駱江璟沒辦法，只能略微修剪一下長短，瀏海也沒敢碰，讓他這麼繼續留長了。

小白洛川從椅子上下來後還是一臉不高興的樣子，過去抱著米陽半天沒吭聲。

駱江璟氣笑了，「你還委屈上了，根本就沒剪下幾根。」

程青勸她：「比之前進步多了，以前都不進這個門呢。」

駱江璟嘆了口氣，道：「那是因為陽陽在，但也不能每次都帶陽陽來啊，他這輩子自己就不理髮了嗎？」

程青聽了直笑。

回去的路上小白洛川總覺得癢，抓抓脖子又抓抓耳朵，弄出幾道紅印，還是米陽按住了他的手，從他耳朵和脖子捏了幾根碎髮下來，湊過去吹了吹，道：「好了，沒有了。」

小白洛川還有點難受，但是米陽這麼說，心裡就好過許多，慢慢也就不癢了。

他坐那摸了摸米陽的頭髮，三七分的髮型，剛剛遮過耳朵，瀏海剪短露出一雙圓圓的眼睛，眼角略微有點下垂，水汪汪的人畜無害的小模樣。小白洛川忍不住又多摸了兩下，大概是他摸了太久，米陽就笑了，眼睛笑起來也是彎彎的向下垂，像是前些天警衛員抱過來讓他瞧的小狗，特別軟萌。

小白洛川越看越喜歡，越是喜歡就越想他跟自己好，也不在意頭髮的事了，挨著他親親熱熱地聊起新玩具。

隔天兩個小孩被送去了部隊的幼稚園，穿著統一的圍兜罩衫，看起來更像是兩兄弟了，只是小白洛川頭髮略長，稍稍擋著眼睛，他牽著米陽的手揉眼睛，米陽就側過身來給他把額前的碎髮撥開。白小少爺仰頭等著，米陽點頭說「好了」，他就笑咪咪繼續跟他手牽手，好奇地往四周打量。他皮膚白，眼睛又大，猛一看上去跟個漂亮小丫頭似的。

幼稚園老師對他倆印象深刻，她帶過不少小孩，這兩個小男孩一進來就特別引人注目，大點的漂亮，小點的那個乖巧，分點心的時候也只有他們兩個不用餵，自己大口吃了，那個哥哥還舉手要了兩杯水，說要給弟弟喝。

老師選小班長的時候，就特意選了那個叫白洛川的哥哥來當。

但是，她很快就發現小班長是一個小霸王。

她們班上的學生都是部隊大院的子弟，基本上摔摔打打沒什麼嬌氣的孩子，皮實的卻不少，最調皮搗蛋的，也不敢隨意去碰班級後面玩具櫃上的一個小紅木馬。

老師剛開始覺得奇怪，她還特意拿出來兩次，可是頂多也只是摸一下，更多的小孩都遠遠躲開那個小木馬。

老師招手讓他們過來，問道：「大家怎麼不玩這個小木馬呀？」

周圍一圈小朋友齊刷刷搖頭，有說「不可以」的，也有說「不能玩」的，但基本有一句說的一樣，大家都說那是白洛川的。

老師哭笑不得，「這是咱們班級的，大家都可以玩。」

所有小朋友都不敢動，就像那上面寫了白洛川的大名似的，白小少爺地盤圈得牢，玩具和米陽誰都別想碰。

這個良好傳統一直維持到了白洛川幼稚園畢業，那會兒他身後已經跟著一串小蘿蔔頭，但身邊的位置依舊留給米陽，玩打仗遊戲從來都不讓米陽去當敵人，永遠都是他「白司令」的小副官，讓他跟自己一起衝鋒陷陣。

有一天一群小孩出去玩，白洛川一口氣攻下兩個「碉堡」，讓米陽留著守家，自己一鼓作氣帶人繼續衝鋒去，衝出去沒一會兒，就看到一個小兵氣喘吁吁地跑過來喊道：「司令，不好啦，米陽跟人跑了！」

白洛川停下腳步，拿著手裡的小木手槍轉頭看他道：「怎麼回事？」

那個小孩道：「剛剛有個人過來跟米陽說了幾句話，米陽就牽著她的手走了！」

白洛川急了，「往哪去了？」

那個小孩指著後面的假山道：「那邊，去涼亭那邊了！」

他們大院靠近後山的地方有個涼亭，比較偏僻，平時大人不讓小孩子亂跑，就會編上幾句說那邊有偷小孩的，不許他們過去。白洛川一聽米陽跟人去那邊了，仗也不打了，一揮手帶著人去找副官了。白洛川算是心眼多的，跑了兩步又喊住剛才來報信的那個小孩道：「你往回跑，去告訴家裡的大人……不，瞧見門口的警衛員就告訴他，說米陽丟了！」

那小孩機靈，答應了一聲，拔腿就朝門崗警衛員那邊跑了。

對面藏在土堆後面的「敵人」等了半天，見白司令帶人又衝回去了，一臉茫然，有一個歪戴帽子的小孩問道：「首長，我們還守著嗎？」

敵軍首長不過年僅五歲，沉思片刻，揮手道：「不，我們衝鋒，奪回領土！」

然後土堆後面呼啦啦又蹦出七八個小崽子，都玩得跟泥猴一樣了，頂著樹枝做的草帽，拿著木槍就嗷嗷地喊著開始追白洛川他們去了。白洛川身邊帶著一群，身後追著一群，聲勢浩大往後山涼亭奔，一個個都是殺紅眼的樣子。

此刻的米陽，正坐在涼亭乖乖地用老人家帶來的小水壺洗手，洗乾淨了，對面的老太太就笑呵呵給他一塊點心讓他吃，不停哄道：「吃吧，喜歡就多吃點。」

米陽笑得開心，咬著手裡的雞蛋糕吃得香甜，半塊還沒吃完就瞧見一幫小蘿蔔頭喊打喊殺地奔過來，一下子就被噎著了，嚇得老太太趕緊給他喝水，「陽陽沒事吧？快喝點水。」

米陽捧著老太太的水壺咕咚咕咚喝了兩口，白洛川已經率先一步跑進涼亭，瞧見他喝一個陌生人的水，上前一巴掌就把水壺拍翻在地，拽著米陽讓他站在自己身後。米陽被拉扯，猝不及防手裡的雞蛋糕掉地上了，「哎，我的蛋糕……」

白洛川拽著他，不許他去撿，一臉防備地看著眼前的老太太。

老太太倒是笑呵呵地坐著，和善地也在看著他們，手裡拿著撿起來的小水壺，旁邊還放了一個黑色皮質的大挎包，瞧著像是來走親戚的。

白洛川道：「妳是誰啊？」

米陽在後面不輕不重拍他一下，道：「她是我姥姥。」

白洛川梗著脖子道：「我沒見過她，誰讓你跟她走的？」

米陽掰開他手，「她是我姥姥，你肯定沒見過啊！」他走過去，先把掉在地上的那半塊雞蛋糕撿起來，拍了兩下，但是雞蛋糕剛才被踩了一腳，已經不能吃了。

程老太太連忙道：「陽陽，咱們不要那個了，姥姥帶了好多，你再拿一塊吃啊！」

米陽答應了一聲，抬眼看白洛川。

白洛川小臉上還有劇烈跑步之後的紅潤，額前的頭髮都汗濕了，他站在那一會兒，還是低頭服軟了，「對不起。」

涼亭外面的小蘿蔔頭們仰頭齊刷刷地看著，特別安靜，沒一個敢這時候吭聲的。

米陽從程老太太手裡拿過小水壺，「水還夠，大家排隊，過來洗手吃雞蛋糕！」

這話比白司令的一句衝鋒還管用，頓時就不分敵我的開始排起長隊，十來個小孩都興致高昂地等著排排坐分果果了。

白洛川是第一個洗手的，米陽舉著那個水壺給他沖洗了一下，又拿紙巾擦過手，給了他一塊雞蛋糕，道：「喏，你的。」

白洛川接過來立刻掰成兩半，舉著給了米陽半塊。

程老太太瞧見了，笑道：「陽陽也去吃吧，姥姥來給小朋友們洗手。」

米陽就接過半塊糕，和白洛川挨著坐下一起吃。雞蛋糕在那個年代是走親訪友必備的，米陽吃得津津有味。白洛川攻城掠地了一下午也跑累了，吃得滿口香甜，三兩口就吞下去。米陽又翻出一塊巴掌大的手工花生糖，是用新炒的花生和紅糖黏起來的，兩手一用力，掰開糖和白洛川分著吃。

白洛川一邊吃，一邊小聲道：「你怎麼不說一聲就跟別人跑了啊？」

米陽小口啃著糖，「不是別人啊，那是我親姥姥。」

白洛川還在那哼哼唧唧，米陽把自己手裡那塊糖塞到他嘴裡，笑嘻嘻道：「吃吧，這塊花生最多。」

換了別人，白小少爺早就發怒了，沒人敢這麼餵他東西吃，但是到了米陽這邊，分他半塊花生糖都像得了獎勵似的，平時米陽都不怎麼做這些親密的舉動，也就越發顯得可貴，白洛川眉頭立刻舒展了大口吃糖。

米陽留神看了他一眼，涼亭一圈的石椅高，白洛川坐著腳搆不到地面，一邊吃糖一邊晃悠小腿，瞧著是吃美了。

米陽看得直樂，這是他這幾年觀察出來的一個小習慣，白少爺高興起來的時候會翹腳晃悠，還挺直白可愛的。

等到家裡大人找過來的時候，就看到涼亭那邊一個老太太坐在中央，一圈小孩圍在老太太身邊，一起分著吃糖吃糕。

程青很是驚喜，「媽，您怎麼來了？也不發個電報，我好去車站接您呀！」

程老太太笑道：「不用，我身體好著呢，不用耽誤你們工作。我就是想陽陽啦，過來瞧瞧我外孫。」

小朋友們吃得差不多了，見著程青都喊了一聲「阿姨」，又跑去繼續玩了。

白洛川沒走，他拽著米陽的袖子，想他繼續跟自己玩。在他看來，姥姥來了也比不上他們約定好的「作戰計畫」重要，他剛才都攻陷一多半「碉堡」了，馬上就能取得勝利。

米陽掰開他的手指頭道：「不行，我得回家了。」

白洛川擰著眉頭又要開口，米陽拍拍他的肩膀，道：「明天吧，明天我去找你，我們可以玩一整天。」

得了這個許諾，白司令才心不甘情不願地點頭答應：「好吧。」

程青替程老太太提了行李，米陽則一手拎著小水壺一手牽著老太太的手，一家人一邊走一邊說話，老遠還能聽到米陽笑著說話的聲音。

「我當然認識啊，她一喊我，我就知道這是我親姥姥來啦！」

「哎喲，我的寶貝陽陽，真是姥姥的親外孫！」

程青帶著程老太太走回家去，一路指給她看周圍的環境，「媽，您看，這是食堂，再走過去一段路就是小公園，裡面還有假山。過了馬路，就是陽陽他們的幼稚園了。」

程老太太問道：「這麼大一片，安全嗎？」

程青笑道：「安全，門口崗亭都有值班的戰士，再說我每天都去接送陽陽呢，您不用擔心，而且陽陽聰明得很，念了三年幼稚園都沒跟別人走過，我今天猛地聽見還以為人家說錯了，誰知道他是瞧見您了……家裡的照片沒白給他看，還能認出姥姥來。」

程老太太笑成一朵花，不停地摸摸米陽的小臉蛋，又牽著他的手道：「乖乖，姥姥帶了不少好吃的給你，等回家都給你啊！」

程青故意道：「媽，您就想著他了，我呢？」

程老太太樂了，「妳都當媽的人了，怎麼還跟小孩子爭寵？」

程青笑道：「那也是看當著誰的面啊，我親媽來了，我還不能爭啦？」

程老太太道：「能能，你們倆我都寵著，呵呵！」

到了家裡，程青找了一身衣服給老太太換上，麻利地把她的衣服洗了晾乾，一邊做家事一邊跟老太太聊天。程老太太想幫忙，都被程青給推到一邊去，對她道：「您跟陽陽玩，讓他帶您瞧瞧家裡新添的寶貝。」

米陽就牽著老太太的手讓他坐在家裡唯一的藤木沙發上，拍了拍扶手道：「姥姥瞧，這是我爸攢了一年薪水買的，您試試，沙發特別軟，這個還能掀開，底下能放東西……我爸複習的書都在這裡了。」

米澤海考上軍校之後那些書沒捨得扔，尤其是那本紅色封面的軍事理論，當寶貝似的包起來放著了。家裡沒有什麼家具，僅有能儲物的就是這個，放裡面擱得好好的。

程老太太坐在沙發上，瞧著米陽小大人似的去倒了杯水，視線忍不住就隨著他打量了一下那張茶几。黑漆皮的茶几，擦得很亮。大概用的時間久了，茶几的四條腿上都有斑駁掉漆的痕跡，露出裡面原木的幾塊，有些突兀。

老太太喝著水，忍不住繼續打量。

程青擦了手過來，瞧見她的視線落在茶几上，便道：「媽，說出來您也別笑話，這是米陽他爸去二手市場淘換來的舊茶几，湊合著先用兩年。米陽馬上就要念小學了，雜七雜八的費用也多，我倆想省點錢。」

程老太太一陣心疼，嘆氣道：「原以為妳過得最好，現在看看妳家裡幾個妹妹都置辦得比妳齊全，程春結婚的時候還添了洗衣機，妳這還自己手洗衣服呢。」

程青笑道：「沒事呀，我手洗的也乾淨。」

程老太太摸摸大女兒的頭，滿眼的疼惜，程青反過來安慰她道：「人家都是窮當兵的，找了當兵的就沒打算過富太太的日子，現在米陽他爸還挺爭氣的，考上軍校之後提了一級，等以後熬熬資歷，轉業回去就好了。」

程老太太點頭道：「你們心裡有數就好，有什麼要幫襯的儘管開口，媽這裡還有點錢，妳要用就先拿去。」

程青搖頭道：「不用，我們還攢了點，您甭操心了。」

這年頭軍人薪資不高，程青一個隨軍家屬，雖說是安頓了工作，但也是醫院裡的護工，工齡只有一兩年，薪資緊巴巴地度日，當真是從牙縫裡節省著供全家吃穿用度。

程老太太問道：「妳現在還在醫院？」

程青道：「對，準備考護士呢，過幾個月就考試了，現在正在複習。」

程老太太連忙道：「那家裡的事妳甭管了，我在的這幾天妳就給我好好念書，家裡的活兒我來做就好。」

米陽也有點想念老太太的手藝了，蹭過去歪在她懷裡道：「姥姥，我想吃妳……電視上那種糖醋魚，要多多的糖汁的那種。」他把話收回去半句，差點就說漏了嘴。

老太太抱著他親了一下，笑呵呵道：「好。」

米澤海晚上回來，桌上已經是擺了好幾盤菜，都是他們老家的口味，程老太太來還特意帶了滷的兔肉和雞肉，算是山海鎮的特色，必須是整隻的野兔和雞一起放在罈子裡煮熟再加祕製的滷汁，味道才足夠好。米陽他們爺倆都喜歡吃這個，吃得特別香。米陽啃了一根大雞腿，小嘴吃得冒油光。

程老太太切了半隻兔子和雞，裝在盤子裡道：「要不要給白家也送點過去？」

程青有點猶豫，米陽吃完擦好手，大大方方接過來道：「我吃飽啦，我去送！」

米陽端著盤子一路去了白洛川家，敲門之後他家的保姆阿姨就來開了門，見了他也是特別熟悉地給拿了小拖鞋，笑道：「陽陽來了？晚上在這邊吃嗎？」

米陽搖搖頭道：「我吃過了，阿姨，這個是我姥姥從家裡帶來的……」

他還沒說完，就聽見二樓有腳步聲啪嗒啪嗒由遠及近，白洛川的身影很快就出現了，他聲音比人來得還快，高興道：「米陽，我就知道你晚上肯定要來找我玩！」

他後面的老人聲音低沉，但也能聽出對孩子的疼愛：「慢點，洛川啊，樓梯上慢點。」

白洛川哪裡肯聽，最後兩三個臺階更是一步就蹦了下來，衝過來就要抱米陽，嚇得米陽先將盤子舉高了道：「別，有油！」

白洛川這才穩住了腳步，抬頭看他手裡的盤子，好奇道：「這是什麼？」

米陽道：「我姥姥帶來的滷味，兔肉和雞肉。」

跟著過來的白老爺子聽見了，鼻尖動了動，道：「喲，這味道有點熟悉啊！陽陽，這是山海鎮帶來的吧？」

米陽平時見到這位大首長的機會不多，但是每個月也能遇到一兩回，對白老爺子並不陌生，點頭道：「是的，爺爺，我家裡人讓我送點過來給您家嘗嘗鮮。」

白老爺子很高興，招手讓他拿過來。保姆瞧見了趕緊去拿了兩雙筷子，先讓老爺子和小少爺吃。白洛川第一次瞧見兔肉，看了一眼黑乎乎的肉沒怎麼敢動，只夾了雞翅膀吃。

白老爺子沒他那麼講究，洗乾淨手先撕了一隻兔腿吃，嘗了兩口就點頭稱讚道：「是這個味兒！多少年了，很久沒嘗到過了，就是有點鹹……小吳啊，去給我盛碗飯來！」

保姆聽見趕忙去了，端來的時候不止兩碗飯，還貼心送了一壺開水來。

白洛川吃了兩口，興致不是很高，學著爺爺撕下肉條來想餵米陽，米陽搖頭道：「我在家吃過了，一整條雞腿呢。這個特意做鹹了好帶在路上不壞，我喝點水就夠了。」

白洛川這才自己吃起來，吃兩口又小聲讓米陽給他倒水。

米陽脾氣好，給他倒了水又拿紙巾，低頭看的時候，果不其然白少爺又開始踢小腳了，一晃一晃的美滋滋。

白老爺子人長得高大，北方漢子足有一米八幾的個子，即便是年紀大了也頗有架勢，不過說兩句話的功夫已經把一條兔腿吃得乾乾淨淨。吃了幾大口飯，跟著又撕了一根雞腿繼續吃，道：「這不像是飼養的肉雞，肉吃著真勁道。」

米陽道：「我姥姥說是放養在山上的笨雞，我家裡有一片果園，養了不少，爺爺喜歡吃的話，下回可以去我家。」

白老爺子點頭道：「這個主意好，等爺爺去了，一定去咱們陽陽家裡多吃一些。」

米陽樂了，「那我一定跟我姥姥說少放點鹽。」

白老爺子也笑起來。

白洛川眉頭擰了一會兒，湊近了米陽些，小聲問他道：「米陽，你們家的雞……還分笨的和不笨的嗎？」

米陽道：「啊？」

白洛川已經陷入自己的想像，臉上的小表情有點古怪，「是不是笨的都被抓來吃了，不笨的就繼續在山上？」

米陽哭笑不得，「不是，就是一種說法，跟買的土雞蛋一樣，笨雞就是土雞的意思。」

白洛川這才明白過來，有點不好意思地繼續埋頭吃雞翅。

米陽送完滷味要走的時候，白洛川拉著米陽的手不讓他走，對他道：「家裡有南方新來的獼猴桃，可好吃了，你別走，我們一起吃。」

米陽搖搖頭道：「我吃飽了。」

白洛川不死心，又對他說道：「那還有上回咱們拼了一半的拼圖，那個魔術方塊也沒復原啊！」他轉著眼珠子打小算盤，只想要米陽留下來。

白老爺子裝作在客廳看報紙的樣子，偷偷抬眼瞧兩個孩子。

果不其然，略矮一點的孩子踮起腳來摸了摸他孫子的頭，像小大人似的哄了兩句。他家寶貝金孫雖然還不樂意，但是也慢慢鬆開手讓他走了，還是聽勸的。門口端著空盤子的小男孩愛笑，彎著眼睛的樣子特別容易讓人有好感，又乖又懂事，白老爺子瞧著也喜歡。

白洛川雖是鬆手了，依舊找了藉口道：「我要去送送米陽。」然後就跟著人家前後腳出去，保姆攔都沒來得及攔一下。

白洛川和米陽手牽手走，路上還在哼唧。他看了米陽一眼，忽然喊他：「小乖！」

米陽轉頭看他，「你說什麼？」

白洛川笑出小白牙，眼裡帶著狡黠道：「我聽見你姥姥這麼喊你啦，我也要喊。」

米陽搖頭道：「這個不好，你喊我名字唄。」

白洛川得意道：「不要。」

他又喊了兩聲，米陽不吭聲，白小少爺脾氣上來一陣是一陣的，越是拗著他越來勁兒，順著讓他喊上幾句慢慢淡了興趣就不喊了。果不其然，喊了幾聲沒什麼回應後，白洛川又喊回了米陽，小聲念叨著他們讀書的事。

白洛川道：「我媽說九月要去念小學。」

米陽點點頭道：「對呀！」

白洛川又道：「咱們還在同一個班好不好？」

米陽嘴裡說好，心裡想的卻是白少爺能不能留下讀書都不一定。白夫人工作調動過來幾年，每年都會往滬市跑上幾趟，瞧著也是隨時要準備回去的。白敬榮要留守軍區，但這地方實在太過清苦，別說白夫人的工作發展受到限制，孩子的教育就跟不上。幼稚園還好說，無非就是陪著玩，真到了義務教育的時候，是不可能留在這個邊城的。

白小少爺不知民間疾苦，還在美滋滋設想以後兩人繼續在小學玩耍的樣子，甚至還問米陽喜不喜歡那個小木馬，他們可以帶著去小學繼續玩。

米陽騙他：「帶它幹麼，小學會發新玩具。」

白洛川驚奇道：「真的？」

米陽點點頭，憋著笑道：「對啊，每天都有。」

一課一練嘛，小學的必備作業，從寫字到算術，每天都指派新的作業。

白洛川不懂，頗為憧憬。

從白家到米陽家的距離沒多遠，走了一會兒就到了。白洛川把米陽送到了之後，眼珠轉了兩下，在門口磨蹭道：「天黑了，要不，我在你家睡吧？」

米陽被他逗樂了，「不行，睡不下了。」

白洛川堅持道：「上個禮拜天中午我還睡過的，睡得下。」

米陽搖頭，「我姥姥來了呀！」

白洛川這才想起來，有點失望地道：「哦，我忘了。」這才三步一回頭回自己家去了。

米陽在門口站著，瞧見他沒走兩步就有警衛員拿著手電筒找過來，就放心進家門去了。他以前還有點畏懼白少爺，但是變成小孩子後，這麼幾年一直跟他在一起，瞧著白小少爺一點一點長大，反而常常把自己代入保護者的一方，下意識去留神他的情況。

米陽姥姥來了，這個小家裡多了一個人更顯得擁擠，但是程青明顯輕鬆許多，她得了空閒可以看書複習，畢竟還年輕，總是想要把工作做得再好一些。

程老太太做得一手好飯菜，米陽在家吃得特別滋潤，小臉都胖了一圈，出去跟小朋友玩的時候，帶出去的小零食越來越多，花樣還翻著來。花生黏糖、油炸糕、烘蛋捲、紅豆酥餅等等的，比程青之前糊弄米陽的那些雞蛋餅高級多了。老太太每天都給做一種，讓他吃新鮮的，哄著他多吃一口都樂得眉開眼笑。

這些都是米陽小時候吃慣了的，他上輩子就是被程老太太一手帶大，老太太做什麼他都說好吃，吃得津津有味。

程老太太不但做米陽的份，還特意多做一些，讓他去分給小朋友。這邊住的軍官家裡孩子多，有些條件好的，會分進口巧克力糖給米陽，老太太瞧見了就想著讓米陽也給小夥伴們分一下。雖然沒人家給的那些東西好，但多少是個意思。

米陽其實不太愛跟小孩子玩，平時父母上班，他一個人在家看書或看電視的時候居多，但是程老太太在，他就得儘量裝得跟小孩一樣，拿點心出去分給其他孩子吃。

白洛川在這幫小蘿蔔頭裡一直都是小霸王一樣的存在，不論是住在部隊大院裡的孩子，還是偶爾寒暑假過來探親的孩子，都被他多多少少用拳頭征服過，於是很快就確立了在大院裡的地位。米陽因為跟著白洛川，大家下意識也對他有了威信感，尤其是米陽總是一副老好人沒什麼脾氣的樣子，有本事又樂於助人，比起白洛川，大家更喜歡跟米陽玩。

米陽是用帶孩子的心情陪他們玩，瞧見哪個哭了鬧了，把人叫過來各打五十大板而已，但是在小孩們心裡就多了一個「公正」的印象，尤其是現在每天都帶點心出來，哄得一起玩的那些小蘿蔔頭都愛圍著米陽轉悠。大院裡甚至還流行起了一陣「米陽家的點心」的潮流，不少小孩回去之後鬧著要吃米陽家做的那種小點心，外面買回來的還不行，連泡泡糖都不好使了，非得是那種炸得油汪汪紅亮亮的糕，邊緣要焦點脆點，咬一口紅糖汁就流下來。那個特別有本事的米陽，吃的就是這種。

程青一連被人問了好多次，這才知道家裡的油炸糕出名了，她也不知道怎麼做炸糕邊緣才焦脆，回去一問，程老太太就樂了，擺手道：「哎喲，哪有什麼祕方，我動作慢了點，炸得就久啦！」

程青也跟著樂了。

不管怎麼說，自製點心的這個小潮流一直在好幾個月之後還有熱度，基本上大院裡有小孩的都做了無數的油炸糕。

有時候米陽在家裡寫字學算術不出來玩，那幫小蘿蔔頭也要踮起腳來敲敲窗戶，隔著外面喊他：「米陽，出來玩呀，就差你啦！」

白洛川對此頗有微詞，但是米陽給他留的一份點心每次都是另外分裝的，也是最完整最甜的一份，所以他大少爺勉強允許周圍這些人靠近米陽了。

白洛川挺得意的，他湊近了米陽問道：「一會兒去我家玩，我家有巧克力豆，還有健力寶，我開兩瓶給你喝。」

米陽歪頭看著他，笑咪咪的不說話。

白洛川想了想，又忙道：「你想去嗎？去玩好不好？」

米陽這才點頭道：「好。」

這是米陽堅持的一點，上輩子白洛川就很霸道，動不動就做一些他不喜歡的事，趁著現在還小，趁機培養一些習慣，首先要做的就是詢問別人之後，得到認可才行動。

不過這也就是米陽的自我感覺，放在白小少爺那邊，已經開始喜孜孜地比劃著跟他說家裡有多少糖果了。

白小少爺坐在操場邊上跟米陽嘰嘰咕咕地說話，他正是喜歡說話的年紀，什麼都要說上大半天，好些是他們小孩才懂的，米陽大部分都能做出反應，有個別沒聽懂的只要保持「哇原來這麼厲害」的表情，白小少爺就能得意地說下去。

又玩了一陣打仗遊戲，白洛川依舊是司令，但是這次白司令攻下「碉堡」之後沒敢讓米陽留守了，帶著一起衝鋒到最後一塊陣地，坐到了最高的土堆上，給自己和米陽戴上樹枝編的帽子，然後大手一揮，算是占山為王了。

對面的輸家被押到土堆後面「槍斃」，拿著小木槍比劃自己喊一聲「啊」就算完了。

米陽看著那幾個小戲精一個比一個專業地抽搐倒下，從髮絲到手指頭都表演出了「我不想死」這四個字，捧著小水壺差點一口水噴出來，樂得不行。

白洛川看了他一眼，忽然回頭對那幾個輸了的小孩道：「再死一遍。」

那幾個小孩一臉懵。

白洛川道：「今天的新規矩，輸了死兩遍。」

那幾個小孩沒什麼意見，反正衣服都髒了回家肯定要挨罵，倒地幾次都一樣，就直接又來了一遍。白洛川回頭看米陽，果然見他眼睛彎彎的，坐在自己身邊，越發像是警衛營的那隻小狗崽，又乖又聽話，不，比那好看多了！

白洛川又道：「再死一遍！」

那幾個小孩不服了，「怎麼還來，不是說好了死兩遍嗎？」

白洛川狡辯道：「剛才我沒看清楚，再來一遍！」

小孩們：「……」

連著三遍之後，還是米陽喊停，這個遊戲才結束了。

白洛川道：「你不想看啦？」

米陽有點奇怪，但很快就想明白過來，點頭道：「不看了，要回家吃飯。」

白洛川聽見他說，就拽著米陽手臂走了，不過他堅持要帶米陽先回自己家，理由只有一個，非讓米陽嘗嘗家裡新送來的獼猴桃不可。

「和以前的不一樣，這次的特別甜特別軟。」白洛川一邊走一邊比劃，「我昨天一口氣吃了兩個，給你留了一個最大的。」

米陽心想白少爺平時好東西吃的不少，明明就差兩個月，這力氣大得差點拽他摔跟頭，勉強跟上他腳步剛想說句話，就聽見旁邊有自行車的鈴鐺聲，抬頭去看，就瞧見了程青。

程青剛下班，買了菜回來，瞧見他們倆就笑道：「又出去玩啦？陽陽記得一會兒回家吃飯，飯馬上就好了。」

所有的媽媽們似乎都很習慣管半個鐘頭左右的時間叫「馬上就好」，米陽點點頭，乖乖地回道：「知道了！」旁邊白少爺的小手抓得緊，估計不走一趟是沒法回自己家了。

白洛川對程青這個長輩很尊敬，米陽站著說話的時候，他就規規矩矩地道別：「阿姨再見。」說完又想了一下，仰著頭問道：「阿姨，我可不可以去妳家吃飯？就吃一碗。」

這還沒等分開，就已經算計晚上去米陽家玩了。

程青笑道：「好啊，來吧。」

他們兩家離得不遠，白洛川領著米陽先回自己家，挑著特意留出來的獼猴桃給米陽，又拿了小湯匙挖果肉，瞧著那架勢快要餵到米陽嘴裡去了，米陽連忙接過湯匙自己來。白小少爺趴在小桌上腦袋枕在手臂上看他，笑咪咪地道：「沒騙你吧，特別甜！」

說得像自己親口吃了一樣。

米陽吃一口，他視線就跟著小勺上下動一下，米陽自己都樂了，吃到黃芯最軟最甜的部分，就挖了一勺果肉餵到他嘴邊：「嘗嘗？」

白洛川半點猶豫都沒有，張口就吃了。

米陽收回湯匙繼續吃，他小時候都跟白少爺共用過一個奶瓶，從小到大沒少這麼吃過東西，他都免疫了，習慣成自然，也沒覺出哪兒不對。

等吃完，米陽收拾了果皮，擦了小手就想走，白洛川又抓了一大把糖果塞到米陽的口袋裡，裝滿了就坦然道：「走，回家吃飯。」

米陽：「……」

米陽覺得這傢伙已經把自己家當食堂了，吃飯這兩個字說得比自己還理直氣壯。

駱江璟要攔也攔不住，便讓警衛員拎了一盒水果，連孩子帶水果一起送過去。

不過等吃過晚飯再讓警衛員接回來的時候，送去兩個，接回來依舊是兩個。

白小少爺哭得眼眶都紅了，拽著米陽的衣角不放，一副受了天大委屈的模樣，扁著嘴隨時都要再哭出來。米陽倒是沒吭聲，不過手裡抱著自己的小枕頭，也有那麼點不樂意。

駱江璟已經很久沒見他這哭包模樣，還覺得挺有趣的，逗他道：「怎麼了，今天下午白司令不是打贏了嗎？」

白洛川吸了吸鼻子，抓著米陽不放，「我要他跟我一起睡。」

米陽還沒吭聲，他自己又心酸地接了一句：「米陽好幾天都沒陪我睡覺了。」

米陽轉頭看那個哭成小花貓的蘿蔔頭，嘴角抖了抖。

駱江璟看了旁邊的警衛員，警衛員道：「跟米陽的媽媽說過了。您不知道，吃飯的時候他還笑呢，我一去，他『哇』一聲就哭了，問他怎麼了，他說是不想回家要跟米陽一起睡。米營長家地方小，那小床也是老太太和米陽一起睡的，哪擠得下第三個。米營長哄了一句，他哭得更厲害了，就讓米陽帶著枕頭過來咱們這……」

駱江璟耐心道：「洛川，人家陽陽也有家，這次陽陽家長同意就算了，下次不許這麼胡鬧了聽見沒有？哭不能解決所有問題，下次你哭也沒有用，知道嗎？」

白洛川含著眼淚，抽噎道：「不要，媽媽，妳讓小乖來咱們家吧！」

駱江璟道：「人家陽陽也有家人啊！」

白洛川哽咽道：「那……那我就去當他家的小孩……」

駱江璟照著他腦門彈了一下，自己都氣樂了。

米陽抱著枕頭和他一起去樓上的小房間休息了。

白洛川自己住一個房間，地上鋪了一塊地毯，周邊堆放了一些玩具，雖然凌亂，但是每一件都很新，只是瞧著沒玩多久就被小主人丟到一邊去了。臥室是木地板，夏天光著腳走路挺舒服的，米陽過去先把自己的小枕頭放下，然後去洗臉刷牙。白少爺這邊東西都很齊全，備用的也充足，他拆開包裝竟然還發現了一支粉紅色的兒童牙刷。

白洛川小時候長得粉雕玉琢，駱江璟偷偷給他穿過小裙子，偶爾也買一點顏色鮮亮的小東西給他，不過也要由著白少爺的性子挑著用，心情好了粉紅色的牙刷也喜歡，心情不好平時用的藍白條紋小毛巾說扔就扔。

米陽拆開用了那支粉紅色的小牙刷，用完後，白少爺還貼心地幫他放到自己的牙杯裡。一紅一籃，兩支兒童牙刷並排著。

米陽看了一眼，懶得再拿出來單放，打了個哈欠準備去睡覺。

米陽睡覺一向老實，仰躺著小手放在肚子上，閉著眼睛睡得很快。白洛川沒像他這麼規矩，翻來覆去地折騰，一會兒又翻身過來戳戳他手臂，米陽睡得迷糊道：「怎麼了？」

白洛川道：「你好久沒留下來陪我了。」

米陽道：「啊？」

白少爺撇嘴，聲音小了一點：「自從你姥姥來了，你都不跟我一起玩了。」

米陽閉著眼睛笑了一聲，伸手摸索著碰到他的小腦袋，摸了一下權當安慰，「我姥姥一年就來一回，我都想她了……」

白洛川急道：「我也想你啊！」

米陽道：「我們每天都見面呀！」

白洛川不滿道：「每天見也想。」

米陽還躺在那笑，白少爺的表情就有點晴轉多雲，小眉毛都豎起來，但還沒等發脾氣就被米陽一下給撫順了氣。

米陽拍拍他，學著大人哄小孩那樣哄他：「那我給你講故事，你聽了睡吧。我姥姥跟我講了一個小馬過河的故事，可好聽了。從前有一隻大馬和小馬……」

白洛川就是想聽他跟自己說話，隨便兩句就滿足了，挨著米陽也慢慢閉上眼睛。晚上說只吃一碗的人吃了兩碗粥，睡覺時還占了半張小床，聽著故事沒一會兒就睡得呼呼的了。

米陽第二天早上走的時候，白洛川還沒醒，睡得小肚子都露出來，一身卡通睡衣歪七扭八，人更是橫在小床上，一副小霸王的標準睡姿。

米陽幫他蓋好薄毯，自己洗漱好了就下樓去了。

保姆已經做好早飯，白老爺子正一邊看報紙一邊跟兒子說話，米陽下來的時候，路過飯廳跟他們問好，道：「爺爺、白伯伯，我睡好啦，我先回我家去了。」想了想又道：「等白洛川醒了，你們跟他說我上午要跟姥姥出去，下午回來再找他玩。」

白老爺子放下報紙，笑道：「好好，你去吧。」

白敬榮也對他和顏悅色，又問道：「要不要留下吃早飯？」

米陽搖搖頭，他姥姥肯定在家做好他的份了。

等米陽走了，駱江璟正好端了一份剛拌好的小菜出來，瞧見了問道：「陽陽走了？我還特意做了他愛吃的青菜香菇粥呢！」

白敬榮看了她一眼，笑著搖頭道：「妳對陽陽好得快像自己兒子一樣了。」

駱江璟笑呵呵道：「畢竟是從小看著長大的，我還在想，要不乾脆認個乾兒子好了，我真是越瞧這孩子越喜歡！」

白敬榮搖頭道：「算了吧，米澤海現在見了我能躲就躲，妳還招惹人家兒子。要是這個乾親認下來，我猜米澤海今年就要提出調動了。」

駱江璟道：「怎麼了？」

白敬榮言簡意賅道：「他職務提得太快，想要避嫌。」

他這麼一說，旁邊的白老爺子倒是不屑地哼了一聲，抖報紙的聲音都大了些，白敬榮低聲解釋道：「爸，您也知道米澤海這個人一根腸子通到底，就是這個性子，您當初不就是瞧上他這剛正的性子了？」

白老爺子嗤笑道：「他？我是瞧上他那股傻勁兒！」

白敬榮觀察老爺子的臉色，見他嘴上這麼說，瞧著也沒真生氣，他便鬆了一口氣。

另一邊，米陽進了家門也吃上了熱騰騰的早餐。

程老太太煮了粥，不過是白粥，早起煮了一個多小時，米粒都融化了，特別濃稠，喝起來滿口清香，再配上自家做的小菜，爽口又開胃，喝上一碗再來兩根油條，舒服極了。

程老太太做了不少鹹菜，今天早上端出來的是一小碟滷花生拌山芹丁和一碟醃黃瓜，為著米陽特意做得酸甜。瀝水晾乾的黃瓜條嚼起來咯吱作響，微鹹配粥剛好。

米陽那邊還多了一個豆沙包，也是程老太太做的小點心，米陽不是很愛吃甜的，更喜歡吃肉的，就掰了一半放在米澤海那邊，笑咪咪道：「爸爸訓練辛苦了，爸爸吃吧！」

米澤海感動極了，一點都不嫌棄兒子吃剩下的，旁邊的程青心裡一清二楚，笑著沒有拆穿兒子，只對他眨眨眼，示意他包子可以不吃，但是粥必須吃完。

米澤海兩口子出門上班後，程老太太領著米陽出去，祖孫倆走得慢悠悠的，也不急，一邊走一邊說笑，一直走到了這邊的商店。

商店門口放著閒置的牌子沒拆，上面寫著供銷社的名字，現在改成「友誼商店」了。

程老太太牽著米陽的小手走進去，帶著他先看了一圈，二樓是賣衣服之類的，一樓小雜貨居多，大概是還有散裝的糖和茶葉，能聞到一股帶著茉莉清香的甜味。

兩個售貨員站在櫃檯裡面正在聊天，祖孫倆就慢慢看著。米陽懂事，什麼都不要，越是這樣程老太太越是心疼他，不停小聲問他：「這個要不要？上學需要的吧？」

米陽搖搖頭，笑咪咪道：「姥姥，您給我買幾個田字格的本子吧？我聽媽媽說，小朋友上學都用這個寫作業。」

程老太太帶著他去文具那邊的櫃檯，一口氣買了五十本田字格作業本，又買了一小把鉛筆，大概有二十枝，米陽抱著這些就說什麼都不肯再讓老太太掏錢買了，「姥姥，這些足夠了，您瞧，我能寫上一學期，等我寒假回家看您的時候，您再買新的給我。」

程老太太摸著他的小腦袋，笑道：「好好，都聽陽陽的。」

話雖這麼說，還是買了一枝英雄鋼筆給米陽，念叨著：「你以後練字可以用，這個好著呢，你媽讀書那會兒就用這個，多少年的老牌子了。等姥姥走了之後，陽陽也要好好念書，把姥姥教的那些字都學會啊！」

米陽點頭答應了一聲，他光聽著老太太說要走，就很是捨不得。

一老一少在外面逛了一會兒，這才一起回家。

路邊有賣冷飲的，老太太買了一杯冰鎮橘子汽水給米陽。米陽喝了一半，另一半給老太太的時候，老人就搖頭說自己牙疼，笑呵呵看他喝完那一小杯。

程老太太來探親住了一個月，到底放心不下家裡人，買了票要走。

程青親自送她去火車站，米陽不用被抱著了，站在小小的月臺上跟他姥姥揮手告別，瞧著老太太隔著玻璃窗慢慢走遠，一直到瞧不見了才放下小手。

程青笑著目送火車離去，轉過身來就落淚了，用手帕擦了臉還能看出紅著的眼眶。

米陽道：「媽，您怎麼哭了，捨不得姥姥嗎？」

程青道：「不是，媽媽是想家了。」

她看看遠去的火車，月臺已經空蕩蕩了，只剩下賣熟食和水果的兩三個零星攤位，吆喝的聲音也都是這邊的方言，她聽了幾年，雖然聽得懂，但依舊覺得沒有歸屬感。火車帶著親人飛馳遠去，那個終點站，才是她的家鄉。

米陽搖搖她的手，「這裡也是咱們家，我和爸爸都在。」

「不一樣。」程青牽著兒子的小手嘆了口氣，又笑了一下道：「跟你說這些幹什麼呢，你也聽不懂……等你爸以後轉業了，咱們就能回家了。」

米陽回憶了一下，他爸當年並沒有這麼早轉業，在部隊當了二十幾年的老兵，但是也沒有一直在野戰軍區，後來調動回老家市裡做了部隊的文職工作，他媽說的理由是他讀書了，當親爹的要回來一家團聚才好。

認真算一下，也就是小學一二年級的事了，不知道這一世他爸會不會也走這條路。

米陽跟著程青一路回去，從車窗往外認真看著這片群山，條件是有些艱苦，但是也有不少的快樂時光。

想到這裡，腦海裡第一個浮現出來的面孔就是白少爺的，不是那個長大後囂張任性的傢伙，而是他瞧著長大的小蘿蔔頭。雖然也有點任性，但追著他身後跑的樣子讓人想戳一下，欺負一下，逗急眼了還會當場翻小白眼生氣。

米陽看著窗外想著，不知道這輩子他們什麼時候會分開，如果他真回了山海鎮讀書，等到初中的時候，白洛川還會不會來跟他當同學？當年的白少爺可是被評了個最帥轉校生的名號，情書沒少收。

這麼胡思亂想著，慢慢就到了部隊大院。

米陽那張小書桌上還放著一疊田字格作業本，他摸了摸那些本子，心裡有了一個決定。

前幾年小的時候，米陽沒有辦法做太出格的事，就一直慢悠悠玩著過日子，但是他殼子裡裝了一個大人，實在沒辦法繼續再跟一幫小屁孩一起重念九年義務教育，就存了跳級的心思。初中、高中跳級太扎眼了，米陽性子一貫懶散，決定從小學開始，先跳兩級試試看。

小學開學前，他就有意在程青和米澤海面前做一些數學題，並且算得很快，這讓米澤海兩口子特別驚喜，覺得自己家出了個小天才。

米陽琢磨著，等到了小學，再做兩套超綱的卷子給老師看，問題就差不多解決了。

他想得很美好，現實卻十分殘酷。

這會兒的小學都是卡生日來的，尤其是部隊周邊的子弟小學原本師資就緊張，程青帶著米陽去報名的時候，人家學校一看米陽的出生日期，九月和九月之後的學生一律不收。

程青只能把米陽領了回來，打算讓他明年再去讀小學。她從兒子臉上看出失望，也知道米陽做了不少題都準備好了去讀小學了，生怕孩子受打擊，路上買了一盒奶油小蛋糕給他，小心翼翼地哄著他。

米陽失望了一陣子，很快就恢復過來。多在家一年也不是不行，反正家裡還有不少書，他自己在家待著還自由，比在學校裡裝小孩輕鬆多了，這麼想著很快就調整好了心情，還對程青仰頭笑了笑。

程青看在眼裡，更心疼了。

等到小學開學的時候，白洛川又發了一次脾氣，這次原因也是跟米陽有關。

白洛川報名那天去得很早，到了教室找了一圈，瞧見米陽沒來讀書，也沒跟親媽打個招呼，背上書包自己回家來了。

警衛員中午去接孩子的時候，等了半天沒等到，進去一問，早就走了，生生被嚇出了一身冷汗，直接去找了駱江璟。駱江璟還算冷靜，第一反應就是去米陽家，果不其然，她兒子正在米陽家一邊吃水果一邊玩一個巴掌大的遊戲機。

米陽在旁邊剝橘子，剝好了還一瓣一瓣放她兒子手邊，見她過來起身道：「阿姨好。」

駱江璟找到兒子，心情也沒好到哪裡去，過去問道：「洛川，今天怎麼沒在學校？」

白洛川低頭打遊戲機，道：「不想去。」

駱江璟拿走他手上的遊戲機讓他看著自己，道：「這不是你想不想的事，學校是必須要去的地方，你不跟學校說，也不跟家裡人說，這叫蹺課。」

白洛川不耐煩道：「那是妳先騙我的！」

駱江璟道：「我騙你什麼了？」

白洛川抬頭看她，憤怒道：「妳騙我小乖也去讀書了，還說他跟我一個班！我去看了，根本沒有，回來一問，他今年不去上學！」

駱江璟愣了一下，看向米陽有些驚訝道：「陽陽今年不去讀小學嗎？」

米陽搖搖頭道：「我生日小，老師不收。」

駱江璟失笑道：「怪我，那天瞧著你媽媽帶你去學校了，還以為就是去辦入學手續的，也沒再多問問。這樣吧，我跟學校那邊打個招呼，讓你提前一年讀書好不好？」

米陽眼睛亮了一下，「真的嗎，那太謝謝阿姨了！」

駱江璟瞧著時間差不多到中午，乾脆在米陽家坐著等了一會兒，等程青回來後跟她商量了一會兒，程青自然是喜出望外，連聲感謝。駱江璟跟她要了一些資料，當即打電話去小學跟那邊知會了一聲。白家人脈廣，她剛自報家門，那邊立刻就爽快答應下來，無非是多收一個孩子的事，每年班級裡都會多幾個插班生。

「這也不是我們不通融，實在是有些孩子年紀太小了，來了之後在班裡也跟不上進度，每天哭哭鬧鬧的，老師們都太辛苦了，所以辦了一個學前班，想讓那些年紀小的孩子們再等等，懂事後再來念書，我們也好管理。」校長笑呵呵道：「不過您這麼擔保了，我們也相信這是一個聽話的小孩，就一起送來吧！」

駱江璟笑著跟他道謝，瞧見自家兒子眼巴巴地看過來，原本還帶幾分怒意的心一下就軟了，一邊伸手戳兒子腦門，一邊軟了語氣又問：「我們家這兩個孩子從小一起長大的，還沒分開過，您看能不能給安排到同一個班級裡，這樣也好有個照應。」

電話那邊很痛快地答應下來。

白少爺咧嘴笑出一口小白牙，也不要遊戲機了，過去挽著駱江璟的手喊「媽媽」。

駱江璟點點他額頭，臉上沒繃住也笑了，「行了，小祖宗，這下都如你的意了吧？一會兒跟我回家去，下午還得去上學呢。」

白洛川問：「那米陽呢？」

駱江璟道：「下午你程阿姨去辦入學手續，陽陽明天過去。」

白洛川喜孜孜道：「那我也不去學校，我等他明天去的時候再跟他一起過去！」

駱江璟哄他道：「不行，你今天就得去學校。你看啊，你提前去一天，熟悉一下，等明天陽陽去了你就可以幫助他了，對不對？」

程青也在一旁敲邊鼓：「對對，洛川去學校吧，陽陽還沒去學校裡面看過呢，你去了記住班級，要是陽陽記不住路你就領著他走，你是哥哥，要照顧弟弟呀！」

白洛川覺得有點道理，就點頭答應了，「那我在學校等著他。」

兩個媽媽都鬆了一口氣，讓這位少爺改變主意可真是不容易。

等著白洛川走了，程青趕忙翻找報名資料，下午跟單位請了假，喜孜孜地去幫米陽辦入學手續，等到傍晚回來，手裡還拿了一個卡通文具盒，一邊幫米陽收拾小書包，一邊叮囑他道：「陽陽，在學校要聽老師的話，這跟幼稚園不一樣了，要有規矩，知道嗎？」

米陽點點頭道：「知道。」

晚上米澤海回來，程青跟他說一起去謝謝白家，米澤海搖頭不肯去，程青顧忌孩子在，當時沒說什麼，到了晚上回了臥室兩人低聲吵了一架。

房子都是木板門，並不隔音，吵得厲害了米陽也聽到一兩句，無非是米澤海執拗的脾氣又犯了，不願意落一個巴結上級的名聲。

程青氣壞了，「這是誰巴結誰了？人家駱姊主動來幫忙，還不能謝謝人家？要不是洛川和陽陽玩得好，人家也不會幫忙！你這一輩子活得倔成牛，指望你不如指望兒子！」

米澤海悶聲悶氣道：「那妳等著吧，妳兒子長大還得再等二十年！」

米陽在隔壁聽了兩句，翻來覆去都是這些，也就踏實睡覺了。他爸媽平時也就為這些小事念叨幾句，一個熱心腸，一個老古板，說一陣子就好了，也吵不起來。

第二天米陽背著小書包被程青用自行車送去了學校，他倒是還好，程青比他還激動，昨天睡晚了，早上起來也沒來得及做早餐，到了學校門口附近找了小攤販買了兩毛錢一個的芝麻燒餅給米陽吃。

米陽一邊吃一邊坐在自行車後座上被程青推著走，肩上斜挎著一個舊了的軍用挎包，裡面放著幾本田字格和一個鉛筆盒，這就是他上學的小書包了，帶著的也是他的全部家當。

正吃著，就總覺得有人在看自己，抬眼看去，是一個老太太，正站在校門口表情有些嚴肅地看看他又看看程青，擰著眉頭道：「學校不允許吃零食。」

程青忙道：「老師，對不起啊，不是零食，我早上起晚了，就買了點東西給孩子吃。」

老太太估計也聽多了這種話，不耐煩道：「每天都有這麼說的，你們寵孩子也得有個限度。你們不好好立規矩，什麼責任都往自己身上攬，讓老師以後怎麼教學生？」她也不聽程青解釋，揮揮手道：「還有，校園裡也不允許騎車，妳讓孩子下來自己走。」

程青答應了一聲，把米陽抱下來。她那自行車雖然不是二手的，但是幾年下來已經騎舊了，明顯看著有些掉漆，那老太太瞧著直擰眉，又吩咐她道：「不是學校教職員工的車不能進來，妳停外面吧。」

程青拿不準她是教幾年級的，生怕落下不好的印象影響孩子念書，也就聽她的把車停在校門外，不過還是上了一把鐵鍊鎖。他們家別說舊自行車，一塊錢丟了都心疼。

老太太嘟囔了一句「這麼舊的自行車沒人要」，就自己走了。

米陽抬頭看了一眼那個老太太，沒有吭聲。

程青領著他在外面把燒餅吃完了，生怕他對學校有不好的印象，還對他道：「這些都是學校的規矩，媽媽第一次來送你，也不知道，咱們以後互相提醒，就不會犯錯了。」

米陽點點頭，「哦。」

他上輩子沒經歷過這種事，但是也多少聽人說過，學校裡的老師是看人下菜碟的，尤其是小學，這種情況更多了。他以前在山海鎮的時候，鎮子不大，老師也都是認識的人，並沒有什麼差別待遇，但是現在這個小學人員複雜，哪兒來的都有，多半沒以前那麼舒心了。

這麼想著，又在心裡盤算起了跳級的事。

等到了教室，程青就不能進去了，她站在門口瞧著米陽剛走進班級就被白洛川跑過來抱住，親親熱熱地拉著手走到座位上去——兩人還是同桌呢！

程青一下子就放心了不少，略微看了一會兒就去上班了。

白洛川要跟米陽手牽手，米陽輕輕掰開他的小手，自己放好書包，拿出本子和鉛筆盒放在課桌上。白洛川耐心等著，見他收拾完了，又過來要牽手，不過再次被米陽躲開了。

白少爺不樂意了，擰眉道：「米陽，你怎麼了啊？」

他這話問得太過理直氣壯，米陽都讓他問樂了。

米陽指了指旁邊的小朋友，自己雙手也擺放在課桌上規規矩矩的，對他道：「這跟幼稚園不一樣了，得這樣上課。」

白洛川撇嘴，雖然不太情願，但也跟著米陽學了。

沒過一會兒，小身子又往米陽那邊歪過去，湊近了小聲跟他說話：「昨天發功課表了，你沒來，我都替你抄下來了！」小表情得意得像是要邀功，抬頭就等著米陽誇他。

米陽：「……」

我真是太謝謝你了，沒有我，你就不用功課表了嗎？

心裡吐槽，嘴上還是要說謝謝的，再加上一個感激的微笑，旁邊的白少爺立刻高興得恨不得搖尾巴了，簡直太好哄了。

米陽迅速看了一下，小學的記憶都模糊了，現在看起來課程比他想像的還要豐富些，語文和數學占了大頭，另外還有體育、音樂、美術和自然。

外面打鈴了，老師踏著鈴聲走了進來，是個年輕漂亮的女老師，手上拿著數學課本。

白洛川小聲跟米陽道：「這是班主任，也是咱們的數學老師……」

班主任環視一周，好脾氣問道：「班長呢？昨天教過的還記得嗎？」

白洛川突然站起來，道：「起立！」

米陽他嚇了一跳，趕緊跟著其他孩子一起站起來，參差不齊喊道：「老師好！」

班主任笑道：「怎麼聽起來很不齊呀，咱們班的小朋友今天都吃過早餐了嗎？」

這次聲音大了許多：「吃過啦！」

班主任又笑道：「那大家坐下，班長再喊一遍，爭取這次聲音也大些。」

「起立！」

「老師好——」

……

米陽的小學生活開始了。

他晚來一天，等到下午才領到自己的課本，程青來接他的時候，他就都帶了回去。

米澤海晚上下班回來特別高興地拿出一疊地圖紙，都是以前廢棄不用的，反面雪白，他認真量了米陽課本的大小，然後裁剪了紙張給他挨著每本課本都包了書皮。

米澤海軍人出身，嚴謹習慣了，書皮包得有稜有角特別漂亮。

米陽愛惜地摸了摸那些課本。

米澤海得意道：「怎麼樣，爸爸包得很好看吧？」

米陽笑咪咪道：「好看！」

上輩子的時候，他是讀到小學二年級左右才慢慢親近他爸，那會兒他爸剛調動回來，在部隊裡的大老粗一個，一張臉曬得特別黑，又不知道怎麼討好他，也是在開學的時候親手幫他包了書皮，他帶去班裡，簡直是獨一份的體面。

米陽把這些書放回書包裡，空間不夠大，書包外面放了兩本壓著，生怕明天忘了帶。

等到他躺下睡覺，米澤海偷偷進他房間，往他書包裡放了兩塊水果硬糖，這才關了小檯燈輕手輕腳出去了。

第二天去學校，白洛川這個同桌自然分享到了一塊水果硬糖。

白洛川含著糖道：「我帶了酒心巧克力，一會兒你偷偷吃，別讓老師看到。」

三角形的酒心巧克力糖，外面一層巧克力裡是帶著酒心的糖漿，咬一下要先吸一會兒，不然就要流到手上去了。米陽拆開花花綠綠的包裝，慢吞吞吃了一顆，白洛川再遞到他嘴邊的時候，他就搖頭不吃了。

白洛川道：「怎麼了？」

米陽是對酒精類的東西容易有反應，也特別容易喝醉，雖然酒心巧克力只有一點點的酒精，他還是沒再吃，找了個理由敷衍道：「唔，有點辣，我不喜歡。」

白洛川信以為真，把那幾顆酒心巧克力隨手送給前後桌的小朋友們了。米陽說辣，他也覺得吃得沒意思了。

這一下倒是弄得那幾個小朋友受寵若驚，接了糖果道：「謝謝班長！」

白班長揮揮手，特別的大方。

小學四十分鐘一節課，過得還是很快的，打鈴幾次一天就過去了。

米陽老老實實上了一個禮拜的課，慢慢增加舉手回答問題的次數，並且主動拿一些超綱的題目去問老師。小學一年級會一點加減法就很不錯了，不少孩子還拿著小木棍在那擰著眉頭算一加一，米陽把自己會的範圍擴大到二位數，這個舉動成功引起了班主任的注意。

她本就是教數學的，班上出了一個算術特別好的小朋友自己也高興極了，在米陽的要求下，拿了兩張高年級的試卷題目給他做。

那個時候，白少爺已經發現小學並不發玩具，也不讓帶玩具來了。

放學後米陽習慣性留在教室寫一會兒作業，這年頭雖然還沒有喊出減負的名號，但是給小學生指派的作業也不少，都是隨堂練習，多的是重複性的抄寫。米陽沒有半點不耐煩，他之前偷著用手指沾水在桌上寫過字，但是沒敢練習多了，怕人看出來，現在難得有了光明正大練習的機會，肯定要好好從頭開始的，哪怕是拼音，也可以當英文字母練習嘛。

尤其是練字這種事，什麼時候都不晚。

白洛川在一旁用手指夾了三枝鉛筆抄寫生字，字雖然醜了點，但是勝在效率奇高，早早就完成了。他坐在旁邊等了米陽一會兒，很快就坐不住了，哼唧道：「米陽，我們去玩。」

米陽搖搖頭道：「我作業還沒寫完。」

白洛川又道：「那寫完了去玩唄？」

米陽道：「寫完就要回家吃飯了。」

白少爺不樂意，伸手去輕輕拽米陽衣袖，米陽回頭看他一眼，他就老實了不少，鬆開袖子轉而去擺弄米陽的鉛筆盒。米陽的鉛筆盒是特別簡單的那種鐵製的，打開就一層，裡面放著一長一短兩枝鉛筆、一塊橡皮，其餘什麼都沒有了。

白洛川玩了一會兒，把自己的鉛筆盒推過來，他那個是特別高級的全自動鉛筆盒，正反面七八個按鈕，每個都能彈出一樣小東西，還有指南針和溫度計一類的「高級裝備」，是全班羨慕的物件，聽說是滬市最流行的文具，當地還沒見過這樣的。

白洛川打開它，隨手抓了幾枝自動鉛筆出來塞到米陽的鉛筆盒裡去。

米陽瞧見了，提醒他道：「我不要啊，我的筆夠用……」

白洛川把他那個鉛筆盒拿在自己手裡，將全自動的鉛筆盒推給米陽，「我們換著用。」

米陽將最後幾個字一筆一劃抄寫完，收起作業本，伸手要過自己的鉛筆盒，裡面的筆都拿出來，連同那個全自動鉛筆盒一起還給了白洛川，道：「我自己有，什麼時候不夠用了，再來跟你借。」

白洛川這才勉強答應了，但還是堅持給了一枝和自己一樣的帶小兔子按鈕的自動鉛筆。

最近流行用這種自動鉛筆寫字，但是米陽還是更喜歡用中華鉛筆，用這種筆練字帶著筆鋒，最舒服了。

白洛川見他收拾書包，高興起來，等著警衛員來接的時候，就拽著米陽一起回家。十來分鐘的路，兩人能在車上嘰嘰咕咕說上好一會兒，基本上米陽說什麼，白少爺都挺高興的，也只有他下車之後，才趴在車窗那看著米陽的背影，瞧著像走丟的小狗一樣可憐兮兮。

白洛川一直以為他和米陽要一起這麼念書好多年，但是不過大半個月，等著禮拜一開學的時候，班主任忽然叫了米陽去辦公室，整整一節課沒有來聽課。

白洛川不知道米陽出什麼事了，坐立不安了，等著下課鈴聲一響，立刻就站起來跑到老師辦公室去了。等敲門喊了報告之後，他走進去就看到幾個老師在圍著米陽看他寫試卷。

米陽人小，坐在老師的椅子上顯得整個人更是縮小了一圈似的，低頭認真寫著題目，偶爾有旁邊的老師開口提問的時候，他就認真回答上兩句。

白洛川走近了些，耳中聽到的都是一些背誦的詩詞，低頭看著的是米陽剛寫完的幾張卷子，語文和數學都有。他還沒有考過試，並不知道這意味著什麼，只是覺得心裡不太舒服。

班主任撫摸了一下米陽的頭，笑道：「這孩子真不錯，校長您看，是不是應該讓他跳級去其他班？他在我這班有點可惜了。」

米陽抬頭也看著校長，滿眼的期待。

白洛川看著他，小眉毛立刻擰了起來——米陽要去其他班了？

米陽要跳級的事來得突然，白洛川一點準備都沒有。

他第一次沒跟米陽說話，傍晚的時候更是一個人黑著臉先回家去了。

晚上的時候，白洛川沒有下樓吃飯，保姆去叫也不應，駱江璟敲門也不開，自己悶在房間裡誰也不搭理。

駱江璟一臉茫然，她猜著兒子是在學校遇到不高興的事了，琢磨著要不要等一下打個電話問問學校的老師，畢竟就這麼一個寶貝兒子，實在是有些擔心。

晚飯過後，駱江璟還沒來得及打電話去詢問，家裡就來了一位小客人。

米陽抱著枕頭站在門口，笑道：「阿姨，我來找白洛川玩，今天可以住在您家嗎？」

駱江璟喜出望外，趕忙讓他進來，道：「當然可以呀，小乖，阿姨正擔心他呢！你不知道，洛川今天一回家就誰也不理，也不吃飯，把自己關在房間裡面。你跟他一個班，你可以告訴阿姨他今天遇到什麼不開心的事了嗎？是不是老師罵他了？」

米陽想了一下，道：「沒有，我去幫您問問？」

駱江璟道：「好好，你去吧。」

米陽抱著小枕頭上樓去了，駱江璟還讓他帶了一杯果汁上去，叮囑說白洛川晚飯不吃，多少要喝點東西，瞧著當媽的是真心疼了。

米陽在門口敲了敲門，喊他道：「白洛川？白洛川給我開開門。」

裡面安靜了好一會兒，門鎖才發出「喀噠」輕響，被打開了。

米陽試探了一下，慢慢推開門進去，房間裡黑漆漆一片燈都沒開，他小心摸索著去找開關，幸虧平時來的次數多，沒有被地上那些玩具絆倒。開了燈之後，就瞧見白少爺一個人趴在床上生悶氣，臉埋在枕頭裡，一副「我不想跟你說話」的樣子。

米陽把果汁放在他床前的小櫃子上，咳了一聲，然後把自己的小枕頭放在他旁邊。

白洛川聽到動靜，回頭看了一眼，看到枕頭這才起身，只是依舊擰著眉頭，問道：「你來幹嘛？不是要走了嗎？」

米陽坐在床邊，陪著他說話：「沒有啊，我們還在同一個學校。」

白洛川道：「不是同一班了，也不是同桌，你都沒跟我提過，你就是想走！」

米陽歪頭看他，戳他臉一下，被白少爺不耐煩地拍開，再戳一下，就氣鼓鼓地瞪過來。米陽被他逗樂了，哄他道：「那是老師讓我做試卷，我也沒想到會這麼快就讓我跳級呀！你平時不是最喜歡說我成績好？我現在成績特別好，你怎麼又不高興了？」

白洛川心酸得厲害，別開頭不跟他說話。

米陽摸摸自己的枕頭，作勢要拿起來，「既然你不歡迎我，那我回家去……」話還沒說完，枕頭上就多了一隻小手按住了不許他走，白洛川回頭道：「不許走！」這次小孩眼眶都紅了。

米陽心軟了，把小枕頭和他的並排放在一起，拍了拍道：「不走，我今天睡這裡。」

白洛川這才略微緩和了臉色。

米陽看了看旁邊的小櫃子，上面放了不少零食，他開口道：「我餓了，想吃點東西。」白洛川自己生氣的時候絕對不肯主動低頭去吃東西的，但是米陽說餓，他就起身去拿了一盒糖過來，打開是一盒什錦糖，什麼樣的都有，還有幾塊點心。

米陽拿了一塊點心拆開咬了一小口，眼睛亮了道：「這個好吃，你嘗嘗。」

白洛川不肯，但是點心都遞到嘴邊來了，他還是勉為其難吃了兩口。吃了一塊，再吃第二塊就不難了，畢竟是小孩子不經餓，晚飯沒吃還是有些難受的。他吃了三塊點心，又喝了米陽端來的果汁。米陽陪著吃了一塊巧克力糖，含著咬了一口，巧克力融化才嘗出裡面是萊姆酒的味道，但是已經嚥下去了，只剩下嘴裡淡淡的酒香。

米陽舔舔嘴巴，好像酒心嚥下去只是熱熱的，味道還不錯。

米陽既然答應了留宿，就去房間裡面的浴室洗漱了一下。白少爺跟著米陽身後親眼瞧著他洗臉刷牙，又換了睡衣折返回來跟自己躺下，生怕人跑了。

他盯得緊，小臉卻依舊繃著，大概還是生氣，不跟米陽說話，沒有了平時活潑的樣子。

他不吭聲，米陽就主動跟他說：「我學會包書皮了。」

白洛川氣鼓鼓的不說話。

米陽牽著他的手，手指勾著晃了晃，對方僵硬著的手臂就慢慢軟化下來，跟著晃悠了兩下。米陽笑咪咪道：「等下個學期發了新書，我來幫你包書皮好不好？」

白洛川悶了好一會兒，才翻身過來抱著他道：「好。」

米陽又晃晃他的小手，「我聽班主任老師說，想讓我去讀三年級一班，明天就讓我媽媽去學校談這個了。」握著的小手抓緊了他一點，米陽安撫道：「就在咱們樓上，特別近，咱們班旁邊那個樓梯爬上去就是了，我下課就來看你好不好？」

白洛川抓著他的手道：「好。」

米陽聽見他這麼說，心裡就像吃了一顆定心丸，知道這位少爺不會再鬧了。雖然在黑暗裡看不清小白洛川的臉，米陽還是轉過去給了他一個擁抱當鼓勵。他覺得自己瞧著長大的這個小少爺雖然有點任性但總體還是乖的，他說上兩句就什麼都聽，多懂事，可比長大之後的白少爺好哄多了。

米陽舔了舔嘴唇，那顆酒心巧克力真的很甜，晚上刷了牙還是有酒味。

不知道是不是受這一點酒味的影響，米陽做了一個夢。

他夢到了好久沒有夢到的人。

在夢裡他又回到了白家老宅，還是白洛川訂婚的那個時候，只是對周遭人的記憶已經模糊不清，抑或他在夢裡醉了，昏頭昏腦的，並不能記得那些熱絡又相似的臉。

他喝了酒，本就不勝酒力，又加上重感冒，被白洛川扶著上樓的時候根本沒什麼力氣，只能靠在他身上，被半扶半抱著帶了上去。

白洛川跟他說了很多話，米陽聽在耳朵裡，卻像有一團棉花塞在裡面一樣，只聽進去隻言片語，弄不懂他說的是什麼意思。白洛川不依不饒，恨不得貼在他耳邊。米陽被他氣息呼在耳畔，忍不住推了他一下，道：「我不懂，你什麼意思？」

白洛川在昏暗的走廊上把他推在牆壁上，一雙眼睛裡像是有火苗在竄動，極力在隱忍著怒氣一般，米陽甚至有一瞬間覺得他要動手打人了。

夢境模糊，晃得厲害，米陽也頭暈得厲害，牆壁都扶不住了，像是要摔倒。

他的記憶斷斷續續，白洛川一直都在。

在漫長的黑暗之後，米陽覺得胸口悶得厲害，緩緩睜開眼果然瞧見趴在自己身上的人，那人手臂撐在自己頭部兩側，看到他的時候那張好看的俊臉露出了淺淺的笑容。

「別睡，再陪我一會兒。」

米陽聽了之後，才恍然察覺是自己的聲音，他從不知道自己可以說話這麼輕柔，彷彿求著白洛川一樣。

白少爺很吃他這套，小聲道：「嗯，不睡，跟你說話。」他笑了一聲，慢慢開口道：「下輩子我想傻一點，不想這麼累了。想讓你替我操心，我呢，就什麼都不管，只要吃好喝好，一輩子過得好……」

「好。」

米陽動動唇，努力張開一點回應道：「嗯，我答應了。」

白洛川就彎著眼睛笑起來，唇瓣乾燥，他說：「你答應了。」

……

米陽醒過來的時候心跳特別劇烈，一下一下的，他手放在那邊摸了一會兒，分不清是什麼確切的滋味，有惶恐，但又不全都是。

夢裡到底發生了什麼事，他答應了什麼？

米陽抬起手來看了一下，不是嬰兒的大小，但也縮水了很多，畢竟還只是一個小學生。

他好像忘記了很重要的事情，卻怎麼也想不起來，轉頭看著身旁的小孩，心情複雜。

第三章

我家小乖是修復古籍小能手

米陽帶著枕頭回家後，白洛川也願意下樓吃早餐了。

駱江璟雖然沒有問出到底在學校發生了什麼事，但是瞧著他肯吃飯也放心了許多，她還是擔心兒子在學校有什麼意外，本想等兩天再打電話問問學校老師，但是等到當天晚上吃晚飯的時候，整個部隊大院都知道了米陽跳級的事。

米陽瞬間成了媽媽們口中「別人家孩子」的優秀範例。

駱江璟明白過來自家兒子為什麼昨天會突然鬧脾氣了，她晚上特意讓保姆多做了幾個白洛川喜歡吃的菜，還買了一個小蛋糕回來哄他開心。

白洛川的興致不高，吃了半碗飯就把小碗放下道：「媽媽，我要去上輔導班。」

駱江璟愣了一下，道：「什麼？」

白洛川道：「我問過米陽了，他說想提高成績要讀輔導班。」

駱江璟小心翼翼道：「其實你不用太在意，慢慢來挺好的，你才一年級……」

白洛川搖頭道：「不要，我也要跳級。」

駱江璟道：「這個得好好念書，學很多知識。」

白洛川看著她，倔強道：「那我就學！」

他這麼堅持，駱江璟倒是也不好拒絕，但是附近比較偏僻，沒有什麼輔導班，頂多就是老師們寒暑假開個一兩週算是輔導一下，駱江璟並不滿意，她讓家人專門從滬市請了一位家庭教師來教自家兒子。

那位家庭教師是退休的省級優秀教師，名叫魏賢，自己的兩個孩子已經移民國外，他捨不得離開國內，原本打算享享清福，就算是以前重點中學返聘也不去的，但是欠駱家人情，駱家人來請，他也就施施然收拾行李過來了。

白老爺子聽說以後，特意打了通電話來鼓勵孫子，許諾了不少禮物。老首長自己讀書不多，卻盼著晚輩能文能武，尤其白洛川是家中的獨苗，性格脾氣和他最像，更是越看越愛，恨不得捧在手心裡寵著。

魏老師是住在白家的，二樓空著的另外一個房間給了他，也是為了就近在對門書房裡輔導白洛川，白洛川每天放學後都要再單獨學幾個小時的功課。

他來了之後才發覺是教一個小學生，有些哭笑不得，但還是耐心給白洛川出了幾道題目作為測試。白洛川做得認真，依舊錯了幾題。魏老師耐心教了兩天，再測試的時候，已經跟之前大不相同了，白少爺只是貪玩，認真起來，學習的速度猶如海綿吸水，讓魏老師都驚訝起來，慢慢也開始給他增加了難度。

駱江璟聽到魏老師這樣說，暗自竊喜，趁機多加了幾門課，還有一門是外語。

白洛川學的時候，只是抬頭問她：「小乖也學這個嗎？」

駱江璟嚴肅道：「對，他也學這個。」

白洛川就開始悶不吭聲認真學起來，特別拚命。他這麼一個小孩像是要把書桌上這厚厚一疊書都吃進肚中一般發狠地學，沒兩天駱江璟自己都看不下去了，讓老師給他減少了兩堂課。白洛川為這還鬧了一場，抿著唇看著自己的媽媽，眼神倔強得很，「我要學！」

駱江璟沒辦法，只能再給他加回來。

這麼一來，魏老師反而從最初的興趣缺缺，變成認真教學，教得越發認真了。

另一邊，米陽背著自己的小書包去了三年級一班。

剛進二樓的老師辦公室，就碰到了面熟的人。三年級和他以前老師做交接的是一位五十來歲的女老師，短髮燙捲，鼻樑上架著一副金絲邊眼鏡，光看面相就是很是嚴厲並不愛笑的那種人，有點像是訓導主任。

帶米陽來的年輕老師笑著道：「喏，王老師，就是這個學生了，校長已經同意他來三年級，以後就要麻煩您多多照顧。」

王老師低頭看了米陽一眼，看到他這個小蘿蔔頭的樣子就忍不住皺起眉頭，道：「這才幾歲？現在送來不是給我們增添負擔嗎？」

年輕老師有些尷尬，解釋道：「但是他真的很聰明，做的題還沒出過錯呢……」

王老師擺擺手，一副不耐煩的樣子道：「聰明是一回事，年紀是另外一回事。前幾年電視在報導少年班，十二歲上大學的也有，不是都被退學了嗎？生活不能自理，這個跟智力無關，他年紀小，要是在班裡哭鬧起來怎麼辦？我喊他家長來，再送回一年級嗎？你們這簡直就是給高年級添麻煩。」

年輕老師被她劈頭蓋臉教訓了一頓，臉上也是紅一陣白一陣的，不說話了。

王老師也就是心裡有怒火，又不能跟學校上級說，逮著年輕老師說上幾句罷了，也沒敢真把米陽往外推，畢竟是校長親自簽字批准送來的，她只能心不甘情不願收下這個學生。

米陽看著她想了一會兒，忽然想起來她是誰了。

之前第一天來學校的時候，他吃芝麻燒餅還被這老師罵過一回，沒想到又遇到她了。

王老師帶著米陽進去，班級裡頓時譁然一片，不少好奇的目光都盯緊了米陽，還有人說了一句「他好小」，引起了一陣笑聲。

王老師拿黑板擦拍了拍桌子，道：「安靜！」

等班裡慢慢靜下來，她說道：「大家應該也都聽說了，這是咱們班新來的插班生，現在讓他來介紹一下自己。」

米陽就站在講臺上，努力想著小學生的自我介紹開口道：「大家好，我叫米陽，今年七歲。興趣是做手工和寫字，很高興能和大家在一個班級裡讀書，請大家多多關照！」

班上的同學都是九歲的大孩子了，對他雖然好奇，但是也十分給面子的鼓起掌來。

王老師並沒有給米陽特殊優待，安排座位的時候也跟插班生一樣，讓他坐在第五排靠窗空著的一個位置，彎腰對他道：「我們班排座位是按照考試名次來的，和一年級不一樣。你是插班生，來晚了就先找個空位坐著吧，等下次考試了再排一次座位。」

米陽背著自己的書包坐在裡面，連連點頭。

他才不想去第一排坐，雖然前排好像才是好學生聚集的地方，尤其是第一排更是老師一貫安排最寵愛學生的位置，但是在第一排坐著簡直頓頓吃粉筆灰。

王老師對他這樣識趣略微滿意了些，轉身走了。

等王老師走遠，他旁邊的新同桌轉過頭來上下打量他，眼睛都是亮閃閃的。

米陽看向他，這個比他大兩歲的男孩眼睛瞳孔烏黑閃耀，頭髮和眉毛格外濃，還未長開的小臉就能看出英氣，像是外面抽條的白楊樹，跟邊城當地的孩子一樣，這小孩也曬了一身十分健康的小麥色皮膚，笑起來的時候露出一口整齊的小白牙，犬齒冒著尖兒，活像是毛皮光滑的小狼崽子。

只是行為舉止就沒有長相那麼正派了，他伸手試探著碰了米陽一下，「哎，小孩！」

米陽：「……」

「你說你的愛好是寫字啊？你寫一個我看看。」男孩手指頭緊跟著落在米陽臉上，輕扯了一下他軟嘟嘟的臉蛋，一臉的壞笑，「寫得好的話，以後我的作業都讓你做了啊！」

米陽：「……」

米陽看了一下他桌上放著的課本，上面寫著他的名字：唐驍。

唐驍推了一張紙過來，當真讓他寫幾個字看看。米陽嘴角抽了抽，用左手一筆一劃寫了兩個字，是唐驍的名字，筆劃有點多，加上故意抬頭去邊看邊寫，字體歪歪扭扭的。

唐驍擰著眉頭道：「你是左撇子？」

米陽點點頭，他以前就寫得一手好字，右手不過一個月的時間就練習得差不多了，雖然沒有以前那麼流暢，但是光看痕跡還是能瞧出是練過多年的。等到右手恢復得差不多，米陽就改成了左手握筆。他以前沒用過左手，從小練習起來還挺有趣的，而且這樣寫出的字在一幫小朋友裡也不算多出眾。

唐驍又讓他寫了一個「語文」，米陽按他說的寫，比之前好一點，但也只那麼一點。

唐驍大概是有些失望，覺得這個愛好寫字的小同桌並沒有寫得多好，也不能替自己分擔作業，很快就失去了興致，轉頭坐回去翻書上課了。

米陽鬆了一口氣，端坐著開始聽課。

三年級的課程對米陽來說依舊是小孩子做遊戲一樣很簡單，但是他剛跳級上來，總要適應一段時間再準備下一步，所以米陽努力做出一副乖學生的樣子，端正了坐姿認真聽課，偶爾舉手提問，作業也用左手寫得認真。

他坐的位置有點靠後，前面的同學比他高，但是米陽一點都不在意，歪歪頭就能看到黑板，而且不看光聽他也能跟得上，畢竟是小學生的課程。

唐驍對他的好奇心一陣一陣的，尤其是看他左手寫字一天比一天好的時候，注意力也慢慢挪到米陽身上來，有時候也會跟他勾肩搭背誇他是個「小天才」。

米陽被他壓著手臂，手勁不穩，手裡的鉛筆尖就斷了。他轉頭看著唐驍，很想做出大人看小孩的責備神態，可他年紀太小了，這麼努力睜大了眼睛看人的時候，反而像是受了委屈不吭聲一樣，尤其是那雙狗崽一樣的眼睛，微微垂下來一點，看得唐驍都不好意思了。

唐驍摸了摸鼻尖，拿了自己的一枝筆給他，道：「用我的吧，現在誰還用鉛筆，我給你用這個自動鉛筆啊，筆芯特別細……」

米陽搖搖頭道：「不用，我自己有。」

他用轉筆刀重新開始削鉛筆，唐驍不聽他的，搶過他手裡的鉛筆，把自己那枝自動鉛筆給了他，道：「你就拿著用吧，沒多少錢。」他這個小同桌從一進來的時候，他可是都瞧見了，背著一個家裡用舊了的軍用挎包，文具什麼的都是最便宜的，零食也沒見他帶過兩次，唐驍自動腦補了一個貧窮小可憐的形象，又見他人小小的坐在那裡特別聽話，不自覺就納入自己的地盤，覺得小同桌得自己罩著。

米陽沒辦法，只能用那枝自動鉛筆繼續寫字。筆芯太細了，字寫大了顯得有點醜。

唐驍卻很滿意，一邊替他削鉛筆，一邊稱讚道：「不錯啊，進步很快，我瞧著你這樣再練兩個禮拜就能替我寫作業了。」

米陽：「……」

這小子的字是有多爛啊，竟然還能誇出這樣的話。

米陽抬頭看了一眼，唐驍那作業本正好打開，寫了一個錯別字被老師罰抄了一百遍，上面同一個字愣是能看出一百種寫法，每一個都醜得與眾不同。

米陽心想，還是得趕快練好字，不然要真的和唐驍字一樣，那也太丟人了。唐驍的字還不如人家白少爺寫得好呢！

等到放學的時候，白洛川就站在門口等著他，他們不能隨便進入其他班級，就站在門口讓人幫忙去叫米陽一聲。

唐驍他們這些大孩子放學都要一起瘋玩一陣子，他拿著書包站起身看見門口那位穿戴整潔的小少爺，就對米陽眨眨眼，笑道：「陽陽，你哥來接你了。」

米陽立刻收拾書包，拿上東西去門口跟白少爺一起回家。

唐驍在走廊上路過的時候，還問他們：「要不要我送你們回去？我今天騎車了。」

白洛川牽著米陽的手，擋在前面道：「不用，我有車。」

唐驍聳聳肩道：「那行吧。」

等到出了校園，唐驍跟著小夥伴們在校門口買零食時，老遠就看到一輛吉普車開過來。警衛員下來等了沒兩分鐘，就走過去接過兩個小孩手裡的書包，把他們帶上車載走了。

旁邊的小孩們「哇」了一聲，唐驍身邊正吃話梅粉的一個小胖子對他道：「驍哥，你瞧見沒有？那就是白少爺，打從開學起他家就一直都是警衛員開車來接，真神氣！」

另外一個問道：「跟著一起的是誰啊？他家兩個小孩嗎？」

小胖子道：「怎麼可能，現在都是獨生子女，那個跟著的小孩肯定是和白少爺玩得好的人唄！」他舔舔嘴巴，讓話梅粉酸得齜牙咧嘴，「真羨慕，肯定能吃特別多好東西！」

「哈哈，誰像你啊，每天就知道吃！」

唐驍看得眉頭都皺起來，「米陽家跟他住在一起？」

小胖子驚訝道：「啊？那個就是米陽？跳級那個？」

唐驍點點頭，沒有說話的興趣了，隨便買了點巧克力之類的零食就帶人走了。

此刻米陽坐在車上，正在被握著手翻來覆去地檢查。

白洛川道：「你的手指怎麼紅了？」

米陽道：「用鉛筆的時候沒注意，我下次小心點。」

這是他的一個壞習慣，手指握筆的姿勢不太好，容易磨出繭子。

白洛川還在那邊檢查，米陽乾脆自己伸出手在他面前反覆晃了兩下，道：「真沒事，誰都沒欺負我。」

白洛川哼了一聲，算是今天的檢查結束了。

米陽這次沒急著回自己家，程青考上了護士，這幾天常加班，有時候還要值夜班，他家的晚飯都推遲了兩個小時，有時候趕上米澤海工作忙起來，吃塊麵包當晚飯的事也常有。米陽現在都會先去白少爺家裡陪著一起寫作業，再蹭一兩堂魏老師的課，然後掐著八點左右的時間回家去。

十次裡有八次都會被駱江璟留下來餵飯，有他在的時候，白少爺吃得格外香甜格外多。駱江璟看在眼中高興，更是翻著花樣做好吃的。

今天依舊是留在白家吃晚飯，吃完飯，放下碗，兩個孩子就被魏老師帶上二樓的書房，一人一張小書桌開始聽課了。

魏賢年近六旬，作為家庭教師，輔導得盡職盡責。

一節課二十分鐘，中間休息五分鐘，節奏比在學校裡快。大概是在家中比較放鬆，也是一對一的教學，學習的速度提高了許多。

米陽先寫自己的作業，課程主要是針對白洛川，他算是旁聽生。

米陽一邊聽一邊慢悠悠寫完了作業，魏老師還特意幫他檢查了一下，翻動看了幾頁，滿意地點點頭道：「米陽寫得不錯，都做對了。」

白洛川也寫完自己的習題了，拿給魏賢看，魏賢誇獎了一句：「可以，這次沒有出錯，昨天那個地方也改過來了。」他又給白洛川安排了幾道相仿的題目，瞧著白少爺寫去了，便對米陽道：「你今天可以休息一會兒，不要太累，去玩吧！」

白洛川抬頭看著他，握著筆停下寫字。

米陽看了四周，道：「魏爺爺，那我在後面坐著拼一會兒模型，不說話，可以嗎？」

魏賢點頭答應了，對功課好又聽話的學生，他向來是寬容的。

白洛川停下的筆尖又動了起來，埋頭刷刷地做題。

米陽走到後面抱著樂高積木，找了一塊圓形的軟地毯坐下，認真開始拼起來。

去年世界盃的時候，樂高積木突然爆紅，起初是搭配著一個叫「高樂高」的沖飲當作贈品，世界盃期間購買一罐「高樂高」，就贈送一個足球小人，可以自己拼出各種姿勢。

米陽去年和白洛川玩了一陣子，拼好了十幾個足球小人。白洛川好動，在家裡待不住，但是這邊冬天下大雪的時候出不去，駱江璟就讓人郵寄了一大盒樂高積木回來，哄著他們練習組裝，但是去年一共就下了三場大雪，沒能留住白少爺，模型也就只拼了一半就擱著了。

米陽閒著沒事，輔導課上完了，坐在後面開始自由拼東西。

樂高積木小，怎麼拼都可以，不一定非要按照圖紙來，米陽抓了一小把當練手。他很喜歡這種動作製作的小玩具，以前為了打工賺錢，去做過一段時間的樓盤模型，比這個複雜多了，這個才是真正的娛樂。

他拼了一會兒，拼出了幾個小動物，孔雀和獵豹最像，河馬做得有點太圓了，不過裝上兩顆門牙，還是很有趣的。

瞧著盒子裡還有白洛川之前拼了一半的，是故宮天壇的模型，旁邊放了一張圖紙，米陽就拿起來看著圖紙幫他拼好了。他組裝能力強，玩模型也是最快的，基本上掃一眼就能看出個大概，手指動得靈活，彷彿那些小碎塊積木是橡皮泥做的一樣，他想什麼，下一秒就能捏出個什麼樣子來。

魏賢在書房裡特意選了這盒積木放著，也是有目的的。

他平時拿這個當獎勵，做題做好了可以玩上幾分鐘，起初想的是給米陽練習組裝能力，給白洛川則是用這個磨練性子。兩個孩子畢竟還小，一直悶著學不會什麼，不如寓教於樂。不過現在看來，米陽已經樂呵呵的把這個當成了純粹的獎勵，白少爺的性子嘛……只要米陽在書房，基本上還是可以控制的。

魏賢不由在心裡感慨，還是兩個好帶，只有白少爺一個的時候，真是難帶啊！

白少爺寫一會兒就看看旁邊，瞧著已經坐不住了，魏老師看了時間道：「洛川也休息一會兒吧，今天學得不錯。」

白洛川立刻就去了米陽那邊，坐在地毯上和他一起擺弄那些小玩具，瞧著那個小孔雀精緻漂亮，還特意捧著來給老師看：「魏爺爺，你看這個！」

魏賢拿過來端詳了一下，笑著誇獎道：「不錯，手很巧嘛！」

白洛川像自己得了誇獎似的，露出得意的表情，給老師看完了又捧了回來，放到後面的書櫃裡，自己站著欣賞了一會兒，特別滿意。

米陽玩了半天就把積木收起來，坐旁邊的小椅子陪著聽講。

白洛川看完積木，聽話許多，認真學習接下來的課程，教材已經要進入二年級的內容。

魏賢給他們分配不一樣的課程，白洛川做算術的時候，他就讓米陽寫一篇字來看看。

米陽當著他沒再用左手寫字，老爺子教得認真，他也得拿出認真學習的態度，而且魏賢在滬市見多了類似的「小天才」，五歲能拿書法金獎的也有，米陽這字他第一眼看的時候只覺得不錯，並沒有很驚豔。

書法還真是需要一點天賦，米陽只能說是在普通人裡寫的字跡漂亮，但也就是個殼子，認真推敲起來站不住腳。

當然，七歲的孩子能寫得字跡整潔已經非常令魏賢滿意了，他摸著下巴上的花白鬍子，連連點頭道：「還不錯，不過你這些都是錯的，像是這個回鋒得這麼來……你跟誰學的？」

米陽不好說是上輩子喜歡摸索著自學的，含糊道：「家裡長輩教的。」

魏老師點點頭道：「這個糊弄外行還行，認真寫還得從頭開始練。」

米陽點頭答應了。

魏賢拿了一張字帖過來，讓他比著寫，一邊用手指劃過字體一邊教導他道：「你既然喜歡，就從頭開始做好基本功。你比著這個字帖練習，啟功老師的這篇字就很好，雅清簡靜，回鋒柔韌，含而不露，相當漂亮。」

他說著忍不住自己欣賞起來，魏老師一共兩個愛好，茶和書，茶要熱滾滾的清湯好茶，書是博覽雜書，什麼都愛瞧上一眼，也喜歡收藏書籍。他來的時候知道這邊書店少，光書就特意裝滿了一個皮箱帶過來，這字帖就是他來的其中一份。

米陽感興趣道：「那學寫這種字的人多嗎？」

魏賢嘖了一聲，道：「練字這種事本來就是自己一個人的事情，得耐得住寂寞。別說啟功先生的字了，就是唐宋大家那些，多少年傳下來的好東西，大家都知道好，又有幾個去認真學呢？現在的人啊，都是叫好的多，學寫的少，你踏踏實實寫上十幾年就是好樣的了。」

他給兩個小孩指派了隨堂作業，又坐回自己桌前繼續看書去了。不愧是書癡，手頭那一本書都有些鬆散了，還小心翼翼地捧著看，翻頁時動作輕得不能再輕。

米陽的視線停留在魏老師手裡的那本舊書上。那是一本《古代字體論稿》，他眼力好，瞧著封底上寫的是文物出版社。他以前恰好修過這麼一本書，如果沒看錯的話，應該是一九六四年的那版老書。三十年前的古董書，翻看的次數又多，再愛惜也有點脫頁。

米陽看得心癢難耐，忍不住抬頭多看了兩次那本舊書。

他剛進三年一班進行自我介紹的時候沒有說錯，他的愛好確實是手工製作和寫字。不過他的愛好裡，寫字只是略有興趣，真正讓他喜歡的是手工—古書籍修復。為著這個，他對書法和繪畫也很感興趣，讀書那會兒更是學了不少化學和生物知識，自己摸索著做了幾次紙張染色，湊巧還弄出了一種品質頗為不錯的修復紙。不過這些也都是為了輔助修復古籍而衍生出的興趣。每當瞧著一本本破損的舊書，米陽都覺得它們是「病書」，自己拿著工具修補的樣子，就像是做「手術」一樣，瞧著一本本「病書」在手中康復，就有一種特殊的親切感和成就感。

米陽當初讀大學的時候，就想專攻圖書館學系，他動手能力強，裡面有個古籍修復系，是他最喜歡的，但是這種科系不好安排工作，本專業畢業的人留不下兩個，全都轉行了。米陽家人也不支持，商量之後，米陽只能捨棄了。

不過他沒放棄這個小愛好，自己摸索著做了不少類似的活計。當初能把房貸都給還完，還是多虧他這個做「小手工」的本事。做出一點名氣後，接了幾個訂單，賺到不少錢。

要不是一眨眼又回檔重來，他應該在還完房貸之後，就打算去考一個古籍修復師了。

米陽想到那套房子又有點肉疼，趕緊寫了幾個字靜靜心。

白洛川看著他頻頻抬頭，有點奇怪，也看了一眼，但是只瞧見魏老師捧著書看，並沒有什麼異樣。白少爺歪頭看了一下，視線落在那本書上。

等到週末的時候，米陽按照慣例抱著枕頭來陪白少爺睡覺。他轉班去了三年級後，白洛川就開始讓他週末來陪自己睡覺，鬧的次數多了，米陽也就習慣了。

米陽剛把自己的小枕頭和白洛川的並排放在一起，就瞧見白少爺盤腿坐在床上，眼睛亮晶晶的對他道：「小乖，我送你一個東西！」

米陽心裡有不好的預感，等到白少爺得意洋洋地從枕頭底下取出一個包裹起來的東西，並示意他自己打開看看的時候，米陽接過來就覺得不對勁。打開一看，頭皮都麻了，果然是魏賢老師的那本《古代字體論稿》。

米陽道：「你拿這個幹麼？快給魏爺爺送回去，他最寶貝這本書了。」

白洛川道：「他有事請假回滬市了，至少要三天才回來，這個週末給你看。你那天一直看著它，是不是很想看？」

米陽看看白少爺，又低頭看看那本靜靜躺著的「病書」——從症狀上看，只是輕微的脫頁和頁腳捲曲、折損，都是小毛病，他的手指忍不住蠢蠢欲動起來。

「你說魏爺爺要三天之後才回來是吧？」

「對！」

米陽拿著那本書認真觀察了一下，魏老師的這本書只是脫頁有些嚴重，問題並不大，拆開再上一遍膠就是了，個別頁面上汙損的地方也只是墨水，屬於比較好清理乾淨的。

白洛川有些嫌棄這本舊書，猶豫道：「要不，你戴個手套？」

米陽頭也沒抬地看著那本書，「嗯？看書戴什麼手套？」

白洛川就從旁邊的抽屜裡拿出一副透明的塑膠手套，遞到他面前。米陽樂得不行，那是前幾天他們在家吃骨頭的時候，戴著啃骨頭的免洗手套。

他搖搖頭道：「不用了，這個戴上手感不好，會打滑。」

白洛川還在猶豫，米陽就對他道：「我一會兒去洗手。」

白少爺這才答應了。

米陽抱著書去了書桌那邊，打開檯燈攤開來左右翻看一遍，基本上已經胸有成竹，下一步就從抽屜裡翻找工具。

白洛川看得奇怪，走過去道：「你在找什麼？」

米陽道：「我記得前幾天還放抽屜裡，我看到過……啊，找到了！」他說著拿出一把小剪刀來，喀嚓動了兩下，瞧著頗鋒利，特別滿意地拿著剪刀坐在了書桌前。

白洛川湊過去好奇道：「你拿剪刀做什麼？」

米陽歪頭看著他，「這書『病』了，我想治療好它。你不是也嫌它髒了嗎？等我修復好了，魏爺爺一定很開心。」

白洛川不太明白，但是米陽想做的事他都沒阻止過，尤其是這次聽著還挺新奇的。

米陽把書攤開，拿著小剪刀開始給書籍「治療」。

開了書桌上的檯燈，就更能看清楚它的「病因」了，和米陽預想的一樣，這書跟魏老師在南方待了多年，濕度原本就過高，主人愛書心切又曝曬過，紙張內的水分迅速蒸發，書頁變得乾燥、脆弱，邊角有輕微的皺縮開裂。還有幾頁是翻看久了，磨損過度，版心中縫的部位也開裂了一些，不過現在還是「早期病症」，只是半開，一張書頁變成兩張單頁。

換了別人可能是補膠，不過米陽想做得完美些，決定重新上一遍膠。

他搓了搓手，很久沒有做過這些小手工了，手癢得厲害。他動作很快，一邊拆書，一邊順手清除了灰塵，小手越動越靈活。

白洛川在一邊看著，瞧著他拆膠線，拆封面，拆書頁……然後眨了眨眼，他怎麼瞧著小乖是把這書給大卸八塊了啊？

白洛川略微皺了下眉頭，瞧著米陽認真做事的樣子，很快就鬆開了。他向來是無條件站在米陽這邊的，小乖說要給書「治病」他就幫著，大不了三天後魏老師回來了，他去道歉，然後讓家裡再賠一本就是了。

米陽忙著手裡的活計，不怎麼說話，白洛川就坐在一旁陪著他，偶爾也會湊過去小聲問他：「這書怎麼會散開呀？我看魏爺爺看得可愛惜了。」

米陽道：「光照時間太久了，喏，你看這裡……」他指指邊角，又點點書頁裡面，「邊角更嚴重，曬的顏色都不一樣，比裡面深多了。」
白洛川道：「哦，我還以為這是髒的。」
米陽笑道：「哪能髒得這麼均勻，邊角還壞了兩個地方，明天得去找紙來修補一下。」
白洛川驚奇道：「小乖，你還會這個嗎？在哪兒學的？」
米陽大言不慚道：「我看電視學的。」
白洛川追問：「哪個臺？」
米陽繼續編：「中央一臺！」
白洛川道：「五點半演大風車那個？是後面聰明屋裡教的嗎？」
米陽跟著點頭，白洛川就信了，「大拇哥是很聰明的，他教得好，你也學得好。」
米陽樂得不行，自己笑了半天。
米陽做的修補屬於非常枯燥的活兒，需要安靜耐心地做上好半天，他做了一會兒就沉下心去進入那個世界，眼裡心裡只有修補著的書了。
白洛川大部分時間是安靜的，但畢竟是小孩，耐不住了也會跟他說話。他看一眼書頁上面的字，這本是講漢字的演變過程，大篆、小篆、隸書什麼都有。
白洛川好奇問道：「還有這麼多種字，寫什麼樣的好？」
米陽一邊拆書，一邊道：「學喜歡的唄。」
白洛川又看他，「你很喜歡寫這個吧，以後是不是要做書法家？」
米陽樂了，「沒有啊，我就是有點興趣，覺得好玩。」他找了個軟毛小刷子清理書縫，低頭看書的時候長睫毛撲閃幾下，「以後呀，我就想做點小手工。」

白洛川若有所思看著他擺弄那本舊書，靈光一閃，指著它道：「就像這樣修書嗎？」

米陽點頭道：「對。」

他想了很久，這輩子還是做點不讓自己後悔的事好了，比如堅持自己最感興趣的事情，做自己喜歡的工作。他上一次的人生沒有珍惜，難得可以回檔重來，還是選擇讓自己開心的好。米陽把手裡的小剪刀放下，轉頭看了看旁邊幫他排列書頁的小白洛川，心裡默默的也加了一點疑惑。

他還是對那個吻有些在意，夢裡的自己也是自己，感情是騙不了人的。

白洛川察覺到，也轉頭看向他，「怎麼了，我拿錯了嗎？」

米陽搖搖頭，隨便找了個理由含糊道：「沒有，我剛剛眼睛好像進東西了……」他的話還沒說完，就被白洛川湊過來吹了一下。米陽被他吹得睜不開眼，緊跟著又被捧著小臉認真多吹了兩口。米陽眼睛裡一下就反射性地流了淚，水汪汪起來。

對面的小孩擔憂道：「現在好了嗎？」

米陽道：「……好了，你鬆手，我臉疼。」

白洛川不放心，拉著他的手去認真洗了一次，又湊過去檢查一遍，一臉的不樂意，「那書髒了，你以後玩新的好不好？」

米陽揉揉眼睛道：「沒事，我下次注意點。」

白少爺有潔癖，但是對上米陽就一點辦法都沒有了。

晚上的時候白洛川偷偷開了一盞小燈，撐著被子努力把小檯燈的光亮遮住，讓米陽躲在裡面修補。兩個人偷偷不睡覺，一個躲著幹活，一個雙手撐著被子擋在書桌前，一邊側耳聽著門口的動靜，一邊回頭又看看米陽。沒一會兒，兩人就熱得一腦門汗。米陽小臉熱紅了，白洛川則是汗濕了額前的頭髮，活像兩個狼狽的小賊。他們互相看對方，咧嘴笑了。

白少爺笑了一下，很快又收斂了笑容，抿著唇不笑了。

他最近開始換牙，不怎麼願意露出來讓人看見。

這本老書嚴重髒汙的地方也就七八個地方，還是墨水滴落的痕跡，瞧得出還是愛惜的。米陽第一天晚上就是簡單做了拆頁和清潔，把需要修補的分別記錄好，等著明天買膠水和一些修補的清潔劑就可以繼續動工了。他心裡盤算好了，就把這本拆開的書藏到白洛川翻出來的一個大紙盒裡，白洛川還特意在上面放了一個玩具掩飾。

米陽打了個哈欠道：「明天我也不回家了，在這邊修書……」

白洛川的眼睛亮了，「好！」

兩人一起去洗漱，躺在小床上睡覺的時候，米陽已經累得連講故事的力氣都沒有了。

白洛川精力比他充足許多，他這塊電池還沒完全耗電完畢，躺在那心思很快就動到了別的地方。他忽然翻身看向米陽，裝作若無其事地問道：「小乖，這本書要修幾天啊？」

米陽睏得睜不開眼，但是聽見他問，還是在心裡估算了一下時間，含糊道：「唔，怎麼也得三天。」

白洛川道：「白天和晚上都修對吧？」

米陽道：「對。」

白洛川「哦」了一聲，道：「書現在已經散了，也不好帶回去……你在我這裡修嗎？那你禮拜一也過來睡吧？」

米陽蹭了蹭枕頭，「嗯，過來睡。」

白少爺心裡美得不行，連聲答應了，「那我把房門關好，誰也不說。」

米陽輕輕笑了一聲，摸索著去碰到他，跟以前一樣拍了拍他就睡著了。睡夢裡，好像有人輕輕碰到了他的嘴唇，手指伸進來小心翼翼地摸了摸他的牙齒，似乎確認過他的牙齒都還完好健在，這才放心地退了出去。

米陽想咬一下那根手指，但是睡得迷迷糊糊的，只含著磨了兩下就又陷入更深的夢鄉。

第二天睡醒了，白洛川第一反應就是要跟米陽繼續修書。

米陽打著哈欠，「不急，一會兒還要去買點東西。」

白洛川道：「買什麼？」

米陽想了想，道：「宣紙和膠水……唔，還得要個噴壺。」

白洛川道：「噴壺？澆花的那種嗎？」

米陽搖搖頭，比劃了一下，「像我巴掌這麼大的，最好小一點，噴的水很細，可以像水霧那樣的。」

白洛川想了想，道：「我媽化妝臺上有不少你說的小瓶子，是玻璃的，我去看看……」

米陽道：「回來！」

白少爺站在那裡，不明所以地看著他。

米陽拽著他不放，頭疼道：「你要是動了那些『小瓶子』，咱倆晚上都得加餐。」

白洛川奇怪道：「加什麼餐？

米陽道：「竹筍炒肉絲，吃過沒有？」

白洛川皺了皺小鼻子，「竹筍？沒有，只吃過清蒸的，不好吃。」

米陽被他這副沒遇過人間疾苦的樣子逗樂，裝作嚴肅的樣子，伸手在白少爺屁股上拍了一小巴掌，自己拍下去還配音：「啪！」

白洛川嚇了一跳，捂著屁股跳到一邊，紅著小臉道：「你幹麼突然打我？」

米陽道：「這個就是『竹筍炒肉絲』，到時候拿竹竿打才疼呢！」

白洛川擰了半天眉頭才想明白過來，立刻反駁道：「不會的，我沒挨過打。」但是他很快又看向米陽，視線落在他的屁股上，「程阿姨這麼打你了嗎？她用竹竿打的？」

米陽認真想了一下，他這輩子聽話懂事，沒以前那麼淘氣了，還真沒挨過打。他搖搖頭道：「沒有，我是看別人這麼挨過打。」

白洛川鬆了口氣，米陽攔著，他也就不去打母親桌上那些化妝品瓶瓶罐罐的主意了。

這本「病書」需要的工具並不多，米陽在心裡預想著，去除書頁上的墨水斑跡，最簡單的是用高錳酸鉀溶液和草酸溶液，但是他現在只是一個小學生，一般人不會讓小孩接觸到這些，便決定用肥皂水和鹼水代替，這些在浴室和廚房就能找到。

米陽拉著白少爺的手，一邊下樓一邊道：「咱們先在家裡找找看，一會兒確認了什麼沒有，再去外面的商店買。」

白洛川道：「好，我有錢。」他想想，又自豪地補充道：「很多！」

打掃樓梯的保姆聽到了，笑道：「陽陽和洛川醒了？這是找什麼去呀？」

米陽道：「阿姨早，我們找『寶藏』。」

保姆笑道：「早餐在桌上呢，吃完了再去找啊！」

「好！」

這些在普通人看來沒什麼用的小玩意兒，對米陽真的有點像「寶藏」的意思。他重新開始接觸修書的那一刻，腦筋動得比什麼都快，以前的一些小技巧也不自覺地都用上了，簡直是熟能生巧。

他身邊的白洛川一直興致高昂，大概是當成了新的尋寶遊戲，玩得津津有味。

米陽拿到鹼水和肥皂水後，按劑量配出清潔劑，用一個小碗盛著端到二樓藏好。另外一邊，白洛川也找到了宣紙，抱了不少走進來，問他道：「小乖，這些夠嗎？」

米陽道：「這都哪兒找來的？」

白洛川道：「上次爺爺買給我的，說等我以後練字可以用這些紙。」

米陽湊過去看了一眼，白老爺子自己就寫硬筆書法，用的都是鋼筆一類的東西，對宣紙並不懂，生宣熟宣混著放在一起，種類和品級什麼都有。不過薄紙宜畫，厚紙宜書，準備齊全了倒也方便。

白洛川先拿了一張給他，「用這個吧？」

米陽看了一眼，蠟生金花羅紋，一眼就能瞧出貴氣精緻，難怪小少爺先看中它。他搖搖頭，道：「這是熟宣，不用這個。」他伸出手指頭摸過去，摸到一張軟些的，拽出來道：「用這個吧，這個好。」

白洛川奇怪地對比了兩張的區別，「是有點不一樣，你們三年級都學這些嗎？」

米陽含糊道：「對，最近美術課還讓我們寫毛筆字。」

白少爺就閉上嘴不再吭聲了，心裡想著的是等魏老師回來還要再加一門書法課才成。

米陽拿的那一張是棉連紙，便宜又耐用，做修補的時候用最好，找不到合適的吸水紙時用它疊起來幾層用也可以，是修書的萬金油。

剩下的膠水和噴壺沒找到，兩人去了一趟商店，找了半天才買齊。

小噴壺好找，米陽要的膠水不太好找，最後還是跑到一家小的書畫裝裱店裡才找到一罐白芨水漿糊。這種膠黏性很強，黏縫最好使了，修補厚頁書的時候用它最為合適。米陽以前修過兩本大部頭佛經，都是用這種膠水，只是裝裱店裡那一罐實在太大了，米陽就花五毛錢讓老闆分了一小瓶給他。

白洛川的視線還停在那一大罐白芨水漿糊上，忽然道：「你要那個嗎？」

米陽立刻搖頭，拽著他的手出門道：「不要，我有這一小瓶就夠了，這些都用不完！」

他出門的時候可是看到了，白少爺從一個小狗儲蓄罐裡掏出兩張十元的票子，米陽真是特別的羨慕。他也有一個粉紅色小豬的儲蓄罐，還是程青去銀行存錢時送的，不過裡面放著的都是硬幣，偶爾有票子也是幾分的鈔票，大概留個十幾年之後能增值百倍，可以換好幾塊錢的鉅款了。

米陽覺得拿出去換幾塊錢，不如自己留著疊鳳梨塔算了，好歹能留個老物件作念想呢。

兩人回到家，匆匆吃了午飯，藉著「午睡」的名義回了樓上的臥室繼續開工。

米陽幹活，白洛川幫他放風。

比起米陽的悠閒，白小少爺有點擔心。米陽跟他說過的那個「竹筍炒肉絲」一直讓他不敢忘記，米陽在他家他可以護著，要是被程阿姨發現拆了魏爺爺的書，被打了怎麼辦？

這種憂慮一直持續到米陽重新把那本書組裝起來為止。白洛川在一旁瞧著米陽把這些稀奇古怪的東西都用上，書頁就像施了魔法似的一下子又組裝回了一本書，不過是用棉球蘸著之前配出來的那一碗什麼「清潔劑」，書頁就光潔如新。拿噴壺裝著熱水噴過書之後不但沒壞，書頁竟然都一點一點撫平了。宣紙還能修補到破損的書頁裡去，融為一體似的連新舊顏色都一致……白少爺覺得特別神奇。

米陽把吸水紙襯在裡面，又在書上壓兩大本厚厚的硬殼百科全書，甩甩手道：「好啦，壓一晚，明天早上就差不多了。」

白洛川看著那本被壓在下面的書，忍不住有些期待起明天來。

第二天一早白洛川就醒了，特別期待地等著米陽拿開那兩本壓著的厚重硬殼書，等著看昨天那本《古代字體論稿》。

米陽搬開之後，從裡面抽出昨天放進去的吸水紙，又略微整理了一下，才拿出來觀察。這本三十年前老書的書角已經被壓平，昨天膠水修補過的地方也都很結實，因為用了宣紙草漿混著白芨水膠糊了一層，所以顏色像刷了一層漿水，看著「乾淨」了些，但使用的宣紙浸泡過紅茶，顏色略微偏黃，看起來並不明顯的新。

書安靜地躺在米陽手上，瞧著特別自然，原本的脫頁已經全部合攏，「病書」被治癒，現在看起來就像是一本八品的普通舊書。

白洛川驚奇道：「書角都平了！」

米陽笑道：「肯定的啊，壓了一晚了。」

白洛川圍著那本書看了又看，他發現這跟自己想的不太一樣，不是那種嶄新的出現在眼前的一本書，跟書店裡那種簇新的不一樣，反而放在那裡看著就像自然放久了，沒壞過，也沒修過一樣。

米陽問他：「怎麼了？」

白洛川擰著眉頭道：「掉了的書頁都黏起來了……」

米陽放在他手裡，滿意道：「對，是不是很結實？」

白少爺翻來覆去看了看，一樣，但又不太一樣。他看了好一會兒，疑惑道：「我以為它會變白，跟新的一樣。」

米陽樂道：「那就不叫修補了，叫翻新，不一樣的。」

白洛川比劃了一下，「昨天為什麼不洗白它？我瞧見還剩下好多清潔劑啊！」

米陽搖搖頭，愛惜地摸了一下書本，彎著眼睛道：「不啦，魏爺爺喜歡它，可能就是喜歡現在的它。這麼多年過去，裡面的書頁已經泛黃，那就讓它保持現在該有的樣子吧。」

白洛川聽不太懂，皺著小眉頭半天沒吭聲，但是趁米陽沒注意的時候，還是用手指偷偷摸了摸書頁，擦拭一下，確定這本老書並不髒，才鬆開眉頭，坦然地拿在手裡。

米陽用眼角餘光把他的小動作看在眼裡，要是換了從前，他瞧見白少爺這樣，肯定也會多注意一些，不拿這些東西在他面前晃，覺得這是少爺又找碴挑刺，現在卻只想偷樂，甚至還湊過去問他一句：「白司令，你打仗的時候還在地上匍匐前行呢，怎麼不嫌泥土髒了？」

白洛川彆扭道：「我怕你眼睛疼，紅了之後又要去看醫生了。」

米陽愣了愣，他之前春天的時候因為柳絮太多，弄得眼睛有點發紅癢了好些天才好。那時候他在家裡待了好久，幼稚園也停了一個禮拜。他從小到大就生過這麼幾次小毛病，自己都記不得了，沒想到白少爺還記得清楚。

他伸手摸摸白洛川的小腦袋，咧嘴笑道：「放心吧，我洗手了，洗得特別乾淨，不會再弄到眼睛了。」

白洛川一副不信他的樣子，撇嘴道：「可你昨天晚上迷眼了。」

米陽道：「沒事啊，你幫我吹吹就好了。」

白洛川想了一下，點點頭道：「好。」

米陽又放了幾張吸水紙夾進書頁裡，把書放回原處，跟著白洛川起身下樓去吃早餐。

禮拜天一天，米陽主要做的就是更換吸水紙，順便抽空寫了作業。

小學生週末的作業一般都是在週日晚上趕工的，米陽他們也不例外，白天擺弄書用的時間太長，等到想起來要寫作業的時候，已經到了晚上六七點。

兩人各自坐在小書桌的一邊，搬著兩把木椅過來，埋頭趕作業。

白洛川平時看起來挺能玩的，但是自制力也強，手裡忙著什麼事的時候一般不會分心，一氣呵成地寫完了作業。

米陽那邊寫得就更簡單了，把老師發下來的幾張試卷寫完，就跑去繼續擺弄書了。

白洛川寫完，裝書包時才發現一張試卷，忙拿過來道：「小乖，這是數學老師之前讓我給你的，我忘了。」

米陽接過來看了一眼，是一張小學奧數比賽的練習試卷，瞧著題目難度是三四年級的。

九十年代的時候，全國各地奧數比賽都很火，那個時候報紙上也有不少奧數題目，更是有不少的大賽，很多老師嘴裡念叨著的都是「華羅庚杯」之類的。誰家的孩子要是能代表學校參加奧數比賽了，那絕對是面上有光的事，走路都是抬頭挺胸的。

許多地方學校在中考的時候，奧數成績也計算在內，取得奧數賽第一名的學生就算是其他科成績特別差，也會破例讓他升上重點中學，免除擇校費。

這是一個大街小巷都在吆喝著「學好數理化，走遍天下都不怕」的年代。

米陽他們班裡也選了幾個人去參加比賽，據說是和四年級一起，班主任王老師特意選了幾個數學成績好的同學送去，平時下午都不在班級裡上課，大家看他們的眼神都是羨慕的，覺得去學奧數的同學特別聰明。米陽跳級的時候做過試卷，成績非常出色，但並沒有被王老師選上，但是顯然之前帶過他一個月的那位數學老師覺得有些可惜了，忍不住讓白洛川給他送了一份試卷來。

米陽把那試卷拿在手裡看了一下，小學奧數不難，有不少題目挺眼熟的，勾起了不少以前的記憶，拿到卷子後埋頭刷刷開始答題。

米陽記得如果奧數比賽拿了第一名，不少學校都給一點獎金，他現在全部的家當就幾枚硬幣而已，湊起來都不到兩塊錢，還是對獎金很有想法的。

白洛川看著他，道：「小乖，你也要去參加比賽嗎？」

米陽含糊道：「也不一定吧。」

比賽的事拿不準，但是他做完這些題目，或許再等個半年，好好在班級裡表現一下，還能再跳一級，等上了初中就好了。這些他沒有跟白洛川說，他的計畫裡，兩年之後按照原來的記憶他們家應該就要回山海鎮了，白洛川比他走得更早才對，畢竟白夫人也不會讓唯一的兒子一直在這裡念書。

想到之後要分開，米陽忽然有點捨不得了。

最後幾道題寫得有些走神，好不容易寫完，洗漱之後就爬到床上去推了推躺著玩遊戲機的白少爺，讓他起來跟自己說話。

白洛川還在低頭看著遊戲機，隨口道：「怎麼了？」

米陽看著他，張了張嘴，把到嘴邊的話換了一個說辭：「要是以後咱們不在同一個學校讀書了，我們就寫信吧。」

白洛川手裡的遊戲機直接放下了，玩了一半的俄羅斯方塊也不管了，抬頭看他，擰著眉頭道：「你又要去哪裡了？」

米陽道：「也不一定是我啊，你要是回滬市讀書呢？」

白洛川嗤了一聲，也沒剛才那種戒心了，撿起遊戲機接著玩，「我不回去。」

米陽道：「那萬一呢？」

白洛川說得乾脆：「不可能！」

米陽道：「那如果我爸媽帶我回老家了，我們不在一個學校讀書，我就給你寫信，咱們做筆友。我聽唐驍說，現在高年級特別流行在雜誌上找筆友，互相寫信也挺好的。」

白洛川又把遊戲機放下了，抓了重點問道：「唐驍是誰？」

米陽道：「就是我的新同桌……不是，我不是要跟你說唐驍，我是說寫信。」

白洛川道：「不寫，你也別跟那個唐驍學。寫信有什麼好的，你跟我在一起。」他想了想又補充道：「你可以用家裡的電話給你爸媽打電話，等我們以後讀初中住校了，就讓我媽把大哥大給我帶上，每天晚上都讓你打電話給家裡。」

米陽心想，你這安排得還挺周全，一口氣安排了五年計劃。

米陽跟他說不通，懶得糾結了，這些目前也不是他能做主的事，走一步看一步吧。

等到週一傍晚，魏賢提前回來了。

米陽答應了白少爺和他一起寫作業，瞧見魏老師提前回來，對白洛川使了個眼色，就從書桌前的椅子上蹦下來跑回臥室去拿東西了。

白洛川上前幫老師拎著東西，「魏爺爺，我們有禮物送你，你先別睜開眼睛。」

魏賢跟他倆熟了，就閉上眼睛讓小孩領著自己進去，聽著他的話抬腿邁步，感覺是進了他們平時上課的那個書房，忍不住問道：「什麼禮物？你們倆怎麼突然送東西啊？該不會是留下的功課沒寫吧？」

白洛川道：「怎麼會，我都寫好了，還和小乖互相檢查了。」

魏賢笑道：「小乖又幫你檢查了？你得加油了，不然要追不上嘍！」

白洛川道：「追得上！」

正說著，米陽回來了，把那本書放在魏賢的書桌上後退到一邊，對白洛川比了個手勢，白洛川就道：「魏爺爺，好了，你睜開眼睛看看吧。」

魏賢睜開眼看了看，果然是在書房裡，但是仔細看了周圍並沒有添置任何新東西，連桌上的小擺件也沒有換，他臨走時放在桌上的那本書也還在。他的視線掃過那本書，很快又挪回來，眨眨眼睛看著它。太過自然地擺在那裡，讓他差點以為這本書本來就該是這樣。

魏賢第一反應沒看過來，之後才發現書修過了，大喜過望，「這是？」

白洛川得意道：「米陽幫您把書修好了，特別的結實！」

魏賢只看到封面，瞧著比之前有些微變化，但是聽見他們這麼說，心裡咯噔一下，連忙過去看了一下，翻開時特別擔心會有透明膠之類的在上面，但是沒有，而且書頁平整清潔，整本書感覺厚實了一分，也更扎實了，在手裡摸著就特別放心的那種。他忽然「咦」一聲，掂了掂書，問道：「怎麼沉了？」

米陽道：「應該是膠，我把脫落的書頁刷了膠，黏回去了。」

聽見他這麼說，魏賢連忙拿起來仔細看，重點觀察中縫那裡。還真是，重新刷的膠相當的均勻，不仔細看，他都沒瞧出來這是新刷的。他伸手摸了摸，膠已經乾了，兩端整齊，書脊硬挺，加固得非常好，魏賢不停用手指來回觸摸著，摸完了封面又翻看裡面，瞧見裡面的髒汙痕跡都不見了，驚喜道：「變乾淨了好多，之前的墨點都沒了！」

米陽笑著沒吭聲，白洛川挺起小胸膛道：「那是，小乖擦了一天呢！」

魏賢連聲道：「好好好，真是太好了！」這書是他最寶貝的一本，不然不會一直隨身帶著，他簡直對這個修補效果太滿意了，尤其是合攏書籍後，新添的膠跟之前泛黃的書頁合併在一起絲毫不顯得突兀，除了有點硬之外，就好像原本就是這樣的。

他激動完了，才想起剛才白洛川說的話，轉頭問道：「什麼？你說這是小乖弄的？」他跟兩個孩子待在一起久了，也跟著一起這麼喊了，連忙又問：「這真是你修的？」

米陽揉了鼻尖一下，點頭道：「對，魏爺爺，您覺得還行嗎？」

魏賢覺得這簡直太可以了，他也認識幾個修書匠人，但是每次都弄得過白，讓他十分不喜。這些書跟了他多年，和他一起有了歲月的洗禮，半白半黃的修補之後，看著特別醜，而米陽這個就弄得很讓人驚喜了。他招手讓米陽過來，彎腰問他道：「小乖，你跟老師說，你怎麼做到的？」

米陽抬頭看他道：「電視上看的，我回家練習過幾次，修了好些東西呢！電視上還教了做小兔子燈籠、拼積木、火柴棍搭房子，可有意思了。」他的視線落在書上，「不過還是修書最好玩，像是拼積木一樣，把膠水填進去，一點一點重新對齊，可以玩特別長的時間，還能幫助別人。」

這是他早就想好的說辭，之前的小兔子燈籠他紮過兩個給白洛川玩，書房角落還放著，樂高積木拼的那些小玩意兒也堆在角落裡，這些都是魏賢見過的。

魏賢確實見過米陽的手工，他曾經在課間時間帶著他們玩紙飛機，摺的款式複雜，米陽基本上學一遍就會，對這種需要記憶力和重複性，並耐心要足的事情，這個孩子表現出了超出常人的天分。

然而，魏賢還是沒有想到他會做到修書這一步，帶著點好奇，讓米陽教他兩招：「這墨水怎麼去掉的？你跟老師說說，我平時就愛用鋼筆，不小心弄到好幾回了。」

米陽兌了熱水，用之前調配好的肥皂水做示範。魏賢跟著認真學了兩招，不過這太考驗細節了，他手大，用鑷子夾著棉球擦拭的時候直晃悠，半天就腰疼了。自己試過不容易之後更是直誇兩個孩子，說他們有心了。

魏賢摸著那本修好的書，讚不絕口道：「真好，小乖這份耐性太寶貴了，瞧著比那些學玉雕的學徒都專注。你要是不說，我都覺得是拆開重新裝過一遍，修得太好了。這是用細棍黏上的膠？裡面都有吧？」

米陽點頭道：「對。」

白洛川轉著眼珠子，跟著道：「是這樣。」

兩人有了小祕密，互相看了一眼，偷著樂。

書修復得越好，越是看不出來，因此魏賢只是覺得扎實了，把之前的散頁黏回來了，還當米陽沒拆過他的書，只是填補了一些膠而已。等到以後他拿去跟一位國立圖書館的好友顯擺，被對方追問米陽下落的時候，才得知這書被修復得有多好，只是那已經是多年後了。

現在的魏賢只是沉浸在自己的寶貝被修好的喜悅裡，還誇米陽：「我早就瞧出來了，小乖玩積木就很有天分，這麼小手就特別穩，尤其是這份細心，簡直比女孩子還手巧。」

米陽還沒回答，白洛川先皺了眉頭，「米陽是男孩子。」

魏賢笑著道：「我就是打個比方。」

白洛川堅持道：「他是男孩子。」

魏賢不逗他們了，點頭稱是。他們這種書癡一般很少有物質要求，有的話，也大多是為了自己的書而求。魏賢摸著那本修好的書，看看米陽這個小蘿蔔頭，頗不好意思道：「小乖啊，你看你平時功課如果不忙的話，能不能幫老師把其他書給保養一下？我給你工錢。」

這話說出來，魏賢自己就有些雇用童工的罪惡感，又連忙道：「或者你有想要的東西沒有？老師跟你做交換。」

米陽搖頭表示不要，問他道：「魏爺爺，有沒有能學這個小手工的學校？我想要以後繼續玩這個。」

魏賢想想，笑道：「還真有，等你將來念了大學，圖書館系、檔案系這幾個科系就有。我一個特別要好的朋友就是教這個的大學教授，專門教授古籍修復，你真對這個感興趣？」瞧著小孩認真點頭，他樂道：「好，改天我幫你問問，提前讓老師教教你。這人啊，就是得先有個喜好，才能對這個事感興趣，鑽研得下去。」

魏賢相當高興，當場就給那位老朋友寫了一封信過去。由於今天實在高興，忍不住在信裡狠狠吹了一下自己帶的這個小傢伙，恨不得給誇上天。

米陽沒有多大的期望，趴在書桌邊上，眼睛亮晶晶地看著魏賢，小聲道：「魏爺爺，那您見了我爸媽，能不能在他們面前誇我一下？就誇我小手工做得特別好。」

魏賢笑呵呵點頭道：「好。」

米陽也跟著樂了，他修這本書，第一是技癢，第二就是為了多年之後做準備，提前說服爸媽，這裡能講話的權威人士沒有誰比魏爺爺更合適的了。

白洛川趁著寫作業的時候，小聲對他道：「提前修完了，也留下陪我睡，對吧。」

他這說的語調都是陳述句，米陽卻不聽他的，搖頭道：「不行，都待你家好幾天了，我媽要來找我了。」

白少爺眼瞅著就要擰眉頭，米陽伸手彈了他的額頭一下，笑嘻嘻道：「不如你跟我回去吧，今天晚上睡我家。」

對面的小孩立刻陰轉晴，喜孜孜道：「好！」

米陽家沒有白家大，床倒是比他的大許多。

用程青的話說，提前準備好了，等以後米陽長個子了還能接著用，不浪費。

程青見米陽領著白洛川回來，晚上還特意給他們一人沖了一碗黑芝麻糊。米陽動了動鼻尖，道：「媽，我想吃炒麵，多放糖那種……」

程青用手指戳了戳他腦門，「不許挑食！」

米陽吐了吐舌頭，剛打算放棄，就聽見白洛川在一旁道：「程阿姨，我也想吃。」

小客人開口了，程青當然是給他們再去沖了一碗熱燙的炒麵，放了不少紅糖，老遠就能聞到香味。米陽踮著腳等著，心情好得想要哼歌。

白洛川偷偷湊到他耳邊，小聲問道：「炒麵是什麼？」

米陽比劃給他看，道：「就是把麵粉炒熟了，炒成金黃色帶香味的那種，然後再加炒過的白芝麻和白糖，用滾水沖開拌勻，看起來跟芝麻糊差不多，特別細特別滑，但是比芝麻糊好吃多了。」他想了想，又彎著眼睛道：「放紅糖也可以，都很好吃。」

白洛川有點期待了。

沒一會兒程青就沖好了一小碗端過來，放桌上的時候還叮囑他們道：「小心點啊，這個特別燙，尤其是陽陽，上回還燙到舌頭了。」

兩小孩一人一個小湯匙，挖著甜炒麵吃得津津有味。米陽吃得比較有技巧，用湯匙舀了碗的一圈最外層的地方，薄薄地舀了半勺，吹一口氣，含進嘴裡啊嗚一口吃光。又熱又甜，滿嘴的芳香。

白洛川學他的樣子，跟著吃了半碗，覺得確實比芝麻糊好吃許多。

程青在一旁看他們吃，笑著搖了搖頭。她家米陽平時聽話，但是有時候有點小挑剔，比如吃東西，每回都是白芝麻先吃完，吃光了才肯去吃黑芝麻。

炒麵擋飽，另外那兩小碗芝麻糊米陽他們就吃不下了，合力也只吃光了一碗，程青就把剩下那一小碗端去給米澤海吃了。

她給兩個孩子準備了單獨的被子，生怕他們晚上搶被子凍著小肚子，又拍軟了一個枕頭給白洛川放好，笑道：「還是洛川好，一點都不挑地方，陽陽去別處睡得帶著自己的枕頭，不然就要翻上大半夜都睡不著呢。」

白洛川點頭道：「我不挑。」

他見了長輩就習慣性一副認真的樣子，回答問題像小大人似的，全神貫注。米陽在一旁看得都樂了。等到程青關上房門走了，米陽在床上伸腳碰了碰他，道：「哎，你怎麼見了我媽每次都特別緊張？」

白洛川歪頭道：「有嗎？」

米陽學著他也歪頭，「有呀，都帶翻譯腔了。」

前兩天駱江璟給他們找了一位英語老師，帶著他們練習口語，為了營造語境氛圍，還給他們拿光碟機放了國外的老電影。為他們翻譯的時候，帶入裡面的紳士，語氣特別正經。

白洛川笑了，他摸摸米陽的手，道：「他們跟你不一樣。」

米陽轉頭看他，正好和白洛川看過來的目光撞在一起。他把手抽回來，摸了鼻尖一下，含糊道：「我們睡吧，明天還要去學校。」

白洛川就躺在和他一樣的小枕頭上，翻身蹭了兩下，安靜地睡了。

隔天到了學校，白洛川手牽手把米陽送到了三年級。

米陽進去坐下之後，唐驍就對他道：「哎，小孩，你和白洛川關係這麼好啊？」

米陽點點頭，不明所以地看著他。

唐驍是個好動份子，晃來晃去看了門口一會兒，看不見白洛川的身影了才嘖了一聲，無聊道：「沒什麼，瞧著你們手牽手上學像小孩似的。」

米陽道：「我七歲。」

唐驍轉頭看他，米陽一邊拿鉛筆盒和課本，一邊做出嚴肅認真的樣子，「老師說讓我們回家的時候要戴好小黃帽，手牽手過馬路，一起回家的。」

唐驍他們十歲左右的大孩子頂多就戴個小黃帽，出了學校瘋跑得厲害，冷不丁瞧見這麼一個聽話的小孩，忍不住多看了兩眼，伸手又想去捏米陽的臉。米陽伸手攔了一下，瞧著唐驍要挑眉，立刻道：「王老師昨天發的試卷你做完了嗎？今天上課要檢查。」

唐驍立刻收回手，從書包裡翻了一下，拿出來的沒有任何意外的是一張空白試卷。

坐在前桌的小胖子也是愁眉苦臉的，轉頭回來看他們，「驍哥，昨天那卷子你做了嗎？我光顧著看動畫，忘記寫了。」

唐驍轉頭看米陽，小胖子也一臉期待地看著米陽。

米陽：「……」

米陽從書包裡拿出自己的作業，放在桌上，兩人就湊過來一通狂抄。

米陽看得十分懷念，他以前在山海鎮讀書的時候也是好幾個人一起分攤作業，好兄弟互相抄著完成，但是這輩子換了白洛川做搭檔，他自己寫得快也就算了，畢竟不是真的小孩，白少爺那可真像開了掛一樣，米陽覺得要不是自己重來一回，這人他絕對追趕不上，學習的速度也太可怕了。

語文課代表也走過來，要昨天抄寫的課文。

唐驍罵了一聲，抬頭去看米陽，「要不，你幫我寫一點吧？」

米陽現在左手寫得多了，字也跟著慢慢好看起來，畢竟有那麼多年的功底在，心裡怎麼想筆鋒就慢慢會轉。聽見唐驍這麼說，米陽就「哦」了一聲，提起筆慢吞吞寫起來，手底下的字也跟著有了形狀和稜角。

唐驍道：「……不成，這寫得太好了，你寫爛點。」

唐驍這麼說，米陽就抬起頭，故意一副「為什麼」、「我不懂」、「這已經是我寫的最差勁的字了呀」的樣子。他的眼神太乾淨太迷茫，唐驍要求了兩次，自己都不好意思開口了。

唐驍有點遺憾，小同桌字寫得太好，不能替他寫作業了，因為一眼就能看出來。

門外有人喊了一句：「米陽，有人找！」

米陽轉頭看去，只瞧見一個人影，就站起來往外走。

唐驍抄得急也沒起來，略微讓了一點空間給他，繼續悶頭趕作業。

米陽出去就看到了白洛川，他手裡拿著一個綠色小青蛙的水壺遞給米陽，「蜂蜜水，保姆阿姨準備的，你忘了拿。」他說著，又看了米陽他們教室內一眼，略微防備道：「他們幹什麼呢？拿你的東西了？」

米陽接過水壺，搖頭道：「沒，他們作業沒寫完。」

後半句省略沒說，白少爺也能明白過來。他這幾天已經快要結束二年級的題目了，正在追趕三年級，看向那邊抄作業的兩位，目光就多少帶了輕蔑，叮囑米陽道：「要是有人欺負你，你就往樓下跑，來找我，聽見沒有？」

米陽覺得沒人欺負自己，不過還是點頭答應了，白洛川這才走了。

第一節是數學課，課代表提前抱了一大疊試卷進來，有人小聲問：「這是啥？該不會是期中考的成績出來了吧？」

課代表一臉悲壯地點了點頭。

期中考完就是家長會，這個成績對小朋友們來說還是很重要的，名次下滑會受罰的。前桌的小胖子抄了一會兒試卷，忍不住抬頭看看講臺，擔心得寫不下去。唐驍沒他那麼多顧慮，振筆疾書，很快就抄好了。

課前預習有二十分鐘，班長坐在講臺上維持課堂秩序，見大家還在說話，就拍拍桌子，認真道：「都不要說話了！」

唐驍第一個坐好。

米陽有些奇怪地看著他，唐驍歪著身子跟他小聲道：「你覺得咱們班長漂亮嗎？」

米陽嘴角抽了一下，他覺得這個小朋友的想法很危險，小學三年級這可真是早戀了。

唐驍自問自答，美滋滋道：「我覺得她是咱們班最漂亮的了。」

班長小丫頭正在努力維持班級秩序，聽見唐驍還在小聲嘀咕，立刻抓他殺雞儆猴：「唐驍，你怎麼還在說話？」小丫頭乾脆俐落地抽出粉筆，把唐驍的名字寫在了黑板上。

全班一瞬間都安靜下來。

米陽歪頭看他，唐驍小朋友眼中的那份熱情瞬間就冷卻下來，那份小小的喜歡被一個記名字就毫不留情地扼殺在了萌芽期。

唐驍冷哼一聲，「醜八怪！」

班長小丫頭二話不說，就在黑板上唐驍名字後面多畫了一筆。

唐驍這會兒徹底由愛轉恨，一點都不覺得小班長好看了。

等到王老師來上課的時候，她先看了一眼黑板，就點名讓唐驍站著聽課，然後開始一個個地喊著分數、名字，讓大家上臺領試卷。

班裡數學滿分的有三個，米陽是最後一個上去領的，別人那邊都有兩句誇獎的話，到了米陽這裡，王老師只是點了點頭，道：「考得還不錯。」

米陽自己沒什麼感覺，倒是前座的小胖子嘀咕了一句：「王老太怎麼每次都這樣，你考好了她也不誇一句，換了班長她早就誇出一朵花了！」

米陽這才發現好像確實是這樣，他抬頭看看王老師，好像從他一開始進校門吃那塊芝麻燒餅的時候，這個老太太就對自己有了不小的意見，尤其是跳級到她們班裡，也一直都是邊緣化的對待。

米陽沒多想，他內心深處還是把重讀小學當成了一次有趣的旅程，抱著輕鬆的心態。

一天之內，期中考試的成績陸續發下來了，米陽儘管故意寫錯了幾個錯別字，還是拿了第一名。他同桌的唐驍雖然平時看著不怎麼讀書，但成績還在前五，倒是前桌的小胖子哭喪著臉，他得了三十六名，全班共四十個人，他排名倒數。

王老師課間的時候特意來開了一個小班會，叮囑他們說禮拜五下午開家長會，讓他們回去通知家長，並且嚴厲道：「其他科我不管，咱們班的數學試卷你們帶回去，讓你們的父母簽字，聽見沒有？有些同學看來是不敲打不進步了，看看你們考的分數，讓你們爸媽臉上有光是不是？」

前桌的小胖子臉色慘白，等王老師走了，轉頭對唐驍道：「怎麼辦啊，我數學只考了五分，我怕我爸打死我。」他看向唐驍，帶著期盼道：「驍哥，要不，你替我簽名？」

唐驍拿起筆，龍飛鳳舞地寫了自己的名字，字醜到小胖臉頰抽搐。小胖又轉頭看向新出爐的全班第一名，試探道：「米陽，你替我簽名吧？」

唐驍覺得靠譜，點頭道：「米陽寫吧，他的字好。」

小胖起死回生，眼神裡帶著光芒道：「對對對，米陽你就幫我寫……」他絞盡腦汁，忽然發現喊了十年的爹沒記住自己爸爸大名叫啥，他抓了抓頭，靈光一閃道：「不然這樣，你幫我簽個名字，就……就簽爸爸！」

米陽：「……」你走吧，我媽不讓我跟傻子玩！

班裡年紀最小的第一名嚴詞拒絕了這份喜當爹的工作。

比起王老師，其他科目的老師對米陽喜愛的多，一天內收到了不少的誇獎。

米陽領了一張「三好學生」的獎狀後，在放學回家的路上，絲毫沒有意外地瞧見白少爺手裡也拿了獎狀。白洛川比他多了一張「優秀班幹部」的獎狀，捲起來隨意放在書包裡，倒是挺喜歡米陽的獎狀。他看了一會兒，道：「三年級的是紅色的獎狀。」

米陽道：「嗯？」

白少爺放下來，道：「挺好看的。」

期中考試結束後，王老師按照之前說的，根據大家的成績重新調整了座位。

米陽考了第一名，排在了第一位，但是老師沒有讓他坐在正中央的那個「寶座」上，而是讓他坐在靠窗的那排第一個。唐驍成績好，但是他個子高，自己主動舉手申請往後坐，就坐在了靠窗位置第三排的那裡，和米陽隔著一個人。

米陽的同桌換成了班長小丫頭，大概是丟失了全班第一的寶座，她每天都特別認真地上課聽講，這麼努力下來，米陽都不好意思偷懶了。

唐驍有的時候會隔著一排傳小紙條，偶爾上自習課的時候還會跟前一排的同學換一下座位，把桌子推得靠前一點，恨不得擠到米陽和班長小丫頭之間，變成三人一排，藉著問數學題的名頭小聲跟米陽說話。

班長特別生氣，道：「唐驍，你又想記名字了是不是？」

唐驍翻一個白眼，「我跟米陽說話呢，又沒跟妳說，妳激動什麼呀？」

班長蹭蹭蹭跑到黑板那裡，寫了唐驍和米陽的名字。

米陽：「……」

米陽覺得自己夾在這兩個倒楣孩子中間，運氣實在是夠背的。

班長在自習課的時候是負責掌管秩序的，等了一會兒，瞇眼眼睛觀察一下，很快就把米陽的名字用板擦擦掉，只留下了唐驍。

也是米陽運氣好，名字剛被擦掉，班主任就進來轉了一圈，瞧見黑板上唐驍的名字，皺眉道：「唐驍，誰讓你私自換座位的，站著上自習課！」

唐驍撇撇嘴，又回自己的位置上去了，倒是老實了大半節課。

王老師轉悠的時候，故意在班長和米陽那裡停留了一會兒，視線更多的落在米陽身上。

米陽身邊的班長小丫頭並不知道，她瞧見老師進來，好學生的第一反應就是挺直了胸膛努力寫作業，當一個乖孩子。米陽被看得久了，有些不太自在，抬頭看了一眼，正好和王老師的視線撞上，雖說沒有太明顯的厭惡，但多少是帶著挑剔和不滿的。

王老師拿了米陽手裡的作業，檢查了一下，並沒有什麼毛病，似乎是沒有放棄又看了米陽的手，擰眉道：「你用左手寫字？這像個什麼樣子，一點規矩都沒有，現在就換過來。」

米陽愣了愣，下意識解釋道：「老師，我從小就是用左手寫，而且寫得還……」

王老師打斷他道：「從小？你現在就是個小孩子，不要找藉口，左手這個習慣你自己說好還是不好？老師難道會坑你不成？我瞧你是報紙上看多了那種說什麼用左手寫字聰明的報導吧？那種虛假新聞你也信？」

米陽被她罵了一通，眉頭擰了又鬆開，還是聽從她的話換了一隻手。

王老師站在那裡看著他寫了幾筆，哼道：「對了，踏踏實實從基礎開始練習，這才是一個學生的本分！」

米陽張張嘴，到底還是嚥了回去，沒跟她頂起來。

王老師很快就巡視完，去了隔壁的老師辦公室。

辦公室裡，幾個老師正坐在那裡，有人在備課，有的在閒聊，瞧見她進來都挺客氣的，畢竟王老師年紀大，又在學校多年，大家都下意識對她尊敬些。

有一個年輕女老師笑著道：「王老師，你們班訂的報紙到了，放妳桌上了。」

王老師走過去先喝了一口茶，又慢慢悠悠拿起報紙翻看。她給班裡訂購了兩份報紙，一份是小學生報，另外一份是比較偏向日常的，裡面有不少提供學生們投稿的地方，經常會貼一兩篇中小學生的作文。這次報紙上說的一個事件很快就吸引了王老師的目光，她聚精會神地看了一會兒，然後感慨道：「瞧瞧，果然和我想的一樣！」

旁邊一個男老師問道：「怎麼了，有什麼新聞？」

王老師把報紙打開那一頁給他看，自己道：「瞧見沒有，去年那個十三歲考上清華大學的小天才被退學了！報紙上都寫了，說什麼去了之後除了學習，日常無法自理，更要命的是他媽媽還要去陪讀，跑到宿舍幫他洗衣打飯……我就說了，多大歲數的孩子就幹多大的事，年紀小，成績好，就能代表一切嗎？」

那個男老師看完，又傳給其他老師看，大家都當是個新聞，倒是沒有帶入什麼。等那個老師把報紙還給王老師，忽然道：「我記得王老師班上有個跳級的小天才也很聰明。」

王老師冷哼一聲，「成績好的，上了大學還是被退回來，那些少年班就做對了？十三歲考上清華也被退學了，瞧見沒有，報紙上登的！」她拿著報紙抖得嘩嘩作響，好像得到了天大的助力，證明了自己。

其他老師面面相覷，都不說話了，換了他們巴不得班上有這麼一個聰明的小孩，不但教學成績提升了，而且說出去多自豪。

那個男老師笑笑道：「我上次去上課，瞧著米陽……那孩子是叫米陽對吧？我看他特別的懂事，比其他小孩還乖呢。」

王老師擺擺手，不接話。

她一直覺得米陽年紀小是最大的問題，這樣的孩子就算智力跟得上，其他就能跟上了？不懂事起來只會給班裡惹麻煩，尤其是第一次見到米陽的時候，這孩子被母親寵溺的樣子更是讓她忍不住皺起眉頭。她還記得米陽被推著進校門，坐著一邊吃一邊看，絲毫沒有下來走路的意思，實在是家長寵得過頭了。

米陽萬萬沒有想到，自己那天就是吃了個芝麻燒餅，就惹來這麼大的反感。

下午有美術課，大家都把提前準備了的宣紙和墨汁帶來了，對這節課特別期待。

等到上課把工具都拿出來，按照老師要求的將墨汁倒入塑膠盤裡之後，教室裡就充滿了一陣濃郁的墨香。大部分同學帶的都是一得閣的墨汁，少部分人買的是大瓶的「臭墨」，這種墨汁最便宜，用起來不心疼，可以寫上很久，足夠整個學年用了。

米陽也帶了墨汁，他的是放在一個小玻璃瓶裡帶來的，跟其他人的不太一樣。這點墨汁聞起來味道小，帶著淡淡的松煙香氣，仔細聞還有冰片和麝香的味道。米陽用的時候小心翼翼，這點墨足夠他媽一個月的薪資了，前天白少爺也不知道從哪兒打聽了三年級的課程表，聽說他美術課要用，便把白老爺子書房裡那塊上好的松煙徽墨給「偷」出來了點。

米陽把墨汁打開來，倒入旁邊五色花瓣一樣的白色塑膠盤裡，學著講臺上老師教的開始洗筆潤筆，學著寫大字。

美術老師是藝術院校剛畢業的年輕人，她上課的時候有趣多了，教了一個大概之後，就讓大家抽籤，五人一組，把小課桌拼起來，讓大家團體完成書法作業。

這樣的形式讓小朋友們都很高興，尤其是抽籤的時候，大家的驚呼和遺憾的聲音起此彼伏，出人意外的，米陽的歡呼聲是最高的，大概是第一名的光環還在，大家都眼睛亮晶晶地盯著，在手心裡哈氣，卯足了勁兒要抽到米陽。

小胖也是其中之一，他搓了搓手心，抽完之後小心翼翼地打開，紅著臉頰道：「米陽！米陽跟我一組，哈哈哈！」

周圍一片「哇」的感嘆聲，小朋友們的眼神都落在小胖身上，滿滿的羨慕。

米陽拿了自己的筆墨和宣紙，走到小胖那邊，那邊已經收拾出一個空位留給他了。

小胖興奮道：「來來來，米陽你坐這裡！」

唐驍站在旁邊，把一枝乾淨的毛筆頂在嘴巴那兒，對他扮鬼臉，逗得米陽笑了一聲。

他們這組的好運還沒有結束，大概是覺得小胖手氣好的緣故，都讓他去接著抽組員。小胖不負眾望，接下來抽到了小班長，頓時又引來一片羨慕的感嘆聲—雖然班長記人名字，但成績是真的好啊，每一科都特別厲害呢！

班長小丫頭抱著自己的東西過來，小臉特別嚴肅，儼然做好了這次拿小組第一的準備。

有班長在，果然效率提高了許多，她時刻督促著小組裡的成員讓大家勤奮寫字，如果寫得不好，還會指出重寫。他們組是三個男孩兩個女孩，跟班長挨著的另外一個小丫頭，制服有些髒髒的，頭髮紮得也有些亂，說話聲音特別小，班長兩次指出她寫的比劃不對，讓她重新寫的時候，她眼睛裡就含了眼淚，小聲囁嚅了一句什麼。

班長小丫頭沒有聽清楚，但是她向來剛正慣了，家裡又是「誰說女子不如男」的教育模式，就看不慣哭哭啼啼的樣子，立刻擰了秀氣的小眉毛，道：「不許哭！」

那個女孩嚇得不敢哭了，含著眼淚道：「我、我沒有宣紙了……」

小胖好奇道：「老師讓我們多準備，妳為什麼不帶？」

女孩揉了一下發紅的眼睛道：「我家裡沒有了。」

小胖還要再問，被米陽在旁邊踩了一下腳，他把自己的宣紙分了一半給那個女孩，小聲道：「妳用我的吧，我快寫完了，兩張就足夠了。」

女孩猶猶豫豫的，但是班長觀察了之後，小手一揮道：「不能讓米陽同學全出，這樣，他出一張，我也出一張，唐驍和袁宇你們倆湊一張出來，三張足夠大家完成任務了。」

她分工明確，並且以身作則先拿了一張分給旁邊的女孩。小胖子袁宇家裡是做生意的，帶的宣紙多，笑嘻嘻地拿了兩張遞過去道：「這是我和驍哥的，妳拿著吧，誰讓咱們是同一組的人呢！」

女孩小臉漲紅，小聲道謝。

班長刷地一下抬頭又看向她，道：「說大聲點！」

女孩立刻道：「謝謝！」

班長這才滿意了，繼續開始寫大字，特別的認真。

他們這個小組進展頗為順利，米陽以前做為愛好接觸過一段時間的字畫，用左手寫也差不到哪兒去，字的形體都在，應付個小學作業綽綽有餘。而小班長顯然也是練過的，大概是家裡教得好，懸腕落筆，寫得比米陽左手的字還要好上一些，米陽忍不住多看了兩眼。

唐驍和小胖寫得就有些慘不忍睹了，只能算是及格分數上下，勉強認出是個字，尤其是唐驍的，從狗爬頂多升級為正式狗爬。

唐驍那邊還有多餘的宣紙，趁著老師不注意，偷偷拿了一張給米陽那邊，道：「米陽，你快幫幫我！」

米陽把紙推回去，對他使了一個眼色。唐驍心領神會，立刻和他換位置。旁邊的小胖也是兩眼放光地看著米陽提筆，自己拿了新的宣紙鋪好放在紅色米字格軟墊上，臉上恨不得寫上幾個大字「爸爸救我」。

班長抬頭看著他們，眉頭皺起來，在是否舉報自己團隊這個選項裡進行了一番強烈的心裡掙扎。倒是一旁的那個女孩舒展了眉眼，捂著嘴在那偷樂。

米陽換了位置，也換了筆墨，用唐驍的開始書寫，不求多好只求穩，反正他怎麼寫都比唐驍那雞爪似的字寫得好。

唐驍坐在米陽的位置裝模作樣地提筆，順便打量了一下米陽寫的字，只覺得寫得工整漂亮，其餘看不出什麼門道。不過看了一會兒倒是也瞧出一點不同了，好奇道：「咦，米陽，你這墨好像跟我們的不太一樣。」

小胖好事，湊過去看了道：「怎麼不一樣了，不也是挺黑的嗎？」

唐驍摸了一下，烏黑但是毫無光澤，疑惑道：「是挺黑的，但是不亮。」

米陽看了一眼，「這個是我從家裡帶來的墨汁，唔，就是畫畫用的那種，畫山水什麼的最合適了。這種就是這樣，不亮的。」

小胖好奇問道：「這個叫啥，和我們的墨比起來哪個更好？」

「就是用墨碇磨出來的一點墨汁。」米陽一邊寫，一邊含糊道：「這個也不一定，你看咱們老師用一得閣墨汁教的寫大字畫小燕子，在紙上就特別有光澤，我覺得就很好看。」

小胖和唐驍都看了一眼講臺上老師的示範畫作，覺得他說的特別有道理，因為寫出來的字真的很漂亮，班長也忍不住好奇抬頭看了一眼。

其實米陽的松煙徽墨更適合書寫，但是小朋友們在練習階段用的都是一得閣墨汁，他不想自己太出挑，想融入其中。

旁邊的女孩也抬頭看了一眼，帶著羨慕。她帶來的是一大瓶臭墨，對大家用的小瓶一得閣墨汁有些羨慕。其實一得閣墨汁之間，也是有區別的。

他們前面一桌的五人小組裡，就有一個男同學用的是金瓶的，小巧些，看著也更貴，他給自己倒了滿滿一盤，又去給旁邊的同學倒上一點墨汁，得意道：「我這個是我阿姨從省城給我帶來的，特別香，不信你們試試，寫出來也特別好看……」

他說得太得意了，又忙著對其他同學顯擺自己的墨汁，晃來晃去很快就撞到米陽這邊。因為是背對背，看不見對方，撞的一下還特別重，要不是米陽提筆快，這張字就毀了。米陽剛鬆了一口氣，還沒等再小心去寫最後一個字，就又被撞了一下，這次毛筆直接撞歪了，把宣紙都戳了一個窟窿。

米陽：「……」

班長：「……」

唐驍二話不說，上前就推搡了對方一把，道：「你要死啊！」

那人一時沒反應過來，但是很快梗著脖子道：「唐驍，你幹什麼罵我？」

唐驍力氣大，拽著他過來，指著那張被戳壞了的作業道：「你自己看看，你剛撞一下、兩下的，沒完了是吧？你把這張作業弄壞了，你賠？」

那個男同學漲紅了臉，又掙脫不開唐驍的手，看著旁邊米陽還握著毛筆的樣子，張嘴道：「我又不是故意的，再說了，你、你為什麼總是向著這個小不點？」

唐驍道：「廢話，這是我的作業！」

唐驍理直氣壯，瞧著對方還不肯道歉的樣子，上去就把人教訓了一頓。他動手，旁邊的小胖也不含糊，立刻擼著袖子衝上去，一副小跟班的架勢。他們三個在班裡掐著打起來，事實上是單方面的教訓，唐驍個子高，欺負人什麼的很拿手。

那個男同學被打兩下也急了，揮手的時候推翻了桌子，一下子就把桌上一大瓶臭墨弄翻了，旁邊的女孩「啊」一聲都帶了哭腔。

班長眼疾手快，一邊抄起他們小組剩下的完好作業，一邊提高了音量大聲道：「你們別打了，不然我就去告訴老師……」

美術老師出去了一趟，不在班上，班長小丫頭護著作業，貼牆像小螃蟹一樣試圖開門去找老師，剛碰到把手，門就從外面被打開了，王老師黑著臉走了進來，道：「怎麼回事？鬧成什麼樣子了？你們出去聽聽，整層樓裡就你們這個班鬧得最厲害，像話嗎？」

全班慢慢安靜下來，但還是能聽到一點小聲議論的聲音。

王老師黑著臉向桌子倒了的地方走過去，那邊果然是重災區，桌子翻了一張，抽屜裡的書也掉出來好多本，還滾落了兩顆玻璃彈珠，不過這會兒已經被灑了一地的墨汁染得烏漆抹黑，還散發著一股臭墨的難聞味道。

旁邊一個紮辮子的女孩正蹲在那用抹布擦著，擦兩下又抹一下眼淚，小聲哭著。

王老師看了一圈，瞧著唐驍那三個制服都撕開了喘著粗氣的男生，又看看另一邊搶救了幾本書貼牆站著的米陽──估計也無辜不到哪裡去，袖子上都沾了一大片墨汁。王老師眉頭擰得更厲害了，嚴厲道：「這到底是怎麼回事？」

班長抱著作業擠過來，舉手回答道：「報告老師，是孫乾上課期間在座位上走動，先撞到了米陽，把米陽寫的書法作業弄壞了，唐驍就和孫乾吵了兩句，然後他們……」

王老師擺擺手，也不等聽完，立刻就黑著臉轉頭看向那幾個男生，問道：「孫乾弄壞了米陽的作業，唐驍為什麼先上去打架？」

打架的幾個小男生都沉默了，哪怕是被揍了一頓的孫乾也不吭聲。他們打架是一回事，抄作業是另外一回事，江湖恩怨不涉及抄作業，因此都閉緊了嘴巴非常有默契的沒有說。

王老師更生氣了，她看了三個打架的男生，又看看米陽，好半天才笑道：「好，你們可真有本事啊，這麼小就打架，還互相包庇，是不是想當少年犯？」

米陽覺得她這話說得太重了，他站出來一步解釋道：「老師，不是那樣的，我們只是有一點小摩擦。」

班長在旁邊咬著嘴巴，睜大了黑白分明的眼睛去看王老師，她也想幫同學們求情。

王老師冷哼道：「小摩擦？從小看到大，你們家長送你們過來就是接受教育的，你們犯了錯就要受罰！」她看了一圈，又開口道：「我不知道你們還有誰出手了，這樣，但凡身上沾著大塊墨汁的通通出去給我在走廊上罰站！」

周圍不少人慘遭連坐，米陽和唐驍他們三個一起站在第一排，貼牆站軍姿。

小班長為了保護作業，衣襬也蹭到了一大片墨汁，被王老師毫不留情地一起趕到了走廊上，她咬著嘴巴氣鼓鼓的，眼睛都紅了。

米陽看了班長一眼，小聲安慰她：「沒事，咱們組不是還有一個人在教室裡嗎？不算是全軍覆滅……」

話還沒說完，就聽見「哇」一聲，那個紮辮子的女孩也哭哭啼啼地出來了，眼睛紅得像兔子一樣，眼淚劈里啪啦地往下掉。

小胖吃驚道：「妳怎麼也被趕出來了？王老太不是看妳可憐，讓妳在教室裡坐著了嗎？」

女孩揉著眼睛哭道：「王老師說、說我哭得太煩人了，讓我出來哭……」

班長氣哼哼道：「王老師一點都不公平！」

得，這貼牆站著一排，連小班長都叛變了！

米陽的衣服被墨汁弄髒了，白洛川放學之後來接他回家的時候，低頭看到了，皺著眉問道：「是不是有人欺負你？」

米陽道：「沒有。」

白洛川眉頭還是沒鬆開，一直看著他的衣襬，伸手把米陽書包拿過來，道：「我幫你拿著，小心別蹭髒了。」

米陽就把書包給了他，抬手的時候，又露出衣袖上的一大片墨跡。

白洛川視線又跟著落在衣袖上，對他道：「先去我家換一身衣服。」

米陽也怕他媽擔心，點了點頭跟著去了。程青最近剛換了職務，醫院護士本來就人手不足，又要輪著上夜班，確實很辛苦。米澤海那邊也輕鬆不到哪兒去，每天帶兵拉練，風裡雨裡的格外累，米陽盡可能不給他們添麻煩，有什麼自己能處理的事都自己解決了。

白洛川帶他回自己家，推著米陽去浴室洗澡，又拿了自己的一身衣服放門口給他替換。

等米陽從浴室洗好出來，身上穿著略大一點的藍白杠運動服，一邊走一邊挽袖子。對面坐著的白洛川也穿著一套一模一樣的衣服，正一臉嚴肅地看著他，抬抬下巴道：「說吧，到底是怎麼一回事？」

米陽張開嘴剛要說，白洛川又打斷他道：「說實話，我會去跟你們班其他人核實。」

米陽樂了，走過去挨著他坐下，「你都要自己去問了，幹麼還問我啊？」

白洛川煩躁道：「我就想聽你說！」

米陽道：「也沒什麼大事，就是上美術課有個同學的墨汁不小心撞翻了，沾到一點……我的衣服呢？」

白洛川道：「我讓保姆阿姨拿去洗了，明天你再穿回去，先穿這個。」

米陽無所謂道：「哦，沒事，我家裡還有一套制服。」

白洛川沒讓他岔開話題，眼睛盯著他，忽然道：「跟唐驍有關吧？」

米陽抬頭，視線正好跟他撞在一起，揉著鼻尖笑道：「你怎麼什麼都猜得到？是有關，不過他是想幫忙，然後脾氣急了點，就跟人打起來了。」米陽把事情經過大概說了一遍，然後攤手道：「就這麼一點事，我們還被連坐了，王老師讓我們出去站了一排，可丟人了。」

白洛川不滿道：「你們班的老師有病！」

米陽看他一眼，他平時不讓白少爺說髒話。

白少爺勉為其難改了一點語氣，但是嘲諷的態度依舊沒變，「你班上的老師有病吧？」

米陽被逗樂了，笑了一會兒才道：「你這話應該讓唐驍學學，他氣了一下午，就是不知道怎麼還嘴，他真應該拜你為師。」

晚上他們一起上魏賢的課，因為白少爺之前提了一句三年級在上書法課，魏賢也給他們準備了一些紙墨筆硯，讓他們練習。

之前都是教鉛筆字，白洛川還是第一次用毛筆，站在小桌前面躬身彎腰，手腕懸空寫得十分認真，大字也寫得很漂亮。

米陽跟著寫了兩張，他下午的時候沒寫好，這會兒才能靜下心來認真寫幾個字。

他們這次用的不是一得閣的墨汁，是白洛川從樓下書房裡找來的硯臺，瞧著也是古董，現在已經很少見到這麼正宗的徽墨了。米陽起身的時候，白洛川剛好寫完一張，走過來看了他一眼，小聲道：「小心點，別再蹭上墨汁。」

米陽：「……」這位少爺面上不顯，心裡還在記仇呢。

米陽洗了的那套衣服還沒乾，他就先給家裡打了一通電話，說今天晚上住在白家。

換了平時白少爺肯定高興，但是今天從聽完米陽講美術課的事之後，他的小臉一直繃著就沒露過笑。等到晚上睡覺，到底還是把米陽按著，扒了衣服徹底檢查了一遍。米陽只比他小兩個月，但是從小身體就比他縮一圈似的，尤其是上小學之後，更是矮上半個頭，被按在小床上撲騰半天都起不來，只能拽著褲子求饒：「你幹麼呢……真沒傷，一點都沒有！我不是跟你說了嗎？我沒動手呀！」

白洛川不聽，掀開衣服看看肚子和背上，確認一遍又固執地去拽褲子，「我自己看。」

米陽後悔一開始沒認真坦白從寬了，褲子被扒下來一半，按著看小屁股，耳朵都紅了，忽然覺得還被摸了一把，當下就惱怒道：「你夠了啊，差不多得了！」

白洛川把褲子幫他提上去，瞧著米陽一生氣就水汪汪的眼睛，下意識想伸手去摸摸他的頭，果不其然被米陽躲過去了。

白洛川道：「我聽說有老師會體罰學生，我怕你被打了不說。」

米陽抬頭去看他，這才瞧見小孩一臉的擔心，心當下就軟了一半，「沒有，我又不傻，我媽都沒打過我呢，我要是挨打了肯定跟我媽說。」想想又加了一句：「也跟你說。」

「要是有人打你，你就往樓下跑，來找我。」白洛川伸出手，這次摸到了米陽的頭，小手一邊安撫米陽一邊認真道：「你這麼乖，一定不是你的錯。」

米陽剩下的那一半的心也軟了下來，看著他認真的小臉，彎彎眼睛點頭道：「好。」

第四章
小乖奮起，帶頭反抗無良教師

美術課罰站事件過去後，班上的生活變得平平靜靜的，除了開家長會的時候有點讓某幾位小朋友緊張，其餘都還頗為順利的。

米陽拿了第一名，程青特意請假來參加家長會，坐在第一排兒子的座位上特別自豪。

王老師最後說要請一位家長來講話，程青有點緊張，她猜著應該是第一名的家長，但是來之前並沒有接到過老師的通知，只能努力轉動腦筋去想一些既客套又能鼓勵其他小朋友的話，她這邊正想著，就聽到王老師在講臺上道：「下面有請孫乾同學的家長來講話。」

程青愣了一下，下意識轉頭看向身邊那位女家長，如果她沒有記錯的話，不是第一名，那就應該是讓第二名上臺講話吧？不過她怎麼記得第二名是米陽他們的班長，還是個女孩？程青低頭看了眼旁邊作業本上的名字，確認了一下，王依依，不是班主任點名的那個孫乾。

王依依的媽媽也奇怪地看著程青，她以為是第一名上去呢！

兩個媽媽都是好脾氣，互相笑了笑，也沒說什麼。

王老師對大家道：「孫乾同學德智體美勞全面發展，而且是我們班的勞動委員，前幾天還撿到了五元交到學校來，做了好人好事，接下來請孫乾的爸爸來講話。」

孫乾他爸是個中等身材的男人，穿著一身黑色西裝，有點小肚子，瞧著像是做生意的，上臺之後簡單說了幾句就下去了，人倒是很和氣。

其他家長們都給他鼓掌，坐在小學教室裡，家長們也在努力為自家孩子營造好的形象。

週五下午只有兩節課，放學後還有半天時間，米陽班裡的男生一起約著去踢球。唐驍和孫乾他們幾個男生之前經歷過一起罰站的事件，感情反而更好了，現在週末都約著一起玩，好哥們兒似的無話不談。

唐驍勾著米陽的脖子，叫道：「你偷跑好幾回了，這次總得去吧？」

米陽舉手道：「那我申請帶個小夥伴，行嗎？」

唐驍大方地點頭同意，米陽就跑去樓下把白洛川叫上了。

白少爺把書包收拾好，背在肩上對他道：「行，操場是吧？你們先去，我一會兒就來。」

米陽他們用手心手背的方式簡單分了組，唐驍和米陽一組，他體力好跑得快，把對面那一組打得落花流水，踢足球愣是踢出一個十比零的比數來。

對面的小朋友消極罷工，這場球踢得沒意思極了，幾個小朋友興致都不高，過了一會兒白洛川來了，這才略微踢得好一些。

白少爺是放學回去換了一身球衣再過來的，他年紀雖然小，但是從小身體就發育得好，站在那瞧著比米陽高半個頭，倒是和三年級班上前排的那幾個男生差不多的個子，跑起來的時候更是小旋風似的，上來就先進了一個球。

小胖原本是輸了的那個隊，這會兒眼睛裡都露出希望來，跟其他小孩提上速度跟進。

白洛川和唐驍不一樣，唐驍是橫衝直撞一個人得天下，進的十個球裡有八個是他的。白洛川步步為營，自己殺出一條路的同時也沒忘了安排部署，讓幾個人攔住了唐驍的腳步，給了隊裡其他人不少機會。雖然那些小朋友準頭沒他好，並不是每一球都能踢進，但是次數多了，也漸漸超過了唐驍他們那隊。

第二局白洛川那一隊打了一個漂亮的翻身仗，贏了兩個球。

唐驍不服，喊道：「再來！」

白洛川把球停在腳下，踩住了，道：「來換個人吧。」

唐驍問：「換誰？」

白洛川看了米陽一眼，很快又收回落在了唐驍身上，「咱們倆換，敢不敢？」

唐驍二話沒說，就跟他換了陣營。

白洛川跑過米陽身邊的時候，只叮囑了他一句：「小心點，別摔倒。」

這一局唐驍比之前還要賣力，但是隊裡已經有點習慣團體進攻的模式，兩邊互相牽絆，沒有指揮的反而效果並不好。小胖追著唐驍跑得滿頭大汗，停下來的時候視線習慣性地去找白洛川，瞧見指揮官正在對面的隊伍裡指導大家衝鋒陷陣，心裡一陣羨慕。

白洛川踢完兩場球，已經能準確叫出三年一班這些男生的名字了，他站在這些大孩子裡也絲毫不露怯，對米陽道：「球場邊上有個書包，我帶了一些零食來，你幫我去拿來，咱們一起分著吃。」

米陽不疑有他，起身去拿了。

書包還挺沉的，除了零食還有一個熟悉的青蛙小水壺。米陽跑了半下午口渴得厲害，先喝了幾口，這才趕緊拿過去給白少爺。

他走近的時候，正好聽到白洛川在同那些小孩說話，他們圍了一個圈，白少爺就在中間位置認真聽著。

「……是我奶奶，她非要送禮給王老師，這不，就讓我爸上臺講話了。」孫乾撇撇嘴說道：「要換了平時，肯定就是米陽，要不就是班長，再不濟驍哥還考了前五名呢，哪裡能輪到我啊？」

周圍的小朋友都安靜下來，你看看我，我看看你，一陣唏噓，不知道該說什麼好。

有人猶豫道：「老師……不會這樣的吧？」

孫乾道：「收禮的肯定是少數唄，別的班我不知道，反正王老師收了。」

白洛川聽得眉頭皺起來半天沒鬆開。

孫乾瞧見米陽來了，連忙站起來，有點不好意思地對他道：「米陽，你要告訴家人嗎？要不你也送點禮吧，其實那天應該是你媽媽上臺講話……」

米陽更吃驚了，睜大了眼睛看著他，道：「當然不要啊！」他看看其他小孩，大部分都是眼神迷茫的，只有白洛川認真看向他，等他說下去。

「收禮是不對的，王老師這樣做不對，我來學校是為了學習知識，不是討好老師。」

小胖哼哼道：「我也覺得王老太做得不對，拿了東西就說人好！孫乾，我不是說你啊，你是我兄弟，我不收你家東西也說你好！」

孫乾這人大咧咧的，家裡也比較有錢，擺擺手表示不在意。

白洛川把那個書包接過來，拿出裡面的零食分給大家吃，自己只拿了那個青蛙水壺。他先低聲問了米陽一句，見他搖頭，這才自己打開喝了幾口。

唐驍瞧見有水，道：「白洛川，也給我喝一口唄？」

白洛川毫不客氣地避開他的手，「我不習慣和別人共用一個杯子喝水。」

唐驍不服，「你剛不是還問米陽喝不喝嗎？我都聽見了！」

白洛川道：「他不一樣。」

唐驍：「……」

這人區別對待得理直氣壯，他竟然一句也無法反駁。

等到踢完球回去的路上，白洛川忽然開口道：「我都問清楚了，孫乾家的地址，王老師家的地址，還有贈送的禮品數量。裡面有一個磁石的按摩枕，如果她沒有轉送出去，應該不難認出來。」

米陽有點驚訝，「你就踢個球，問出來這麼多東西啊？」

白洛川在他面前才露出幾分得意的樣子，「爺爺教的偵查和反偵察，你是不是又忘了？上回去山上看打靶也是，自己害怕，還給我捂耳朵。」

米陽心想：那是你不肯塞棉球進耳朵裡，一點防護也不做好嗎？

米陽走了一會兒，忽然嘆了口氣，道：「我覺得這事真的不太對。」

他沒頭沒腦說了一句，白洛川也沒聽明白，下意識道：「不對就改。」

米陽抬頭看了他一會兒，忽然笑了，點頭道：「你說的對。」

白洛川疑惑道：「怎麼一直看著我，想什麼呢？」

有點不想跳級了，想多陪你幾年！

米陽把心裡的話嚥下去，揉著鼻尖笑了一下道：「沒什麼，就是覺得你特別好。」

白洛川小下巴抬起來一點，道：「那是，我對你最好了。」他說著背著書包，又去牽米陽的手，對他道：「以後等我去三年級，我護著你。」

米陽一下就樂了，不過非常給面子地點點頭，「好啊！」

米陽覺得白少爺一個小孩能想這麼多已經很厲害了，但是真要找起來，又不能去抄家，就算真找到了，孫乾家裡為了孩子也不會承認的，更何況是王老師？

白洛川也想起王老師的事情了，問他道：「不然我去找爺爺說吧？」

米陽搖搖頭道：「再等等。」

白洛川有些不滿，小孩子的世界黑白分明，並不知道成年人之後的灰色地帶。米陽之前沒有什麼怨氣，也是因為他沒打算在小學待多長的時間，但是瞧見白少爺這麼全力護著，也開始思索起來。

白洛川踢了腳邊的一顆小石頭，有點不樂意但也沒強求，半天之後擰著小眉頭換了一個條件道：「那你禮拜天留下來陪我寫作業。」

米陽道：「好。」

白洛川又道：「把制服帶上，明天咱們一起去學校。」

米陽點點頭，也答應了。

白洛川還在看著他。

米陽想了一下，立刻誇獎道：「你今天可真厲害，我都沒想到問這些，而且我去了班裡也是過了好久才慢慢和同學們認識，你踢一場球就認識了，特別棒！」

小少爺又得意起來。

週末兩人玩遊戲機有些晚了，第二天起來的時候都頂著黑眼圈。米陽揉著眼睛，白洛川在一邊打哈欠，用冷水沖了把臉才慢慢恢復了精神。大概是沒睡飽帶著點情緒，白洛川早上吃飯的時候又開始挑剔，山芹不吃，蔥花不吃，薑絲不吃，眼瞧著就要發小脾氣。

米陽往他手裡塞了一根油條，自己端過他那碗粥給挑好了，又放在他手邊道：「喝吧。週一早上升國旗，要早到十分鐘。」

白少爺這才兩口喝光了，擦了嘴巴，拎上書包對米陽道：「好了。」

米陽背上自己的小挎包，跑步跟上。半新的軍用挎包隨著跑動啪嗒作響，上面還別著一個紅色的五角星，特別可愛。白洛川上車之後，伸手去拽米陽，兩人擠在後座上，一邊去學校的路上，一邊還在對作業。雖然一年級和三年級的作業不一樣，但是兩人這兩天的補習進度基本是一致的。魏賢教得好，白洛川人又聰明，完全跟得上米陽的功課。

米陽看著車窗外面，已經開始有霜了，哈一口氣，車窗上就白白的一片霧氣，天氣漸漸開始變冷了。

白洛川伸手摸他小肚子，米陽疑惑看向他。白洛川摸了一把又拽著他的手去摸自己的小肚子，露出一點外人瞧不見的得意表情，「新毛衣，咱倆一樣的。」

米陽就跟著笑起來。

升完國旗，校長說了幾句話，大概意思是要動員大家給山區的貧困小朋友捐款捐物資。「同學們，一些大山裡的孩子們連一枝鉛筆都要節省著用，用煙盒來寫作業，尤其是現在馬上要入冬了，天氣寒冷，我們學校決定動員全校師生捐款捐物資，援助一所希望小學！大家回去之後準備幾天，把要捐贈的物品報給你們的班主任，統一上交！贈人玫瑰，手留餘香，相信我們這次的愛心一定可以幫助更多貧困的小朋友！」

米陽以前讀大學的時候，也跟著老師一起去山區學校支教過，聽完還出神了一下，覺得有點懷念。他還記得那裡的孩子一口一個「米老師」喊他，臨走時偷偷塞了滿兜的野果，他不知情，回來碰壞了好些，但是吃起來也一樣的甜。

唐驍換了兩個位置湊過來，問他道：「米陽，你要捐什麼？」

米陽道：「紙、筆……文具吧。」他剛想說書和衣服，才恍然想起來現在還沒有到可以支配那麼多錢的時候，不過這輩子可以再去山裡一趟，看看那些孩子們。

唐驍點頭道：「我也打算捐這些。」

回到班級之後，王老師進來道：「大家今天回去跟家長說一下學校的捐款捐物資的事，要捐什麼就報到班長那裡去，班長做好記錄。」

班長王依依小朋友點頭，還特意拿出那個專門記班務的本子來放在一邊準備好。

當天下午就有不少小朋友帶了東西來，有捐文具的，也有直接捐錢的，五元、十元的都有，孫乾拿的最多，捐了一張五十元的鈔票，引起了小轟動。

班長認真記錄下來，沒有因為誰多誰少就表現出什麼，字寫得特別認真。

傍晚快放學的時候，王老師把班上一個女孩單獨叫了出去。米陽抬頭看了一眼，是他們上次美術課的一個小組成員，帶臭墨的那個女孩，好像叫俞甜。

沒一會兒俞甜紅著眼眶回來，一副要哭不敢哭的樣子。

王老師跟著走了進來，手裡拿著一個鉛筆盒放在講臺上——那是一個擦拭得非常乾淨的文具盒，儘管舊了也能看出主人的愛惜。王老師道：「大家捐東西的時候要注意，像是這樣用過的文具太舊了，不要捐上來。」

全班鴉雀無聲，有些小朋友的視線也落在了剛進來的俞甜身上。小女孩埋頭坐在課桌那一聲不吭，肩膀微微顫抖。她面前放著的是一個小布袋，打開了一個口露出鉛筆來。她把最寶貝的鉛筆盒捐了出去，自己心甘情願用一個小布袋。

米陽心裡的小火苗蹭地一下就起來了。

他和俞甜一個小組過，下意識就把她和小胖那幾個人都歸攏到了自己帶的小朋友裡。他自己受點不公平待遇就算了，他內裡裝的是個成年人，可以一笑而過，但是一而再地涉及到小朋友就不能忍了啊！

米陽舉手道：「報告！」

王老師說完正準備走，聽見忍不住皺眉，道：「怎麼了？」

米陽站起身道：「老師，俞甜同學的鉛筆盒為什麼不能捐？」

王老師道：「剛才說過了，太舊……」

米陽越是生氣的時候，瞧著越是沒什麼脾氣，笑著道：「老師，那我覺得貧困山區的小朋友用的比我們用的還好，我們應該接受捐助才是。」

王老師喝斥道：「米陽！」

米陽站直了，沒有絲毫的退讓，「我相信學校原本是獻愛心，但是每個人的家庭情況不同，愛心不能和錢直接掛鉤。」他平靜地看著老師，「您不讓俞甜捐贈，是學校不允許嗎？還是您自己覺得班級裡東西捐的少了不好，就沒面子？」

全班一下子就嗡地喧譁起來，王老師的臉色也跟著難看了許多。

米陽道：「其實我家裡條件也沒其他同學好，但是我相信我們家不會一輩子都是這個樣子，等以後我做了什麼捐贈，那份心意和現在也是一樣的，就是想要幫助其他人。」

王老師道：「你又頂嘴！」

米陽飛快背出了一段話：「真正的善良是來自心靈深處的真誠同情與憐惜，無私的關愛與祝福，是人們內心最原始的一種質樸純潔的感情精華。」他看著王老師，眨眨眼道：「昨天語文第三課第二題的閱讀分析答案，語文老師讓我們熟背來著。」

王老師氣得臉色鐵青，用力拍了幾下桌子讓大家安靜，但是並沒有任何效果，這時放學鈴聲正好打響，她乾脆氣得自己先走了出去。

米陽深吸了一口氣，走到講臺上去，所有小朋友都看向他。

米陽的個子有點矮，但是站上去的時候班上就安靜了下來，大概是剛才那一番話說得太讓小朋友們震撼，大家都目不轉睛看著他。

米陽看著大家，認真道：「關於咱們班的捐款捐物資，我有一個提議。」

白洛川輪到今天值日，打掃完了之後沒等到米陽，乾脆找了上來。

三年一班的教室門緊閉，但是沒上鎖，白洛川覺得有些奇怪，上前敲了敲門，推開一點道：「米陽，你在不在……」

班上四十個小朋友齊刷刷轉頭看他，班長更是放他進來之後手腳利索地關上了門。白洛川還想再問，就被旁邊的小朋友拽著袖子，比了一個噓聲的動作，然後就又雙眼發亮地看向講臺上，「別說話，米陽還沒說完呢！」

白洛川有些疑惑，他看了一眼講臺上站著的米陽，又看看他在身後黑板上畫著的奇怪的圖，有點像是分區列隊似的，用一個個小方塊示意，還分了組，做了記號。

米陽剛好說完最後一點，對大家道：「大概就是這樣，放學後我們在這個位置，按照以前分組擺攤，大家拿舊物品，每天的金額交給班長統計，時間預計三天吧。」

白洛川這才看到最上面還有一行字寫著：跳蚤市場。

白洛川知道跳蚤市場，魏賢曾經跟他們說起過這個，邊城這裡雖然沒有這種二手物品的交易市場，但是逢年過節有廟會，擺攤的人很多，氣氛熱鬧。

米陽宣布散會，向自己這邊走來，小聲問他：「怎麼突然要做這個，擺在哪兒？」

「學校不是要捐款捐物資嗎？我就想著大家跟家裡要錢，不如拿些舊東西賣，也算是一份心意。我算過了，到時候集體買一批鉛筆和本子，批發的更便宜。」米陽邊走邊跟他說道：「就擺在學校操場邊，那裡有一個假山隔著，正好有空地，放學人還多一些。」

白洛川點點頭道：「我也去。」

米陽答應了，他原本計畫裡就有白少爺的一份，這人不跟著才奇怪了。

米陽這次沒去白家，先回了自己家翻箱倒櫃找東西。家裡雖然不富裕，但是程青和米澤海也沒虧待兒子，米陽那一個裝玩具的小木箱裡有一些買來的玩具，也有程青做的沙包、米澤海做的小木槍，還有山海鎮上姥姥和幾個姨寄來的布老虎等玩具，零零總總翻出來不少。

米陽挑了一個看起來頗新的金屬小青蛙，綠色的外殼，身體一側有個轉鈕，上弦之後可以自己蹦躂好幾下，特別有趣。又翻找出一個俄羅斯套娃，還拿了一盒軍旗出來。他一邊找一邊把這些放在袋子裡，遛達著去了臥室。臥室的小桌上放著一個青蛙小水壺，還有一個銅製的馬蹄鬧鐘。跟白少爺家的一樣，是白家送來的，他不好拿出去轉賣。

米陽轉了一圈，又找出來一點零碎東西，收進袋子裡。

正巧程青下班回來，她把買的饅頭放在廚房，一邊繫圍裙，一邊喊了米陽道：「陽陽，去幫媽媽買一瓶醬油，家裡沒有了。」

米陽放下東西去跑了一趟腿，回來就瞧見家裡多了一位小客人。

白洛川坐在客廳正在幫忙剝豆子，瞧見他回來了還讓了一小塊位置給他，小聲道：「程阿姨說這些要兩頭掐掉，然後掰開拿豆粒出來……」他手邊的碗裡已經有小半碗了，看得出來的時間不短。

米陽把醬油送進去，洗了手也挨著他剝豆子，兩個人湊在一起說話。

白洛川是來和米陽商量跳蚤市場的事的，他那邊東西多，已經收拾出兩箱來了，想和米陽搭夥弄一個小攤位。

米陽想了一下，道：「我晚上過去看看吧。」

白洛川很高興，晚上留在米陽家裡吃飯，程青給他們一人做了一小碗肉絲麵，又炒了兩個小菜，兩人吃好就整理東西一起要走。程青瞧著米陽背著書包又拎著袋子，笑道：「又去找洛川玩了？今天晚上回來嗎？」

白洛川搶著道：「不回來了，程阿姨讓小乖住我家吧。」

「行啊，我瞧著他一年裡有大半年都住你家呢。」程青拿了兩顆蘋果給米陽，她們單位剛發了一箱做福利，讓他們帶過去一起吃，「記得明天早上回來吃早飯。」

米陽去了白家，換了拖鞋跟著去了樓上的臥室，白洛川當真是收拾出了兩箱玩具——兩個紙箱塞得滿滿的，分門別類，挺整齊的。

米陽道：「用不了這麼多吧？我們挑挑。」

白洛川就跟著他坐在地毯上挑選起來，他家裡親戚不少，逢年過節送來的禮物很多，白老爺子又是恨不得把孫子捧在手心裡寵的性格，各種玩具、零食都買上一大堆。

米陽一臉黑線地把隨身聽拿出來，道：「像這種的就不用了，咱們同學裡沒人有那麼多零用錢買得起。」同樣貴重些的東西他又揀出來好幾樣，倒是把之前一個會發出雷射光的鹹蛋超人玩具留下了。那個挺大的，瞧著很新，但是已經是兩年前的東西了，白洛川一直嫌它醜，扔在倉庫裡不要。

米陽瞧見裡面還有一個巴掌大的遊戲機，拿出來一看，奇怪道：「這不是你玩俄羅斯方塊那個嗎？怎麼，這個也不要了？」

白洛川無所謂道：「玩膩了，沒勁兒。」

米陽「哦」了一聲，把那個遊戲機也留下了。

東西是很多，但大部分都不是好賣出去的，像是遊戲機，肯定很多人看，很多人想要，但是價格太高，這年頭一口氣能拿出十幾二十塊的小學生太少了。

他們收拾出一小箱東西，期間保姆上來送了一回水果，她今天很高興，喜氣洋洋的。米陽一邊吃切好的蘋果，一邊問道：「阿姨今天好像特別開心，是有什麼好事嗎？」

保姆喜道：「可不是嗎？我今天在街上遇到抽獎的，抽到了一輛自行車呢！」

米陽靈光一閃，忽然有了一個主意。

等保姆出去，他就起身去找了一個紙箱來，擦乾淨了，又裁剪了一塊紅色的紙寫了「抽獎」兩個字貼在上面。

白洛川好奇道：「咱們也抽獎嗎？」

「對，我先算算看能賺多少。」米陽把箱子裡的那些玩具都擺出來，大概計算了一下。白少爺這邊的東西都是不錯的，完全可以做一、二等獎，尤其是那個遊戲機，可以拿出來當特等獎了。其餘的小獎用他們那些零碎的小物品，最小的安慰獎就是玻璃彈珠一顆。

米陽估摸著他們這堆二手玩具，除那個遊戲機外，拿出去賣不了二、三十塊錢，但是做一百個抽獎紙團，三毛錢抽獎一次，全賣光了就可以連本帶利收回三十元。

花三毛錢就可以有機會抽中數十元的遊戲機，而且次次不落空都有小獎品，還是非常有吸引力的。

他跟白洛川說了一下，白洛川立刻心領神會，他清點了一下數量，又去樓下抱了一袋檸檬水果糖上來，把米陽的兩個小布老虎扣下，推了這個過去，道：「你這兩個給我吧，我挺喜歡的，這袋糖拿去抽獎。」

米陽就把小獎又擴充了，除了玻璃彈珠，還有了許多檸檬糖。

一百個獎寫到最後還剩下兩三個名額，米陽想了一下，低頭寫上「任選一門功課輔導，米陽幫你過九十分」，寫著自己都樂了。

白洛川瞧見了，皺眉道：「你還要去給別人輔導功課？」

米陽道：「寫著玩的，挺有意思的。」

白洛川等他寫完，伸手拿過那個紙條，自己疊好小心放在箱子裡。他原本想記住位置，但是米陽拿起箱子又晃了晃，這下全部亂了。白少爺一臉糾結，擰著眉頭沒說話。

米陽把他們兩人的攤位準備好了，又打算多寫一點宣傳單之類的，明天拿去私下發，做個小廣告。白洛川沒讓他寫，下樓去找了母親說了一下話，駱江璟問清楚寫好了，順便幫他們複印了一些宣傳單，厚厚一疊拿過來的時候還帶著熱度。

駱江璟笑道：「你這個主意不錯，不浪費，又能獻愛心，想不到我們洛川還挺有商業頭腦的呀，你外公和舅舅知道了一定很開心。」

白洛川道：「不是我想的，是小乖想的。」

駱江璟立刻也誇獎了一下米陽，用的也是一樣的語氣，白洛川當下浮起驕傲的神色，昂著下巴神氣活現地道：「對，他就是這麼好！」

攤位解決了，宣傳單也解決了，兩人心情輕鬆了不少。

米陽拿了一本小人書躺在床上看，哼著歌翻了一下，是一本很老的童話故事《青蛙王子》，畫得倒是很有童趣。

白洛川走過去，伸手掀開他的睡衣，摸了摸他的肚子。

米陽奇怪道：「你幹麼？」

白洛川小手放在上面摸了兩下，皺眉道：「你今天晚上沒吃多少東西，我有點擔心你吃飽了沒有，會不會餓？」

米陽拿著他的手往上放了點，笑道：「這才是胃啊，你摸，我吃飽了的。」

白洛川這才放心下來。

隔天早上，米陽和白洛川把東西搬到學校的器材室先放著，路上倒是瞧見三年一班不少同學偷著往這裡放，小胖站在門口放哨的時候，瞧見他們都樂了，「正好，驍哥就在裡面藏東西呢！我們查過了，今天沒有體育課，就這裡最安全，我在外面幫你們把風！」

白洛川和米陽把東西放過去，拿墊子蓋住。

唐驍也帶了一包東西，正往裝足球的那個框裡塞。

白洛川拿出了一小疊宣傳單，道：「我拿去一、二年級發，剩下的你去發，小心點，別讓老師看到。」

米陽點點頭，等白洛川走了，唐驍就湊過來道：「發什麼東西？」

米陽分了他一大半，笑呵呵道：「宣傳單。咱們今天傍晚第一天開業，來來來，驍哥能者多勞，這些都給你發。」

唐驍：「……」

唐驍做事還是挺靠譜的，那些單子都找好兄弟幫忙發了出去，很快小學幾個年級都悄悄流傳起了一個消息：傍晚操場旁邊的那塊空地，有個跳蚤市場要開張了！

米陽他們放學之後班上同學約著去了那塊空地，大家在地上鋪了報紙、塑膠布一類的東西，按照之前說的分了陣型，幾十個小朋友的攤位分成兩排，看起來頗有規模。

米陽鋪了塑膠布，和白洛川把他們那個箱子放在旁邊，正前方擺了「抽獎」的紙箱。他往四周看了一圈，把攤位交給白洛川照看，然後去看了一下其他同學那邊。他們班的小朋友都沒自己擺攤過，有點興奮和緊張，瞧見米陽像有主心骨了似的，都盼著他來給自己的小攤位指點一下。

米陽挨個去看了看，把幾個東西比較少的同學的攤位統計了物品，讓他們合併在一處，只留了一個同學守攤，其餘的同學安排了其他的事情。

俞甜帶來的東西很少，米陽把她調出來專門做統計，這活兒原本是班長負責的，但是班長帶了不少東西，小臉漲紅了守著自己的攤位處於興奮中，一臉捨不得離開。

米陽帶著俞甜過去，道：「妳和班長交接一下，把那個記錄本拿上，登記好，尤其是那幾個合併攤位的，記清楚了，等一會兒好對帳。」

俞甜緊張地點點頭，過去跟班長做交接。

班長大方地把筆記本給她，叮囑道：「我的名字寫好看一點呀！」

俞甜認真寫字，「好，王依依……班長，妳這個『依』字是小鳥依人的那個依嗎？」

班長嚴肅道：「不是，是依靠自己的那個依。」

俞甜道：「這兩個字不是一樣的嗎？」

班長道：「當然不一樣！」

……

準備了大概一會兒，陸陸續續開始有人往這邊來了，不少人好奇地看了一會兒，真正掏錢買的卻不多，班裡第一個生意開張的是小胖。

小胖和唐驍合併了攤位，他挺有生意頭腦，拿了不少家裡的笑話書、連環畫之類的出來擺著，五分錢一本，租給大家看。旁邊放了一個玻璃罐子，叮叮噹噹地接著租金。

不少小朋友都被這個小書攤吸引了，停下來越圍人越多，玻璃罐裡投入硬幣的碰撞聲也多起來，小胖樂得見牙不見眼。旁邊有小朋友一直賣不出東西去有點急了，就喊小胖幫忙，小胖也賣力地推銷小夥伴們的東西。米陽走過來正好瞧見，剛有點欣慰，就看到小胖做完宣傳就收了人家一毛錢的宣傳費，笑嘻嘻地把錢也放進玻璃罐裡去了。

米陽：「……」

這孩子不做生意太可惜了！

米陽照顧其他小朋友，忙得無暇分身。白洛川這邊抽獎的也沒怎麼吆喝，自己翻著裡面的紙團拆著找了半天，一直擰著眉頭沒鬆開。

抽獎的小攤位開始慢慢有人來了，三毛錢一次抽獎，一小袋話梅的錢，比起吃話梅，小朋友們挺樂意試試運氣的。

白洛川目不轉睛盯著人家抽獎，瞧著對方一陣驚呼一陣哀嘆的，心也跟著提起來。

沒一會兒，有個低年級的小孩「咦」了一聲，「任選一門功課輔導……這是什麼？」

白洛川立刻站起身道：「你把這個給我，我讓你再抽兩次。」

對方有點猶豫，白洛川盯著他道：「三次。」

那小孩立刻高高興興地把紙條給了白洛川，又抽了起來，運氣不錯，抽到一個一等獎，獎品就是那個看起來挺大個兒的鹹蛋超人玩具，頓時引起周圍人一片羨慕的聲音。

白洛川他們這個抽獎攤位，也像做了活廣告似的，湧來不少小學生都要抽獎試運氣。

白洛川一邊接錢，一邊盯著他們每個人手裡的紙條，生怕有人拿了輔導功課的紙條偷偷溜走了。他這也是多慮了，除了他，還真沒有哪個小學生喜歡專人輔導功課這種獎項。

這邊小朋友們的攤位進展得如火如荼，另一邊駱江璟帶著警衛員在跟學校高層說話，她們路過這裡，瞧見也只遠遠指了一下，笑道：「瞧，那就是我們家的兩個小傢伙。不是我自誇，考試都是考第一名呢，一個在一年級，一個在三年級。兩個人昨天又湊在一起想了這麼一個擺攤義賣幫助山區小朋友的事，我這個做媽媽的肯定要支持他們。我都問過了，一共就擺三天，校長，不會給您添麻煩吧？」

校長立刻笑道：「不會不會，我們學校特別歡迎這樣聰明又有愛心的小朋友，下週一升旗的時候，一定會好好表彰一下！」

而在操場邊上簡陋的跳蚤市場上，米陽正拿著一個傻瓜相機趁著傍晚最後的光線，抓緊拍了幾張照片。

邊城日報每天都會有一個小專欄留給學生投稿，不過掌心那麼大的一點地方，卻是最好的輿論引導。米陽拍好了照片，腦袋裡已經開始想回去怎麼寫這份稿子了，要寫得煽情些，展現無私大愛最好。這活兒穩妥起見，只能他來做。

上了報紙，又是好人好事，這事就板上釘釘，就算王老師要找麻煩也理由不成立了。

米陽就這樣一邊構思要寫的稿子，一邊順手幫著路過的小朋友們，他自己代入的是成年人的心理，所以對大家都會力所能及的幫忙，對女孩們也多了一份體貼照顧。小學生裡如果有男孩幫哪個女孩，總要被起鬨幾句，米陽就不一樣了，米陽小啊，男孩女孩都喜歡他。

這個時候還沒有紳士這個詞流傳過來，但是三年一班的小朋友們都喜歡米陽。

米陽心理上照顧大家，行動上卻是小朋友們圍著照顧他。

這讓米陽很是感慨。

天色將晚，米陽看著時間差不多了，吹了一聲哨子，所有擺攤的小朋友就俐落地開始收拾東西，打包好往唐驍那邊送。這也是提前說好了的，唐驍和小胖這幾個男生負責後勤。

米陽用了五分鐘，簡單把售賣的情況讀了一遍，確認沒有什麼遺漏後，對大家道：「今天的記錄是俞甜同學做的，她非常認真，我覺得寫字也應該算酬勞，有錢出錢，有力出力，大家齊心協力完成捐款目標，好不好？」

俞甜小臉通紅，還沒來得及說話，就被班上大聲喊出的「好」字捲了進去，動動舌尖，也跟著說了好。她使勁揉揉眼睛，露出大大的笑容，現在可不是哭的時候呀！

臨走的時候，米陽讓所有人都湊在一處勾著彼此的肩膀一起喊了一聲「加油」。小朋友們的聲音特別洪亮，不知道誰的手背碰了誰的，那一瞬間就覺得他們是一個團體，特別有榮譽感和向心力。

短短幾天的時間，在這個小小的跳蚤市場裡，讓三年一班的同學互相再次認識了彼此，從最規矩的班長，到最不規矩的唐驍，他們都認可了米陽的領導，全班同學擰成一股繩似的努力完成目標。

米陽在第二天的時候，毫不意外的收到了刊登的報紙，甚至還有記者來採訪他們幾句。米陽收到報紙後，不等王老師說話，就把那張新鮮出爐的報紙貼在教室後面的板報上，但是出乎他意料的是，王老師並沒有對他們這件事說一個字，像是被誰「警告」過一般。

接下來再擺攤的時候，大家膽子大了許多，也熟練了，尤其是小胖那邊，一張嘴說得又快又討人喜歡，東西也是賣的最多的。更出乎意料的是，班上同學之間互相幫忙的也越來越多，像是成為習慣。

米陽瞧著忍不住感慨了一句：「團結力量大啊！」

班長路過正好聽見，但沒有聽清楚他說什麼，追問道：「米陽，你說什麼？」

米陽笑咪咪地搖頭道：「沒有，我說團結就是力量。」

班長表示非常認同這句話，她認真看著米陽，道：「我通過這件事發現你能力確實比我強，米陽同學，如果你要競選班長，我願意讓出，並且帶頭投你一票。」

米陽連連搖手道：「不不不，我當不了這個，我還有別的事情要做！」

白洛川在旁邊接話：「我來。」他看了米陽一眼，認真道：「下學期我也跳級去你們班，我來當班長。」

班長：「……」

我愛如生命的榮譽，卻被你們當成苦差事，好氣啊！

第三天結束之後，米陽帶著大家回到教室裡做最後的統計。大家屏息以待，等著黑板上最後一個小組的統計款出來。

唐驍在黑板上寫著數字，全班同學都在下面算著，就連小胖這個數學只考五分的人也努力計算著，這可是他們小組的成績呀！

「最終結果，第五組三天總收益為一〇二塊七毛。」

小胖他們那個小組的人都忍不住歡呼起來，他們是第一名，五個小組裡最多的呢！

米陽所在的第二組以七毛錢的弱勢屈居第二，白洛川坐在一邊心虛沒看他，他把米陽那幾張輔導功課的紙條都收回來了，讓人家免費抽了好幾次。

米陽上去看了一眼總數，將近五百塊錢，四十個小朋友共同的努力結果。現在這些小朋友正小臉通紅，眼睛閃亮亮看著自己，他們從來沒有像現在這樣充滿神采、自信和期待。

米陽道：「大家辛苦了，任務已經超額完成，平均每人捐款十二塊三毛錢，恭喜大家！明天我和白洛川去採購文具，清單也會列出貼在班上，接下來大家可以好好休息一下！」

全部的小朋友都歡呼起來。

米陽拍了拍黑板，示意大家安靜，然後笑著道：「我今天帶了相機，大家要不要一起拍張照片留念？」

全班歡呼道：「要！」

三年一班，四十一個小朋友擠在一張小小的照片裡，包括白洛川在內，都露出了笑臉。米陽被推到第一排最中央，白洛川就站在他的身邊，兩人牽著手，米陽笑出右邊淺淺的小酒窩，特別的甜。

米陽帶著班上的募捐款回家後，也沒逞強，直接去找了米澤海，把錢給了他，請求家裡大人幫著採買文具。

米澤海嚇了一跳，「這都是你們班上的小朋友湊齊的？」

米陽點點頭道：「對，我們拿自己不要的玩具和書什麼的出來義賣，我把我那個小青蛙玩具還有姥姥給我的跳棋都賣了。」

跳棋還是分顆賣的，一個玻璃球抽獎三毛錢，這些他就沒告訴米澤海了。

米澤海呼嚕了兒子的小腦袋一把，笑呵呵道：「可以啊，你這小子腦袋瓜兒轉得真快，這種主意都能想得出來。」

米陽道：「爸，我列個單子給你，你幫我買這些，主要是本子和鉛筆。」

米澤海點點頭道：「放心吧，買東西的事交給我，回頭給你送去學校。」

大概是覺得兒子組織能力挺好的，米澤海晚上還跟程青又說了一遍，特意做了一份紅燒肉加餐。程青這道紅燒肉是跟家裡長輩學的，算是拿手菜，瘦五花肉燉得油汪汪的，又加了些馬鈴薯，軟糯香甜，咬一口嘴裡都是滿滿的肉香。

米陽最喜歡用紅燒肉的湯汁拌飯吃，馬鈴薯塊被燉得軟爛，用湯匙挖著一碗拌過的飯大口吃是最好吃的了。

程青見他們爺倆喜歡吃，心裡也高興，挑著肉夾給米陽，道：「陽陽別老是吃馬鈴薯，也要吃肉，不然都長不過洛川了。你只比他小兩個月，他比你都要高半個頭了……」

米澤海道：「我兒子這是念書累的，跳級呢，每天要學好多東西。」

程青笑道：「人家洛川也在學呀，我聽駱姊說他明年春天打算也跳三年級了。」

米澤海想了一會兒，道：「我兒子跳得早！」

程青道：「你兒子還比人家矮呢，你怎麼不說……陽陽不許把香菇吐掉，吃下去！」

米陽想趁機挑食的舉動又再次被制止，爹媽也不吵架了，虎視眈眈地盯著他，他只好隨便嚼兩下吞了下去。

米澤海的動作很快，隔天就聯繫了以前部隊裡負責採購的一個朋友，讓他幫忙給批發了一些文具來。

米陽和班長一起過去接了文具，幫忙來送東西的那位叔叔米陽也認識，走過去先問候了一聲好。那個叔叔穿著軍裝，幫著批發文具的那個老闆一起卸貨，笑著問米陽道：「陽陽，這些放哪兒？送你們班去，還是直接送學校倉庫那邊？」

米陽道：「倉庫吧，那邊有老師統計，我們去了就說是三年一班的就行。」

班長跟著一起過去，瞧著米陽彎腰搬東西，立刻也要去搬，卻被攔住了。那個叔叔笑呵呵地道：「不用，你們倆太小了，搬不動，走在前面替我們帶路就成。」

米陽也沒跟他客氣，帶頭往前走，後面的那位叔叔果然健步如飛。他們在軍營裡訓練的多了，這點負重根本不算什麼，還沒去山上拉練辛苦呢。

倉庫在一樓最北邊的一個單獨空出來的教室，已經有不少物資存放在那裡了，米陽他們的東西多，十來箱陸續搬過來疊著，非常壯觀。

米陽拿著老闆給的單子，跟班長計算了一下，一共十二箱的東西，四箱是鉛筆，其餘八箱是本子。五百元裡，其中兩百塊錢買了四千枝鉛筆，平均算下來五分錢一枝。生字本、田字格這些日常用的作業本批發下來，一本五分到一毛錢不等，買了三千本。作文本這種比較厚一些的，則要兩毛五一本。那個部隊幫忙採購的叔叔聽說是給山區學校捐贈的，自掏腰包給他們湊足了五百本，裝在箱子裡一起送了過來。

這些都比學校周圍商店裡賣的便宜許多，數量也遠遠超出他們的預期。班長聽得眼睛都亮了起來，小聲跟米陽道：「米陽，你叔叔真厲害！」

米陽笑了一聲，「買的多算批發價，是要便宜不少。」

跟倉庫負責統計的老師交接好，簽了名，米陽就和班長一起回了教室。

捐款的任務已經完成，下午開班會的時候，王老師在講臺上看了大家，略微擰了一下眉頭又鬆開，道：「捐款捐物資的事，我已經從班長那裡聽說了，大家做得很不錯。」

班上的小朋友不少人鬆了一口氣，他們還是在內心深處對老師有一種天然的尊敬，仰著小臉認真聽著。

王老師又點了幾個同學隨意稱讚了幾句，輪到米陽的時候，她語氣放重了一點：「有個別同學可能是覺得自己成績優異，就跟其他同學不一樣了，做事的時候大膽妄為。」她點了名字：「米陽，你站起來，說說你哪裡錯了？」

米陽站起身道：「老師，我也不知道。」

王老師道：「其他同學都是用二手物品買賣，你呢？你看看你做了什麼，抽獎就等於賭博，這是一個小學生該做的事嗎？小時不注意，大了就犯法……」

米陽看著她，特別天真地問道：「老師，咱們學校門口還有一個福利彩票亭呢，那也算是犯法嗎？」

旁邊有同學小聲嘀咕道：「學校小賣部裡也有抽獎呀！」

後排那幾個男生更是稍微提高了一點聲音：「對啊，我們今天還去抽了一張貼畫，學校自己賣的和米陽的一樣，米陽哪裡做錯了？」

「米陽還都捐出去了，他也沒拿這個賺錢呀！」

小賣部是校長的親戚開的，外面能開福利彩票亭的也都是有關係的人，王老師自然不敢說，但是聽到學生這麼反駁，臉色更難看了。她還要說些什麼，就聽到門被敲了兩下，校長和一個主任笑著走了進來。校長心情瞧著不錯，見大家都在，笑著問：「王老師啊，開班會呢？那正好，打擾你們幾分鐘，我也來說兩句。」

王老師緩和了神色，讓開位置道：「當然，您請。」

校長走到講臺上，把手裡的那份報紙展開，道：「你們三年一班的小朋友們很厲害呀，都上報紙了。瞧瞧，上面把你們誇得太好了。我覺得不能光讓外人誇獎，所以還是親自來一趟，也誇獎你們一下。」他見米陽還站著，對這個乖巧的小孩還有幾分印象，眼睛亮了一下道：「喲，我剛想點名誇獎你呢！米陽是吧，你這次做得很好，你們班上捐贈的物品是全校最多的，而且特別有愛心，方式也新穎……」

校長誇了一通，除了米陽，又點名叫了幾個小朋友站起來，都是報紙上出現過名字的幾個小傢伙，重點誇讚了幾句。

這次站起來不再是被老師批評，被喊到名字的小朋友特別光榮，一個個挺起小胸脯。

點名叫到小胖的時候，小胖站起來還有些不敢相信自己的耳朵，他成績差，往常站起來只有挨罵的份，被校長誇獎還是頭一次。他眼眶紅了一下，立刻咧嘴笑了，眼睛瞇成了兩條縫，別提有多開心了。

校長道：「你們這次做得非常好，下週一學校會在升旗後給你們班頒發一個集體榮譽獎狀，你們到時候可別遲到呀，來晚了可就拿不到了。」

全班小朋友一起鬨笑起來，大聲喊：「我們一定準時到！」

校長走了，米陽他們幾個坐下來，全班小朋友的視線齊刷刷看向王老師，等她講話。

王老師臉上紅一陣白一陣，聽著放學的鈴聲響起，壓低怒聲道：「放學！」

她自己率先走了出去，剛出去沒兩步就聽到班裡傳來一陣歡快的呼聲，原本只是得了獎狀開心的聲音，但是在她聽來卻像是被學生故意羞辱般，抿了抿唇，臉上閃過一絲惱怒。

米陽這次走得早，去了一年級門口等白洛川，有認識的小孩瞧見他卻不敢打招呼，在他們心裡米陽已經是三年級的「大孩子」了。

白洛川很快就出來了，兩人一起回家的路上，米陽忽然問他：「你跟阿姨說過我們跳蚤市場的事嗎？」

白洛川道：「怎麼了？」

米陽道：「其實也沒事，就是覺得有點奇怪，今天校長突然來我們班誇讚了一下。」

白洛川揚了一下嘴角，一副等著誇獎的樣子。

米陽道：「還是你做什麼事了？」

白少爺下巴抬了抬，「跟你學的。」

米陽不解道：「啊？」

白洛川看他一眼，帶著點得意道：「你不是投稿給報社嗎？我就學著也寫了一份，然後帶上那份報紙一起投到校長信箱裡去，他看到肯定要來稱讚你。」

米陽一下就樂了，舉起大拇指給白少爺點了個讚。這人夠牛的，他就示範了一下，立刻就跟著學會了掌握輿論的重要性。他管校外，白少爺管校內，控評得非常到位。

大概是班會上出了糗，王老師很長時間沒有再管米陽，上數學課提問的時候也沒有讓他回答問題，完全邊緣化。

這對米陽基本上沒什麼影響，別說他閉著眼都能答題，就算真要補課，晚上回去還有魏賢的名師輔導。因為不再點名，反而讓米陽過了一段安心的日子，等到期末考試的時候，米陽毫無意外的又是第一名。

把期末成績單發下去後，王老師講了一些寒假需要注意的事項，又對大家道：「有需要上寒假補習班的同學就去班長那裡報名，並不強求，但是你們要知道，你們玩一個寒假的時候，別的同學還在努力，就算是放假了也不能放鬆，知道嗎？」

大家答應了一聲，她就宣布下課，接下來就等著發寒假作業就可以回家了。

米陽拿到寒假作業時，看到班長拿了本子來登記名字，往常什麼事都衝在第一的班長，這次卻猶豫著沒有第一個寫上自己的名字。

米陽和她是同桌，奇怪地問道：「妳不去補習班嗎？」

班長撇嘴道：「我不想去王老師家，我現在不喜歡她了。」

米陽愣了一下，道：「補課在老師家裡補嗎？」

班長拿筆在本子上畫了兩下，悶聲道：「是啊，哦，你剛來還不知道，每個學期寒暑假都是去王老師家裡上補習班的，十天兩百塊錢。」

米陽咋舌，九五年的兩百塊錢可不是一筆小數，程青最近剛提了薪資，一個月加上上夜班的補助也就四百塊左右，王老師補習十天就要了半個月的薪資，而且還不是單獨的補習，聽著應該一次去不少的小朋友。

有幾個同學陸續走過來報名，其中孫乾也來了，瞧著神色也不太情願。

班長一邊寫名字，一邊問道：「米陽，你就不去了吧？你考得這麼好，不用補習，摸底考試也能拿滿分……」

米陽沒聽懂，還要問，就被後面走過來的唐驍勾住了脖子，對他道：「王老太那一個禮拜給他們開小灶呢，等著開學回來摸底考試都是那幾天講過的題。去過的還好，總能提高些分數，要是沒去上補習班又考不好就等著挨罵吧。」

米陽以前念書的學校沒有遇到過這種事，還真是第一次聽說。他上學時唯一花錢的就是被送去少年宮學個才藝，這種強制形式的補課讓他覺得相當不舒服。

唐驍低頭瞧見他那個舊軍用挎包，手指勾了勾道：「你怎麼一直用這個？」

米陽道：「我喜歡啊，這是我爸籃球賽贏的獎品，裡面還印著他的名字。」

唐驍好奇，讓他打開看了一眼，瞧見裡面印刷的粉白的字樣，有些肅然起敬，「我以後也想參軍，扛槍穿皮鞋，帥！」

米陽樂了，「志向遠大啊，小同志加油！」

唐驍笑嘻嘻地又勾著他脖子，跟他說話：「你和白洛川也考軍校吧？」

米陽道：「我就不了吧。」他上輩子有點近視，沒有去參軍，讀了一個普通的大學，畢業就找了份糊口的工作，唯一的愛好就是自己的那點修書的小手工了。至於白洛川，米陽想了一下，記憶裡白少爺好像也沒有去參軍，接手家業，過得風生水起，財經雜誌上經常能看到他的照片。

米陽正想著，白洛川就來了，他們寒假作業發得快，就提前來接米陽，走過來直接把唐驍擠開，伸手去牽米陽的手，道：「收拾好了沒有，回家吧？」

米陽道：「還差一本語文作業……好了，咱們走吧。」

唐驍跟他們揮手道別，喊道：「有空寒假出來踢球呀，我家電話你記得吧？」

米陽點點頭，還沒回一句，就被白少爺拽著走了幾步，他奇怪道：「你今天怎麼這麼著急？家裡怎麼了？」

白洛川過了一會兒才道：「今天魏爺爺要走了。」

米陽這才想起來，前幾天魏老師同他們說過寒假就回滬市去，他的孩子們可能回來探望他，如果不來，春節就去國外過年同他們團聚。這一走，至少要兩三個月後才能見到面了。米陽忽然有點不捨了，他們跟著魏賢學了半年多，相處得非常好。

晚上米陽去了白家，和白洛川一起跟魏賢道別。白洛川平時瞧著跟人不親，但是老師走了，還是看得出幾分失落，弄得魏賢都有些受寵若驚，心裡也跟著不捨起來。

魏賢送了他們一人一個小盒子，道：「學校已經指派寒假作業了，我就不多要求啦，你們寫完就好好休息，出去玩。對了，小乖你盯著點洛川，別讓他去冰上玩，以後爺爺帶你們去滑冰場、滑雪場，那裡的冰結實，隨便踩都行。」

米陽點點頭，答應了一聲。

白洛川看著興致不高，沒怎麼接話。

等到魏賢走了，他才擺弄了兩下小盒子，打開瞧了一眼，是一顆串在紅繩上的小金豆。

米陽故意逗他：「一定是你上次哭，讓魏爺爺看到了，所以送你這個。」

白洛川拿過他那個來，打開看了，也是一模一樣的小金豆，他挑高了眉毛道：「哦，那你這個一定也是上回做惡夢哭了，讓魏爺爺看到，才送你的……」

米陽有點尷尬，他從小到大也就哭了那麼幾次，偏巧白洛川都能撞見。他只記得自己哭了，但是想不起夢到了什麼，好幾回醒了都得緩上好一會兒才能平復心情。白少爺以前沒拿這個取笑他，這次突然說起，米陽就想合上蓋子。白洛川搶先抓過那個小金豆先給他戴在了手腕上，順手也把自己的那個也給米陽戴上，道：「都給你吧，你哭的次數比我多多了。」

米陽不服，想反抗，被比自己大兩個月的小暴徒鎮壓得毫無還手之力。

米陽小臉通紅，被按在床上還在撲騰，喘著氣拿出殺手鐧：「你放開，我要回家！」

白洛川裝作沒聽到，伸手撓了米陽的癢癢肉。米陽一秒鐘破功，哈哈地笑起來。起初還喊著要回家，沒一會兒笑得肚子疼了，只好求饒道：「不回了！不回了！」

白少爺這才放過他，臉上也露了笑模樣，瞧著比剛才心情好多了。

米陽寒假在家裡過了幾天舒坦的日子，緊跟著就收到了一通求救電話。

電話是小胖打來的，他跟人要了米陽家的電話號碼，打了好幾次才找到米陽，在電話裡哀求道：「米陽，救命！我有一道題目不會，今天再學不會就要挨揍了！」

米陽問他：「你不是在王老師那邊補課嗎，她不教你？」

小胖道：「就是她教的，我就是聽不懂，她說明天要是再寫不對就要打電話給我爸媽！我爸下手可真打，救命啊，陽陽！」

米陽道：「唐驍呢？」

小胖哭著道：「驍哥教了我一上午，說我朽木不可雕，氣跑了。」

米陽樂得不行，點頭道：「那你來吧，我家地址你知道吧？我今天都在家。」

小胖千恩萬謝地掛了電話，沒過半小時連人帶書包都過來了。他把自行車往米陽家的院子裡一放，自己進去先喝了一大杯水，這才喘過氣來。

米陽家裡暖氣不是很熱，他除了毛衣還在外面裹了一件厚絨的外套，頭髮軟軟的，臉瞧著也是粉白軟，笑起來右邊一個淺淺的酒窩，人比學校裡還顯小。他倒了一杯水給小胖，問道：「怎麼來得這麼急？喝慢點。」

小胖搖頭道：「慢不了，再慢一步，我爸就打死我了。」

他這邊心急如焚，米陽就讓他拿了書和演算本出來，認真教他。

這題並不難，但是小胖基礎不好，自己急得滿頭大汗，就是聽不懂。

「三角形的面積等於……」米陽看了他一眼，見他眼神又發飄，忽然明白過來，「公式你背過了嗎？」

小胖心虛搖頭，米陽就拿了一張紙過來從頭開始教他背公式，每一個符號的含義不厭其煩地說給他聽，等他能夠重複下來，再說下一個。

一個下午的時間，看著磨了一道題，但其實補了不少平時落下的基礎知識。

米陽把這個題目做了一個變形，讓小胖再寫的時候，這次沒有什麼難度就寫完了。

米陽點點頭道：「對了。」

小胖挺興奮的，感激道：「謝謝你啊，米陽，我覺得你教得太好了……比王老太教得還好，我都聽懂了！」

米陽笑了一聲，「晚上你再練習兩遍，別緊張，明天一定能做對題。」

小胖連聲感謝，瞧著時間差不多了，趕緊收拾東西要走，「我一會兒就去王老太家，她今天家裡來客人了，讓我們晚上過去。你放心吧，我一定不給你丟臉，這題我倒背如流，絕對能做對的。」

米陽道：「這麼晚去啊，路上小心點。」

小胖「哎」了一聲，推著自行車出門的時候差點和一個人撞上，穩住瞧了一眼才看到是白洛川，連聲道：「白洛川，我有事先走了，回頭來找你們玩啊！」

白洛川看他風風火火地騎車走了，問道：「他來找你了？什麼事？」

米陽縮著脖子往裡面走，哈著白氣道：「來找我問一個題目，我教了他一會兒。你怎麼過來了？駱阿姨不是說今天家裡來人嗎？」

白洛川道：「是我表哥，送了臺新電腦來，說是可以上網，裝了半天也沒裝好。我覺得沒勁兒，就來找你了。」

米陽「哦」了一聲，還真有點懷念有網路的世界。

醫院越是臨近過年越是忙，程青今天又去值夜班了，米澤海倒是放假，但不放心老婆，尤其是看了天氣預報說是要下大雪，就拿了厚衣服說是再去給送一件大衣，這一送也沒提回來的事，多半留在醫院陪著了。這夫妻倆一直都是這樣，誰也離不開誰似的，米陽習慣了。

家裡大人不在，米陽一個人看家，白洛川見拐不了人回去，就耍賴也留下了。

米陽冬天怕冷，被窩鋪得又厚又軟，整個人縮在裡面就像是小倉鼠，鼻尖微微泛紅，打一個小噴嚏就又往裡面縮一點，恨不得整隻都縮進去。

白洛川掀開被子，鑽進米陽那邊，暖暖的特別舒服。

米陽哆嗦了一下，伸手推他，「太冷了，你去那邊暖熱了再過來。」

白洛川把手使勁兒搓了兩下，捏著他耳朵幫他暖著，「熱了。」

米陽：「……」

簡直是自欺欺人啊！

米陽哆哆嗦嗦開始暖他，還好白少爺從小身體好，很快就開始自己發熱。米陽這才放鬆了身體，沒那麼僵著了，還湊過去取暖。

白洛川跟他親暱慣了，他從小到大身邊最常帶著的就是米陽，就像是他最喜歡的一件玩具，抑或是他自己的一部分，熟悉得無法分開，湊在一處只有安心，很快就睡著了。

米陽睡了一會兒，打了兩個噴嚏。白洛川閉著眼睛伸手拍了拍他，安撫似的，又去摸索著找他雙手捧住了，額頭貼在一處，試了試溫度，含糊道：「不燙。」

話是這麼說，第二天吃早飯的時候，白洛川又回去一趟拿了些藥過來，讓米陽吃一點。米陽還是裹得毛絨絨的一團，點頭答應了。

中午的時候，門口有幾個小朋友來敲門了。這次是小胖領隊，後面幾個是熟悉的面孔，都是三年一班的同學。

小胖有些不好意思道：「米陽，我今天上午按你說的解出來一道題，大家都不會，就我會，但是我說不清楚……」

米陽點點頭，讓他們進來，道：「我給大家講解吧。」

白洛川站在一邊有點不樂意，聽著米陽坐在那裡講題，擰著小眉頭看了一會兒，聽見米陽咳嗽一聲，立刻道：「我講吧，你去喝藥。」

米陽道：「沒事啊，馬上就好了。」

白洛川站在那不吭聲，等米陽說完一個段落，起身去喝水的功夫，自己就到了米陽那個位置坐下來，擼起袖子道：「下面這道題我來講。」

小胖有些困惑地看看他，撓了撓頭，道：「這是三年級的題目，你會嗎？」

白洛川挑眉道：「當然，米陽會什麼，我就會什麼。我家裡的老師出的題目比這個難多了，每次考試我都是滿分。」他又補充道：「米陽也是滿分。」

周圍的小朋友「哇」了一聲，期待地看著他。

白少爺展開一頁新的習題紙，道：「現在我開始講解了，你們認真聽好。」

米陽端水過來給大家的時候，就看到客廳裡一幫小蘿蔔頭在那裡認真學習。白洛川坐在主位上，袖子都捲起來，擰著眉頭特別認真的樣子。那些小朋友大概是被他突然的嚴厲嚇到了，沒有一個走神的，都認真聽著寫著。

米陽把水放外面的櫃子上，站在門口挺感興趣地看了一會兒，自己先樂了。

米陽原本以為輔導一次兩次就結束了，沒想到緊跟著第三天來了更多的人。除了小胖，這次連班長都來了。她自己一個人來不好意思，拽了俞甜一起過來。班長站在米陽家大門外面踮腳看了兩眼，道：「米陽，你要不要跟我們一起複習？」

米陽奇怪地看著她，班長自己都有點不好意思了，揉了鼻尖道：「就……我們好些人不是沒去王老師那邊補課嗎？又擔心開學之後摸底考試考得不好，就湊在一起複習呢。」

米陽讓他們進來，幾個小朋友進來後嘰嘰喳喳地說了一會兒，就把事情交代清楚了。他們這裡複習還是挺有目標的，小胖他們幾個在王老師那邊補習完了，就立刻把做過的題目帶來讓其餘同學一起看，大家商量著一起把題目再做幾遍，多多練習。

這次好學生都憋著一口氣沒去王老師那邊，去的都是小胖和孫乾那幾個平時成績吊車尾的學生，他們很努力抄寫題目，回來之後磕磕巴巴地跟大家也講不清楚。

班長看在眼裡急在心裡，瞧見昨天小胖忽然一下開竅似的，立刻找到了希望，再看到米陽的時候就像是找到了指路明燈，小臉上都是期待，又不敢大聲提出要求，只試著小聲問一句：「那個，你能跟我們一起複習嗎？」

小胖也小聲道：「上回咱們班一個女生都被王老太訓哭了，她只多問了兩遍……」

米陽點頭道：「好，我幫大家補習吧。」

班長喜出望外，跟米陽約好時間就走了。

程青平時有時間都會去送米陽上學，他年紀小，做媽媽的不放心他，現在又要去學校，程青就捨不得了，問他道：「陽陽，不然你讓小朋友們來咱們家複習吧？學校還冷著，你們過去一趟也不近。」

「人很多，家裡坐不下。」米陽想了想，道：「我和白洛川一起去吧，他明年就升到三年級來了，也可以和大家提前認識一下。」

程青瞧著他打電話給白洛川，兩個小孩似模似樣的商量一會兒，就找好了地方。

白老爺子給找了一個會議室，讓他們去那邊複習，還有一塊小黑板可以使用。那邊房間裡有爐子，會暖和些。米陽跟班長說了一下，班長拍著胸脯保證通知到位。米陽沒想到，這個通知到位包括了全班的同學。

一幫小朋友坐在板凳上抱著書本，眼睛齊刷刷看著他推門進來。米陽被他們渴望知識的眼神嚇了一跳，問道：「怎麼全都來了啊？」

班長站起身維持了一下秩序，道：「今天米陽同學幫助大家補習，大家鼓掌！」

一幫小朋友啪啪啪鼓掌，完了又跟嗷嗷待哺的小鳥一樣看著他。

因為是放假，米陽沒穿校服，身上裹得特別厚實，圍巾手套一應俱全，帽子都是遮住耳朵的那種毛絨針織的，最上面一個藍色的絨球，走路的時候一晃一晃。他走到最前面，摘下手套拿過粉筆，另外一邊小胖也遞了一張試題過來，米陽踮著腳在小黑板上給大家講題。

不知道是被粉筆灰嗆到了，還是天氣太冷，米陽講了半個小時就打了好幾個噴嚏。

上面的題目有一些比較簡單，更多的是需要補習基礎，光會做幾個題目是不行的，米陽講了兩道題，就發現問題所在，招手讓班長和白洛川過來，讓他們把幾道簡單的為大家講解了，自己則去一旁重新備課，打算多幫大家鞏固一下知識點。

米陽以前支教時也做過這些工作，那時去山區支教的人少，不管什麼課程都要教一些，瞧見小朋友擺好姿勢雙手交疊乖乖坐著，他就忍不住愛心氾濫，想多教一些自己會的東西。

三年一班的小朋友們也是一樣乖巧，米陽趴在一旁一邊重新備課，一邊看著班長和白洛川為大家講題，留神他們哪裡有錯誤。

這麼上了幾天課，白洛川的作用就慢慢顯現出來。

魏賢教他的方式明顯要好很多，尤其是帶基礎的部分，比米陽做得還好。有人提問的時候，他也沒有遮著藏著，直白道：「我家裡有老師，一直在教我，等開學之後就要跳級去你們班上了。」

他說得肯定，彷彿已經通過了跳級考試。

小胖羨慕道：「真厲害，你和米陽誰考的分數高啊？」

白洛川道：「上次我考得好，比米陽高兩分。」

小胖道：「才兩分啊……」

白洛川立刻道：「兩分也高啊！」

他說得有點急了，擰著眉頭去看米陽，想在他那邊得到誇獎。

米陽一眼就看出他心裡的想法，配合著哄他道：「對對對，上次他考得比我好，我也要繼續努力才行。」

白洛川挑眉看向小胖，一副「我說什麼來著」的表情，特別神氣。

有了米陽這句話，三年一班的小朋友們對白洛川有了一個新的認識，這是比第一名的米陽還厲害的人呀。小胖崇拜地看著他，道：「你這得是全校第一了吧，太牛了！」

白洛川抬高了下巴，謙虛道：「還成，就考過他這麼一次，其他時候還是要多努力。」

班長心有戚戚焉道：「你平時在家念書很累吧？追趕的滋味我懂的，很辛苦。」

白洛川耳尖紅了一下，哼道：「我會追上的，快了！」

他們一直湊在一起複習到快過年的時候，班長是最後一個離開的，她還給大家做了一個出勤表，叮囑那些來得少的人多看一些習題，可以說非常認真了。

白洛川留在這裡陪著白老爺子過節，年初二就跟著駱江璟去了滬市，也是要待上一段時間才能回來。

米陽難得清靜了一下，又覺得不習慣。身邊太安靜了，反而有點彆扭。

他瞧見書桌上放著的一些小學奧數試卷，順手拿過來做了。這是之前那個一年級的數學老師讓白洛川帶給他的，陸陸續續好幾份了。那個女老師挺好的，一直沒有忘了他。米陽雖然不是很想再跳級了，但是做一下也可以打發時間。

米澤海和程青年底沒有帶他回老家，他們兩人小聲討論過幾次，都是躲著米陽在說話。

米陽偶爾聽到一點，是因為錢的事。

「……給老家那邊再多寄一點吧，要不是急事，那邊也不會發電報來開口要錢。」米澤海有些為難，但還是說了。

程青道：「準備了一千五，要不，我再湊一點？」

米澤海低聲說了一個數字，程青為難起來，「不行啊，陽陽開學還要交借讀費呢！」

米澤海沉默不語。

程青嘆了口氣，「我再去借借，給我妹妹們發電報……不去找白家借錢，放心吧，不給你工作添任何負擔，幸虧我家親戚多。」她說著自己都樂了。

米澤海又是愧疚又是心疼，對她道：「老婆，我、我一輩子對妳好。」

程青掐他一下，道：「那是當然了，你還想對誰好？」

米澤海道：「對陽陽好，妳和陽陽我照顧一輩子，給你們遮風擋雨。」

……

米陽聽著，他對這件匯款的事沒有什麼印象，但是對「老家的親戚」記得一些。

他也是上初中那會兒才知道，他爸當初是被抱養的。原本的家裡比較窮，孩子又多，就把米澤海過繼給了一個遠房親戚，帶到了山海鎮。雖然生長在山海鎮，但是米澤海心裡也記掛著以前的親人。他走的時候五六歲，已經記事了，後來工作了，慢慢和老家那邊聯繫上，知道老家的親人依舊過得貧窮，就會時不時幫一把。

程青和他青梅竹馬一起長大，換了其他人無法理解，她卻是懂的，所以小家雖然收入不多，但能幫一把她都肯幫。

用程青的話說，她當初就是看上了米澤海的孝順，她自己找的，就不會後悔。

陸陸續續支援了那邊十數年，那邊的孩子們也爭氣，大多成材了。

有一年米澤海出車禍傷了腿，米陽上班照顧起來不方便，還是這幾個老家的堂哥悶不吭聲地幫著照顧了三個月，能背著，就絕不讓這個親叔下地落一下腳，生怕影響他的傷勢。

米陽對他們的印象還是挺好的，他家裡人都沒有什麼奢侈愛好，平淡度日就很知足，再說這些都是父母的錢，他們支援誰米陽都支持。

九六年的春節，米澤海和程青兩個大人雖然緊巴巴地湊著錢過日子，但是沒有在孩子面前表現出來，依舊是笑著的。過年的時候兩人都沒添新衣服，只給米陽買了一身，從頭到腳的，連小襪子都是雪白簇新的一雙。

米陽也沒多問，爸媽笑呵呵的，他也跟著彎起眼睛，日子再苦，笑著過總要舒服點。

開學之後，米陽他們班第一件事就是摸底考試。

王老師氣呼呼的，對班裡這麼多人沒去補習感到生氣，她試卷發下來，一邊在班級裡轉著，一邊緊盯學生們寫試卷，但一圈轉下來，臉色更難看了，她原本想抓的那幾個典型，這次都超常發揮，比期末考試的成績還要好一些，甚至一道她在寒假補課上講的超綱題目基本也都做了出來。

她神色難看，等數學課代表把試卷收上來，又吩咐把寒假作業拿出來挨個檢查。

往年寒假作業都是抽查的，有些學生會抱著僥倖心理隨便寫寫，但是三年一班這幫小朋友找米陽補課的時候，米陽為了讓他們多做練習，帶著他們在寒假作業上找了好多題目，所以大家的寒假作業都寫得很工整。

王老師隨便看了幾個人的，就走到米陽這邊來，重點翻看了他的，忽然手指停在其中一頁上，道：「這幾個題目只寫了答案，沒寫過程，你知不知道這樣有抄襲嫌疑？而且沒有過程，是只給答案分數的，得了一次第一名，就想偷懶了？」

米陽道：「沒有，這些我都會做，我現在可以寫出來給您看，而且這是選做題……」

王老師道：「所以你就選擇不做？你可真厲害！」

她翻了幾頁，瞧見後面一本作業下壓著的一疊試卷，拿出來看了一眼是小學奧數題目，她撫了撫鼻樑上的金絲邊眼鏡，不滿地道：「你有空做這些東西，不好好寫自己的作業，好高騖遠……你自己說，你寫這麼多奧數題有什麼意義？」

她像是抓到了小辮子一樣，立刻就拿了講臺上的木尺過來，對米陽道：「伸出手來！」

米陽解釋道：「老師，這些是一年級的數學老師給我的，多做練習也不對了嗎？」

王老師根本不聽，伸手去拽米陽的手臂。米陽抿嘴不說話了，但是也固執地盯著她，不肯伸出手去。他今兒還就跟這個老太太槓上了。多做題挨打，這也太虧了！

「我今天就要讓你知道，什麼是踏踏實實的學習，一定是你寒假玩的時間多，臨到最後使小聰明隨便寫個答案……」

小胖忽然大喊了一聲：「報告！」他第一個站起來，紅了眼睛盯著王老師道：「老師，你打我吧，米陽就算沒時間寫那幾個題，也是為了給我補課！」

唐驍也站了起來，沉默不語抬頭看她。

班長刷地一下也跟著站起來，綁著的兩個小辮子因為起得太猛都顫了顫，她勇敢道：「王老師，米陽他學習好，還幫助我們其他同學一起進步，他真的特別好，您不能打他！」

一向沉默不語的俞甜也站了起來，小丫頭雖然怯懦，但也努力站直了表達自己的想法。

一個接一個的小朋友，全都站了起來。

班上非常安靜，只聽得到學生們站起身桌椅間不停發出的輕微聲響。

全班四十名學生都站了起來。

王老師被他們看得頭皮發麻，忍不住鬆開米陽的手臂，做出惱怒的樣子，斥道：「我不能管你們了是不是？」

她舉起尺子，這次不是衝米陽的手心了，而是對著他的臉頰。米陽偏頭躲過，伸手抓著那把尺子，用足力氣拽住了，抬頭對上她的視線裡有小火苗在跳動，他一字一句道：「王老師，如果您覺得我做的不對，可以打電話叫我的家長來。我做錯了，我就改，但是打人是不對的，打臉更是侮辱人的行為，我相信我媽媽不會允許這種事發生。」

王老師從來沒有遇到這樣的硬碴，尤其是全班都在抗議的情況下，讓她氣得渾身發抖，指著米陽道：「好，我現在就打電話給你的家長！你，也給我出來！」

米陽起身要去後排拿自己的羽絨服，王老師憤怒道：「不許拿，立刻給我離開！」

米陽看了她一眼，轉頭就走出了教室。

王老師黑著臉往辦公室走，她是大人，比米陽一個小孩走得快許多，提前進入辦公室去並把門關上了，一副要罰米陽站走廊的架勢。王老師現在想想還是氣得胸口疼，一邊翻著通訊錄找到米陽家的電話，一邊撥號過去。等喊他家長過來，又故意把米陽晾在外面凍了一會兒，喝了一杯熱茶消火之後，這才打開辦公室的門想喊他來罵一頓。

辦公室的門打開，外面空蕩蕩沒有人。

王老師愣了一下，這才發現米陽早走了，又被氣了個倒仰。

另一邊，米陽早就一溜煙跑到樓下去找白洛川了。

白少爺他們這節課是體育，班裡只有一兩個留下出板報的同學，其餘都去了操場。米陽輕車熟路找到白洛川的羽絨服，裹在自己身上讓身體慢慢暖和過來，又笑咪咪地對班上的小學生道：「同學，麻煩你一件事，能幫我去把你們班的白洛川叫回來嗎？就說有急事。」

那個同學道：「我們班長嗎？好，你等一下。」

米陽縮在白洛川的座位上，半張小臉藏在裡面，但還是打了個噴嚏。他揉了揉鼻尖，也不知道是之前就有點不舒服，還是剛才出門在走廊上凍了一下，現在渾身都不太舒服。

尤其是手心，他剛才雖然抓住了王老師的尺子，但到底是小孩，手掌太嫩了，這會兒掌心發紅，火辣辣的疼。米陽在白洛川衣兜裡摸到一個東西，拿出來是一顆拳頭大小的橘子，外皮冰涼涼的，他就把橘子攥在手心，覺得稍微舒服了一點。

手上舒服了，身體又覺得冷起來，米陽裹著羽絨服趴在桌上想休息一下，剛閉上眼睛，就迷迷糊糊睡著了，握著的那顆橘子睡著了都沒放下。

睡了沒一會兒，就察覺有人在碰自己的手，睜開眼就瞧見了白洛川。

白洛川把他手裡的橘子拿開，看著掌心那一塊紅痕，臉都黑了，問他道：「這是怎麼回事？誰打的？」

米陽撇撇嘴道：「王老師。她說我寒假作業有幾道題少寫了步驟，投機取巧，還打了電話叫我家長來呢。」

白洛川眉毛挑起來，拽著他的手臂道：「走，我們去找校長！」

米陽頭有點暈，「等會兒再去，我媽快到了，我先跟我媽說一聲，免得她擔心。」

白洛川還在氣憤，「她這是體罰！」

米陽聳了聳肩，這種程度算不上體罰，這個年代北方教學品質高些的學校多少都會對學生動手，某些家長也信奉「嚴師出高徒」的理論。他就抓了一下尺子，這點傷，過一段時間就沒了，真去找校長也解決不了什麼事。

白洛川臉色很難看，「不能就這麼算了，你在這裡等著，我馬上回來。」

米陽喊他一聲，想把羽絨服給他，但是白少爺頭也不回地跑遠了。

米陽在一年級的教室靠窗位置看著，沒過一會兒，就看到了程青的身影。他把羽絨服脫下，立刻也上二樓去了，在走廊上的時候忍不住打了個哆嗦，程青一上樓就瞧見了，當下心疼地把他抱在懷裡，解開自己大衣扣子裹住了孩子，道：「陽陽，怎麼不穿羽絨服？今天早上還說不舒服，要是感冒了可怎麼辦？」

米陽抱著她蹭了蹭，「媽，沒事，我剛才在樓下穿了白洛川的羽絨服，沒凍著。」

程青追問道：「怎麼去一樓了？出什麼事了？」

米陽一邊走一邊跟她把事情說了一遍，路過自己班級門口的時候，就看到後門敞開一條縫，唐驍他們幾個擊鼓傳花似的把他的羽絨服給遞了出來。班長坐在講臺上維持秩序，小臉嚴肅地當沒看到他們的小動作。

米陽接過來自己穿好，對程青道：「媽，一會兒到了辦公室，妳一定要相信我說的。」

程青牽著他的小手，點頭道：「當然。」

到了老師辦公室，王老師坐在那裡看見他們來也沒起身，只抬了抬下巴，道：「妳知道妳家孩子在學校做了什麼吧？出言頂撞老師，還不是頭一回了，這麼小的孩子本來就難帶，現在又天天給我們惹麻煩，耽誤我們的教學進度。這孩子我是教不了了，妳帶回去吧。」

程青道：「請問老師，我們家孩子是成績跟不上嗎？」

王老師不耐煩道：「剛說那麼多妳聽不懂是嗎？我都說了，這跟成績沒關係，是他自己的問題，他太調皮了。」

程青護犢子，聽著就忍不住道：「跟成績沒關係？我們當初報名這所學校的時候，校長可是說這是教學成績最好的學校，要不然我們才不來呢！合著每年一千多的借讀費交下來，換來一句『和成績沒關係』啊？」

王老師想不到小的難惹，大的也伶牙俐齒，根本就說不過這對母子，尤其是程青站在那護著的模樣，一下子又讓她想起第一次見到的「溺愛孩子」的場景，對這一大一小也就越不耐煩了，「好，我就算他成績優異，但是也太能惹事了吧？來了我們班以後，帶得大家學習風氣都變差了，一個個全都不聽話。」

程青口齒清晰地反問道：「那三年一班的平均成績下滑了嗎？」

王老師道：「……他不配合班級活動！」

米陽眨巴著眼睛道：「但是校長都稱讚我了，還說我們班特別團結。王老師，難道我們班不團結嗎？那怎麼會得『最佳班級活動』獎呀？」

王老師惱怒地拍了桌子一下，道：「那這些榮譽也不是你可以省略計算步驟不好好寫寒假作業的理由！」

程青見她這樣，比她還生氣，立刻拽著米陽讓他躲在自己身後，提高了聲音道：「是我讓他不寫的，怎麼了？不過就是幾個選做題，他選擇做了就已經值得誇讚了！」她不等王老師開口，先聲奪人道：「而且這些我們家孩子本來就會，他成績有多好您也看得到，何苦為難一個孩子？要是這樣的話，我就只能讓陽陽再跳一級，您這班我們也待不起了！」

米陽驚訝地看向程青，程青卻捏了捏他的手，面上不顯分毫弱勢。

米陽嘴角抽了一下，他千算萬算，沒算到他媽竟然會現場吹牛，這得多信任他？

王老師看看程青，又看看她身後護著的米陽，一股怒氣無處發作，嚥下去又覺得像一把火一樣燒得心肺都疼了，嘴上也越發沒有遮攔起來。

班長趁著課間的時候拿了兩本作業送到老師辦公室去，她也擔心米陽，想著去打探一下情況，可是剛走到辦公室打開一條門縫，就聽到王老師挖苦的聲音。

「……對，教不了！妳找誰都不好使，帶回去反省兩個禮拜吧！我看不止是孩子，妳這個當大人的也要重新學習一下什麼叫尊重，什麼叫禮貌！」

「哈，我怕什麼？我在這個學校辛辛苦苦幾十年，帶過的學生那麼多，就這一個刺頭我還收拾不了嗎？我告訴妳，我不但要你們反省，我還要給他記過！」

「還有，我早就想跟妳說了，米陽這個書包，我從上學期看著就覺得彆扭，又舊又破，太影響我們班級的形象了！等他反省回來之後，不允許背這個！」

……

班長站在門外目瞪口呆，過了好一會兒見程青要帶米陽出來，這才趕忙跑回教室。

她胸口火辣辣的，但並不只是跑快了吸了冷空氣才這樣，她覺得那裡也有一股憤怒的小火苗在蔓延在燃燒，這種小卻堅定的憤怒，迫使她強烈得想要做些什麼。她看了一眼班上，合上教室門走上了講臺，重重把作業本放下。

「大家安靜，聽我說！」班長臉上帶著憤怒的紅暈，握著拳頭道：「米陽同學在寒假的時候用自己的時間來幫助我們，病了也一直堅持給我們補習，我剛才路過辦公室的時候，聽見王老師要讓他回家反省兩個禮拜，還要記過……今天這件事，我覺得不是他的錯，是王老師不講道理！」

唐驍站起身，沉著臉道：「我們不能就這樣算了！」

全班小朋友你看看我，我看看你。

「那怎麼辦？」

「班長，想想辦法吧！」

「對啊，米陽根本沒做錯什麼，那幾個破題我也只寫了答案沒步驟！」

班長咬唇道：「有校長信箱，之前白洛川往裡面塞過報紙，校長就來稱讚咱們了。」

小胖立刻領悟，道：「那咱們這次往裡面塞意、意見信？」

其餘同學附和道：「對，就這麼辦，抗議！」

「米陽幫了我們這麼多，成績又好，王老太每次都針對他！」

「跟校長告狀去！」

這天下午放學，三年一班的小朋友們齊刷刷留下來寫了意見信，由班長歸納總結，選了其中比較好的十封親自塞到了校長信箱裡，小臉上的表情特別悲壯。

另一邊，程青騎車帶著米陽回家，路上憤憤道：「陽陽，別聽你們老師的！我要是早知道她是這樣的人，才不讓你去她班上！你也甭有什麼壓力，媽媽剛才是嚇唬她的，咱們不跳級，實在不行，媽媽辭職帶你回山海鎮，咱們去姥姥家念小學，你愛讀幾年級就讀幾年級，誰稀罕這個破學校！」

米陽在後面抱著程青樂得直笑，點點頭道：「好！」

程青又道：「我現在就帶你去買個新書包……」

這回米陽沒答應了，抱著她道：「不用啊，媽，我就喜歡這個。」

程青道：「這個太舊了。」

米陽笑道：「這個是爸爸打籃球贏的獎品，他還是第一次贏呢，我就想背這個。」

程青也笑了，眼睛有點濕潤，但很快就被寒風吹乾了，溫柔道：「好，咱們陽陽喜歡，就背著。」她從來沒跟孩子提過家裡的經濟問題，卻肯定是不寬裕的。兒子從小懂事，從來不要什麼，乖得讓人心疼。

米陽停學的第一天，學校就出了大事。

三年一班的小朋友們起義了。

王老師自習課的時候，陰沉著一張臉進來，拉上窗簾並且關好了門，重重地把一疊信拍在桌上。她視線掃過全班，憤怒道：「說，這是誰帶頭搞的事情？你們長能耐了啊，還敢往校長信箱裡寫這種東西！」

全班同學坐得筆直，沒有一個人吭聲，都沉默無聲地看著她。

王老師氣得渾身發抖，她把學生們一個個叫出去在走廊上問話，但沒有一個人說，要麼是閉嘴不言，要麼就是說一句「不知道」。王老師問了幾個後，還故意騙出來的小孩，對他道：「你老實點，全說了吧，剛才有同學說了名字，這是你們誰做的老師心裡有數！」

那個同學使勁搖頭，沉默又憤然地看著她。

王老師被他看得很不舒服，又叫了自己比較喜歡的幾個好學生出來，其中就有班長，還是按照之前那樣，暗示他們聽話：「剛才有人說了，你們不要想瞞下去……」

班長漲紅著臉道：「不可能！」

王老師抿唇看向她，眼神裡帶著嚴厲，但是她面前的小女孩握緊了小手，一邊發抖一邊大聲說道：「我們班的同學都是最好的最團結的！」

王老師帶了她們回到教室，看著班上的這幫孩子，怒極反笑道：「好好好，你們最好，就老師不好是吧？」

大家不吭聲，沉默地看著他，四十個孩子坐在那沒有一個退縮，脊背筆直。

王老師氣得頭疼，上去講臺上拿了教鞭，她還未開口說話，就聽到門被人推開的聲音，抬頭去看，是校長來了。

王老師勉強笑了一下，道：「校長，您怎麼來了？」

校長看著她，眉頭擰起來，「我來是找妳有事。」

王老師一陣心虛，她和校長辦公室的人關係好，提前拿到了舉報信，但是也並不清楚是不是只有這些，一想到萬一有遺漏，就開始額頭冒汗。

校長剛想跟她什麼，就聽到他身後跟進來的一位年輕漂亮的女士開口道：「既然是班上發生的事情，我想，就在班上說吧。」

校長對她非常客氣，道：「行，那我就讓王老師在這裡跟您道個歉……」

王老師已經五十多歲了，眼瞅著快要熬到退休的年紀，一貫在學校裡倚老賣老，以前從來沒跟學生家長低過頭，尤其是這麼年輕的家長，她心裡不服氣，道：「校長，我做錯了什麼，竟然要我道歉？」

漂亮的女人笑了笑，道：「自我介紹一下，我姓駱，我家的孩子在您班上，他叫米陽，不知道您有沒有印象？」

王老師上下打量著她，帶著疑惑，這位家長的穿戴非富即貴，看得出家境優渥，但是米陽的家長不是那個叫程青的嗎？

駱江璟看著她，面上客氣，笑意卻不達眼底。她是為了丈夫才留在這個邊城，本身家中幾代經商也是頗有家產，舉手投足帶出的氣勢都不一樣，只站在那裡不說話就穩穩壓了王老師一頭，嘴角挑起來一點，語氣帶了嘲諷道：「您可能不知道吧，您昨天體罰了我家孩子，又讓他在走廊上罰站！嘖嘖嘖，他才七歲呀！那麼小，又不讓穿上羽絨服，回去之後就凍得感冒了，高燒不退，還好找了軍醫來診治，您猜有多嚴重？肺炎呢！」

王老師白著臉道：「不可能！就、就站了一小會兒，怎麼可能得肺炎？」

駱江璟挑眉道：「哦，您這是承認讓孩子吹冷風罰站了，是吧？」

王老師眼神閃躲，不肯接話。

駱江璟從隨身帶的小包裡拿出一張醫院的單子，上面寫著肺炎的診斷結果。她愁眉不展的，嘆了一口氣，不多說話，就讓旁邊的校長嚇出一身冷汗。

白家的孩子，他可開罪不起啊！

駱江璟轉頭對校長道：「瞧瞧，我說什麼來著，原本還想孩子可能說得太嚴重了，好歹是教書育人的老師，唉，現在看看我們家孩子沒有說錯，這還是他說的，沒說的又有多少？別說我們米陽是跳級上來的『小神童』，他都這種待遇了，普通孩子得多遭罪啊！」

一通搶白下來，校長陪笑點頭稱是，額上都冒出細汗。

坐在第一排的班長一直看著校長，嘴巴微微動了動，顫抖著把手舉起來，想喊報告。

王老師眼疾手快，先瞧見了，喝斥道：「王依依！」

門外進來的第二波人被王老師的高分貝嚇了一跳，他們一身西裝革履的裝扮，帶著公文夾，胸前別著徽章，這次校長都緊張到結巴了：「王、王副局，您怎麼來了？」他去市教育局開過幾次會，認識這些長官。

王副局擺擺手，道：「有點事，過來看看。」他的視線落在了那個舉著手的班長身上，問道：「這是怎麼了？」

王老師搶白道：「正在開班會，這幫學生有點不好管理……」

班長舉手抗議：「不是！我們只是爭取自己正當的權益！」

校長心裡喊了一聲苦，這是怎麼回事啊，怎麼今兒所有人都衝三年一班來了？他瞪了一眼那邊站著的王老師，王老師雖然臉色煞白，卻也是茫然無措，她並沒有這個能力可以惹到教育局去啊？

王副局帶著工作人員過來，站在講臺那低頭看了一眼，瞧見上面那些「舉報信」，王老師這次恍過神來，連忙伸手都拿了過來，心虛得不行。王副局也不阻攔她，只是笑呵呵的從公文夾裡拿出來一個白色的信封放在桌上，道：「真是巧了，我呢，也收到一封舉報信，全班三十九名小朋友實名舉報三年一班的王老師……」

「體罰學生！」

「做事不公！」

「私下收取學生家長的賄賂！」

「利用寒假私自開補習班收取高額費用！」

……

一項項說下來，不止王老師，一旁的校長都臉色煞白了。

王老師張了張嘴，一個字也說不出來，她艱難地吞嚥一下，卻不知道該怎麼反駁。她面前坐著一整個班的小證人，他們坐得那麼直，眼中清澈，彷彿她開口說一個字的謊言，他們就要立刻站起來拆穿她。

駱江璟倒是瞧了一齣好戲，見教育局的人已經約談王老師了，點點頭道：「那就不打擾你們了，我先走了，畢竟孩子還病著，需要照顧。哦，對了，校長，我家米陽現在可以回來上課了吧？之前說是讓他回去反省，還要給記過呢！」

校長連連點頭道：「當然，當然，隨時歡迎米陽同學回來，學校不會冤枉任何一個同學的！絕對不記過，您放心！」

駱江璟這才滿意地走了。

王老師和校長也被教育局的人帶去辦公室約談了。

三年一班的小朋友們紛紛議論起來，也有小朋友鬆開握著的手，手心裡都是汗水，他們剛才也是緊張和害怕的。

俞甜已經嚇得哆嗦了，她小心碰了碰班長的肩膀，等她回過頭來問道：「班長，妳剛才不害怕呀？我還是第一次見到大人物呢！」

班長沉默了一下，湊近了低聲對她道：「不怕，那是我爸。」

俞甜道：「……那妳咋不早說啊，直接告訴妳爸不就可以了嗎？」

「我不能出賣大家，我們是一體的，我們要團結在一起！」班長有點氣憤，小臉還是漲紅著的，她握著拳頭義正辭嚴道：「哼，我就知道王老師肯定變壞了，校長信箱投不進去，我就匿名再投了一份！」

俞甜想了想，道：「妳投到教育局去啦？」

班長搖頭道：「我塞到我爸的臥室裡去了。」

俞甜：那這匿名不匿名的還有啥意義？

班長沒說的是，她不但塞到她爸的臥室裡去了，還特意放在枕頭上面。一個雪白的大信封，上面寫著鮮紅的兩個大字：告狀！

王副局瞧見的時候都嚇了一跳。

……

三年一班的王老師因違反教學工作條例，由學校做出處分，並向全校公告。

課間的時候，大家沒有去做操，而是都在聽著廣播裡的通報：「……經學校研究討論，扣除三年一班班主任當月的薪資。該老師年度考核為不合格，兩年內不得晉升，不得評優，嚴重警告一次。」

三年一班的小朋友們也在聽著，但是更多的人把視線小心落在講臺上，王老師正在和新來的老師做交接，大概是沒想到校長會把她的處分和悔過書直接這樣廣播出來，臉上紅一陣白一陣的。

新來的班主任叫做吳勇，是一個有點跛腳的男老師，圓臉微胖，看起來特別和氣。王老師在和他做交接的時候，臉色一直很難看，趁著那位老師不在的幾分鐘，在講臺上對學生們道：「你們不要以為換了老師就可以為所欲為了，你們上次在年級排名前三，不代表這次的成績還會這麼好。」她繃著臉道：「不說別的，對教學我問心無愧，你們要是保不住班級排名，到時候就等著讓人看笑話吧！」

她說完就走了，三年一班的小朋友們：「……」

按照慣例，開學第一次的小考原本是很輕鬆的事，但是王老師的話讓同學們一下子壓力大起來。這次的考試很關鍵，他們那麼努力爭取了自己的權益，也要好好證明自己才行。

全班都憋足了勁兒好好複習，不用新的班主任多說，就結對子，一對一地幫助其他人進步。班長親自帶了小胖，小胖擼起袖子就拚命追趕，可惜他之前偏科太厲害，又不喜歡王老太，所以數學還是全班墊底，雖然不考五分了，依舊還是不及格。

小胖都要哭了，他覺得自己成績不好，給大家扯後腿了，從來沒有這麼迫切想得高分。

無奈他再心急，成績也不是一下就能猛地提上來的。

班長也急，她自己一個人帶不動小胖，就把俞甜也拽來。俞甜成績不錯，也有耐心，她們兩個利用一切課餘時間對小胖進行輔導。班長覺得米陽不在，她們班也不能被別的班比下去，尤其是這個時候，她更要證明一下，她們這班的小朋友絕對不比任何一個班差，也絕對不允許其他人說自己班的小朋友一個不好。

俞甜也在算著成績，她擔憂道：「班長，怎麼辦，如果按照上次年級成績來算，咱們班至少要提高十七分的平均分數才能保住前三名，而且前幾個班的平均分數拉不開，稍微不小心就要落後了。」

小胖眉頭擰著一直就沒鬆開，嘆氣道：「都怪我，我平時不該置氣，帶著情緒。」

班長擺擺手道：「你現在使勁讀還來得及，不是還有五天才小考嗎？我相信你可以！」

她嘴裡說著相信，心裡也是沒底的。王老師這次被降職，去了低年級當普通老師，但是也還在學校裡，如果他們考得不好，第一個就要被王老師笑話。

俞甜也想到了，她托著下巴嘆了口氣，「怎麼辦，複習的時間太短了，除非咱們班來一個大天才，一個人能拉動平均分數好幾分的那種，至少也得有米陽那樣的成績……」

班長也在咬唇，小聲道：「或者米陽回來，他回來，大家考得肯定好。」

正在發著愁，新班主任吳勇就推開門走了進來。

吳勇笑呵呵道：「同學們先回座位上坐好，我有點事要說。」瞧著大家都安靜下來，他這才招手讓門外的一個人走進來，對大家介紹道：「這是今年新跳級來咱們班上的同學，他叫白洛川，成績非常好。來，大家歡迎新同學。」

三年一班第四十一名同學到了。

大家的眼睛都亮了，小胖的呼吸都急促起來，他目不轉睛看著白洛川，忽然哽咽一下，奮力鼓掌起來。像是開了一個頭，其他小朋友也舉起雙手用力鼓掌，歡迎他的到來。

吳勇給白洛川安排了座位，是在第二排的俞甜旁邊。白洛川卻沒有立刻坐下，在小聲跟老師商量了幾句之後見他點頭，就走到俞甜座位那邊，對她道：「跟妳商量一下，妳到第一排和班長做同桌吧，往前移一個位置。」

俞甜下意識收拾東西，書拿在手裡才怯生生道：「可是，那裡有人坐了。」

班長也困惑不解，「對啊，這是米陽的位置，白洛川，你為什麼要搶別人的桌子？」

白洛川道：「誰搶桌子了，我是要妳的同桌。我剛才跟老師說過了，咱們這排都移動一個位置，妳聽我的坐就對了。」

班長道：「那米陽同意了嗎？」

白洛川道：「我一會兒讓他跟妳再說一遍，成了吧？」

「啊？」

班長還沒有反應過來，就聽到門外有說話的聲音，然後門被人推開了，米陽背著書包走了進來，他身上裹得毛絨絨的跟大家揮手，露出來的一雙眼睛笑得彎彎的，「嗨，大家好，我反省完回來啦！」

三年一班的所有人沉默了片刻，然後發出巨大的歡呼聲。

五天之後，小考開始。

這一次的考試異常順利，全班的小朋友都在埋頭振筆疾書，即便有一科感覺不好，也毫不在意立刻去翻看下一科的課本，做著準備。

考試成績發下來之後，三年一班位居全校第一名。

他們還打破了全校的一個記錄，平均分數遠超第二名的班級六十八分。

除此之外，三年一班還有三個人並列年級第一。除了米陽和白洛川之外，奮起直追的班長終於也拿到了第一名，她笑成了一朵花。

好消息一個接著一個，剛走馬上任的吳勇根本就沒來得及做好準備，他來的時候還被王老師含沙射影說了幾句，總之也不是什麼好話，原本想著這批學生要先用一個學期把班級精神帶起來，萬萬沒料到他剛來，就白撿了一個全校第一。

三年一班的成績提高飛速，不止是他們年級，全校都在討論。

很快大家就知道那個班上有兩個跳級的小天才，「米陽」這個名字更是被傳開了，而且不光這樣，有多少家長知道米陽，就有多少家長知道王老師的失職——這樣一個滿分的小朋友，尤其是樂意輔導其他小朋友功課一起進步的，怎麼能因為少寫幾個做題步驟就讓人家孩子回家反省呢？還凍出了「肺炎」來。

輿論壓力太大，王老師本身心態也有些問題，精神恍惚之下，低年級的小考成績還降低了不少，更是引發家長們的不滿。

學校原本就是看在她年紀大的分上，算是「留校察看」再決定任用，現在她教學出了問題，就約談了王老師，把她調離了教學工作崗位。王老師自己面上難看，覺得不光彩，很快就辭職離開了學校。

而此刻米陽只是在看他們班的成績單，他覺得特別的滿意，臉上一直掛著微笑。

全校第一啊，米陽與有榮焉。

新班主任比米陽還覺得光榮，吳勇心裡美得不行，自己掏腰包給同學們買了一百個作業本，將每科成績最高的、進步最大的幾個小朋友叫起來好好誇讚了一番，然後獎勵作業本，這錢花得他特別舒坦。

米陽領了十個作業本，放在桌上，他感覺到旁邊有人在看自己，略微側頭，就看到了一旁也領了十個作業本的白洛川。

白少爺看看他的作業本，米陽立刻就把自己的兩個本子分給了他，誇讚道：「你考得很好，這是我給你的獎勵。」

白洛川用手指撥弄一下，收了起來，雖然沒說什麼，但是也能看出他心情大好。

米陽也跟著彎起眼睛笑了。

拿了第一名的米陽，這段時間忽然有了一個小小的煩惱……

他開始換牙了。

第五章 白少爺衝冠一怒護藍顏

白洛川換牙是在六歲左右，米陽比他晚了許多，程青為此還專門帶他去看了醫生，醫生說七八歲換牙的也多，屬於正常情況，他就一直沒著急，現在突然換牙，說話漏風的感覺讓米陽覺得特別古怪。

少了兩顆牙齒，吃東西嚼起來很麻煩，吃得慢不說，還要記得換另一邊咀嚼，米陽這幾天吃飯都不香了，明顯吃的更少。

程青給他做蔬菜肉湯，去了白家，駱江璟也想著法子給他做軟些的食物，讓他容易吃下去，但這畢竟需要一個過程。米陽吃的少了些，人也在慢慢長高，小臉沒有以前那麼圓了，倒是顯出幾分眉清目秀。

其他吃的米陽不怎麼動，主要是懶得用缺了的牙齒去咬著吃，可是每天晚上的牛奶還是喝得很勤快的，尤其是瞧見白少爺咕咚咕咚一杯熱牛奶下肚，他也毫不含糊捧杯一飲而盡。這都是長高的希望啊，多補鈣多補充營養，這次一定能長高一點。

理想很豐滿，現實卻常常打臉。

米陽在家的時候喝的牛奶是小瓶的，一口氣喝完沒什麼問題，但白家這邊喝的是鮮奶，喝完一杯還續杯的那種，米陽喝了一杯半實在嚥不下去了。

白洛川問道：「喝不下了？」

米陽點點頭，他就接過那半杯，一點都不嫌棄地喝光了。

米陽：「……」

米陽嫉妒地看著眼前比自己高的小孩，很想跟他比，奈何肚子不爭氣。

春天流感多，米陽熬了一個寒假都沒去醫院，終於還是倒在了流感前。

程青上班帶著他去打針，中午再送他回來，做好了飯一邊餵他一邊念叨：「陽陽多吃點啊，吃飽了睡一覺，藥效上來就好了。你在家別看書了，每天都看那麼多太累了。」

米陽嘴裡發苦，不想吃飯，轉著眼珠看向桌上，「媽，我想吃蘋果。」

程青道：「再吃三口飯，媽媽數著呢，你吃完就拿蘋果給你吃啊！」

米陽沒辦法，只能繼續張嘴吃飯。程青認真數著，三口之後果真不再餵了，然後洗了蘋果切好放在小盤子裡拿過來，讓他在床上吃。

「學校那邊媽媽已經幫你請好假了。」程青為他掖了被角，又摸摸他的額頭，「沒上午那麼燙了，你自己在家睡一會兒，哪兒也別去，知道嗎？」

米陽點點頭，程青匆匆吃了兩口飯，又急急忙忙回醫院去上班了。

米陽在家睡了一會兒，忽然覺得有人在碰自己的頭髮，他眼皮沉重得厲害，過了好一會兒才道：「媽？」

拿濕毛巾幫他擦額頭的人動作沒停，小聲道：「程阿姨在廚房做飯，等一下就過來，你要不要喝水？」

米陽聽出是白洛川的聲音，點點頭，就著他的手一口氣喝了大半杯。白洛川還要餵水，米陽搖搖頭道：「不喝了。」

白洛川拿走水杯，又拿了體溫計來試溫度。體溫計在外面放得冰涼，貼上皮膚的一瞬間米陽忍不住抖了抖。白洛川有點心疼，摸了摸他額頭道：「一會兒就好了。」

米陽沒什麼精神，沒有像平時一樣跟他說話，只縮在被子裡。量體溫要幾分鐘的時間，白洛川問他要吃什麼，米陽沒胃口，縮在厚厚的被子裡，小臉通紅道：「唔……蘋果吧。」

白洛川就出去拿了一顆又紅又大的蘋果回來。蘋果放了一個冬天，水分略微少了一些，但是更清甜。白洛川從自己的書包裡拿出一個手搖的削皮機來，擺弄給米陽看，「你看，保姆阿姨今天中午用它削蘋果，特別快，我看著好玩就拿來給你了。」

最近特別流行這樣的小工具，整顆蘋果插上去，控制著手搖柄轉動幾圈，蘋果皮就均勻地削成長長的一條，露出裡面清香的果肉。

白洛川拿來當玩具的心思更多一些，他知道米陽平時喜歡吃蘋果，拿它過來也是哄生病的小朋友玩的。

米陽瞧見的時候果然引起了一些回憶，多看了兩眼。

白洛川把蘋果給他之後，也把這個小玩具推給他，道：「這個留下給你玩。」他也不等米陽開口，又接著從書包裡掏出今天的筆記和作業，對他道：「我都做好筆記了，老師講的也都聽懂了，我教你。放心吧，一點功課都不會讓你落下的。」

米陽一邊啃蘋果一邊道：「你把筆記留下，我自己看，你回去吧。」

白洛川愣了一下，「你讓我走？」

米陽怕傳染給他，點頭道：「對，我自己看就行了，有不會的再打電話問你。」

白洛川道：「我現在就可以教你……」

米陽道：「不了吧，我現在好睏，不想聽課。」

白洛川不想走，猶猶豫豫的，但是白家的人顯然也更了解他的習慣，警衛員直接敲門找了過來，說要接他回去吃飯。白洛川臉色不好，覺得他們都是認為小乖生病了，不夠「好」了才不讓自己跟他多接觸。他抿著嘴不太高興，但是警衛員一句話就打消他的這種顧慮。

警衛員道：「本來沒想這麼早來叫你回去，但是魏老師回來了，急著見學生。」

白洛川臉上的神色緩和許多，雖然還是有點不捨。他握著米陽的手說了幾句話，還是磨磨蹭蹭地回去了。

晚上吃完飯，程青瞧見了白洛川留下的筆記，她摸摸米陽的頭小聲問：「陽陽，媽媽知道你不能回學校很心急，但是身體第一，媽媽不要你考多好，健健康康的就夠了。」

米澤海也在一旁安慰他道：「你現在就特別棒了，真的，你爸我從小到大除了考軍校這回，都沒得過第一名呢！」

米陽道：「不是啊，還有一次。」

米澤海自己都想不起來，「我還哪次得第一了？」

米陽眨眨眼，認真道：「打籃球唄，我背著的那個書包還是獎品呢！」

米澤海上前呼嚕了一把兒子的頭，哈哈笑起來，連旁邊的程青都忍不住樂了。

家裡不給什麼壓力，米陽本來也不是特別喜歡拔尖要強的人，當初跳級不過是想早幾年去做自己喜歡的事，但是現在看看，慢慢悠悠過完這一生也不錯。他很喜歡三年一班的這幫小朋友，慢慢也融入到這個小團體中。

米陽上輩子有個小遺憾，就是讀書的時候沒能選擇自己喜歡的專業，而是聽從父母老師的建議，選了一個相對好就業的專業。畢業後雖然很順利找到了工作，但是他始終覺得缺了點什麼，這次重來一回，他決定順從自己的心意，做自己想做的事。

反正現在房價還低，等過幾年勸說父母也好，自己想辦法湊點錢也好，總能提前買一個小房子，這就等於把過去的生存任務完成了。吃住不愁，他再隨便找點活兒就能養活自己，想想就挺美的。

隔天的時候，駱江璟讓人送了一些營養品過來。這年頭保健品市場剛開始形成，電視和報紙上陸續有了幾個廣告，針對兒童和老年人的營養品很多，駱江璟送來的就是讓孩子能增強抵抗力的。

白洛川每天晚上都準點來報到，有時候拿點南方來的水果，有時候拿兩瓶冰糖燕窩。米陽翻著看了配料表，估計市場還沒嚴打，配料上什麼都敢寫，人參、鹿茸寫得齊全。

白洛川對上米陽家的大人時，表情還挺認真的，但是房間裡如果只剩下他和米陽，就少爺模樣原形畢露，尤其是米陽催著他回家的時候，一臉的不樂意。

白洛川一臉控訴地看著他，不滿道：「你最近老是趕我走。」

米陽心想：廢話，我不是怕傳染給你嗎？

這話不能直接說，他要是說了，白少爺肯定一口一句「不怕」地脫衣服爬上他的床。

米陽半躺在床上，好聲好氣道：「我生病了，不舒服呀！」

他這麼說，白洛川那點小脾氣也就煙消雲散了，湊到跟前伸手碰碰他額頭，摸著略微還有點燙，忍不住道：「都怪王老師，當初就是她讓你出去罰站，你才凍著了。」

米陽哭笑不得，「你別什麼都怪人家啊，這都過去多久了，是我自己感冒的。」

白洛川不聽，坐在米陽床邊一點一點地靠近他，腳邊蹭來蹭去還想脫鞋。米陽一眼就看穿他什麼意思，推著他的肩膀道：「不行。」

白洛川小眉毛又挑起來，「我就躺一會兒。」

米陽搖頭，又推他一下，「不行，你回家去睡。」

白少爺哼唧半天，見米陽半點軟化都沒有，這才憤憤地又把鞋子穿上回去了。

大概是被白少爺鬧了這麼一齣，米陽晚上睡覺的時候，難得又做了一個長長的夢，再次夢到了白洛川。

夢裡，最初他還是孩童的模樣，坐在白家二樓臥室的地毯上，收拾那一箱的玩具。

白少爺最喜歡的那個遊戲機扔在一旁，已經是被拋棄的模樣。

他看到的時候，忍不住問道：「這不是你最喜歡的嗎？不要啦？」

小白洛川撇嘴道：「玩膩了，沒勁兒！」

他在夢裡聽得心驚肉跳，低頭看了一眼，莫名有些慌，像是自己成了那個遊戲機一般。

夢境斷斷續續，像是上輩子的一些事，讓他覺得熟悉，卻記不清楚了。

模糊中他又回到了醫院，只是這次是少年人的模樣了。

他推開病房的門慢慢走出去，看到了同樣十六七歲的少年白洛川。白洛川翹著腳坐在醫院走廊的椅子上打遊戲機，他走了兩步，對方抬起頭看他，露出那雙微微上揚的好看眼睛，看著他，哼了一聲道：「笨蛋，感冒報什麼長跑啊？」

米陽聽到夢裡的自己帶著點疲憊道：「沒辦法，班級榮譽嘛！」

白洛川把遊戲機放到一旁，不屑道：「你說一聲，我就替你去啊！」

米陽下意識想要順著他的話誇獎兩句，這個時候的白少爺嘴硬心軟，順毛摸就對了，但是夢裡的自己只笑了笑，沒有接話。

白洛川看向他的那雙眼睛挑起來一點，銳利又美麗。少年的魅力展露無遺，但是揚起嘴角嗤笑一聲，說出的話帶刺一樣：「你總是這樣，欠著我怎麼了？至於這麼小心嗎？」

米陽心裡猛地跳了一下，他被說中了心事，他是故意這麼小心的。

……因為怕。

米陽在夢裡恍惚一陣，擰著眉頭拚命去想，他怕什麼呢……忽然想不起來了……

他在夢裡被這個問題步步緊逼，困擾到想要掙扎醒過來，卻像是被藤蔓纏繞一樣寸步難行，好不容易被人推了兩把，立刻大口喘氣驚醒過來，額頭上都是細密的汗水。

「你怎麼了，又做惡夢了？」

叫醒他的小孩擔憂地看著他，米陽跟他視線撞在一起，像是確認地問道：「白洛川？」

白小少爺點點頭，奇怪道：「是我啊！」

白洛川今天過來的時候，還給米陽帶了一身衣服，是學校鼓號隊的一身白色制服，他把肩膀上有金色流蘇的那一身小指揮官的給了米陽，還拿了根指揮棒給他，「學校今天選人，咱們班選中了八個人，大家就把這身……挑給你了，等你病好了，咱們一起練習。」

米陽聽著他中間飛快彈過去一個音節，怎麼聽也不像是「挑」中，反而像是「搶」的。

白洛川看他沒說話，安撫道：「沒事，不難的，我都幫你練好了，等你好了就教你。」

米陽摸摸這身小制服，他記得以前過六一兒童節的時候，他們都要穿上這麼一身登臺表演。男生是一身帥氣筆挺的小制服，還要戴上配套的帽子和手套，穿上小皮鞋，手裡拿著擦得很亮的樂器，看起特別有精神。女孩子則是一身藍白色的小裙子，裙邊鑲嵌著金邊，背著小鼓一邊走一邊敲打，也很漂亮。

他上輩子沒有穿過指揮官的衣服，倒是跟玩得好的幾個朋友一起吹過小號。這事情過去很久了，但還記得彼此吹得有多爛。

米陽笑了一聲，抬頭道：「指揮官挺好的，你們自己都背過譜了吧？如果我指揮錯了，可別跟著我一起錯啊！」

白洛川下巴抬起來道：「錯不了！」

他們這邊聊著，駱江璟在外面和程青在聊天，只是大人的話題要沉重多了。

駱江璟壓低聲音跟程青說了兩句，程青立刻就變了臉色，駱江璟扶著她肩膀道：「現在情況已經穩定下來了，我問過我先生，他說傷勢控制住了，但是人還沒醒來，軍區醫院正在全力搶救當中。」

程青嘴唇動了動，眼眶泛紅。

駱江璟看了眼臥室那邊，又壓低聲音道：「我也是剛得到消息，那邊說要打電話給妳，我攔著了，還是我親自來跟妳說一聲才放心。妳現在收拾一下東西，去軍區醫院那邊陪護。

他傷到腹部，估計醒來行動也不方便，還是有家人貼身照顧比較好。」

程青放下茶杯，慌慌張張地想要去整理東西，但是手沒穩住，茶杯一下子就翻倒在桌面上發出好大一聲響動。

臥室裡小孩說話的聲音停了下來，米陽小聲喊道：「媽，怎麼了？」

聽到孩子的聲音，程青反而鎮定下來，她擦了一下眼睛，清了清喉嚨道：「沒事，媽媽找點東西。」

程青在駱江璟的幫助下收拾了行李，她看了看臥室那邊，第一次開口求人：「駱姊，軍區醫院離這裡遠，我要照顧澤海不能來回跑，能不能麻煩妳先幫我照顧陽陽幾天？他感冒快要好了，就是還有點咳嗽……」

駱江璟擺擺手道：「我們什麼交情，妳還跟我說這些客套話？妳不在家，就算不說我也要把陽陽接到那邊去照顧的。」她看了程青那張焦急的臉，嘆了口氣道：「妳就別擔心家裡了，一切有我。等去了醫院打個電話來報平安，我們也都擔心著呢。」

程青點點頭，感激得不知道說什麼好。

她進去臥室，幫米陽收拾了一包衣物和日常用品，對米陽道：「陽陽，媽媽有事情要出差，你爸在外面拉練也要等幾天才回來，你一個人在家我不放心，先跟著洛川去他家住一段時間好不好？」

米陽道：「就幾天嗎？那我可以自己在家。」

白洛川在旁邊已經喜出望外了，聽到米陽這麼說，立刻反駁道：「你生病了，生病怎麼照顧自己？」

米陽還想說什麼，程青這次沒有跟他商量，而是拿了一身乾淨的衣服過來，幫米陽穿好了，道：「你乖啊，先跟洛川過去，媽媽回來就去接你，好不好？」

米陽點點頭，舉著手臂配合著把衣服穿好。

白洛川在旁邊已經開始給他挑鞋了，除了米陽穿的那雙，連他平時常穿的小拖鞋也一併裝包帶走。米陽又抱上了自己的那個小枕頭，他有點認床，帶著熟悉的枕頭會更快睡著。

米陽跟著去了白家，但走了兩步，還是忍不住回頭看向程青離開的方向。

程青走得太突然了，而且出差的事也是突然說起，米陽覺得不太對勁。駱江璟牽著他的手，彎腰道：「陽陽，你要是想家，每天放學都讓洛川帶你回來看看好不好？」

米陽點點頭道：「謝謝阿姨。」

白洛川對大人的事全然不知，只聽到米陽要在自己家住一段時間就樂得見牙不見眼，上前牽著米陽另一隻手道：「你什麼時候想去，我都陪你。」

兩家離著不太遠，平時一溜小跑沒幾分鐘就到了，如果自己再大上兩歲或許程青就能放心留自己一人看家了。米陽無意識地攥緊了手指，倒是引得旁邊一大一小都回頭看他。駱江璟瞧著他那懂事的表情心都快化了，她又看向自家兒子，白洛川衝她抬了抬下巴，意思簡直不要太明顯——怎麼樣，米陽是不是很乖？

駱江璟笑了一聲，眼睛裡之前留下的情緒散了大半，也對兒子頷首回應：很乖！

到了白家，白洛川要帶著米陽去見魏賢，米陽抬頭看看駱江璟，等著她說話。

駱江璟笑道：「快去吧，我去給你們準備睡覺用的東西，今天只上一節課，你們早點回房上床睡覺。」

米陽點點頭，跟著白洛川去樓上書房了。

魏賢正在書房裡翻書看著，聽見咚咚的腳步聲，抬頭去看。門推開之後湊進來兩個小蘿蔔頭，他撫了撫鼻樑上的眼鏡，笑呵呵道：「喲，小乖也來了！」

米陽跟他問好：「魏爺爺好！」

魏賢有段時間沒見到他了，招手讓他過來，「你來得正好，我還想著要是你一直不來，改天就讓洛川拿去給你呢。」他從抽屜裡取出兩本厚厚的書，遞過去道：「這是魏爺爺送給你的禮物，恭喜你考了第一名。」

米陽低頭看了看，兩本都是大部頭，一本是彩頁的《古籍修復與裝幀》，紅絲絨硬殼的一本書，看起來就非常扎實。另一本就比較熟悉了，是《小學生漢語字典》。

魏賢笑道：「上回寫信給我那個老朋友，他都忙糊塗了，非要我親自上門才想起還沒回信。喏，這是魏爺爺幫你要來的東西，你先自己看，要是有不明白的就翻字典或者來問我。我雖然不懂這些東西，但是幫你讀一讀，解釋字詞的意思還是沒問題。」

魏賢說得客氣，但是米陽能猜到對方或許沒把一個小孩的事放在心上，這書應該是魏賢厚著臉皮硬是找上門給要來的。米陽摸了摸書封，愛惜得像是寶貝一般。書很重，抱在懷裡很有分量，米陽幾乎是捧著放到了自己平時坐的書桌上，白洛川趕緊過去搭了把手。

把書放好，米陽翻開看了一下，上面分門別類列了七八種古籍的修復過程，還有附圖事例，非常詳細。他以前喜歡這個專業，卻沒有正式接觸過，都是零星著摸索或者接一些幫人打下手的活兒，這才知道一些門道，算是野路子。雖然也在書店裡買過一些參考書，可這樣詳細講解的專書還是第一次看到。米陽目不轉睛翻看了一會兒，又抬頭問道：「魏爺爺，這個就是你說的大學的教材嗎？」

魏賢摸摸下巴上的鬍子，道：「算是吧。我那個老朋友比較忙，原本我還想請他來指點你，不過他給了這麼一本書，我可以帶著你慢慢看。你有什麼不懂的就跟我說，週末的時候我打電話問他。那個老傢伙，多半是在省立圖書館忙大活了，找他可真費勁兒。」

米陽笑著點頭道：「謝謝魏爺爺！」

他低頭珍惜地摸摸書籍，跳級的欲望忽然沒有那麼強烈了。如果能多學一些修書的基礎知識，再有老師教著，那真是比什麼都讓他高興，哪怕是遠程指導也很好。

白洛川摸了摸那本書，有點好奇，但是沒有和米陽一樣對它感興趣。

魏賢問道：「洛川啊，你看小乖已經找到自己奮鬥的目標，你有什麼目標沒有？」

白洛川皺著眉頭，認真道：「我要再想一想。」

魏賢聽見他這麼回答也很滿意，這麼小的孩子，已經有自己選擇的意識，算是非常難得的了。這時候的小孩往往是接受外界資訊最多，也最容易人云亦云的時候，模仿為本能，白少爺這麼說，想必已經是在轉動腦筋思考了。

米陽身體還沒有完全康復，魏賢只讓他們上了一節課就揮揮手讓他們去休息了。

米陽臨走的時候想抱上那本新得的書，白洛川沒讓，搖頭道：「臥室就是睡覺的地方，不能再幹活了。」
米陽爭辯道：「沒幹活，我就是想看一會兒，看書睡得快。」
白洛川還是不答應，拽著他回臥室道：「你看我吧，看我也一樣睡得快。」
米陽在門口停下了腳步，左右看了一下，道：「我去睡客房。」
白洛川沒鬆手，擰眉看著他道：「別鬧！」
米陽道：「我感冒還沒好，晚上還老是咳嗽，吵得你也睡不好……」
白洛川嗤了一聲，把他推到自己房間去，道：「我不怕，我身體比你好多了，再說我媽已經把你的東西放進來了。」
米陽被推著進去，果然瞧見了自己那一小包東西，白洛川床上還並排放了他的小枕頭，旁邊鋪著一床新被，花色素淡，偏藍色，在燈光底下反映著微光。
白洛川拿了藥過來，瞧著他吃下去，滿意地點點頭道：「現在去洗漱，我們睡覺。」
米陽看他一眼，小少爺瞧著很有精神，一點睡意也沒有，卻一個勁兒催他上床。
米陽道：「……要不，你再玩一下遊戲機？」
白洛川不肯，自己先爬到床上拍了拍讓他過來，抱怨道：「你好久沒陪我睡了。」
米陽爬上去道：「也就生病這幾天啊！」
白洛川把那條新的小被子攤開，蓋在米陽身上，笑咪咪道：「怎麼樣，舒服吧？」
新被子很輕很軟，裹在身上立刻就溫暖起來。
米陽用手指摸了一下材質，點點頭道：「很舒服，這是蠶絲的嗎？」

白洛川道：「對啊，上回程阿姨和我媽說話，我都聽到了。你回老家蓋的那是什麼破玩意兒啊？居然都過敏了。下次就別回去了，免得又生病……」

米陽看他一眼，「我覺得挺好的。」

白洛川沒聽出來，嗤道：「就那種破爛，哪裡好了？」

米陽道：「我姥姥家的東西，我覺得都挺好的。」

白洛川也反應過來了，但是不肯低頭，擰著眉頭道：「姥姥是挺好的，但是家裡的東西是破爛的還不能說？」

米陽忽然有點生氣了，小腳在下面把那條被子踢開些，不肯蓋了。

白洛川起初以為他熱，還幫他蓋了兩次，但是第三次米陽再踢開的時候，他忽地一下坐起來盯著米陽不放。米陽躺著看他，眼神沒退讓。白少爺眉頭擰得緊，上去就把米陽踢開的那條小被子捲起來，打開窗戶扔到外面去了。

米陽看得目瞪口呆，這破孩子脾氣怎麼這麼大啊？

白少爺呼哧呼哧喘著氣，看著米陽不說話。米陽瞧著他，同樣一聲不吭。

樓下忽然傳來汽車喇叭聲，緊跟著有大人的聲音傳來：「這是誰扔的？怎麼大半夜把被子扔出來了？」

兩個小孩互相看了對方一眼，立刻就往下跑。米陽找到拖鞋匆匆穿上就要推門出去，白洛川動作快些，順手抓過旁邊椅背上搭著的一件厚外套，直接罩在米陽的身上，但是米陽抬頭看他的時候，白少爺還是繃著下巴轉頭錯開了視線，不跟他對視。

兩個人急匆匆跑下樓，剛下來，就看到白老爺子和白敬榮一同走進來。白老爺子走在前面，白敬榮在後面還抱著那條被子，瞧見他們兩個的時候明顯挑了挑眉。

白老爺子道：「這是怎麼回事？誰扔的？」

米陽抓著白洛川的手，上前一步道：「是我，我不小心弄掉的。」

白老爺子微微皺眉，看向白洛川還在等他解釋。

米陽抓抓腦袋，「白爺爺，對不起，我們倆不是故意的，就是想曬被子來著。」

白老爺子道：「晚上曬被子？」

米陽轉著眼珠，道：「對啊，我生病好幾天沒去學校了，今天聽白洛川給我講自然課，書上說月光是反射的太陽光，我就想試試……」他在白洛川手心撓了兩下，白洛川雖然不太樂意，但還是點了點頭道：「對。」

駱江璟搖搖頭，「虧你們倆想得出來。行了，這條被子沒收，以後晚上不許曬被子。」

她搶先把證據拿走，白敬榮也沒有追問，只是在妻子湊近自己小聲問「醫院那邊怎麼樣了」的時候，略微點點頭，道：「人醒了，有醫生輪值照顧，她也到了。」

駱江璟鬆了一口氣，表情緩和了許多，「人沒事就好。」

他們兩個的話，白老爺子聽到了，再看向面前的小蘿蔔頭們，尤其是視線落在米陽身上的時候也多了幾分疼惜。他沒拆穿孩子們的話，神色疲憊地揮揮手道：「行了，都上去吧。洛川照顧好陽陽，不許再淘氣，不然就分開睡，聽到沒有？」

白洛川撇撇嘴道：「知道了。」

兩人上去之後，房間裡只剩下一條被子，也不知道是樓下大人們談話忘了再送一條來，還是故意「懲罰」，米陽沒辦法，只能和白洛川擠到一條被子裡去。

白洛川跟平時一樣挨著他，但是心裡可能還有火氣，抿著唇沒有先開口說話。

米陽還在想剛才聽到的那兩句模糊的話，好像是誰病了。他先是想到父母，可記憶裡他爸媽沒有生過大病，米澤海也只得過一次闌尾炎，米陽還記得他爸當初說軍部醫院的小護士不夠溫柔，冷著臉硬抓他起來走路，疼得走不動也不行，說的時候一臉的感慨，結束句永遠是：「真的，這世上再也找不到像你媽這麼溫柔的女人了。」

米陽想了一會兒，又覺得時間對不上，想得有點頭疼了，藥效慢慢上來，眼皮沉得睜不開，揉揉眼睛就睡著了。

他貼著自己的小枕頭睡得很熟，模糊中感覺到旁邊的人翻了兩次身。

第二天是禮拜五，米陽本來想去學校，被駱江璟勸住了。

駱江璟道：「小乖，你現在去了也就上半天課，我問洛川了，下午還是美術課，也不是特別重要，不如再休息兩天，等禮拜一身體徹底好了再去學校好嗎？」

米陽想了一下，點點頭答應了。

白洛川去上課，米陽就留在家裡陪駱江璟。駱江璟最近工作正在升遷，似乎也打算不在原來的崗位了，在家裡的時間比較多。

米陽對白家的事知道的不多，但是駱江璟以後接手滬市的產業，把房地產生意做得風生水起這件事他還是知道的。他買房子那會兒，就有朋友半開玩笑說了一句：「你怎麼不去找白洛川啊？大家都是老同學，你跟太子爺開口，別說一棟房子，拿一層都能打對折吧？」

米陽沒去找，只是聽那些玩笑話裡的意思，白洛川是要接手做地產生意的。現在的駱江璟還年輕，並沒有後來他印象裡的女強人的樣子，笑容清淺美麗，正哄著他陪自己一起纏毛線球。

米陽伸開小手支撐著當架子，駱江璟就跟他一起纏毛線球。米白色的毛線特別蓬鬆，纏起來的時候毛線團圓滾滾的，駱江璟誇獎米陽道：「小乖真厲害，也就你能陪我一會兒了，洛川根本坐不住，不到兩分鐘就跑了。」

米陽有點拘謹，對她笑了笑。

駱江璟問道：「昨天晚上是不是洛川欺負你了？你別怕，跟姨說，姨給你撐腰。」

米陽鼻尖有點癢，舉著手伸出一根指頭撓了撓，「沒有，我倆玩呢。」

駱江璟狐疑道：「真的？」

米陽笑道：「真的，他沒欺負我，我昨天也對他發脾氣了。」

駱江璟驚訝道：「真的假的？你還會生氣……」

正說著，大門那邊一陣響動，保姆帶著兩個人走了進來，「太太，有客人來了。」

駱江璟站起來，把毛線球放下，就看到走進來的一大一小。大的是一個和她有幾分神似的女人，瞧著年紀相仿，女人手裡領著的小男孩穿著一身小西裝，戴著黑色呢帽，抬頭看人的時候也是精緻可愛。

駱江璟驚喜道：「江媛？你們怎麼來了？快來快來，這是柏安吧？都長這麼大了！」

駱江媛和駱江璟是一母同胞的姊妹，只比駱江璟小一歲，對這個姊姊感情也深，見了立刻就走過去握著手，親親熱熱說了好一會兒，又把自家兒子推過來，笑道：「上回妳看到的時候他還是個小皮猴呢，現在都要讀一年級了。」

駱江璟誇獎了幾句，又問道：「什麼時候去學校？」

駱江媛道：「今年九月入學，我聽家裡說妳發了電報，說是想家裡人，正巧我也沒什麼事，就帶柏安一塊過來住一段時間。」

駱江璟笑道：「那可太好了。」

駱家姊妹敘舊，駱江媛身邊的那個小男孩就用好奇的視線打量著米陽。他來的路上聽說這邊有一個比自己大一歲的哥哥，但是看著眼前這個白白軟軟的小孩，並不像他們家的人，如果硬要做一個解釋的話，那就是——看起來太好欺負了。

米陽也在看這個小男孩，在聽到他名字的時候，身體僵硬了一下。

小男孩伸出手，米陽下意識就要向後退，但是剛動一下立刻就又穩住，硬生生站在那裡沒有動。小男孩有點奇怪地看了米陽一眼，手落在米陽手臂上纏著的毛線上，好奇地摸了兩下，像是在試探毛線的柔軟度似的。米陽低頭看了一眼，這才想起自己還在當「架子」。

駱江璟看到他們兩個小的已經玩起來，笑道：「忘了替你們介紹，這是我們家米陽，和洛川一起玩到大，也是我瞧著長大的。這孩子功課特別好，去年讀一年級的時候，剛念了一個月就跳了兩級，聰明著呢！」

駱江媛有點驚訝地看了看米陽，笑著誇讚道：「那可真厲害，是個小天才呀！洛川現在也讀一年級了吧……」

駱江璟道：「哪兒呀，他倆從小就沒分開過幾天，一個跳級，另一個也坐不住了，今年春天洛川也跳到三年級去讀書了，兩人還是同桌。」

駱江媛來的時候並不知道姊姊家中還有一個孩子，但是她帶了不少的禮物給白洛川，從裡面挑了一樣送給米陽，「米陽，這是阿姨送你的禮物。阿姨帶著你這個弟弟要在這裡住一段時間，你也帶帶他，讓他知道怎麼念書……柏安？」她喊了兩聲，轉頭去看，自家寶貝兒子不知道從哪裡找到米陽那邊的一根毛線頭，正悄悄地拽著，她氣壞了又喊了一聲：「季柏安，又淘氣，想挨揍了是不是？」

季柏安笑咪咪地把那根線頭隨意塞回去，抱著駱江媛又軟又甜地喊「媽媽」，眨巴眨巴眼又變回了小天使。

駱江媛道：「還不跟你這個小哥哥問好？」

季柏安就伸出手來，睜大眼睛道：「哥哥好。」

米陽嘴角抽了一下，放在十幾年後，季柏安別說喊他一聲哥了，單說一個「好」字他都立刻拔腿就跑。但這是九六年的季柏安，還是一個小蘿蔔頭，瞧著攻擊力並不是很強，米陽飛快地跟他握了握手，點頭含糊道：「你也好。」

駱江璟拍拍米陽的肩膀，「你和弟弟去玩吧。」

米陽只好帶著季柏安去了二樓，那邊基本是白少爺的地盤，有個房間專門放玩具。

米陽一路上都在後悔為什麼沒跟白洛川一起去上學，他早上應該多求兩遍，不，應該在白洛川第一次問他的時候就哭著說要去學校，這樣白少爺一定會心軟地帶上他。

米陽胡思亂想著，旁邊的季柏安正在歪頭看他，忽然道：「你們這裡平時都玩毛線嗎？怎麼玩的，這麼多一起翻花繩？」

米陽：「……」

米陽這才想起來自己瞧見季柏安太緊張了，手臂上的毛線忘了拿下來。他轉頭去看，從一樓客廳到樓梯上蜿蜒成一條線，駱江璟和駱江媛去了一樓會客廳敘舊去了，沒人注意到。米陽趕緊返回去重新收拾了一下，把毛線收好，又取下來放在沙發上，這才鬆了口氣。

季柏安一直笑咪咪看著，等米陽抬頭的時候，他就伸手指戳了米陽的臉一下，戳出一個淺淺的小肉坑。米陽僵在那沒敢動，小心問道：「怎麼了？」

季柏安自己就咯咯笑起來，剛才長輩一個勁兒誇這個小孩聰明，他有點煩，但是瞧見他又變得笨笨的之後，忽然就沒那麼煩他了。季柏安轉了轉眼珠，道：「你叫小乖呀？」

米陽道：「……不是，你別這麼喊我。」一聽著太嚇人了！

季柏安又問：「那我叫你什麼？」

米陽道：「你叫我的名字就行。」

季柏安滿意地點點頭，他也不樂意自己突然又多一個哥哥。雖然還沒有明確的概念，但小孩子喜歡爭大，尤其是跟自己個頭差不多的。季柏安瞄了一下他和眼前這個白軟軟小孩的身高，覺得兩人差不多。

米陽上輩子聽這人張口閉口地喊「窮酸」、「傻子」，正式喊他名字都沒幾次，明裡暗裡總是整他，耍人玩的手段還特別過分，有一次把他所在資料室裡一夜沒放出來，第二天來人才能回家。當然他在心裡對季柏安的稱呼也好不到哪裡去，一般都偷著罵小畜生。他讀書那會兒就不樂意跟季柏安遇上，與眼前這位比起來，白少爺的任性根本就不算啥，好歹發脾氣都能看出來，眼前這人才是笑面虎，陰晴不定，前一秒還對你笑，後一秒就翻臉不認了。

米陽自己也不知道哪裡招惹這位爺了，持之以恆地拿他尋樂子。

現在再碰到，米陽是一點都不想跟他再有瓜葛，他小心應付著，挖空心思想著以前的事情，努力揣摩著去讓季柏安覺得自己無趣。

季柏安拿了零食給米陽吃，米陽潛意識想要拒絕，但是想了想，又接過來小口吃了。

他多順著點，季柏安大概就會覺得他特別無趣，不想跟他玩了吧？

米陽這麼想著，坐立不安地啃著手裡那塊荷花糕。心神不定的時候，眨眼的次數就多，這會兒長睫毛忽閃了好幾下，黑白分明的瞳仁看起來相當無辜。

吃完一塊，季柏安又拆了一盒新的糕點，興致勃勃抓了好幾塊棗泥梅花糕給他。

米陽想說不吃，但是看著對方亮晶晶的眼神，生怕再惹得他提起興致來，只好硬著頭皮道：「我就吃一個。」

季柏安托著下巴看他吃糕，心裡挺高興的，他覺得這人跟他想的一樣，特別軟特別白，特別的好欺負，像是他家裡養的那隻白白軟軟的小狗，肉嘟嘟的奶膘還沒退，抬頭看人時眼裡含著一汪水，他都不捨得欺負。偶爾手癢戳上一下，小狗就渾兒抖著，相當的可愛。

尤其是抬頭看著自己討東西吃的樣子，更招人喜歡。

他媽總說他餵的多，餵得太胖了，這次他餵小孩總沒事吧？季柏安眼珠轉了轉，又想去拆糕點，但是米陽已經吃了不少了，這才再餵他就直接搖頭，說什麼也不吃了。

季柏安有點失望，還是湊近了一點，問道：「怎麼樣，好吃吧？」

米陽點點頭，一肚子的糕點太膩了，他現在胃很難受。

季柏安得意地道：「我就知道這窮地方沒什麼好吃的東西，帶了好多呢，還有布丁，那個你也沒吃過吧？對了，你吃過獼猴桃嗎？」他說著又興致勃勃拿了一個獼猴桃出來，「這個要挖開吃，這邊的商場破破爛爛的，水果都不好買吧？」

米陽：「……」

米陽覺得這人和白洛川真不愧是親表兄弟，說的話怎麼一樣這麼欠揍呢？

季柏安舉著湯匙興致勃勃地要繼續餵米陽，有點扮家家酒的意思。湯匙碰到唇邊，米陽猶豫了一下，還是別開頭道：「我吃飽了，不想吃。」

季柏安平時可能沒什麼小玩伴，好不容易碰到一個，就舉著湯匙又湊到他嘴邊道：「就吃一口，你肯定沒吃過吧？」

門口「砰」一聲，有個書包砸到地上。

米陽嚇了一跳，抬頭看去，就見白洛川站在那裡，一臉不耐煩地道：「過來！」

季柏安發愣的功夫，米陽已經手腳俐落地起來跑過去了。白洛川看著他還有點彆扭，可是看他嘴邊那點綠色的獼猴桃汁更彆扭，擰緊眉頭道：「你去幫我拿遊戲機來，我媽說要跟他一起玩。」

米陽巴不得出去，答應了一聲就小跑出去了。

白洛川看著新來的小客人，神色不怎麼友好。

季柏安也在看他，轉著眼珠心裡也沒什麼好主意。

白洛川看了地毯上拆開的幾袋零食，問道：「這都是你餵他吃的？」

季柏安點頭，笑咪咪道：「對呀，我和小乖玩了一上午，他特別聽話。」

白洛川警告道：「不許你這麼叫他。」小乖是他叫的，不是誰都能這麼喊的！

季柏安挑了挑眉，站起身慢吞吞道：「哦，為什麼不能呀？」

米陽在臥室裡找到好幾個遊戲機，不知道白少爺現在喜歡哪一個，乾脆都抱了過來。等他抱著遊戲機推門進去的時候，就看到房間裡一片狼藉，拆袋的糕點散開碎了一地，大件的玩具倒了幾個，白少爺仗著身高優勢把季柏安按在地上捶。那位也是硬骨頭，一聲沒吭，還想著抓住機會翻盤，但差一歲也差了不少，這會兒只有被按著摩擦的命。

白洛川大概是覺得不夠解恨，拿了剛才他硬餵米陽吃的那個獼猴桃一把糊到小孩臉上去了，道：「你想吃啊，給你吃個夠！你有病吧，誰沒吃過個破獼猴桃啊！」

季柏安年紀還小，對上大人還能撒嬌蒙混過關，遇到同年齡段的暴力份子卻一點都沒辦法，轉頭躲開時，雪白的小襯衫糊了一片綠色的果汁，讓他氣壞了。

白洛川放開他，道：「下次還敢不敢？」

季柏安低頭轉著眼珠擦自己的衣服，沒有吭聲。

白洛川伸腳踢踢他，提高了點聲量道：「問你話，還敢不敢？」

季柏安立刻道：「不敢了，表哥，我不敢了！」

白少爺單方面施暴，米陽站在門口慢慢把門給關上，小心幫他把風。

聽著裡面沒什麼動靜了，這才走進去道：「我把遊戲機拿來了。」他的眼睛還在看著，地上亂得不行，兩人身上也沾著果汁，尤其是季柏安，衣服簡直沒法看了，米陽有點擔心季柏安去找大人告狀。

事實上，他的擔心是多餘的，這表兄弟兩個雖然長得不太像，但是內裡還是一樣的，屬於打了一架還特別愛面子的那種。兩人誰也沒吭聲，打完就各自回房間換了一身衣服，臉也洗乾淨了，重新換了一個房間隔開七八米占據一方，開始打遊戲機。要不是兩人都不搭理對方的模樣太過明顯，看起來倒跟沒事人似的。

米陽：「……」

行吧，你們開心就好！

中午吃飯的時候，米陽吃不下了，肚子裡的糕點都沒消化完，有一口沒一口喝著湯。幸虧中午大人多，駱江璟又看見妹妹高興，沒有盯著孩子們吃飯，米陽這才躲過去。

飯後要午睡，米陽上樓的時候聽到客廳有電話鈴聲，就停了一下腳步回頭看了一眼，保姆接起電話，似乎是駱江璟的朋友打來的，米陽有點失望，他還以為是自己的爸媽。

他這邊停住腳步，白洛川就站在一旁拽著他的手。白少爺順著他的目光看下去，瞧見他又看樓下談話的大人那邊，煩躁道：「對不起！」

米陽眨了眨眼睛，這才反應過來，對方這是怕他返回客廳去——他們倆可是也吵架了，還沒和好呢！

白洛川拽得緊，米陽又轉頭看了客廳一眼，沒有再多留，跟著他回臥室去了。

米陽平躺在床上，手指頭摳著自己的枕頭，有一搭沒一搭想自家爸媽。旁邊床陷下去一點，很快白少爺就爬上來了，挨著他躺下。沒老實兩分鐘，又翻身熟練地掀開米陽的睡衣，伸了手進來摸他的小肚子，開始輕輕給他揉。

米陽歪頭看他，白少爺視線跟他撞上，有點不好意思，還是道：「我們和好吧？」

米陽略微軟了一點，白洛川就湊過來抱著他，悶聲道：「你以後別惹我生氣。」

米陽：「……」

米陽又想氣了啊！

白洛川拿腦袋抵著他蹭了兩下，也覺得委屈，「我就想把好的給你。」

米陽悶了一會兒才道：「那你也不能這麼說我姥姥家啊，你這叫嫌貧愛富。要是以後你特別有錢了，我家還是住現在這樣的小房子，你還不跟我玩了嗎？你去我家，也管我家那些東西叫破爛嗎？」

白洛川抱著他緊了點，「那你就跟我走吧？」

米陽被他氣笑了，用頭撞他一下，「誰要跟你走？」

白洛川見他笑了，便比剛才要放鬆些了，哼唧道：「你不跟著我，以後誰都欺負你怎麼辦？」他伸手幫米陽揉著肚子，教導他：「上體育課不是跑得很快嗎？你跑啊！」

米陽懶洋洋道：「哦。」

白洛川又道：「還難受嗎？」

雖然脾氣不好，語氣也不對，但是米陽已經能領會他的意思，「沒，不難受了。」

白洛川奇怪道：「那怎麼都不說話，你在想什麼？」

米陽也不能說實話，他總覺得程青那天離開得有點突然，心裡忽上忽下有點慌，但這都是他的猜測，也沒個準。他一邊摳著枕頭，一邊敷衍道：「哦，我就想……獼猴桃。」

白洛川眉頭皺起來。

米陽和他挨得近，還能聞到一點他身上的果香。上午糊季柏安一臉獼猴桃的時候，多半也沒少沾到自己身上，光他瞧見手上就有汁水，也難為這大少爺潔癖成性還沒急著去洗澡，只擦了擦就圍著他轉。米陽想著想著都樂了，道：「想剛才那個獼猴桃一下就糊到他臉上，那麼軟，一定很甜吧？」

白洛川哼了一聲，「你想吃？想吃我去幫你要一箱來，你等著。」

米陽當他說著玩的，沒想到他還真去搬了一箱過來。白洛川選了幾個放在桌上，還要再拿，米陽忙攔著道：「夠了，一次吃不了那麼多，我就想吃兩口嘗嘗。」

白洛川才意猶未盡地用小盤子盛著那幾個獼猴桃過來。米陽哪吃得了這麼多，再說胃裡也塞不下了，就挑了一個最軟最甜的和白洛川一起分著吃了。

熟透了的獼猴桃酸甜可口，米陽上午吃點心膩著了，這會兒吃得津津有味。

白洛川拿湯匙餵他吃完最後一口，瞧著米陽腮幫子一鼓一鼓地吃下去，自信心膨脹。他自己又繞回剛才那個話題，叮囑米陽道：「以後誰再欺負你，你別吭聲，先躲起來，等我回來就告訴我，我來揍他。」

米陽樂了，點頭道：「好。」

白洛川又道：「你叫我一聲哥。」

米陽笑著看他，不吭聲。

白洛川捏捏他的臉，等了一會兒，撇撇嘴道：「好吧，不叫就不叫，那你也不准喊別人『哥』，聽見沒有？讓我瞧見了，我也揍你。」最後還威脅了一把。

米陽想了一會兒，還真不記得白洛川對他動過手。這人性格毛躁，但是他們倆對掐的時候都很少，頂多是他不樂意了轉頭就走，被白洛川拽著手臂吼上那麼一頓，隔天他大少爺臭著一張臉還非湊到他跟前來，這破脾氣也真是沒誰了。

駱江媛和季柏安在白家住了下來，晚上魏老師在書房補課時，多了一個小旁聽生。

季柏安被收拾了一通，明顯老實了些，但趁著白洛川去上學的時候，還是會故意招惹米陽。米陽記得大少爺的話，要麼就跑，要麼就躲，躲不開就帶著季柏安去上魏老師的課。他現在也發現了，季柏安和白少爺有一個習慣，這兩個兄弟當著大人的面都做作。白洛川是繃著小臉當自己小大人一樣，凡事嚴格要求自己。季柏安是喜歡裝乖賣巧，特別有表演欲。

米陽脾氣好，又耐得住性子，魏老師講什麼他都能聽得進去，還認真寫作業，一點蹺課的意思都沒有。

季柏安被他帶著上了幾節課，就轉著眼珠開始裝肚子疼，自己躲著玩遊戲機去了。

米陽對季柏安的到來還是有點焦慮的，他把自己最寶貝的東西——那本古籍修復的書給結結實實藏了起來，積攢的瓶瓶罐罐也都收好了放在白洛川的床底下。就這樣還不放心，時不時要去看一下。打從這位來了之後，米陽就做了兩個惡夢，毫無例外都是被季柏安捆住了手，面對面坐著讓自己看他撕書。米陽動不了，越是著急，那個小惡魔就笑得越甜，呼吸都近在耳邊。米陽側頭躲開來，就聽到他貼著耳朵小聲道：「怎麼樣，聲音還不錯吧？你不喊啊？不喊我就再撕一本給你聽聽？」

米陽這是沒有召喚能力，簡直恨不得召喚十個白少爺來揍得他鼻青臉腫。

他那些書寶貝得很，白洛川那會兒脾氣最大的時候都沒敢碰過呢！

又過了幾天，天氣暖和起來，柳樹都抽了枝芽，像是一夜春風拂過，山水都綠意映然。

米陽得到了一個好消息和一個壞消息。

好消息是他身體終於徹底好了，可以去學校了。壞消息是他媽打了電話過來，說要再等一段時間才能回來。

程青對他道：「陽陽，你爸爸生病了，要再過一陣子才能回去。你在洛川家好好的，不要亂跑，聽伯伯和駱阿姨的話，知道嗎？」

米陽答應了，問道：「媽，我爸怎麼了？病得嚴重嗎？」

程青道：「沒事，就是一個小手術，養養就好了。」

米陽又問：「闌尾炎嗎？」

程青含糊道：「差不多吧。媽媽要回去照顧爸爸了，你聽話啊！」

米陽聽著她在電話裡的語氣，似乎沒有很著急的樣子，慢慢放下心來。不管怎麼說，家人健康，沒有大病大災，他就很知足了。

米陽回家的時間又延長了，白洛川很高興，但是他看得出米陽還是想家，就主動提出陪他回去看看。

駱江璟自然是答應的，不過又招手讓季柏安過來，笑著道：「柏安也跟著一起去吧，來了這麼久，都還沒出去玩呢，洛川和米陽對這裡很熟，你跟著他倆就行。」

白洛川有點反感地擰眉，「我們要去米陽家。」

駱江璟道：「我知道呀，你帶上柏安，以後也跟弟弟玩好不好？」

白洛川翻了個白眼，「我弟是米陽。」

駱江璟哭笑不得，「這是表弟，不一樣的。」

白小少爺看也不看，不耐煩道：「我不要！」他回頭要去拽米陽的手，卻被駱江媛握住了小手，彎腰哄他道：「洛川不急，你看，這些都是小姨給你帶來的玩具，讓弟弟陪你玩好不好啊？你看看喜歡哪個，都是你的……」

白洛川更不耐煩了，把手抽回來道：「我都說了我不要，我要出去，不愛跟他玩！」

旁邊的小季柏安也不是什麼忍氣吞聲的小傢伙，平時在家當小皇帝習慣了，外出的時候他媽媽一再叮囑了讓他當一個乖孩子表現得好些。當著姨媽的面多了些表演的成分，這會兒聽見小表哥一口一個不待見的話，也不樂意了，嘟囔道：「誰愛跟你玩……」

駱江媛趕緊扯了他衣袖一下，有些尷尬地笑笑。

駱江璟還在勸，這次換了東西：「要不，你和弟弟……」她還沒說完，就瞧見兒子小臉要變黑，立刻改口道：「你和表弟一起拿些零食去小乖家吧？家裡還有好些水果呢，你昨天不是說獼猴桃好吃嗎？媽媽挑一些給你，你送去小乖家好不好？」

米陽剛想張口拒絕，就看到白洛川點頭道：「好吧。」

米陽不想要，但是駱江璟太熱情了，實在推脫不了，趁著白洛川不注意的時候還對他擠了擠眼睛，小聲做了口形道：「帶上柏安一起玩，好不好？」

照顧自己許久的大人來求情，米陽就點點頭，「嗯」了一聲。

不過，米陽沒要獼猴桃，在桌上看了一圈，拽著白洛川衣角道：「我不想吃獼猴桃了，拿顆蘋果吧。」

白洛川低頭問他一句，米陽還是搖頭，小聲道：「還不知道什麼時候能回家，其他的水果放久了容易放壞。」

白洛川最喜歡聽他說這樣的話，聽到就覺得米陽要在他家住上很久一樣，特別的高興。他抬頭對駱江璟道：「我要兩顆蘋果，要最甜的。」

駱江璟有點驚喜，連連點頭道：「好好好，我去拿啊！」

拿來的蘋果放在了米陽手裡，旁邊的季柏安也抱著兩三袋零食，花花綠綠的包裝一看就是小孩子最喜歡的那種。白洛川看了一眼，要伸手去拿，季柏安躲開一點，撇嘴道：「我帶著給米陽吃的，不給你。」他現在已經被收拾得不敢隨便喊「小乖」了，當著白洛川的面不行，白洛川不在家時他追著米陽喊好多遍米陽都不理他，叫名字才回頭給一點反應。次數多了，季柏安也學聰明了，不再掰扯名字的事。

這個小尾巴是甩不掉了，白洛川就一手拿著零食，一手去牽米陽的手，轉頭率先跑了出去：「媽，我跟米陽出去玩了，一會兒就回來！」

旁邊的小季柏安也賭一口氣，一邊追上去，一邊喊道：「媽媽，我也跟米陽出去玩啦，一會兒再回來！」

他這一句喊得前面的小霸王不樂意了，不跑了，停下來等在那裡要擼袖子收拾他。

駱江璟和駱江媛站在門口看他們三個小蘿蔔頭吵吵鬧鬧一路走遠，她們家兩個孩子你頂我一句我還你一句的，互不吃虧，倒是站在中間的米陽被他們擠著做和事佬，小聲勸架。

駱江璟忍不住笑著搖了搖頭，「他們兩個真是，加起來都沒有陽陽懂事。」

駱江媛也有點無奈，問道：「姊，妳真的決定好了嗎？離開這裡工作，可要和姊夫分開好久了啊，而且給洛川轉學的事，我看也不好辦。不說洛川自己的意思，白老爺子那邊怕是就不會答應……」

駱江璟嘆了口氣，道：「八字還沒一撇呢，我也就是這麼想想。」

她這段時間一直讓兒子和小表弟接觸，也是存了一點自己的心思。她琢磨著要給兒子轉學，又不想增加兒子的反抗情緒，只能一點一點從添加小玩伴開始。兒子小，玩心重，或許遇到更喜歡的小夥伴就願意去新學校了呢？

駱江璟想得很好，但是實施起來實在太困難了，兩個小傢伙脾氣太像，反而無法處到一起，倒是兩個人都和米陽玩得挺好的。

駱江媛是站在姊姊這邊的，她們母親去世得早，一向都是長姊如母，要不然也不會因為一封電報就帶著孩子趕過來。她想了一會兒，不太明白道：「姊，我這幾天看姊夫對妳很好的，為什麼妳會想走呢？別說白家的產業，就我們家以後分到手的，都不會虧待了妳和洛川的，妳何苦自己去拚呀？」

駱江璟道：「妳啊，還是以前的性子，一點都不著急。」

駱江媛奇怪道：「著急什麼？洛川的學業嗎？」

駱江璟道：「洛川的學業算一半吧，另一半也是為了我自己。」

駱江媛還是不理解，她這輩子沒吃過什麼苦，嫁人之後丈夫接手家中外貿生意混得很不錯，她則當起了全職主婦，日子舒心得不得了。來的時候丈夫還一再叮囑早些回來，要不是季、駱兩家是世交，恐怕駱江媛的丈夫也不捨得放人，這兩人感情也一直很好，在她看來，家庭富裕生活美滿就已經足夠了。

駱江璟看著遠處，搖搖頭道：「我在這裡每天看到的都是一樣的，時間久了，看到外面世界變了就忍不住著急，怎麼妳在外面看習慣了，反而不急了嗎？」

這座邊城被群山環繞，位置也是半隱蔽的，最適合部隊駐紮，但是看久了極目遠望也只能看到這一小片地方，她嘆了口氣，緩聲道：「我和妳不一樣，我為了洛川已經錯過了最好的幾年了，現在又有機會，是怎麼都不捨得放棄的。」

駱江媛理所當然道：「姊當然是和我不一樣的，妳做什麼我都支持妳。」

駱江璟對她笑了一下，駱江媛挽著她的手臂，忍不住又眨著眼睛說了兩句姊妹間的俏皮話：「姊，妳跟我說實話，這幾年不捨得走，真的是因為洛川嗎？難道就跟姊夫一點關係都沒有嗎？」

駱江璟臉紅了一下，啐她道：「少貧嘴，都跟姊老公學壞了！」

駱江媛一點都不害羞，「學壞又怎樣，反正當初也是妳幫我挑的。」

駱江璟戳她額頭，自己也笑了。

駱江媛自己是沒什麼主意的，只看姊姊的意思行事，不過心裡還是存了一份擔憂。她自己沒有在外面拚搏過，總是覺得有些不穩妥，但是駱江璟雖然話裡還有幾分猶豫，眉宇間卻多了堅毅，有些事遲早都是要做出改變的，她有這樣的能力，就不願意一再錯過理應屬於自己的東西。

駱家姊妹在家中談心，另一邊，米陽回到了自己家裡。

有段時間沒回家了，米陽走到門口先從領口裡掏出一根細繩，拽著它把拴在上面的鑰匙拿出來，然後開鎖。大門是內鎖，只留一個巴掌大小的鐵皮門洞，需要把手伸進去開鎖。

季柏安往他們這邊擠了擠，有些嫌棄地看著路邊的花壇道：「那是什麼，白白的？」

米陽看了一眼，道：「石灰，隔一段時間要來做除蟲的。」

季柏安身體僵硬了一下，「你家有蟲子啊？」

米陽還沒開口說話，白洛川先拿手裡的零食袋子敲表弟的頭，道：「你家才有蟲子！」

季柏安撇撇嘴，「我又沒說你家，凶什麼？」

白洛川理直氣壯道：「你說米陽家也不行！」

米陽剛有點欣慰，就聽見白少爺嗤了一聲道：「他家只有我能說。」

米陽：「……」

你也不能說好嗎？

前幾天下雨，鎖芯有點鏽住，米陽開了好久，季柏安蹭來蹭去道：「好了沒有？能不能快一點，外面好曬！」

米陽道：「馬上就好，再等一下。」

白洛川把零食塞到季柏安手裡，自己拿了米陽的鑰匙開門。鑰匙還掛在米陽脖子上，這麼一下連人都拽到了白少爺面前。米陽使勁兒仰著頭道：「你等我一下，我把鑰匙摘下來，繩子勒得我難受……」

白洛川看他一眼，樂了，「你剛才怎麼不摘下來？」

米陽小聲道：「上回摘下來開過啊，不小心掉裡面去了，我又不會翻院牆進去，等了一個多小時我媽才回家。」他想了想，又補充道：「現在我媽要好幾天才回來了，掉進去就沒辦法回家了。」

白洛川又把他拽近了點，伸手進他領口摸索著把鑰匙取下來，「給我吧，我來開。」

他們這邊門還沒打開，就聽到附近一陣腳步聲，幾個七八歲的男孩一路尖叫著跑過來，臉上都曬得發紅，額上冒著細汗，身上的衣服已經沾了不少灰塵。看到米陽在那開門，都停了下來，起鬨似的喊了兩聲。

米陽當作沒聽見，盯著白洛川開鎖，「你小心點，別太使勁兒轉，小心斷在裡面。」

白洛川要回頭去看，米陽就問：「好像動了，你看是不是打開了？」

季柏安道：「米陽，他們是不是說你？你認識他們嗎？」

米陽躲不開，只能回頭看了一眼，那些熊孩子起鬨得更厲害了，領頭的那個小孩還拍了自己的屁股一下，對米陽扮鬼臉道：「小馬屁精，哦哦哦！」

白洛川向來就不是能忍讓的人，也不開鎖了，黑著臉道：「你罵誰呢？」

米陽拽著他手臂，眉頭皺了一下又鬆開，「這是我爸同事家的孩子，算了吧。」

不光白洛川不高興，季柏安都嚥不下這口氣，他跟著米陽過來就算是站在一條船上的，那幫小兔崽子罵米陽跟罵他有什麼區別？

米陽也很無奈，這幾個孩子是剛來大院的孩子，領頭起鬨的那個孩子的爸爸和米澤海是上下級，他周圍那三個是他堂哥，他家今年才辦的隨軍，把老婆孩子們接來，只是別人一般都接一個孩子，他把幾個侄子也一塊接來了。這幾個孩子剛從農村來，性子野得很，大院裡的孩子們都不樂意跟他們玩，他們人多，就自己玩。

在部隊米澤海是副團長，那小孩的爸爸是正團長，官高一級按理說分房之類的都應該是正團長在前面，但是米澤海是軍校畢業的又立功過，加上白敬榮一力舉薦，凡事都比在了他的前面。到了今年，這位正團長才分到了這邊的樓房，搬來後發現和米澤海是鄰居，平時兩人在單位就不怎麼對盤，來了之後更總要擺臉色，尤其是最近，米澤海眼瞅著又要升一級，正團長五年了還是沒什麼動靜，難免就有些針對的意思。團長家那位從農村來的老婆，嗓門大吵架不嫌丟人，平時程青都躲著她，米陽見了她家孩子也是躲著的。

那幾個小孩嘴裡亂叫著，很快又把視線落在了他們手裡的零食上，特別是季柏安手裡拿著的那堆，後面一個又黑又胖的男孩還吞了吞口水。

季柏安瞇了瞇眼睛，把手裡的零食袋子握緊了點，他就是扔水溝也不給對方吃。

領頭那個小孩走過來，抬著下巴對米陽道：「你又去拍馬屁啦？」

米陽當作沒聽見，被白洛川捏著下巴轉過去，讓他面對面看著那小孩，教他罵人：「你告訴他，要他『滾蛋』！」

米陽修書做的是慢工，人也慢吞吞習慣了，對上上輩子討厭的同事朋友都不見得生氣，頂多就是躲著不搭理就是了，還真沒跟誰這麼對罵過，更別說對面還是貨真價實的小孩。他猶豫了一下，就聽見那邊又喊了一句「馬屁精」，然後哄笑起來。

米陽心裡也氣了，但是程青一再叮囑他，只好無奈道：「你們別鬧了。」

領頭的那個小孩撇嘴道：「誰鬧了啊，這是大家都知道的事，你們家能做，就不讓我們說啦？」他眼睛也在盯著他們手裡的那些沒見過的零食，一邊努力控制不去吞口水，一邊繼續奚落道：「你爸就是這麼起來的，整天拍上級馬屁，你也是小馬屁精……」

米陽生氣了，聲音高了點：「別胡說啊，沒有的事！」

對方見他生氣，更得意了，扯著嗓子喊：「你爸這次升職有啥了不起，還不是因為替上級擋了子彈，差點就死了！」

米陽氣得哆嗦，這次也不用白洛川教了，上去幾步就推了那小孩一把，道：「你瞎說什麼？你爸才差點死了！」這什麼破孩子啊，嘴這麼毒！

那小孩被推了一個趔趄，伸手也要去推米陽，嘴裡說著不乾不淨的話。小孩能懂什麼，他會這樣說，無非是在家裡的時候聽大人念叨多了，跟著學舌。米陽越聽越生氣，上去給了他一拳頭。那孩子沒見過米陽打架，還當他是軟柿子，沒想到被揍成個烏眼青，哇一聲就哭了，喊了一句：「打他！」

他這邊四個人，米陽那邊人也不少，白洛川擼著袖子就上來了。季柏安心眼多，生怕這幫破孩子占自己家便宜，把那些零食全都扔到米陽家的院子裡，捲著袖子也撲上去。他和表哥自家人關起門來打架不記仇，遇到外面的敵人，那可是要一致對外的。

這邊的動靜太大，很快就引來了其他孩子。那幫小蘿蔔頭都是跟著「白司令」和「米副官」混了好幾年的，這交情能一樣嗎？瞧見自家司令都下場了，便都跟著衝過來，嘴裡喊道：「上啊，為司令報仇！」

有機靈的，衝鋒到一半又往回跑，一邊跑一邊喊：「你們等著，我再去叫人！」

那邊的四兄弟本來就有點慫了，聽見這話更是嚇哭了兩個，眼前這仨他們都打不過，對方竟然還要叫人？

這下已經不是單純的打架，而是正式升級為打群架，還是一群毆打四個。

最後還是米陽喊停，這四個小屁孩才被那幫孩子押送過來，按著頭讓他們道歉。

白洛川問道：「之前打過米陽沒有？」

被按著頭的一個孩子還沒緩過來，跪坐在那裡一抽一抽地哭，後面押著他的人立刻給了他後腦杓一巴掌，「司令問你話，打過我們副官沒有？」

那小孩扁嘴道：「沒有。」

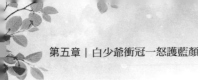

白洛川又問：「罵過沒有？」

押著的人又躍躍欲試要再給一巴掌，小孩慫得立刻道：「沒有沒有！」

白洛川道：「撒謊！」

這次被打了兩巴掌，小犯罪份子老實了，哭著道：「就罵過幾次……但我也沒罵別的，我就說他是馬屁精，都沒罵他王八蛋！」

米陽對那幾個小孩道：「讓他們起來吧，下回不許再罵人，嘴裡乾淨點知道嗎？我不是馬屁精，你也不許咒我爸死。」

那小孩擦了一把鼻涕眼淚站起來，他後面的那個黑胖的男孩嘟囔著道：「你爸本來就進醫院了啊！」

米陽沒聽清楚，湊近了一點，問道：「你說什麼？」

黑胖的男孩看著他就要說話，但是領頭的那個忽然把手伸進褲子的口袋裡，抓了一把什麼就朝米陽扔過來，惡狠狠盯著米陽，嘴裡用家鄉話罵了一句。

米陽被旁邊的白洛川拽了一把護住，他自己沒事，就聽到白洛川咳了一聲。他鼻尖聞到石灰粉的嗆鼻味道，一時也被氣得狠了，當下鬆開白洛川，瞇著眼睛去看那個扔石灰粉的孩子，瞧見那破孩子要跑，上前就給按住，在地上抓了一把東西塞他嘴裡去，惡聲惡氣地教訓他：「吃啊！你剛才不是扔得很厲害嗎？敢扔就給我吃進去！」

那小孩平時沒吃過虧，被打了才憤憤不平，這會兒聽見米陽的話，嚇了一跳，拚命搖頭不肯吃要吐出來。米陽堵著他的嘴巴，喝斥道：「你也怕？你怕還敢朝人臉上扔石灰？以後你再敢做這事，我瞧見一次就抓把石灰塞你嘴裡，讓你自己吃下去！」

旁邊的幾個小蘿蔔頭愣了一下，他們平時瞧見米陽的時候，米陽都是溫吞的好脾氣，明明年紀還小一點，但總是讓著他們，這還是他們頭一次瞧見米陽這麼生氣，不過也就愣了一下，立刻又氣呼呼地上來替米陽按著人了。

米陽捂了一會兒他的嘴巴，這才鬆開手。

那小孩轉頭「呸呸」地吐出幾口黑褐色的東西，哭得臉都花了。

米陽沒理他，過去看了看白洛川，皺著眉頭給他吹了吹，還是不太放心道：「眼睛很疼嗎？傷到哪兒沒有？」

白洛川睫毛上有點白，想要揉，被米陽按著手又仰頭對他道：「你閉眼。」

白洛川「嗯」了一聲，閉上眼又被米陽吹了好一會兒，才搖頭道：「沒事了。」

旁邊的季柏安剛才躲得很快，一點都沒傷著，這會兒瞧著米陽這麼照顧自家表哥，心裡有點羨慕，湊過去道：「米陽，我眼睛也有點不舒服。」

白洛川眼睛都沒睜開，伸手就給了他一巴掌，「滾蛋！你剛才跑得比豬都快！」

季柏安很想反駁，但是他沒見過豬跑得有多快，遲疑道：「瞎說！我真碰到一點，好像進眼睛了！」他還想再湊過來，白洛川睜開眼了，伸手就拎住他的後衣領，季柏安連聲地喊道：「疼疼疼，表哥，疼啊，我不敢了！沒碰著，我眼睛好好的！」

白洛川這才哼了一聲鬆開他。

米陽還是不放心，要讓白洛川先去醫院看看。石灰粉這事可大可小，萬一真的掉進小孩眼睛裡就不得了了。

他們這邊還沒走，那邊的小蘿蔔頭們忽然「咦」了一聲，喊道：「不好，跑了一個！」「剛才沒看著，讓他跑了，一定是他扔石灰粉的時候！」

米陽對季柏安道：「你帶白洛川回去。」然後自己又轉回身去，對其他小蘿蔔頭嚴肅地道：「把他們三個押上，我們去他家！」這事絕對不能這麼善了，米陽平時看著脾氣好，但是認準了什麼事倔起來也是誰都別想拽回來。

那幫小蘿蔔頭們聽從米副官的話，押送三個破孩子就浩浩蕩蕩出發了。

季柏安看了兩眼熱鬧，還是記得自己的任務，過去扶著表哥的手帶他回家。

白洛川沒什麼事，略微一想，立刻大步往家裡走，比季柏安走得還快，最後還是季柏安使勁兒追他才趕上去。

另一邊，米陽帶著一幫小蘿蔔頭去了破孩子那一家。

剛到門口，就和那家小孩的媽媽撞上了。來搬救兵的是那個黑胖的男孩，瞧見米陽他們就嚇得直往自家嬸子身後躲，嘴裡喊道：「是他，就是他們！他們一群打我們四個，還、還餵李茂吃石灰粉！」

站在門口的女人原本就生氣，這會兒親眼看到自家兒子和侄子們被押送過來，一個個身上都是土，髒兮兮的，尤其是自己的兒子，瞧見親媽之後更是「哇」一聲哭了，嘴裡黑乎乎的一片：「媽，米陽他餵我吃石灰！」

「什麼？這是不要命了嗎？給我滾開……」那女人伸手要去拽自家兒子，米陽沒讓，她氣得眉毛豎起來，「米澤海家的孩子是吧？你知不知道石灰粉有多危險？別說吃進去，弄到眼睛裡一點就要瞎了，我兒子要是有個三長兩短，我跟你們全家都沒完！」

米陽對上她，故作驚訝地道：「您知道石灰粉這麼危險啊？」

女人道：「廢話！」

米陽繃著小臉，質問道：「您怎麼不問問石灰粉是哪裡來的呢？」

哭喪的小孩忽然卡殼，嗆咳了一聲，不敢再喊了。

女人看了一眼自己的孩子，心裡知道家裡熊孩子什麼樣，第一反應就是先把兒子拽過來再找回場子。她仗著自己是大人，推搡了那幾個小孩一把，吼他們道：「我管得著嗎？反正這石灰粉不是好東西！你們都給我讓開，我等一下再跟你們算帳……」

她剛碰到自己兒子的肩膀，就聽到旁邊有腳步聲，連帶著白老爺子低沉憤怒的聲音一起傳來：「我也想知道這石灰粉哪裡來的，怎麼落到我孫子臉上了？」

白老爺子帶著人走了過來，他身邊跟著季柏安，小孩正在一邊走一邊指著那幾個一身是土的小孩說著話：「白爺爺，就是他們幾個，抓了一大把石灰粉撒過來，表哥和米陽身上、臉上都是，哎呀，特別危險！」

白老爺子是臨時有事過來一趟，身邊還跟著警衛員，聽見他這麼說，臉色越發難看。他轉頭看了一眼，視線落在唯一的大人身上，道：「是妳家的孩子弄的？」

女人硬著頭皮看向這個看起來頗有威嚴的老首長，她是農村來的，不知道軍銜怎麼看，但是瞧著來的這位前呼後擁就忍不住有些膽怯。看了一眼嘴裡呸呸吐著東西的兒子，立刻又擰起眉頭撒潑道：「就、就算是我家小孩撒了一把石灰，那米副團長家的小孩呢？米陽就沒有錯了嗎？」她說著就拽過自己家兒子，用手幫他擦了擦臉，嚷嚷道：「你看看米陽這個孩子有多惡毒，他要給我們家孩子餵石灰！那可是石灰呀，吃進去會活活燒死人的，他一個小孩才幾歲呀，怎麼這麼狠啊！」

白老爺子轉頭看向那群小蘿蔔頭，道：「米陽，你餵他吃石灰了？」

米陽跟老爺子熟悉，雖然白老爺子平時看起來很嚴肅，但是只有他和白洛川兩個小孩的時候絕對是一個慈祥的老爺爺，因此也不怕他，站出來坦然道：「沒有，白爺爺，我就餵他吃了一把土。」

站在門口那個黑胖的侄子小聲喊道：「你撒謊，我都看到了，就是石灰！」

女人也覺出不對勁來，掰開兒子的嘴巴看了看，黑乎乎的也沒有什麼其他反應，並不是石灰，還真是餵了一把土。

領頭欺負米陽的那個孩子叫李茂，他剛才打架就沒贏，這會兒又被自己媽掰開嘴看了半天，心裡憋屈極了，張口就喊道：「就算是土，剛才我撒的石灰也落土上了，你就是想餵我吃石灰，你就沒安好心！」

女人想捂他嘴巴也來不及了，她兒子已經連珠炮似的喊完了。她臉上紅一陣白一陣，只能反手狠狠拍了兒子後背一巴掌。這一下打得結實，小孩哇一聲就哭了。

米陽卻不管她怎麼打孩子，他是來討公道的就要先把事實擺明，指了指那個嚎啕大哭的男孩褲子口袋，道：「石灰粉是他從褲兜裡掏出來的，應該是之前藏了一小把，現在檢查肯定還有剩下的粉末，不信的話妳可以查看一下，當然我可以先把自己的口袋給妳看，我們的都可以……」米陽說著自己把身上幾個口袋翻出來亮給女人看，又對其他小蘿蔔頭道：「大家把口袋翻出來，給李茂的媽媽看看有沒有石灰粉。」

女人來不及阻止，對面一幫大院的小孩都聽米陽的，齊刷刷翻出口袋來給眾人看，除了幾個人掉出了兩顆糖果，其餘都乾乾淨淨的，沒有一點白色粉末。

李茂不敢，他捂著自己的口袋一個勁兒往後縮，意思簡直再明顯不過。

米陽仰頭對白老爺子道：「白爺爺，李茂右邊褲子口袋裡有石灰粉，他手心也有，是不是就可以證明只有他拿石灰粉扔人了？」

女人還想辯駁，就聽見白老爺子重重地哼了一聲，道：「對！」

女人小聲道：「您這麼大一個首長，就不要跟小孩子一般見識了吧，而且也沒見著傷得多厲害……」

「沒見著？沒見著就對了，我們家孩子已經送醫院去了，他要是有什麼事，妳就給我等著吧！」白老爺子厲聲道：「少跟我扯那些歪理，一張嘴就隨便給人扣大帽子！現在是人人平等，我站在這裡也只是一個孩子的家長，家長不分大小！我是長官，妳在這給我裝起委屈了，我要是普通人，就白白受欺負？天底下沒有這樣的道理！」

女人被白老爺子訓斥得臉上漲紅，不敢撒潑了，但她始終有一股氣，忍不住道：「那米陽呢，米陽就白白帶一幫人打我家小孩了？人多了不起嗎？還餵我家孩子吃土！」

白老爺子還沒開口，旁邊一眾小蘿蔔頭們先不樂意了，他們可是都聽得清楚，白司令被

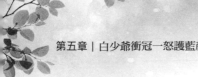

害得送去醫院了，現在這家人還要陷害他們米副官啊！

幾個人立刻就嚷嚷開了：「白爺爺，您別聽她胡說，是他們家的孩子欺負米陽！」

「對，就是他們四個兄弟！他們平時就老是找米陽麻煩，瞧見我們人多就跑，人少的時候就去惹米陽！」

「他們先動手的，李茂還罵米陽爸爸要死了，我聽見了！」

「我也聽見了，李茂他們說米陽爸爸不好，他們還罵人！」

……

女人管不住這麼多小孩七嘴八舌地說話，急得額頭都冒汗了，大聲道：「別瞎說，我們家李茂從來不會說髒話！」

「誰說的？他就對米陽說這個了……」那個最先跑出去搬救兵的小蘿蔔頭特別機靈，學著李茂那邊的家鄉話喊了一句，學得特別像，「上回李茂說這個，我媽就說這是髒話，好孩子不能聽，聽多了會爛耳朵！」

另外幾個人紛紛跟著附和：「就是，李茂說了！」

小孩還不懂這是什麼意思，但是大人一聽就明白過來。白老爺子身邊也有過幾個會說方言的警衛員，雖然跟這個語調不太一樣，但是黑了臉，這絕對不是什麼好話。

這邊動靜大，已經有人通知李團長讓他趕緊回家，等他趕來時就是這樣一副被當街指責的場面。他額頭冒了汗，平時他在家裡確實醉酒的時候罵過幾次，那也就仗著米澤海一家脾氣好不跟他們計較，他們大人平時在家橫眉冷眼說多了，孩子就跟著學會了，沒想到這次竟然還跑出來罵人，惹了大禍。

李團長趕忙過去，小聲道：「老首長，是我們家的不對。」

女人抱緊了自己的孩子，還想反駁，被李團長瞪了一眼，道：「還不快帶孩子進去，妳平時怎麼管教孩子的，像個什麼樣子？」

女人不服氣，她見丈夫來了反而不是很想進去了，倒是把李團長急得不行。

白老爺子沉著臉道：「我不跟孩子計較，只跟你們做家長的談談。孩子懂什麼，他這麼說，肯定是聽到了才跟著學，那就只能是你的責任。」

李團長尷尬道：「其實這就是一句口頭禪，在我們那裡都是隨口說的，也、也沒有什麼別的意思。」

白老爺子冷笑道：「哦，既然隨口說的，沒什麼別的意思，那好，」他指著站在女人跟前吃了一嘴土的小男孩道：「你轉過身去，對著你爸媽連說十遍。」

李團長和他老婆臉色都不好看，他勉強笑道：「首長，這、這怎麼好……」

白老爺子喝斥道：「說！」

白老爺子是上過戰場的人，格外有氣勢，真生氣起來別說小孩，大人都不敢造次，那小孩一下子就哭了，還不敢大聲哭，肩膀一抽一抽地往自己媽媽身後躲。女人眼看又要撒潑，被白老爺子一個眼神就嚇住了，站著不敢動。

白老爺子道：「怎麼不說了？你當我是好糊弄的？」

李團長一頭汗道：「不敢。」

白老爺子看他們夫妻一眼，冷聲道：「我給你們機會辯解，你們自己不願意，如果要撒潑的話，在我這裡不好使。做錯了事就要受罰，父債子償，兒子犯錯老子也別想推卸責任，再敢亂喊就讓警衛員抓你們這些大人去關幾天緊閉。」說著他身後的警衛員就上前一步，女人一聲都不敢吭了，縮在丈夫後面小聲說了兩句，跟蚊子哼哼一樣：「沒，沒想撒潑……」

李團長也是臉上一陣紅一陣白的，道：「我道歉。」

白老爺子看著他道：「只對孩子嗎？」

李團長咬咬牙道：「不，我對米澤海同志也道歉。」

白老爺子嗤了一聲，「很好，再寫封道歉信送到師部來！我看你是平時訓練的少了，整天都想什麼亂七八糟的東西，簡直胡鬧！幹不好就別幹了，給我滾回老家去種地！」

李團長兩口子低著頭不敢吭聲。

白老爺子帶著一幫小孩走了，讓警衛員送其他小孩回家，把今天的事情也跟這些小孩的家長說一下，解釋清楚，沒給那些背後嚼舌的人一點可乘之機。他自己帶了米陽回去，到家的時候，白洛川已經從醫院回來。他的眼睛被醫生看過了，並沒有什麼事，只是開了一些藥水和沖洗的，讓家裡人這兩天再觀察一下。

白老爺子看了警衛員遞過來的那張醫院的單子，抽了一張收費單，對他道：「拿著送去李團長家，讓他家給錢。記住了，一分不多要，一分也不能少。」

警衛員敬禮道：「是！」

白老爺子又招手讓白洛川過來，認真瞧了瞧他，問道：「洛川啊，還有哪裡不舒服嗎？

一定要跟爺爺說，千萬別落下病，眼睛可是很寶貴的，以後得用一輩子。」

白洛川笑著搖頭道：「爺爺，我沒事了。」

白洛川看向米陽，忍不住帶了點擔心。白老爺子哼笑了一聲，道：「你還擔心他？陽陽今天可不得了，我去的時候他正在幫你『報仇』呢！」

白少爺眼睛亮了一下，眼神期待地看著米陽問道：「真的？你做什麼了，沒傷著吧？」

米陽笑咪咪地搖搖頭，老實站著，看起來又是那個溫和好脾氣的乖寶寶了。

駱江璟和駱江媛也被驚動了，駱江璟眼睛裡還帶著擔憂，看向自己兒子的視線多，駱江媛則是坐在沙發上帶著點好奇目光看向米陽。她來住了一段時間，一直覺得米陽乖巧懂事，沒見過這孩子跟誰高聲說過話，這得怎麼「報仇」？

季柏安忍不住比劃著跟大家說了一遍，最後還感慨道：「真好啊，我也想有人這麼幫我打一架，那可真氣派！」

駱江媛哭笑不得，輕輕敲了他腦袋一下，「又亂用詞語，有這麼形容的嗎。」

季柏安眼睛亮晶晶地看著米陽，充滿了期待。

白洛川從剛才就認真聽著，神情認真，眼睛也是看著米陽的，反倒是米陽站在那特別規矩，一點都不像是指揮了一場群架的小軍師。

駱江璟聽完已經把目光轉到米陽身上了，她受過高等教育，平時遇到這樣的事也是很生氣，但要不是米陽帶著那幫孩子去堵在人家門口討公道，他們大人還真不好上前理論，一時聽著也解氣。

白老爺子路上只聽了一半，現在聽了全場也是非常認真，聽下來發現自家孩子沒吃虧，這才舒心了不少，尤其是聽見米陽嚇唬對方的小孩時，搖搖頭笑道：「這話聽起來倒像是洛川說的一樣。」

駱江璟也笑了，「爸，您不知道，陽陽特別老實，從小就跟在洛川後面，這些肯定是洛川教的，他小時候都是跟著洛川學說話的。」

白洛川有點得意，點頭道：「這倒是。」

駱江璟氣笑了，點了他腦袋一下道：「你還得意上了！」

白老爺子樂了，問米陽：「你是跟著洛川學說話的啊？」

米陽道：「……是。」

白老爺子又笑呵呵道：「別怕，別怕，爺爺問問你，那會兒你就餵了把沙子，為什麼要嚇唬小朋友啊？」

米陽道：「因為他嘴巴臭，不乾淨，而且我嚇唬他，他就害怕了，說明他自己是知道有危險的。」他一邊說一邊想著，他那會兒氣壞了，沒多考慮什麼，現在說的時候都要努力想怎麼去解釋：「我爸說有時候在野外找不到乾淨水源的時候，會用石灰消毒過濾，但是千萬不能直接弄到身上，不然就特別危險。我想教訓他，但是我爸媽說不能傷害其他小朋友……白爺爺，我做的對嗎？」

「做的對。」白老爺子笑著點點頭，「米澤海把你教得不錯，現在的小孩就應該像你這樣。我們野戰軍區出來的孩子，這種野外基礎的知識必須得知道。」

白老爺子十二歲扛槍入伍，那年代八歲的孩子就能當半個大人用了，什麼苦都吃過，也不怎麼被慣著，不然白老爺子平時也不會帶著孫子上山訓練，只是打架這事白洛川做他信，一直斯斯文文的米陽突然爆發，倒是讓他有點驚訝，驚訝過後，就是多了幾分喜愛。

有理有據，不惹事，但也在原則上絕不吃虧，實在是個好孩子。

白老爺子平時覺得自己的孫子性子毛躁，這會兒看著米陽，又覺得米陽是一塊非常好的磨刀石，兩個人磨合一下，互補倒是剛好。

帶著這樣的心思，看著米陽的視線都柔和了不少，從自己兜裡掏出一枝鋼筆來遞給他，道：「拿著，這是你今天的獎勵。」

駱江璟在旁邊小聲道：「爸，他們打架還給獎勵，是不是……」

話沒說完，白老爺子就擺擺手道：「這裡一切都聽我的，誰有道理，做得好，我就獎勵誰。我們白家的人能吃苦，但絕不吃虧。」

米陽猶豫一下，接過了那枝鋼筆，換來白老爺子粗糙的大手在腦袋上使勁兒呼嚕一把，頭頂都是老爺子中氣十足的笑聲。

米陽問道：「白爺爺，李茂說我爸爸受傷住院了，我爸爸他到底怎麼了？」

白老爺子沉吟了一下，也沒瞞著他，道：「陽陽，你是個大孩子了，爺爺就跟你說了。你爸在實戰訓練的時候受了輕傷，彈片已經取出來，情況穩住了。你媽現在在醫院照顧他，等過一個多月就可以做復建。」白老爺子安撫地拍拍米陽的肩膀，道：「你別擔心，現在不要緊了，如果你想去見見他們，白爺爺可以派車送你過去，你要去看嗎？」

米陽認真想了一會兒，搖頭道：「我去了也幫不上什麼忙，還是在家等他們回來。」

白老爺子很欣慰，摸了摸他的頭道：「你是個乖孩子。」

米陽上樓的時候，還是有點擔心，這是上輩子沒有經歷過的事，所以他也不知道他爸傷得到底有多重，不過上次從程青打電話來說的語氣，還有這次白老爺子安撫的口吻，似乎危險期已經過去了。

米陽嘆了口氣，他覺得自家老爹在部隊裡混得也不容易。

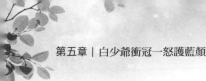

今天的小型群架事件之後，家裡大人就不讓幾個孩子出去玩了，白洛川要養病，米陽就坐在一旁陪著他，季柏安想要跟過來，但是被白少爺毫不留情地給架了出去，他瞇著眼睛道：「不習慣別人進來我的臥室。」

季柏安擠在門口，一邊往裡張望一邊道：「那米陽呢？他都進去了，還睡裡面呢！」

白洛川道：「他又不是外人。」

季柏安還想往裡擠，「我也不是啊……你放我進去唄，我不說話，就坐著也不行嗎？」

白洛川道：「那你聽話嗎？」

季柏安立刻道：「聽話！」

白洛川冷聲道：「你現在鬆手，往後退一步。」

季柏安就當真鬆開把手，往後退了一步，還沒等反應過來，面前的木板門「砰」一聲就當他的面緊緊關上了。

季柏安在外面撓門，白少爺權當聽不見，躺在小床上閉目養神地休息。米陽看了一眼門口，也學他那樣翻著一本故事書看，想找點有趣的故事念給他聽。

白洛川聽著他翻書躺不住了，側過身，故意問他：「怎麼今天學會跟人打架了？」

米陽低頭一邊看書一邊道：「因為他扔了你石灰啊，那麼危險，我就生氣了。」

白洛川高興起來。

他自己躺在那美了一會兒，又伸手拽著米陽讓他湊近了看自己的眼睛。米陽就跪坐在床邊看了一會兒，瞳仁黑白分明，沒有紅，看著沒什麼事了。

白洛川眼睛一眨不眨地盯著他，認真道：「很多人這麼罵你嗎？」

米陽沒聽懂，「啊？」

白洛川道：「你跟我玩，他們罵你，你怎麼不告訴我？」

米陽搖頭道：「沒有啊，就他們家，再說，也不是多大的事。」

白洛川看了他一會兒，忽然得意道：「因為我受傷才是大事，對不對？」

米陽：「……」

白洛川樂得笑起來，笑了一會兒，又開始理所當然地用病號身分吩咐米陽做事：「我要聽第五個故事，你念給我聽。」

米陽道：「可是昨天讀過了呀！」

白洛川皺著鼻尖，哼了一聲道：「我不管，就聽這一個！」

米陽就翻到那一頁念出來。白洛川記性很好，有些地方他都背下來了，米陽讀錯一兩個字他都聽得出來，閉著眼睛給他指出來。

米陽氣笑了，把書推給他，「你自己看吧，我不念了。」

白洛川滾到米陽那個小枕頭上笑了，他睫毛很長，落下一小片濃密的陰影，懶洋洋道：「那就不念了，你拿兩杯果汁，我們一起喝，我都渴了。」

晚上的時候，白敬榮回來了。

駱江璟沒有在飯桌上提起這件事，等到回了臥室才慢慢跟他講了一遍。駱家人也是偏袒護崽的性格，在外面還不多說什麼，但在家裡當著自己丈夫的面，忍不住就念叨了幾句。除了李團長家的錯，剩下的擔憂就變成了兒子的學業問題。

駱江璟坐在梳妝檯上一邊梳著頭髮，一邊道：「洛川這樣不行，這個環境對孩子的學習很不利，我擔心他以後去了滬市會跟不上。」她擰了一下眉頭，「我以前還覺得小學的話還好，如果要追趕進度，等到初中再開始也不遲，而且我們還請了魏老師教導他，並不比其他地方的孩子差，但現在……」

白敬榮話一向很少，轉頭看著妻子，目光柔和，「你想給洛川轉學是嗎？」

駱江璟嘆了口氣，「洛川不能繼續留在這裡了。」

白敬榮道：「這件事慢慢來吧，爸那邊還要再溝通。」

駱江璟咬唇，點點頭。

第六章

變故乍起，少爺與小乖被迫分離

米陽一戰成名，大院裡的孩子們或多或少都有參與，沒有一個說米陽壞話的，反而都在模仿李團長家的孩子不講理的樣子。自家孩子這麼說了，家長們就都對李團長家有了意見，尤其米陽還是跳級的優秀學生，米澤海夫妻這幾年也結了好人緣，原本家長們的心裡就有先入為主的觀念，這會兒更是偏著米陽這邊了。

李團長的日子不好過，雖然沒有人故意給他下絆子，但是一些日常問題的嚴格要求卻是少不了的。他的能力一般，忙得焦頭爛額，別說再提一級，沒降級就千恩萬謝了。沒多久，他就因為一次工作上的失誤，被派去了基層，落魄幾年便轉業到了地方慢慢沒了消息。

米陽因為這件事，平淡的生活有了小小的變化。

白洛川裝病裝上癮，當著大人的面不顯，回到二樓的房間就閉著眼睛什麼都不做，連喝口水都要躺在床上讓米陽餵。最近兩天更過分，大概是在樓下的時候跟著母親看了一會兒偶像劇，回了臥室就「弱」得連脫衣服都不能自己脫了，舉高了雙手等著米陽來幫他脫。

米陽伺候了兩次，瞧著他一臉得意的小模樣，不樂意伺候了。

他覺得白洛川的大少爺脾氣是慣出來的，得從小候就改過來。白少爺覺得自己還沒得到足夠的重視，故意板著臉要米陽多注意自己。

兩人較勁了一晚，第二天早上吃飯時都沒怎麼說話，除了白洛川拿油條折成兩半給了米陽一半，基本上都沒吭聲有過交談。

季柏安坐在對面觀察了一會兒就瞧出來了，他眼珠轉了轉，找了個機會就拽住米陽的手臂，道：「我表哥不跟你玩了，你跟我玩吧？」

米陽看著他，「你要不要再想想……」

季柏安自從那天打群架之後就開始對米陽感興趣起來，不是想要欺負他的那種，而是動不動就想湊到米陽面前，努力想要討好人家。

季柏安湊到米陽身邊道：「我表哥的脾氣不是多好，還不如跟我玩，對吧？」

米陽看著他，就見季柏安就一臉的期盼，還不肯鬆手，一個勁兒問道：「喂，米陽，你覺得我和表哥誰好？」

米陽慢吞吞道：「你表哥就在後面，你問問他吧。」

季柏安：「……」

白洛川背著書包走過來，勾著季柏安的脖子把他帶到外面，堵在外面走廊和樹的角落裡進行「長者的教育」。季柏安還沒挨打就開始求饒：「表哥我不是那個意思，真不是，我就是挺羨慕米陽替你打架的……」

白少爺這幾天就愛聽人說這個，不打他了，帶著虛榮心繼續聽他說。

季柏安羨慕得非常真情實感，他感慨道：「我還以為米陽一直都這麼乖，平時看著也不怎麼說話，沒想到這麼厲害。」

白洛川嗤道：「他那是懶得搭理你，你沒見過他在學校的樣子，凶著呢，老師欺負了他們班的同學，他就帶著全班討說法，都驚動校長了。」

季柏安一臉的驚訝，但是很快臉上的驚訝又轉變成了期盼，眼睛亮晶晶道：「表哥，你說我從現在開始也對米陽好，他也會替我打架嗎？」

白洛川哼了一聲，毫不客氣道：「做夢吧你！」

季柏安這個夢一直不肯放棄，他身邊沒有關係這麼好的小夥伴，越是沒有，就越是忍不住羨慕。他琢磨著米陽和表哥好，肯定是因為表哥之前的照顧，他只要加倍對米陽好，超過表哥，米陽肯定也會有「替自己打架」的那種友情。

季柏安拿定了主意，有事沒事就去討好米陽。

米陽和白洛川一起去學校的時候他不能跟著，他們回來之後，總還是能湊在二樓書房一起上補習課的。季柏安圍著米陽轉個不停，像是一隻小蜜蜂。有一次他翻看米陽的書，嚇了米陽一跳，連忙走過去檢查，見他沒破壞一點才放下心來。

季柏安完全沒察覺，還圍著米陽興致勃勃問道：「這是什麼書呀？自然嗎？是不是有觀察課的那個……你們都觀察什麼？」

米陽把書本拿給他看，「春蠶。正好和語文一起，老師說這幾天要觀察昆蟲。」

季柏安點點頭，「哦」了一聲，視線還在圍著他的書轉。

米陽心生防備，抱著書往白洛川那邊靠攏。季柏安再貼過來，他就又遠了幾步，書本都和白洛川並排放著了。

白洛川拍了表弟腦袋一下，「再鬧就出去，不讓你上課了。」

季柏安這才悻悻住手，自己在那玩了一會兒，看著表哥和米陽商量著寫作業，頭碰著頭說話的樣子，認真看了很久。

米陽以為季柏安消停了，隔天卻在書房自己那張小書桌上收到不少小玩意兒，小到巧克力糖，大到塞滿抽屜的一個毛絨玩具，堆成一座小山，最上面還別出心裁地放了一枝剛摘下來不久的鮮花。

米陽：「……」

季柏安站在一旁，一臉驚訝地問他：「哎呀，這麼多禮物，誰送的啊？米陽，你看，這人對你可真是太好了！」

旁邊剛背著書包進來的白少爺臉都黑了。

家裡一共三個小孩，兩個出去上學一天沒回來，還能是誰放的？

米陽哭笑不得，把那堆東西還了回去，搖頭道：「真不用，我用不到這些。」

季柏安急了，「那你要什麼？你說啊！」

米陽無奈道：「我什麼都不要，我現在挺好的，什麼都有了。」

季柏安哼哼唧唧，表哥拍著桌子道：「還不快拿走？」

季柏安不敢再哼了，抱著東西不甘心地出去了。

米陽覺得這兩天的事有點玄幻，他都搞不清楚為什麼季柏安突然轉性了，現在表達的意思好像是想跟他做朋友一樣，他忍不住去問了一下。

季柏安挨著他們坐著練習寫字，聽見他問，也是一臉驚訝，「我們一起打過架，就是兄弟了，我當然對你好啊！」

米陽對這個答案還有點不安，但是也沒有再拿出像之前那樣躲避他的態度了。兄弟算不上，普通朋友不找他麻煩他就謝天謝地了。

季柏安拿手裡的鉛筆戳了戳米陽的手臂，眼睛發光地看著他。

米陽正在喝水，被戳了兩下，奇怪道：「怎麼了？」

季柏安露出期待又害羞的表情，小聲道：「米陽，我以後對你好，你也替我打架吧？」

米陽「噗」的一口水就噴出來。

白洛川躲避不及，作業本濕了一塊，米陽連忙拿紙巾幫他擦拭，連聲道：「對不起，對不起，都是我的錯，我幫你弄乾淨。」

白洛川把作業本給了米陽，沒什麼生氣的表情，反倒是隔著米陽看了表弟一眼，挑著眉毛道：「我勸你還是盡早放棄，米陽只幫我一個，要打架你自己學去。」

季柏安轉念想了一下，又問道：「我學什麼好？」

白洛川想了想，隔著米陽開始傳授心得給他：「我爺爺說軍體拳啊近身格鬥啊，部隊裡有好些厲害的，不過你不是我們部隊的人，在外面報名學個空手道應付一下就行了。」

米陽：「……」

米陽想起這兄弟兩個以後的戰鬥力，又是一陣頭疼。白洛川的破壞力就不說了，季柏安下手也是很黑的，他們倆什麼都不學才好。

兄弟倆說著說著就吵起來了，兩位小少爺都不是肯先退一步的主兒，隔著米陽，你一言我一語地又掐了一架。

季柏安還想伸手去摸米陽，被白洛川敲了手背，也怒了，伸手非摸米陽一把不可。

白洛川哪受得了這個，擺明了就是挑釁他嘛，二話不說拎著表弟過來，按在書房裡就打了一頓。季家這位小公子也不肯輕易吃虧，暗中使勁，偷著給了表哥兩下，但也沒能翻盤，被按著揍得更狠了。書房裡打架的動靜太大，很快魏賢老師就進來了，攔了兩回，那兩位都不肯先停手，還是魏賢拿著戒尺拍了桌子幾下才停下。

魏賢道：「這怎麼回事，怎麼又打起來啦？」

兩位長得模樣出眾的小少爺站在那裡，一個比一個倔，這個說「不小心摔了一跤」，那個說「看到一隻豬摔跤，不小心撞到豬上去了」……

季柏安氣得臉皮漲紅，怒道：「你才撞到豬上！」

白洛川翻白眼，「對，就是撞到你身上！」

兩人一言不合，眼瞅著又要打起來。

魏賢拿著戒尺敲桌子，喝斥道：「你們這是幹什麼，像什麼樣子？書房就是教室，在教室裡怎麼可以這麼亂來？洛川、柏安，出去罰站！」

白洛川看了米陽一眼，米陽就站起來，小心翼翼道：「老師，其實他們就是鬧著玩，白洛川也沒有真打他……」

魏賢氣得吹鬍子瞪眼，「你還偏袒？他們有錯，你也不對，一起出去罰站十分鐘。」

三個小孩被拎出去站在二樓走廊上罰站，魏賢氣極了，大概是覺得他們太不團結了，讓他們手牽手站著，誰都不許鬆開。

白洛川和季柏安互看不順眼，誰也不樂意牽著誰，兩人就一人一邊牽著米陽的手，期間還在試探著把米陽往自己這邊拽。

白洛川擰眉道：「你放開！」

季柏安哼道：「你怎麼不放開？」

白洛川道：「讓你鬆手聽見沒有，不然我還揍你。」

季柏安防備道：「你敢？姨媽就在樓下，你打我我就喊救命，特別大聲的那種。」

米陽：「……」

他才想喊救命！

樓上的動靜很快就吸引了駱江媛的目光，她上樓來瞧了幾個牽手罰站的小朋友，笑得不行。她知道自家兒子的調皮勁兒，怕耽誤白洛川和米陽的功課，先把兒子領回去了，一邊走還在一邊耐心地教導他。

季柏安忽然抬頭問她：「媽媽，妳見過豬嗎？」

駱江媛：「……」

駱江媛還是見過的，但是兒子下一個問題她就回答不上來了。

季柏安充滿期待地問她：「媽媽，那妳知道豬跑得有多快嗎？」

駱女士：「……」

米陽和白洛川每天都去學校上課，兩人同進同出，給季柏安突襲的空間少得可憐，他再努力，現在也頂多和米陽變成「普通好朋友」。

這天米陽他們又去學校了，季柏安就趴在窗邊特別羨慕地看著，駱江媛趁機教導他道：

「柏安，你也想去讀書嗎？」

季柏安點點頭，大聲道：「想！」

駱江媛道：「那等我們回家去，九月你也可以背著小書包去念書了，開不開心？」

季柏安卻擰起眉頭，「為什麼要回去？我不走，我要和米陽讀同一個學校。」他想了想，勉為其難又加了一句：「還有表哥，我們三個一起上學呀！」

駱江媛怎麼都沒想到會聽到這個答案，一時傻眼了，想了好半天的話來哄勸孩子跟自己回滬市去。她姊姊還在想辦法哄洛川去滬市讀書呢，她家這位眼瞅著也要叛變到這邊來了，這可怎麼好啊？

駱江媛細聲慢氣地問兒子：「寶寶，你怎麼想留在這邊讀書呢？這裡沒有家裡好，你剛來的時候不是還說這裡的商場小嗎？」

季柏安年紀還小，心裡想什麼就說了，言語裡的羨慕簡直要溢出來：「我想讓米陽也對我好，幫我打架呀！」

駱江媛當他小孩心性，要爭小夥伴，戳了戳兒子腦門搖頭笑了。她對兒子道：「過幾天你爸爸要讓人送東西過來，你有沒有什麼想要的？這有服裝型錄，寶寶挑幾件衣服好不好？」

季柏安興致缺缺，挑了一會兒，就摳著書上的一個小黑點玩去了。他摳兩下，忽然抬頭興奮道：「媽媽，我想要一個東西！」

他跑過去，貼著駱江媛耳邊小聲說了，眼睛亮晶晶地看著她。駱江媛一臉為難，但還是點頭答應了，「好吧，我試試看，不過太難帶了，不一定能送來。」

季柏安倒是很自信道：「爸爸一定能辦到的！」

季家的人沒兩天就到了，是季總手下的一個經理，特意跑了一趟來給駱江媛母子倆送東西。季總對老婆孩子非常好，生怕她們帶的東西不夠用，這次又送來了不少。季柏安等著他們把東西一樣樣搬進來，就踮著腳等待自己的那份驚喜，瞧著經理從隨身帶著的皮包裡拿出一個巴掌大的盒子之後，眼睛亮了。

經理笑呵呵道：「這是季總特意讓我帶來的，挑的都是最大最好的，而且路上我都小心養著，長得非常好，特別能吃呢。」

駱江媛閃開一點，身體有些僵硬道：「別給我，放、放到桌上去吧。」

那位經理一點都沒在意，笑著放到了桌子上。

季柏安撲上去小心打開盒子，紙盒做了幾個出氣孔，裡面鋪著一層桑葉，上面是幾條白白胖胖的蟲，正在蠕動著啃食桑葉，發出細小的沙沙聲——是蠶寶寶。

季柏安很開心，很快又糾結起來，「這些不夠吃吧？我聽米陽說，它們要吃很多。」

經理道：「季總知道您要觀察蠶，讓我帶了不少桑葉呢，保管它們吃到吐絲結繭！」

季柏安這才滿意地點點頭，抱著紙盒，其他禮物不看了，一溜煙跑到二樓書房去。

駱江媛站在樓下喊了他兩聲，也不見他理睬，只好搖搖頭，自己無奈地留下分類東西。除了她母子倆的，也帶了不少用得到的東西給姊姊，禮物是一類，經理送來的市場資料又專門歸檔，這些也是她力所能及為姊姊做到的事情。

季柏安不管大人那些事，他唯一的煩惱只有怎麼從表哥那裡「撬牆角」而已，現在有了新禮物，他滿懷期待地把這個盒子放到了米陽的小書桌那裡去。

想了想，怕米陽回來一眼看不到，乾脆把那個紙盒打開了，他自己先欣賞了一會兒，又想著米陽回來一臉驚喜的樣子，忍不住托著下巴偷樂。

米陽和白洛川在回來的路上也在談論今天的自然課。

小學三年級有一門功課是寫觀察日記，北方很少見到蠶，一般都用別的代替。自然課老師盡職盡責，親自拿了一罐麵包蟲來教室，分給大家觀察。這蟲子一般是釣魚用的，平時北方用來餵魚的也不少，很好找。

米陽很少有害怕的東西，但是軟乎乎的蟲子是他的弱點之一，瞧見之後就渾身雞皮疙瘩都起來了。白洛川用小玻璃杯拿著他們小組的蟲子略微一靠近，他頭皮都在發麻。幸好白少爺發現得及時，擋在他前面，幫他觀察完了，口頭敘述著，讓米陽寫完了觀察日記。

回來的路上，米陽一陣絕望，揉著手臂未退下去的雞皮疙瘩道：「還要寫二十一天啊！」

白洛川摸了他的手臂一下，安撫道：「沒事，我幫你寫。」

米陽沒吭聲，蔫蔫的。他覺得小學不好混了，要不還是再想想跳級的事吧。初中和高中的生物觀察也就是細胞和哺乳動物，怎麼都比現在觀察蟲子好……不過也就是想想，別說丟下現在三年一班的小朋友，光是白少爺他都有點捨不得。

晚上吃完飯，季柏安催著他們一起去二樓上課時，米陽在書桌前坐下，習慣性伸手去摸抽屜裡放著的筆記本時，忽然摸到了軟軟的東西，還貼著他的手指小小動了一下。

米陽反應沒有動作快，等抽出手來，那小東西掉在腿上才發現不好——兩條白白胖胖的蟲子在他腿上一聳一聳地蠕動著。

白天的感官衝擊還沒過去，晚上就又遇到了蟲子，米陽整個人都炸了，嚇得連人帶椅子摔到了地上。

旁邊放書包的白洛川也嚇了一跳，忙問他道：「怎麼了？」

米陽越是緊張，身體就越是僵硬，半坐在地上根本就動不了，眼睛盯著那條還在爬動的蟲子道：「拿走，不行……我看到這個就動不了……」

白洛川順著他的視線看過去，瞧見那爬著的兩隻白色蟲子，一把抓起塞到了鉛筆盒裡，連鉛筆盒帶「蟲」扔到了門外的垃圾桶，彎腰去扶米陽道：「沒事了，蟲子扔出去了。」

米陽的視線剛好對著書桌的抽屜，繃緊身體道：「還、還有好幾隻！」

白洛川過去翻了一下，連盒子帶蟲一併都扔了出去。他剛扔出去，就碰到了高高興興進來的季柏安。季柏安瞧見他往垃圾桶裡扔的東西，立刻翻臉了，推他一下道：「你幹什麼？扔我的寶貝幹什麼？」

白洛川氣壞了，「果然是你放的，你給我等著，等一下收拾你！」

他轉身回去，米陽已經可以扶著桌子站起來了，腦門上有一層薄汗，剛才摔倒的時候腿撞了一下，硌出一塊月牙形的傷痕還流血了。

白洛川彎腰看了看，皺著眉頭一臉的擔心。

米陽已經緩過來了，反過來安撫他：「沒事，小傷，舔舔就好了。」

白洛川聽見他說，二話沒說就湊過去舔了一下。

米陽嚇了一跳，躲閃也來不及，渾身不自在，躲開點道：「不用，不用，我只是隨口說說而已，一會兒就去擦藥。」

季柏安怒氣沖沖走進書房了，他原本還想找表哥麻煩，卻瞧見米陽一身狼狽，嚇了一跳，道：「怎麼回事？米陽，你、你嘴巴流血了！」

米陽舔舔嘴巴，是有一點血的味道，更不舒服的是在晃動的牙齒，他皺眉捂住嘴巴。

白洛川站起身來，掰開他的手看了看，「我瞧瞧？」

米陽原本就有一顆小牙有換牙的跡象，這幾天已經鬆動，他有時候舔幾下白洛川還會一副過來人的樣子讓他不許舔，剛才那麼一摔，碰巧就把那顆牙硌了一大半下來，只剩一點連著。他自己伸手碰到那顆小牙，略微用力拔下來，含糊道：「沒事，本來就快掉了……」

季柏安驚叫了一聲：「流血了！」

白洛川嚇了一跳，大概是剛才舔過腿上的傷，瞧見米陽嘴巴出血，下意識湊過去又要舔一下。米陽也不捂著自己的嘴了，伸手一邊推他，一邊捂他嘴巴，「別鬧！」

舔腿就很過分了，怎麼還想舔嘴巴啊？

白洛川擔心地看著他，眉頭擰著沒鬆開，「咱們去看醫生吧？」

米陽少了一顆牙齒，說話漏風，搖頭道：「沒事啊，我、我漱口就好了。」

白洛川現在沒心情管表弟了，帶著米陽去漱口。他被嚇壞了，在旁邊緊張地看著，等著米陽漱口完了不再流血，才略微放鬆了一點。

米陽對著鏡子看了看，有點不太適應，不過是側邊的牙齒，總體還好。

白洛川也湊過去看，他神情嚴肅，還伸手摸了摸米陽的小牙，哄他道：「快換好了。」

季柏安跑來看他們，米陽的腿塗了藥，嘴上的那點血也擦掉了，坐在那被白洛川捧著膝蓋吹了一下。米陽瞧見季柏安進來，不太好意思地把腿收回去，小聲道：「真沒事了。」

季柏安走進來兩步，問道：「米陽怎麼了？怎麼突然摔倒了？」

白洛川這會兒正心煩，瞧見表弟也沒給他好臉色，推搡他一下，冷著臉道：「走開，拿著你那些蟲子一起走！」

季柏安反駁道：「什麼蟲子，那是蠶寶寶！」

白洛川道：「米陽最怕這些東西，你塞他抽屜裡幹什麼？」

季柏安本來還想還嘴幾句，聽見他這麼說，立刻轉頭去看米陽，視線從他的膝蓋上轉到他的臉上，皺眉道：「你怕蠶寶寶？」

米陽有點羞赧，視線不敢跟他對上。他怕蟲子這事上輩子都成功掩蓋住了，沒有被白洛川知道，誰能想到現在大家就都知道了。

季柏安沉默一下，跟米陽道歉：「對不起。」

米陽擺擺手道：「沒事，不要緊，是我自己不小心。」

白洛川不耐煩道：「你還幫他說話？」

季柏安的臉色沒有剛剛那麼難看了，他認真看了米陽的傷口，確定不是很嚴重，想伸手去碰，被表哥毫不留情拍了手背，喝斥道：「你還敢碰他，想挨揍是不是？」

季柏安收回手，手背紅了一塊也不在意。

米陽瞧見了，但也只收回視線，沒說什麼。

這些蠶寶寶在垃圾箱裡被保姆發現的時候，把她嚇了一跳，白洛川這才想起來罪魁禍首沒有收拾。米陽怕這些軟乎乎的蟲子，白洛川自然也跟著厭煩牠們，拿紙盒裝了要扔出去，米陽攔住他道：「拿到咱們班上去吧，給班長，還可以讓咱們班寫觀察日記。」

白洛川不樂意，還是點頭答應了：「好吧。」

季柏安一直在看著那些蠶寶寶，聽見米陽這麼說，鬆了一口氣。他重新拿了一個盒子過來把那幾隻蠶寶寶裝好，又把帶來的一大袋桑葉抱了出來。白洛川大概是怕他再耍什麼鬼主意，沒讓他拿，連蠶帶桑葉都要走了，道：「給我吧，我帶去教室。」

季柏安給他之後，視線還盯著那個紙盒看了好久，有點擔心的樣子。

米陽安撫他道：「沒事的，我們班長人很好，我讓她拍照片給你看，會養得很好的。」

他記得季柏安以前也養過類似的昆蟲，他見過一次，好像是什麼稀有品種的蜘蛛，米陽挺怕那些也沒仔細看，但是季柏安照顧這些小動物倒是不分貴賤，一律態度溫柔。

季柏安看著他，忽然道：「那是找來給你的，你之前說要上觀察課，我就找給你了。」

米陽搖頭道：「不用啊，我不要。」

季柏安堅持道：「可是我都找來給你了啊，從南方那麼遠特意帶過來的。」

米陽眼神裡出現了一絲愧疚。

季柏安歪頭看著他笑了，眼中透著狡黠道：「你記得啊，我可是費了好大的勁兒才弄來送你的，你不要，也得領這份情，知道嗎？」

米陽：「……」

季柏安大約是禮物送出去了，心裡很舒坦，還問米陽：「你不要這個，那要不要蟈蟈兒？你們還觀察什麼？」

米陽硬著頭皮道：「不了，不需要那些了，我看蠶寶寶就好了。」

白洛川剛好回來，他最近迷上一本百科全書，看了不少的昆蟲，進來的時候聽到季柏安在那纏著米陽說話，立刻哼了一聲道：「老師讓我們觀察蠶，是觀察完全變態昆蟲，蟈蟈兒是不完全變態的，看那個幹什麼？」

季柏安很感興趣，「什麼叫變態啊？」

白洛川有心想顯擺一下，但是瞧見他不停往米陽這邊靠，忍不住推搡了他。表兄弟兩人本來就心裡各自都有火氣，白洛川覺得剛才米陽受傷的事還沒找回場子，季柏安覺得表哥伸手就把自己千辛萬苦找來的「禮物」扔了，兩人你推我一下，我還你一下的，劍撥弩張，眼瞅著就要打起來。米陽一個傷殘病患，只能站在中間勸架。

他剛掉了一顆牙，說話漏風，咬字不準地勸了半天，也不知道表兄弟裡誰先笑了一聲，另一個也不打了，對著米陽哈哈地樂起來。季柏安還一臉希冀地要求米陽再多說兩句話，白洛川這回沒攔著，偷看了米陽一眼也樂了。

米陽：「……」

你們變態啊！沒掉過牙嗎？

晚上白洛川照顧米陽，連著幾次起來幫他的傷口擦藥膏。米陽勸了兩次，攔不住也就懶得管了，任由他擺弄。白少爺不停擦了好幾遍藥，弄得有點晚了，第二天去上課的時候兩個人都睏得打哈欠。

帶到班裡的蠶寶寶大受歡迎，班長特別喜歡，幫牠們換了一個乾淨的新紙盒，然後放在教室最後面一張小桌上供養起來，成了班寵。

三年一班的小朋友每天下課最大的樂趣就是去瞧瞧蠶寶寶，有些膽大的男生還輕輕摸一下，女生先是躲著，但是看牠們沙沙地啃食桑葉，也忍不住睜大了眼睛瞧著，畢竟是自己班裡養的，慢慢也不覺得醜了，都還挺自豪的。

蠶寶寶的桑葉是從季柏安那裡拿的，但是不少都是乾桑葉，畢竟也是怕壞了，但是乾桑葉讓蠶寶寶的食慾下降不少，雖然也吃，但眼瞧著每一隻都瘦了一圈。

孫乾想辦法讓家裡給搞來了新鮮桑葉，總算接上了供應，在班裡人氣急升，很是小驕傲了一把。孫乾以前捐款的時候都是拿最多的，五十塊錢也沒現在這麼大的成就感，簡直像是全班的小英雄，得意極了。

班裡除了米陽，都慢慢向蠶寶寶靠攏圍觀。

米陽只敢遠觀，靠近牠們十步之內就拔腿要跑了。

有時候其他男同學跟他鬧著玩，故意推著米陽也去看班寵，米陽抗拒地臉都白了，抓著白洛川的衣袖特別緊，搖頭道：「不了吧，我在這看得清楚，我視力挺好的。」

男同學們還在起鬨，白少爺瞧著米陽兩隻手都抱著自己之後，這才站出來道：「別讓他看了，你們還想不想米陽給你們劃重點了？」

小胖笑嘻嘻地第一個放手了，還幫忙攔著：「別鬧米陽了，都散了吧！」

唐驍拿了四驅車出來，大家就一窩蜂「鬥」車去了。最近這個動畫片正火紅，不少人都買一輛小小的四驅車湊在一起比賽，唐驍手頭的車最多，有五六輛小四驅車了。

白洛川在這些剛出來的時候就開始玩了，家裡還專門組裝了一個四驅車的跑道，大概五六米的迴旋長度，因此對這些不怎麼感興趣，留下來幫米陽寫觀察作業。

米陽寫了兩筆就開始揉眼睛，白洛川湊過來一點，問道：「眼睛怎麼了，疼嗎？」

米陽搖搖頭道：「沒，就是左眼老跳，不過左眼跳財，是好事。」

白洛川好奇道：「那右眼呢？右眼跳是什麼？不好的？」

米陽一本正經道：「右眼跳就不準，不能信。」

白洛川趴在課桌上笑了好一會兒。

米陽這一套小偽科學的理論還是有點道理的，當天晚上他就見到了最想見的人。

米澤海出院了，程青陪著他一起回來，兩口子哪兒也沒去，東西都沒來得及放下，先去了白家去接兒子。米陽剛背著小書包回來，聽到客廳裡大人的笑聲，眼睛瞬間一亮，朝那邊小跑過去，果然米澤海和程青正笑吟吟地坐在沙發上，看到他的時候也是一臉的驚喜。

程青對他招手道：「陽陽，過來！」

米陽跑過去抱著她蹭了兩下，又被程青捧著小臉抬起來看了看，低頭親了一口，這才笑著道：「長高了一點，這才幾天沒見就長大了。」

米澤海也抱了兒子一下，「胖了，駱姊照顧得比我們還好，真是太麻煩你們了。」

米陽不敢動，推著他肩膀要掙開，又怕碰到他爸腰腹的傷口。

程青嗔怪米澤海亂用力氣，叮囑道：「還要小心一些的，傷口剛癒合。」

米澤海年輕力壯，最是不缺力氣的時候，平時幾十公斤背著玩一樣，負重拉練更是不在話下，抱起米陽這麼一個小蘿蔔頭根本不算什麼，但是老婆一說，他就聽話得收斂了。

駱江璟笑著，她已經把米陽的東西收拾好了，點頭道：「本來還想留你們一起吃飯，不過瞧著陽陽也是想家了，你們就先回去吧，過兩天咱們兩家吃頓飯，給你接風。」

米澤海這次沒有再客氣，爽快地答應下來，瞧著跟白家人感情增進許多。

米陽看在眼中，牽著程青的手並沒有多問，只是帶了幾分好奇。他爸平時都躲著白洛川家，生怕給自己和上級添麻煩，怎麼現在突然想通了？

回去之後，程青才發現家裡被打掃過了，廚房也放了新鮮的蔬菜和肉，她一邊繫圍裙，一邊感慨道：「一定是駱姊讓人準備的，她心細，對我們也是真好。」

米澤海想過去搭把手，挽起袖子道：「對，白大哥一家很好。」

程青看他一眼，忽然笑道：「怎麼，不喊政委了？」

米澤海嘆了口氣，道：「要不是他來得及時，送我去醫院治療，我恐怕現在就不在這了。我這人知道感恩，不管他什麼職務，這聲大哥我喊定了。」

米陽抱著幾顆蘋果蹭過來要洗，順便豎著耳朵偷聽，聽見他們這麼說，驚訝的同時，也有些明瞭。難怪那天白夫人來拜訪之後，程青就匆匆「出差」去了，那時應該就是來通知她去醫院照顧病人的。她知道得早，也是因為白洛川的父親第一個救助了米澤海。

米陽心裡把這幾個人的名字念了幾遍，也是帶著感激。

程青很快做好了三菜一湯，端著出來給米陽他們吃。米陽很久沒吃到程青做的飯菜，加上父母都健康地在自己身邊，心裡踏實，捧著小碗吃得津津有味。米澤海很久沒有吃到家裡的飯菜了，在醫院的時候吃的清湯寡水，實在饞了，一鍋白飯他自己吃了大半，連最後一點菜湯都拌飯吃得精光。

飯後米澤海堅持要證明自己不是廢人，端著碗盤去廚房刷洗了。程青也沒攔著，就讓他去。她自己留在客廳，抱著米陽好好和兒子親熱了一會兒。

程青瞧見米陽膝蓋上的傷，碰了碰，問道：「這是怎麼弄的？」

米陽有點不好意思，「我看見蟲子嚇到，不小心摔倒的。」

程青好好笑話了兒子一番，米陽怕蟲子的事她是知道的，米陽剛會走的時候，扶著小餐桌一直在那轉圈，程青還疑惑了半天，走近一看，原來是桌上有一隻指甲蓋大小的蟲子。蟲子往哪兒爬，米陽就向另一個方向躲，但是小孩走路還不太利索，需要扶著，就只能圍著桌子一圈圈地繞，特別有意思。

程青摸摸他膝蓋上受傷的地方，瞧著快結痂了也不是特別擔心，又抱著他問了一會兒學校裡的事，聽著米陽說考試成績還是第一，除了放心，也多了點自豪，「我兒子真棒。」

米陽笑了一下，被程青捧住了小臉，聽見親媽驚訝喊道：「哎呀，米澤海，你快來看，你兒子掉牙了，哈哈哈，太好笑了！」

米澤海兩手泡沫地從廚房跑出來，驚喜道：「來了，來了，掉了哪顆？醜不醜？」

程青肯定道：「上牙，特別的醜！」

米陽：「……」

親爹親媽掰著他的嘴欣賞了好一會兒，又聽說米陽作文在學校裡得了一等獎，立刻表示要彌補缺憾，聽親兒子把那篇得獎作文再朗讀一遍。

米陽想了想，道：「好吧。」

他拿出那篇作文開始朗讀，作文的題目叫《我的理想》，很是寬泛的一個題目，寫什麼的都有。新來的老師對他們這幫小朋友也好，無論什麼職業都稱讚，激起了大家的積極性。米陽寫的這個，就是想長大了當一名古籍修復師。

他一直沒忘記自己這個小小的夢想，上輩子因為家人對這個行業不了解，他自己也猶豫著沒有堅持，率先屈服了，所以錯失了機會。現在重來一回，他想從頭開始，這一輩子就認認真真做好這一件事，做好自己的小手工。

米陽寫得挺好的，但是他缺了一顆牙齒，說話像漏風似的，沒讀幾句，坐在沙發上的爹媽就樂得打跌。米陽停下抬頭看看他們，他們立刻坐直了身體，重新換了嚴肅的表情，示意米陽繼續朗讀下去，可惜沒幾分鐘又笑場了。

程青笑得眼淚都出來了，「哎喲，我兒子成小豁牙了，這可怎麼辦？哈哈哈！」

米澤海樂壞了，「說話像小老頭一樣，哈哈哈！」

米陽：「……」

米陽懷揣自己偉大的夢想，屏氣凝神，堅持讀完了自己的作文。

程青和米澤海一起為他鼓掌，誇獎道：「寫得真好！」

米陽拿著作文本道：「這個拿了一等獎，還貼到學校門口的布告欄去了。全校一共五篇，下回你們去了可以看看。」

程青道：「好，媽媽一定去看。」

米陽趁機又道：「媽媽，魏爺爺也說這個專業不錯的，他有朋友就是教這個的大學教授。魏爺爺還說做古籍修復很好，將來可以考公務員，也可以去圖書館工作。」他學著魏賢的語氣道：「國家還是缺乏這方面的人才，他建議我發展自己的特長，從小開始培養。」

程青很感興趣地道：「哦？還能考公務員啊？那挺好，以後就在圖書館工作，確實不錯。咱們陽陽手工也不錯，肯定做得來。」

米澤海跟著點頭，也是一副高興的樣子。

米陽把這顆小種子埋在他們心裡，就不怎麼擔心以後了，他趁熱打鐵道：「我們老師也說了，小學的時候就要立下志向，我以後就要當一個修書匠！」

米陽說得慷慨激昂，一點反悔的機會都沒給他們。

對面沙發上坐著的兩口子還在鼓掌，當爹媽的哪兒有打擊小孩的，他們不但不反對，還鼓勵道：「陽陽說的好，我兒子就是棒！」

米陽問道：「爸，您覺得我以後念大學了，學古籍修復怎麼樣？」

米澤海根本就沒聽過這個，程青碰他手臂一下，他立刻道：「好，就學這個！」

米陽笑彎了眼睛道：「那我以後就聽爸爸媽媽的話，努力向這個目標努力！」

程青和米澤海雖然覺得不太對勁，依舊給家裡的寶寶鼓勵。米陽一臉期待地看著他們，他們心裡甜絲絲的，特別有為人父母的自豪感。

程青和米澤海：我兒子真是太優秀了！

米陽：爸媽年輕的時候真好哄，開心！

這篇作文拿到一等獎是意外之喜，米陽當初寫下它，其實就是為了拿來哄程青和米澤海的，這才是他的目的。米陽這個願望很小，每次進步一點點，往前走一小步都覺得高興。

米澤海知道米陽他們班以前出過事，又問了他新換的班主任怎麼樣，畢竟這麼長時間沒見兒子，也是掛念。米陽自然是都說好，他盯著米澤海的腰側，小心碰了一下。

米澤海樂了，問道：「兒子，想不想看男人的勳章？」

米陽點點頭，米澤海就掀開衣服給他看彈片傷過的痕跡。已經縫合的傷口看起來還是很猙獰，米澤海對兒子吹噓道：「當時你爹我一點都沒慫，推開那個新兵蛋子就翻身躲開了，那炮彈也炸開了！哎呀，都是天意，一顆炮彈下來還全鬚全尾的也就你爹我一個了……到了醫院我一聲沒吭，取彈片咬牙撐著，爺們兒嘛，就得這樣！」

程青拿著衣服去洗，聽見他吹牛，忍不住從後面給了他一巴掌，氣呼呼道：「你還敢說？別的我懶得說你，在醫院撐著沒吭聲？誰在手術室裡哭得一把鼻涕一把淚地讓我帶好孩子繼續過日子？又是誰求我多想他一年再改嫁？」

米澤海悻悻地把衣服下襬放下來，一句不敢反駁，瞧著程青走了，才對米陽擠眉弄眼，爺倆窩在沙發偷著樂。

米澤海請了假專心養傷，他在家待的時間長，米陽漸漸察覺出來，米澤海傷著的不止是腰腹那裡，他的聽力也受損了，耳後有一塊不太明顯的疤痕，但是確實是有影響的。

米澤海不適合再待在野戰部隊，他的身體條件不允許，大概是帶著這份焦慮，剛出院的高興勁兒慢慢消了下去，他當著程青和米陽的面還是有說有笑的，自己沉默的時間卻越來越長。他不是文職出身，從來沒想過文職的工作，在最好的時候卻無法再更進一步，實在讓他內心很是煩悶。

米澤海在家中休養了一段時間，就接到了老家來的一封電報。

電報是山海鎮發來的，但並不是程青家，而是米家。

米澤海年幼的時候因為家裡條件不好，無法養活許多孩子，被送去了米家撫養，他也拿養父母當自己的親生父母一樣對待，平時給親生父母那邊補貼的時候，也絕對不會虧待了養父母這邊。養育之恩大於生育之恩，米澤海是個孝子，兩邊他哪個都放不下。

這也是這麼多年，他們這個小家什麼都沒存下的原因。米澤海對物質要求不高，程青也善良，這樣的家庭讓米陽始終保持雲淡風輕的態度，吃飽穿暖，有個小房子就很知足。

米家發來的電報很短，一行字刺得米澤海眼睛酸痛：母病危，速歸！

米澤海夫婦二話不說，當夜就收拾了行李。程青給自己和米陽學校那邊都匆匆請了假，一家人急急忙忙準備回老家一趟。

米陽收了兩件自己的東西又放下來，道：「媽，我出去一下。」

程青忙得抬不起頭，問道：「去哪兒？」

米陽穿好外套往外走，一邊換鞋一邊道：「去白洛川家，我跟他說一聲。」

程青叮囑他：「早點回來啊，我們這次要在老家待一段時間，要帶不少東西。」

「知道了。」米陽點頭答應，跑了出去。

白洛川正在家裡百無聊賴地看書，聽見門鈴響了，立刻去開門，看見米陽的時候眼睛都亮了，伸手就要拉他進來。

米陽站在門口搖搖頭道：「我不進去了，等一下有急事要回家，我就是來跟你說一聲，我們家裡有點事，要回老家住一段時間了。」

白洛川愣了一下，「去哪，山海鎮嗎？」

米陽點點頭道：「對，我奶奶身體不好，我爸媽要帶我一起回去看她。」

白洛川問他：「什麼時候走？」

米陽道：「買了明天一早的火車票。」

事情太突然，白洛川一點準備都沒有，神情有幾分慌亂，但是他很快就鎮定下來，「好，我知道了，你回去吧。」

米陽走了兩步又轉頭看他，果然瞧見小少爺站在門口沒挪腳步，他折返回來抱了抱白少爺，拍拍他的肩膀道：「我很快就回來。」

白洛川「嗯」了一聲，情緒還是很低落。

米陽回去收拾自己的東西，程青沒給他多拿衣服，程家也住在山海鎮上，她家中別說程老太太了，光那三個姨就每年都給米陽準備許多衣物，因此並沒有多帶。但是米陽誤會了，他以為是停留的時間短，才沒拿多餘的衣服，也沒有特別擔心。

第二天臨出門的時候，米陽就看到自己家門口掛了一個小書包，他打開看了一眼，裡面裝的滿滿的都是他平時愛吃的零食，還放了一個綠色青蛙的小水杯，不用問也知道一定是白洛川送來給他的。

小書包瞧著已經被露水弄濕了一塊，掛了很久了，應該是昨天晚上就送來的。

米陽拿著那個小書包，看了白家的方向一眼，程青催促道：「陽陽，要上車了。」

「來了。」米陽收回視線，跟了上去。

這不是米陽第一次坐火車，但是全家一起的次數很少，往常都是程青帶著他過年的時候擠火車回家，這次難得米澤海也在，程青一下子輕鬆了不少。

火車上人多，他們買的票也急，只買到一張臥鋪和硬座。程青擔心丈夫的身體，想讓他留在臥鋪這邊休息，米澤海不肯，他把程青母子倆安頓好了，道：「我去前面找列車長再補一張臥鋪的票，你們在這裡等我，別亂走啊！」

程青攔不住，只能看著他又慢慢擠到前面去了。

米澤海運氣不錯，過了兩站之後補上臥鋪車票，他跟人換了位置，過來找程青。

臥鋪車廂的條件比米陽之前回老家坐硬座的時候好了很多，人也少，躺著還可以休息，回山海鎮三天兩夜的時間也能熬過去。米陽在車上大多時候是自己看看卡通書，再看看外面的景色，程青和米澤海則擔心地小聲交談，兩人都擰著眉頭，看起來不怎麼輕鬆。

米陽聽了兩次，都是在談老太太的病情，但是父母小聲說話，他懂事的沒有多問。

米陽看書累了就躺在臥鋪上睡覺，昏昏沉沉睡了好久，被火車晃動得醒來的時候，就看到外面天都黑了，耳邊都是轟隆隆的穿過隧道的聲音。

他揉了一下耳朵，程青看到了，對他道：「陽陽張嘴，打個哈欠就舒服了。」

米陽打了個哈欠，耳朵聽清晰了不少，人也慢慢精神過來。

程青泡了速食麵餵他吃，是炸醬麵的口味，帶著點鹹甜的口感。米陽很久沒吃這種垃圾食物了，聞著肚子就咕咕叫，用叉子捲著麵條吃得很香。

程青吃了自己那份，還端一碗給米澤海。米澤海沒什麼胃口，大概是心裡焦急，坐不住一般又站起身去別處走了走。

米陽問道：「媽媽，奶奶病得很重嗎？」

程青嘆了口氣，摸了摸他的頭道：「挺嚴重的，陽陽去了那邊之後，我們住在奶奶家，你要聽話，知道嗎？」

米陽點點頭。

他其實對奶奶家並沒有很深的印象，只記得奶奶在他年紀很小的時候就去世了，大概也是上一世他念小學一年級時，跟現在的時間差不多對得上。老太太身體一直不怎麼好，全靠米陽的爺爺細心照顧，每年吃的中藥很多，老房子長年累月都能聞到濃重的藥香。

老太太身體弱，三天兩頭生病，照顧自己都力不從心，只能把米陽託付給程家照顧，但是她和老伴每次有什麼好吃的好玩的，一定都會給程老太太那邊送去一份，嘴上不說，也知道是特意給小孫子送來的。天氣晴朗的時候，米陽的奶奶也會親自來瞧瞧孫子，不過這樣的時候真的太少了。

奶奶去世之後，米陽記得自己的爺爺也不怎麼跟人接觸，臉上見不到一絲笑意，脾氣古怪得厲害，有時候逢年過節也不跟家裡人吃團圓飯，自己把自己關在那個老房子裡，守在老屋裡誰也不理。

性情古怪，這就是米陽對爺爺最後的印象。老人家多活了二十年，最後在老屋裡離開人世，倒是最後的時候臉上帶著微笑，神情平和放鬆。

米陽身為長孫，又是唯一的孫輩，跟在米澤海身邊為他扶棺送了最後一程。

現在回想起來，已經是很遙遠的事情了。

米陽看著火車玻璃窗外面一閃一閃晃過的電燈，微微出神。

另一邊的白家，白洛川自己在家裡覺得很沒勁兒，尤其是放學之後，回到家也總一副打不起精神來的樣子。

他在臥室看到那支和自己的並排放在一處的小牙刷，又看看書房裡空著的小課桌，雖然課桌空了，但是米陽的書和筆記本還在，他看到這些零碎東西，才覺得心裡踏實一點。

有這麼多東西在，他覺得米陽一定會回來。

有時候上課白洛川走神，魏老師喊他好幾次他都有點恍惚，魏賢看不下去了，知道他和米陽兩個從小就沒分開過幾天，嘆了口氣，道：「今天的作業我們來寫信吧，老師教你。」

白洛川沒什麼興趣。

旁邊的季柏安問道：「也可以寫信給米陽嗎？貼了郵票，多遠都能收到對不對？」

魏賢點點頭道：「當然可以。」

白洛川這才提起點精神來，拿出紙筆開始學寫信。

駱江璟在書房外面看著，臉上有擔憂之色，連著兩三天了，一直都是這樣，她都怕兒子生病了。等著白洛川晚上課業結束，她就把他帶到樓下的書房去，認真對他道：「洛川，媽媽想跟你談一談轉學的事。」

白洛川聽到「轉學」兩個字，擰起了眉頭。

駱江璟尊重兒子，也不糊弄他，坦白地分析給他聽，把轉學的事說了說，她一直教導兒子要等長輩說完再提意見，因此白少爺雖然惱怒，但也等到她說完才道：「我不去！」

駱江璟想了想，道：「那我們就去看看，好不好？你最近學校不是開春季運動會嗎？媽媽先幫你請兩天假，我們一起看看，如果不好的話，我們再回來。哦，你要等米陽是吧？媽媽問過了，他這次回山海鎮要待很久……」

白洛川本來就因為這件事心情不好，現在聽到又發了一頓脾氣：「誰說的？他親口跟我說了，很快就會回來！」

駱江璟嘆了口氣，看著眼前氣急敗壞的孩子，知道勸不了，只能哄他道：「媽媽也是聽說的，反正小乖要回來也要坐好幾天的火車，這幾天你先跟媽媽去滬市看看吧，如果好的話，我們也帶小乖過去，好不好？」

白洛川哼了一聲，歪頭不看她。

駱江璟彎腰認真道：「那裡的教學條件好，籃球場、足球場什麼的也特別大，你不是最喜歡和小乖踢球嗎？去了也可以一起玩。你先去看看，回來再跟小乖說，媽媽去說服程阿姨，我們一起努力好不好？」

「不好，反正我不走！」白洛川不肯，固執得不行。

駱江璟道：「那如果媽媽去滬市工作呢？你不要媽媽啦？」

白洛川怒道：「那妳就走吧，反正我不走！」

他跳下椅子，自己跑了。

駱江璟嘆了口氣，揉著太陽穴緩了緩。

旁邊的駱江媛也在偷偷聽著，見小魔王走了才拍了拍胸口從隔壁房間走出來，「我還以為我家那個就夠難哄的了，剛才瞧見洛川發脾氣，真是嚇我一跳。姊夫斯斯文文的，怎麼洛川脾氣這麼大？」她念叨兩句，又低聲笑道：「可能是像姊姊妳，從小就有自己的主意。」

駱江璟苦笑，問她道：「柏安怎麼了？」

駱江媛愁眉不展道：「還能有什麼事，米陽今天沒來，他一直問我去哪兒了，我也不知道呀，就隨口說明天就來了吧。誰知道他跑去問了一圈，打聽到人家是回老家，還要待很久，結果回來就生氣了，一晚半句話也不跟我說呢！」

駱江璟揉了揉眉心，她覺得她也找到白洛川的癥結所在了，就兩個字：米陽。

此刻的米陽，一路火車顛簸，終於到了山海鎮。

米陽先跟著爸媽去了爺爺家。

老房子還是跟記憶裡的一樣，剛踏進院門，就聞到一陣濃濃的中藥味，米澤海看到院子裡有個老頭彎腰正倒藥湯，立刻放下行李，上前喊了一聲「爸」，伸手去幫忙。

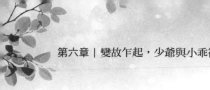

老頭大約五六十歲，臉上皺紋很深，不苟言笑，正是米陽的爺爺米鴻。

米鴻擰著眉頭沒讓兒子幫忙，使喚他道：「去洗把臉，等一下過來見見你媽。」

他轉身看見米陽和程青的時候，臉上的表情和緩了許多，還從兜裡掏出一塊糖給米陽，但是沒來得及說上兩句，聽見房間裡傳來咳嗽聲，連忙就端著藥進去了。

米澤海帶著老婆孩子去洗了把臉，程青又幫米陽換了一身乾淨的衣服，一家三口這才去探望老太太。

米陽跨過門檻走進去的時候，腦海裡浮現出的是數年後的老房子，他一邊看著，一邊把它們和記憶裡的進行對比。除了顏色新舊，分毫未變，大堂裡擺著的八仙桌，貼著的仙鶴祝壽掛圖，還有爺爺最常坐的太師椅……

米澤海掀開門簾，聽到咳嗽聲，夾雜著老太太聲音柔和的念叨：「你叫孩子回來幹什麼？陽陽也來啦？快讓他們走吧，小心過了病氣……」說著又是一陣咳嗽。

米鴻坐在木床邊，旁邊放著他剛端來的藥碗，還有一塊剝開了的糖紙，和剛才他給米陽的糖是一樣的。米鴻小聲勸了兩句，老太太才點頭道：「好，就見見吧，我把東西給他。」

米陽抬頭看著床上的奶奶，緊跟著又看到她床邊桌上擺放著的三弦琴。這琴他見過很多次，每次米澤海帶著他來老宅看米鴻的時候都能看到它。這麼多年了，依舊擺放在原來的位置，米陽從來沒見爺爺用過，三弦琴掛在那裡都爛了，米鴻臨死都不讓人取下來。

米陽被輕輕推了一把，程青小聲道：「陽陽，奶奶叫你呢！」

米陽連忙走過去，趴在床邊看望老太太，喊道：「奶奶。」

老太太氣色還好，只是嘴唇灰白，她年輕時很漂亮，這會兒美貌還在，看起來也是一位慈眉善目的老太太，彎著眼睛笑的時候最是和善。米鴻把她照顧得很好，即便是在床上這麼多年，也保留著最後的體面，穿戴整潔，頭髮梳理得也整整齊齊。

她看了看米陽，眼睛裡透著溫和的光芒，大概是想伸手碰碰孫子中途又想起自己生病，猶豫著沒有靠近。米陽伸手一把握住她的手，她年紀大了，皮膚鬆弛乾燥，但是溫暖有力。老太太握了他的手一下，笑得更開心了，對他道：「陽陽，奶奶快有一年沒見到你啦！」

米陽點點頭道：「我這次住很久，一直陪著奶奶。」

老太太又笑，「那挺好，不過你姥姥也想你呢，前幾天她來看我，還給我看了照片，我就告訴她，一樣的照片我這裡也有，你媽媽也寄給我了呢！」她拍拍米陽的手，哄他道：「奶奶瞧見你，病就好了一大半，你不用在這裡陪我，去看看你姥姥吧！」

米陽握著她的手沒鬆開，也沒吭聲。

老太太就握著他的小手，又抬頭去看米澤海和程青他們，道：「本來沒打算發電報，我這身體老是生病，前一陣子病了很久，你爸自己嚇著了，這才把你們喊回來。不過回來一趟也好，有些東西正好給你們。」

她從枕頭旁邊拿過一個小木盒，遞給程青道：「你們結婚的時候，我給了你一只金鐲子，這是另外一只，妳留著吧，以後給陽陽討媳婦用。」

程青連忙推拒道：「媽，您不用給我們準備這些，陽陽還小，以後……」

老太太笑道：「就是太小了，才給妳啊！」

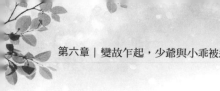

她沒說出來的後半句，是知道自己可能沒什麼以後了。

程青忍不住紅了眼眶，手顫抖著接過小木盒。

老太太說不了太久的話，她肺不好，又喘著咳起來。米鴻臉色變了一下，把米澤海他們都趕了出去，自己留在房裡親自照顧老伴，神情慌張得手都發抖了。

米澤海和程青也沒有乾等著，兩個人都是山海鎮上長大的，對這裡的環境熟悉，米澤海出去買了些蜂窩煤，程青捲起袖子把家裡的廚房收拾了一下，手腳俐落地切菜做飯，盡可能做一些軟爛可口的食物給老太太吃。

米澤海搬煤的時候有些沒注意力氣，彎腰哼了一聲，程青聽到連忙過去要掀開他的衣服看。米澤海不肯，還是被掀開了，程青一看到他傷口又泛紅要開裂，忍不住想哭，「你路上也不說，怎麼這麼嚴重了啊？」

米鴻正好進來放藥碗，看到米澤海肚子上那道猙獰的疤痕，但也只看了一眼，像沒瞧見一樣，放下藥碗就轉身出去了。

要是他問了，程青這個做晚輩的肯定要說「不礙事」，可是親眼瞧見還這樣冷漠，讓程青有些心酸起來。就算不是親生兒子，但養了這麼多年，米澤海把米鴻當親爹一樣尊重，孝順得不得了，現在爹看到兒子負傷，竟然不聞不問，太超乎她的預料了。

米澤海卻毫不在乎，他眉頭緊鎖，把衣襬放下道：「沒什麼，擦點藥就好了。妳也別說出去，媽還病著了，不能讓她操心。」

程青點點頭，回去做飯了，憋著一口氣不吭聲。

直到吃了晚飯，米鴻也沒跟米澤海多說一句話，他圍著老太太忙忙碌碌，誰都看不上，有兩次還使喚受傷的兒子去搬一個木櫃，就因為老太太一句話，說櫃子好像擋著風了，她有點喘不過氣來。

米澤海是個愚孝的人，一點都不愛惜力氣地去幫著搬了，根本不理程青的眼神。程青能有什麼辦法，她心疼丈夫，只好捲起袖子也去幫忙，只恨自己沒多點力氣搬動櫃子。

等到晚上回到他們住的房間裡，隔著半個院子，程青才敢抱怨兩句。

「他心裡只有自己和老太太！」程青氣得紅了眼眶，丈夫的傷口還沒好全呢，一路上她都千萬個小心，現在看到傷口又發紅，簡直提心吊膽，「當初流了那麼多血啊，你怕家裡的人擔心，不讓我說一個字，現在好了，他都自己瞧見了，連問也不問一句……」

米澤海哄著她，程青還要說，他就有些生氣了，壓著聲音道：「別說了！」

程青把幫他擦拭傷口的毛巾放進盆裡，紅著眼睛出去了。

米陽躺在床上裝睡，一聲不敢吭。爸媽吵架，他裝作「什麼都不知道」就對了。

米澤海嘆了口氣，忽然聽到門口「咚咚」兩聲敲門聲，他起初以為是程青，剛才自己語氣也重了點，連忙過去開門，門外站著的卻是米鴻。

米鴻臉色依舊是白天那樣，恨不得全天下欠了他錢的模樣，眼神沉沉地看著他道：「你跟我出來一下。」說完就自己邁步走了出去。

米澤海跟上去，連外套都沒來得及拿。

米陽也不裝睡了，猶豫一下，也起身輕手輕腳跟了過去。他人小，晚上月色下樹影黑漆漆一片，他這樣一個小孩，放輕了腳步聲躲在花叢裡根本瞧不出來。

米澤海跟著米鴻去了外面，他站在父親面前有些尷尬，拿不準父親剛才聽到多少程青的話，剛想解釋，就被米鴻攔住了。

米鴻沉聲道：「我時間不多，就來跟你說兩句，一會兒還要回堂屋照顧她。」

米澤海連聲應是，又問道：「爸，不然晚上我去照顧媽，您辛苦這麼多天了……」

米鴻搖搖頭道：「用不著，我伺候一輩子，習慣了，這不是你該做的事。」

他話語裡帶著一種排外之感，米澤海卻絲毫沒有覺出什麼，他是個孝子，父親說什麼，他就做什麼。

米鴻給了他很多東西，都是老物件，兩件值錢的古董、一個半新不舊的存摺，依舊是用半熱不冷的聲音對他道：「這裡也沒多少錢，攢了一輩子存到現在也就一千多塊。我沒什麼能耐，你也別嫌棄。」

米澤海結結巴巴的說不出話，推拒著不肯要，但是米鴻拿出的下一個東西把他額頭上的汗都急出來了。

米鴻拿出一份地契，「這是老宅的房本，我和你媽這輩子沒其他孩子，你收著吧。」

米澤海聲音都提高了，連連擺手，著急道：「爸，這怎麼可以？就算媽……那您還在啊，您把這個給我了，您怎麼辦？」

米鴻乾巴巴地道：「她不在了，我還活個什麼勁兒？」

他說完就把那些東西塞到米澤海手裡，轉頭就走了。

米澤海喊不住，再追就被米鴻低聲罵了兩句，不許他進堂屋了。

米陽在原地停了一會兒，才慢慢順著小路摸回去。

米澤海和程青不在房間裡，估計是兩個人躲出去商量米鴻給的那些東西的事了。米陽躺回去，想了一會兒，他對這個爺爺說話冷硬的態度並不覺得奇怪。那麼多年過去，性格比現在還古怪的時候更多，但是米鴻把全部的東西都給了米澤海，這讓米陽很不踏實。

像是一個收拾好行李，交代好一切事情，準備出遠門的旅人，沒有打算歸來。

米陽想了一會兒，加上一路火車顛簸旅途疲憊，不知不覺就睡著了。

米陽跟著父母在山海鎮暫時住下，程青只來得及帶他匆匆去見了程老太太一面，來不及說上兩句就要回去：「媽，我先過去，我公公一個人照顧，家裡沒人做飯。」

程老太太一邊拿袋子裝上新鮮蔬菜，又拎了兩隻鴿子給她，小聲問道：「又病了？」

程青愁眉不展道：「一直沒好，這次更嚴重了，我回來這兩天她就沒能下床走一步。」

程老太太嘆了口氣，道：「前些日子我去看她，妳公公還扶著她在院子裡走一會兒。這上了年紀的人啊，一旦躺下，再想起來就難了。」

程青拿了東西要回去，米陽忽然仰頭問道：「姥姥，家裡的電話可以撥長途的嗎？」

程老太太點點頭道：「能啊，姥姥帶你去，你要打給誰？」

米陽道：「給我一個朋友，就是上次來咱們家吃了半鍋炸糕的白洛川。」

程老太太笑了一聲，道：「哦哦，是他啊，我記得他！」

程青急著要走，看了一眼時間，對米陽道：「陽陽，媽媽先走了，你打完電話自己回奶奶家，要是不記得路，就讓姥姥送你過來，知道嗎？」

米陽點點頭道：「我記得路，順著門前石子路一直走到盡頭右轉。」

程青道：「對，別玩太晚啊！」

米陽應了一聲，送走程青，去程家客廳打電話。

程老太太把家裡打掃得很仔細，什麼東西都特別愛惜，也喜歡給它們蓋上點什麼，不說沙發蓋著一層紗紋，電視機、燈罩上都有，就連電話機也是擦得乾乾淨淨的，上面還蓋了一塊素淨漂亮的絹布。

她把絹布掀開，將話筒拿給米陽，道：「會撥號嗎？姥姥幫你。」

米陽道：「會的。」

他早就把白洛川家的電話背得滾瓜爛熟，只是撥到部隊那邊需要轉線，那邊詢問時他就報了番號，說了白洛川家的內線號碼。這次很快就接通，響了沒兩聲就被接起來。

那邊剛「喂」了一聲，聽到是米陽的聲音，立刻道：「哎喲，陽陽啊，你可打電話來了！你等著，千萬別掛斷，等著啊……」

米陽聽出是白家保姆的聲音，聽著她在喊什麼人下來，沒一會兒，就聽到一陣腳步聲和帶著喘氣的小孩聲音：「喂，米陽？」

米陽揉了一下鼻尖，笑道：「是我。」

那邊聲音很快就提高起來，帶著得意的聲調：「我就知道你一定會打電話給我！你到了？你奶奶身體好嗎？你什麼時候回來？」

對方連珠炮似的提問，米陽都耐心回答了，等到最後一個問題時卻有點遲疑了，道：「可能要再過一段時間。」

白洛川問道：「那是要幾天？」

米陽猶豫一會兒，對他道：「我可能要好長一段時間回不去了，我奶奶病得很重，我媽今天還說要幫我請很長時間的假。」

白洛川道：「學校也不來了嗎？」

米陽沒吭聲。

白洛川沉默了一會兒，盡量用比較和緩的語氣道：「沒事，我等著你，多久都好。」

兩個人又聊了半天，雖然程老太太寵著他，但是米陽也記得這個時候的長途電話費是非常貴的，簡單說完之後就要掛斷。

白洛川道：「等一下！這個號碼是你家的吧？我打這個號碼就能找到你嗎？」

米陽道：「這是我姥姥家的，你可以記一下，不過我平時都在我奶奶家，那邊沒有電話。這樣好了，我每週三都來一趟，等你放學的時候，就打電話給你，好不好？」

白洛川一直很沮喪，聽見他這麼說才高興了點，「那咱們說好了，你一定要打來。」

米陽原本以為在山海鎮住一小段時間就可以，但是奶奶的病情時好時壞，最壞的時候程青都偷著準備壽衣了，一連幾次，把米澤海和程青這對小夫妻嚇得抹了兩次眼淚。米澤海在床前伺候走不開，程青要照顧丈夫和公婆更是不肯離開，孩子放哪兒都不如帶在身邊放心，她只好幫米陽請了長假，留在身邊照顧著。

米陽請假的消息，很快就被白洛川知道了。

那個時候他們已經連著幾次週三通過電話，白洛川雖然嘴上不說，但是也能感覺出他在掰著手指頭算著日子等他回來，卻萬萬沒想到，等來的又是個長假，甚至一直請到了暑假，要大半年不回學校了。

再一個週三他們通電話的時候，白洛川情緒很差，他壓低聲音對米陽道：「我病了。」

米陽很愧疚，只能低聲道：「對不起。」

白洛川本來想對米陽好一點，再好一點，這樣他就會很快回來，不走了，可是他發現自己的一廂情願並沒有用處。

他心裡也知道，米陽這次肯定要請長假一直待在山海鎮了。

米陽哄他道：「你可以和白爺爺一起來啊，白爺爺每年不是都會來老家看看嗎？今年來的時候你可以跟著，我就在這裡待著，哪兒也不去，等你來了我去車站接你好不好？」

白洛川沉默了一會兒，忽然道：「你根本就不想回來！」

他說完就掛了。

米陽再撥過去他也不接，一看就是生氣了。

米陽打了幾遍，看著沒什麼希望，只好放下電話，嘆了口氣，回奶奶家去了。

米陽現在是小孩子，沒有辦法決定自己的去留，唯一能做的就是盡量給家裡帶來歡笑。他發現只要討了奶奶歡心，爺爺神情就會放鬆下來，偶爾幾次也會笑。發現這個之後，米陽留在堂屋的時間變多了。

老太太一直很擔心米陽的身體，生怕自己過了病氣給他，但是瞧著小孫子身體健康，活蹦亂跳的樣子，一邊放心的同時，心裡也多了幾分喜歡，疼得半點不比程老太太少，當真是當成了眼中珠，掌心寶。

相比起來，米澤海反而心事要重些。

他的身體原本就帶著傷，雖然程青發現得及時，但是他第一次發現自己不能再跟從前的自己一樣了，不止是腰腹的傷，耳朵的聽力時好時壞也給他帶來一定的困擾。

他有時候也會想，等從老家再回到單位，恐怕也不能再去一線了。

米澤海面上笑著，轉過頭卻總是擰緊眉頭，手放在腰腹那裡，不自覺就用力按著，像是在做一個重要的抉擇，很是掙扎。

程青裝作沒看到，丈夫好面子不肯說，她就等著，等他願意說的時候再傾聽。偶爾瞧見米陽的視線跟著米澤海轉，她也只是關切地摸摸米陽的頭，安撫他兩句。兒子每次都會懂事地點頭，程青滿眼的疼惜。

米澤海想了一段時間，終於在某天晚上開口和程青商量起要辦調動的事，想要轉業回地方，不留在部隊了。

「我現在的身體確實比不上從前了，留下也不一定能做到之前那麼好，而且爸媽這樣，我放心不下。調動回來就可以多陪陪爸媽，就算媽不在了，也能照顧爸，家裡這樣我實在是沒辦法安心工作……」米澤海這麼說著，眉頭緊鎖，看得出不捨。

程青也不多想，點頭道：「我跟你一起，反正哪兒都有醫院，工作比你還好安排。」

米澤海本來還擔心妻子反對，但是程青非常支持他，反過來還勸他道：「正好陽陽的戶口還跟著我，都在原戶籍，回來也好，考初中也要回來讀書的，早晚的事。」

米澤海特別感動，他放棄了不少，妻子何嘗不是？

米澤海握著她的手，嘆了口氣道：「回來之後，可能要重頭開始了，辛苦妳了。」

程青笑了一聲，嗔道：「我要是怕吃苦，就不找當兵的了。」

米澤海又道：「能娶妳是我這輩子最大的福氣。」

他說得認真，程青反而不好意思起來，推了他一下，自己笑了。

米陽留在奶奶家裡，和長輩們接觸多了，慢慢也有些改觀。

他記憶裡的爺爺性情古怪，現在看起來，依舊是那個怪脾氣的老頭，但是每次在奶奶面前，都變得像是老小孩一樣，會低聲為自己辯解，會為了多哄老伴吃一口飯、喝一口藥，變著法子逗她開心。這樣的一面，是米陽從未見過的。

米陽空閒了也會去姥姥家看看，週三的電話斷了之後，連著一個多月白洛川都沒有再打過來，米陽每次去都會等一會兒，聽到電話鈴聲響，總是第一個接起來。

等不到白洛川的電話，米陽也沒有氣餒，他現在全部心神都被家人占據，偶爾放鬆自己留出這麼一小塊空地來，就是等這一通電話的。

有的時候米陽看到以前小夥伴的身影，一群孩子嬉笑打鬧著跑遠了，他就站在那個老巷子口看著，忽然又覺得有點陌生。

像是以前的自己，又像是記憶裡的東西，已經和現在完全不一樣。

他選了另一條路，不是那個瘋玩瘋跑，無憂無慮度過的童年了。

米陽有一回在姥姥家等了很久的電話，一直到天黑也沒有等到，他怕程青擔心，就急急忙忙往奶奶家跑。想回家的路有很多，米陽這些天七繞八拐熟悉了不少，就挑了一條小路想要抄近路回去。天黑人少，他走得心裡毛毛的，總是聽著身後像有腳步聲似的。

快到奶奶家的時候，也不知道是路邊的野貓還是什麼的叫了一聲，米陽嚇了一跳，躲開兩步差點碰翻旁邊放著的一個舊花盆，發出「哐噹」一聲響。

奶奶家那邊的燈亮了，緊跟著米鴻就披著衣服走了出來，看到米陽站在小路上跑回家的時候，立刻黑了臉訓斥道：「站著別動！誰准你走這邊過來的？」

米陽不敢動了，他看看那個花盆，以為米鴻在意的是這個，連忙解釋道：「爺爺，我就是想快點回家，不是故意碰到的！」

米鴻臉色難看，大步走了過來，雙手抱起米陽匆忙把他帶了出去，一邊走，一邊嚴厲訓斥道：「以後這裡不許走，聽到沒有？」

米陽道：「可是……」

米鴻提高了聲音道：「沒什麼可是！」

米陽噤聲了，被米鴻半抱半用手臂夾著帶出來，一路回到了家裡的小院，米鴻也沒放下他，又讓他坐在外面石頭水池旁邊的小凳子上，親自取下他腳上的小鞋子，拿瓢舀了水給他沖了幾下腳，擰眉道：「在這裡坐著別動，一會兒讓你爸抱你回屋去。」說完就拿著米陽剛才穿過的那雙鞋子走了。

米陽等了一會兒，聽到腳步聲以為是米澤海回來了，連忙抬頭去看，卻是去而復返的米鴻。老頭走過來，拿了一個草編的蟈蟈籠子給米陽，「拿這個去玩，以後不許走小路。」

米陽接過來的時候愣了一下，裡面有東西在晃動，米陽嚇了一跳，還當裡面有蟲，提起來一看，原來是一隻草編的蟈蟈，青翠碧綠，有著長長的觸角，跟活的一模一樣。米陽抬頭再去看，米鴻已經披著衣服默不作聲地回堂屋去了。

米陽看著蟈蟈籠子，他怕蟲，原以為只有爸媽知道，沒想到爺爺也知道，還一直記著。

米陽玩著蟈蟈籠子，特別乖巧地等米澤海過來接他。沒多久米澤海就過來了，他從米鴻那邊知道發生了什麼事，揉揉兒子的頭髮安撫他，對他道：「陽陽，以後咱們家後面放了花盆的小路都不能去，知道嗎？」

米陽不太理解，「但是爺爺也去了啊，我都瞧見了，他平時都特意走那條小路。」

米澤海道：「嗯，家裡就他能走。」

米陽看著米澤海，微微擰起小眉頭。

米澤海道：「那個地方你爺爺不讓你去是為你好，因為那邊路上埋了藥渣。老一輩有個說法，踩了病人喝剩下的藥渣就會過病氣，病就從原先那個人身上轉到踩藥渣的人身上了。」

「那爺爺還……」米陽頓聲，神色複雜地抬頭看向堂屋，忽然明白過來那個脾氣古怪的老頭是故意的，而且故意一個人去踩，簡直恨不得把老太太的病氣都過到自己身上，拿自己的壽命去填補她的。

米澤海摸摸他的頭，也嘆了口氣，「但是這個也不準，你爺爺都踩了多少年了，打從我記事起他就這麼做了。」

米陽用手摳了一下蟈蟈籠子，心裡有點不是滋味，「爺爺拿走了我的鞋子。」

米澤海坐下來，抱著他道：「對，也是為你好。相處久了你就知道了，其實你爺爺為人很好，奶奶也好，他們都是好人。」他哄著兒子，大概是這些話太過感傷，米澤海為了轉移注意力，低頭看他手裡的蟈蟈籠，問道：「這是你爺爺給你的吧？我小時候常玩這個。」

米陽道：「也是爺爺給你做的嗎？」

米澤海道：「對啊，每年夏天都有一個，帶出去玩他們不知道有多羨慕我。你爺爺的手特別巧，這點咱們全家就你跟他像。對了，你不是想學修書嗎，以後可以問問你爺爺，他會的東西雜，什麼都懂一點，肯定能幫到你。」

米陽覺得很新奇。

米澤海笑道：「不止這些，你爺爺還帶我燒東西吃，那會兒的烤玉米可沒現在這麼乾淨，但是我又喜歡吃剛摘下來的嫩玉米，烤得黑不溜秋的，啃幾下就一嘴灰。你奶奶不讓，說這樣容易生病，我們爺倆就躲出去偷著吃。」

米澤海看著小蟈蟈籠子非常懷念，話比平常多了許多。

米陽從未聽過這些事，還想再問，忽然聽見有三弦琴的聲音傳來。他轉頭看了一眼，有些好奇問道：「誰在彈琴？」

米澤海道：「你爺爺吧。」

米陽更驚訝了，「爺爺會彈琴嗎？我以為咱們家那把琴就是放在那裡當擺設的。」

米澤海笑道：「當然會啊，你奶奶以前唱戲，多少人花錢想聽都要排隊等著。你爺爺啊，就在一邊彈琴，只要你奶奶開口唱，他拿到什麼樂器都會，什麼都能上手，最好的就是這把三弦。我小的時候還能聽到你奶奶唱戲，唱得特別好聽。」米澤海說著，又搖頭感嘆道：「可惜她後來病了，很多年都不唱了。」

小院裡三弦琴的聲音咿咿呀呀地傳來，米澤海抱著兒子低聲說著話，又轉頭看看那個自己小時候最熟悉的院子，滿眼的懷念。

房間裡，米鴻正在拉三弦，神情認真，但也會習慣性抬頭去看老伴。

老太太笑著道：「又錯了，這裡太高，我每回唱上去都好費勁，你下次彈低一點。」

米鴻笑了一聲，點頭道：「好。」

米鴻拿了琴哄老太太高興，老太太興致來了也哼唱兩句，不過很快就咳了，米鴻便不許她唱了，就拉三弦給她聽，然後自己哼哼。

出乎意料的，他唱得還不錯。

「一霎時把七情俱已昧盡，參透了辛酸處淚濕衣襟……」米鴻低頭撥弄著琴弦，一張凶臉在燈光昏黃的明暗裡沒有太過於稜角分明，低眉垂眼的樣子有幾分滄桑，他接著唱：「我只道鐵富貴一生註定，又誰知人生頃刻分明。想當年我也曾撒嬌使性，到今朝哪怕我不信前塵。這也是老天爺一番教訓，他教我，收餘恨、免嬌嗔、且自新、改性情，休戀逝水，苦海回身，早悟蘭因……」

琴弦彈了手，發出「錚」一聲，米鴻心裡苦澀，勉強笑道：「咱們不唱《鎖麟囊》了吧，這個不好。」

老太太點點頭，隨意道：「好。」

米鴻琴調慢下來，很快換了別的詞唱起來：「那冰輪離海島，乾坤分外明。皓月當空，恰便似嫦娥離月宮，廣寒清冷我欲折桂呀……」

老太太看他一眼，「瞎唱什麼呢，哪有這句啊？」

米鴻停了琴去看她，道：「當初妳唱得最好的就是這《鎖麟囊》和《貴妃醉酒》，我當時在一旁聽得出神，一直看妳，都看呆了，還是旁邊的人拍醒我。那人給我出了一道題，他問我，知不知道『月宮折桂枝』是什麼意思？我回去之後想了很久，才知道他是損我呢，這月宮和金桂都是高得無法攀登的，他這是變著法子告訴我劇院裡的小桂枝是『高不可攀』的角兒，可誰能知道最後是我蟾宮折桂呀……」

他又哼唱了兩句，眼角笑出皺紋，停下撥弄琴弦的手慢慢覆在老伴手上，低聲喚了老太太的名字：「桂枝啊，妳多陪陪我，我就多享兩天福氣，好不好？」

老太太斜倚在床上笑起來，輕聲道：「哎，聽見啦！」

老太太精神不錯，神情柔和，米鴻彈唱，她就凝神聽著，偶爾低聲哼一句附和一下，更多時候是唇角帶著淺笑去看老伴。

她每次都跟米鴻說好些了，但是她的身體拖了這麼多年就像是風中的燭火，風吹來閃動幾下，那個豆粒大的火苗硬撐著一次次又堅持住了。她用自己最大的能力，艱難地活著。奈何無論怎樣，她還是不可避免地衰弱下去。

米鴻心裡焦急，煎藥的事更是一力承擔，只是他也上了年紀，有一次熬藥的時候不小心趴著睡著了，然後醒來發現藥鍋裡的藥汁幾乎快要乾了，帶著一股刺鼻的怪味。米鴻手忙腳亂地把它端下來，勉強沏出小半碗來，黑糊糊的已經不能入口了。

他自己眼眶紅了，在廚房抹了眼淚，把藥倒了重新熬了一遍。

中藥熬乾是不吉利的，米鴻像是預感到了什麼，照顧得更加小心了，也不肯再離開小院和老太太身邊一步。

這期間老太太一直笑著，反倒是米鴻經常被嚇到，有時候他蹲在廚房熬藥還哽咽幾次。米陽瞧見一回，他是進來拿東西的，看見米鴻也沒有閃躲，就大了點膽子，湊上前去安慰了一下：「爺爺，您是在擔心藥熬乾是嗎？那個沒事的，壞的不靈好的靈，這個才準。」

米鴻搖搖頭，聲音沙啞地道：「不是，我是心疼她這輩子過得苦。」

他說完就守著自己那個咕嘟響動的藥砂鍋，親自沏好了藥端著送去給老太太了。

這一碗藥，老太太沒有喝。

她喝了大半輩子的藥，從未有過一天氣色如此之好，臉上帶著紅潤，人也看起來年輕多了，一下子有了精神。她自己坐在那裡，換好了一身新衣，瞧見米鴻端藥進來，笑著道：「把藥放下吧，我不喝啦。你坐著，我想跟你說說話。」

米鴻眼淚滾了下來，搖頭道：「桂枝啊，咱們先喝藥，當我求妳，我求妳……」

老太太對他道：「我要走了，你幫我看著孩子們吧。」

她聲音柔美，說話的時候宛如嘆息一般，看著老伴的眼神裡有著不捨，「你當初要抱養一個孩子來咱們家是為了我，我何嘗又不是呢？」

「你呀，這輩子像頭牛一樣倔，誰的話也不聽，當初如果不是我……好好好，那都是過去的事了，不提了！我身子骨一直不好，也不能給你留下孩子，我就想啊，等有一天我要走了，怎麼留住你呢？得有個『家』在，一輩輩的兒孫都在這個家裡長大再成才離開，去別的地方抽枝發芽，開花結果。我看不到，你就幫我看著。」

「累贅？這麼好的兒子，這麼乖的孫子，怎麼成累贅啦？」

「我不管，米鴻，你答應我！」

「答應我，要活著啊！」

「不然我到了那邊，就不等你啦……」

……

老太太跟米鴻說了很多，她的眼神透著哀求。

米鴻一輩子只對她一個人心軟，從來沒有拒絕過她任何一件事。她抓著他的手，求他活下去，他再不願，也硬是憋出了一個字：「好。」

老太太得了他的許諾，神情一下子放鬆了，笑著道：「我有點累了，想睡一會兒。」

米鴻扶著她躺下，半跪在床邊握緊了她的手，小聲喊她的名字。一聲一聲，由小到大，由急到緩，但手裡握著的溫度還是一點一點流逝了。

米鴻跪在那裡，老淚縱橫，一口血咳出來，兩眼通紅，聲音沙啞道：「桂枝啊……」

昔年蟾宮折金桂。

金桂逝。

不可追。

……

米澤海聽到聲音匆忙趕去堂屋，只聽到米鴻的哭聲就明白過來，心裡像是被巨石狠狠砸了一下，鼻酸眼澀，喊了一聲「媽」，也跪下哭了起來。

老太太去得很安詳，像是睡夢中離開一般。

米鴻整個人都廢了，眼睛一眨不眨地看著老伴，哪裡都不肯去，嘴裡念叨著她的名字，像是要把她再叫醒。米澤海和程青年紀輕，不懂這些事該如何操辦，還是程老太太出面，來幫著辦了一場喪事。

等到要把人抬出去的時候，程老太太還在擔心米鴻會不會上前搶人，一再叮囑了那些人要小心一些，千萬不要傷了老爺子：「他年紀大了，人又倔，一會兒要是起了爭執，你們也多擔待些，留神點別讓他摔了。」

來幫忙的都是一些年輕小夥子，長輩吩咐，自是點頭答應下來。

事實上，米鴻並沒有上前搶人，他看著老太太被抬出去，愣在原地，然後眼睛紅了，喃喃念叨一句：「走了，真走了……」緊跟著又閉了眼睛，落下一行熱淚，低聲喊了一句什麼。聲音太沙啞，聽不真切，然後昏了過去。

老太太剛走，米鴻就病了。

米澤海一邊辦喪事，一邊照顧父親。

米鴻的身體原本很硬朗，這麼多年照顧老太太跑前跑後的從來沒耽誤過什麼，現在突然就鬆了勁兒。自從那天在堂屋昏過去之後，再醒來像是驟然蒼老，勉強撐著身體，送了老伴最後一程。

盛裝老太太的那個黑漆的骨灰盒是米鴻親自埋下去的，他神情淡漠，除了身體虛弱，面上已經不怎麼悲傷了。只是，老太太入土為安那天，米鴻半白的頭髮一夜之間全白了。

第二天米鴻醒過來，把米澤海叫到身邊來，平靜地跟他說了幾句話：「你母親的事已經都辦完了，現在你走吧。」

米澤海道：「爸，您讓我去哪兒？」

米鴻道：「去找你的親生父母，這麼多年我和他們書信來往從來沒有瞞著你，你也知道在哪裡，去認認路，一家人總歸是要在一處的。」

米澤海跪著，眼睛通紅道：「爸，我不走，您就是我的父親！媽走了，我會照顧您！我都和青兒商量好了，我從部隊轉業，我哪兒也不去，就回咱們鎮上，我守著您一輩子……」

米鴻還是冷淡的表情，只是抬手的時候虛弱了許多，神情憔悴，他道：「你走吧。」

米澤海哪裡肯聽，堅持留在家中照顧他。

米鴻上了年紀，忽然受到打擊，更是病來如山倒，躺在床上粒米不進。

米澤海急得不行，拚命想法子讓他吃東西，實在沒辦法只能讓醫生來給打一劑營養針，但上了年紀的人不能這樣折騰太久，醫生把話都說給他們聽，要讓老爺子自己配合才可以。

米澤海什麼方法都用了，用求的，用哭的，還跪在那裡伺候他吃飯，哪怕只喝一口清粥都高興得不行。老爺子還沒起來，米澤海自己先瘦了十多斤。

程青照顧著一家老小，她也心疼丈夫，但是比起躺在床上短短數日就瘦得只剩一把骨頭的老頭，米澤海這樣實在是算不上什麼。她現在對公公米鴻沒有半分怨怪了，米鴻對老伴什麼樣她都看在眼中，這會兒心裡除了哀痛，沒有什麼別的心思，只是努力做好自己的事，盡量多幫上一點忙。

米鴻一心求死。

米澤海在床前伺候了數日，終於明白過來，父親之前把房本和所有值錢物件交託給他的時候，並不是說說的。米鴻對兒子的照顧遠遠沒有老伴那麼多，但也依舊是個合格的父親。他養大了米澤海，送他參軍，凡是別的父親能給的，他也給了這個養子一份。這麼多年米鴻從不打擾他，偏偏這次不顧一切叫他回來。這麼多年對兒子疼愛，偏偏這次受傷不管不問……只因為他已經和兒子劃開了一道界限。

他或許早就料到老太太要先走一步，從她身體轉弱那天開始，米鴻就把自己也劃為了將死之人。一個存了死志的人，對任何事都是冷淡的，他把兒子叫回來，親自給他那些家當，冷靜地交代完畢，對這個世界就再沒有了牽掛。

她走了，他也不肯獨活。

米澤海想通關鍵，愣在那裡，看著床上臉色灰白的老父親，跪著繼續守著他，固執地試著給父親餵粥餵飯，不肯放棄。

程青重新給他們做飯，她也很無奈，丈夫和公公一個比一個脾氣倔。米鴻是個大好人，米澤海對長輩孝順，對她愛護，也是個好男人。這兩個大好人都是好心腸，偏偏都倔得很，認準了一個道理，就十頭牛都拉不回來。

程青沒有辦法勸他們，她起身去廚房做飯，堂屋裡的粥又要涼了，總要換上熱的才好。她切了點青菜，打算做青菜雞茸粥，這個比較好克化，生病吃著也好。正切著菜，忽然想起什麼，「哎呀」一聲，終於想明白米鴻昏過去那天喊的那句話是什麼……

他說：桂枝，妳帶我走吧！

程青眼眶漸紅，用手捂著嘴，在廚房裡哭了半天。

米鴻躺在床上，有氣無力，每天喝幾口湯水吊著命。他睡的時間多，但每次醒來時，說的話永遠是那麼幾句。

米澤海一言不發，跪在他床邊也不走，現在的樣子沒有了剛來時候的意氣風發，只帶著一股固執的勁兒，又氣又可笑。

米鴻對他很冷淡，總是催他走。

米澤海每次都搖頭，堅持道：「我不走，我守著您！」

米鴻道：「你守著我幹什麼？我要去找你媽，你攔不住我。」

米澤海趴在他床邊，顫聲道：「爸，我求您了，您別這樣！您就當為了我，為了我們這個家，多少吃點東西……」

「你活好你自己的就可以了，不要管我。我是死是活，跟你已經沒有關係了。」米鴻頓了一下，又道：「我們這輩子的父子緣分已盡，你做得很好，是我撐不下去了。」

米澤海泣不成聲，那麼高大強壯的一個漢子，在老父親面前哭得像個小孩一樣，他哭著哀求道：「媽讓您活著，爸，求求您睜開眼看我，您看看我吧……媽肯定讓您留下來陪我，而且您走了，再也沒有一個人像您這樣能把媽所有的事都記得這麼清楚了，沒有一個人會像您這樣去想她，去念著她了，您忍心嗎……」

米鴻不為所動，躺在那裡，忽然外間傳來一聲琴聲，他手指顫抖一下，緊跟著又是清晰的幾聲琴音。米鴻猛地撐著身體要坐起來，他太虛弱，手臂都抖了，蒼白著臉，喝道：「誰？是誰在動那把琴？」

米澤海擦了一把臉，連忙站起身來去看，還未走出去，就看到外面米陽小小的身影掀開簾子走了進來，懷裡抱著的正是那把老人家平日裡最寶貝的三弦琴。

米陽又輕輕撥動了那把三弦琴，米鴻都急白了臉，厲聲道：「誰讓你碰我的琴了？」

米陽抬頭看著他，眼神清澈，對他道：「奶奶讓您教我學琴。」

米鴻愣住，他看看孩子，還那麼小，手指也小小的，撥弦的調子都不對，卻能穩穩地抱住那把三弦琴。

琴舊了，人卻是新的。

米鴻好像突然明白了，為什麼老伴讓他活著的原因了。他腦海裡浮現的是他們年輕時候的樣子，他的桂枝唱戲，他在旁邊彈琴。那時他們還年輕，鮮活的生命是最動人的色彩。

她說，你答應我，活下去。

她說，生命綿延不斷，我看不到了，你待在這兒，替我看著它們延續下去。

她說，我總要給你一個理由活下去。

……

逝者不能留，生者不可追。

米鴻抱著琴痛哭失聲，即便是在送葬時也沒什麼哀傷的老人，此刻把心底最痛的一切都宣洩出來。他痛哭了一場，暈了過去，再醒來的時候，他第一次開口要求吃飯。

米澤海立刻就去端了熱粥來，在床邊餵他吃。見父親多喝兩口粥，他高興得眼睛紅了，又開始哭，喊了一聲「爸」，哽咽得說不出話來。

米鴻嚥下了嘴裡的粥，眼睛還有點木沉沉的，轉到兒子身上直勾勾看了好一會兒，才聲音虛弱道：「你的傷，有空也去醫院看看吧。」

米澤海忽然就端不住粥碗了，鼻子一酸，又喊了「爸」，放下碗，趴在米鴻身邊大哭了一場。他知道他的父親不會死了，不會離開他了。

米鴻的身體在慢慢恢復，家裡小輩們照顧得用心，他自己雖然沉默，卻還是每天吃飯並在院子轉上幾圈，比之前好了許多。

程青鬆了一口氣，看了日曆才發現已經回山海鎮三個月了。她有些恍惚，這段時間發生的事情太多，她覺得簡直像過了好幾年一樣。

米陽現在不止週三了，隔兩天就去姥姥家打一通電話給白洛川，只是每次打過去人都不在，偶爾保姆接起來，回答的也都是老樣子：「洛川呀？他出去了，他跟他媽媽一起走的，可能去滬市了吧。」

米陽有些落寞，他掛了電話，抬頭看著日曆算了一下。現在已經是暑假了，白洛川之前夏天的時候也有跟家人出去旅遊過，但都是幾天而已，像這次一直聯繫不上的情況很少見。

米陽嘆了一口氣。

旁邊的程老太太瞧見，安撫他道：「可能是去旅遊啦！」

米陽笑了一下，道：「我也這麼想。姥姥，我先回去了。」

程老太太道：「那你順便拎點紅棗回去。哎喲，我上次過去，看見你媽嘴唇都白了。她那麼大個人了，怎麼也不知道好好照顧自己？說她兩句，她還對我發脾氣呢！」

老太太念叨著，拿了一袋紅棗給米陽，還叮囑他：「煮粥或者泡茶的時候放兩顆，實在不行乾吃也可以。你和你媽都吃一點啊，我們陽陽這小臉也瘦了。」

米陽點點頭道：「知道了。姥姥，我走了。」

米陽沿著石子路一直往前走，他爺爺家和姥姥家離得不遠，剛走到轉彎的地方，就看見幾輛車停靠在路邊。大概是小巷子不好進出，高級轎車只能尷尬地停在了外面。足足有五六輛，像是一個小型車隊。

米陽看了一眼，沒有多想，忽然有人喊了一聲：「米陽！」

聲音很熟悉，米陽覺得自己像是出現了幻聽。他眨眨眼轉頭去找，看到最前面一輛轎車的門打開了，有個小男孩走下來，抿著嘴唇看著他。

那生氣都帶著傲慢的小模樣，不是白少爺還會是誰？

第七章

全世界都阻擋不了白少爺執意相就的心

看到白洛川，米陽很驚喜，走過去問道：「你怎麼來了？」

白洛川道：「我陪爺爺過來看看。」

米陽又問：「白爺爺也來啦？」

白洛川點點頭，視線落在米陽手上拎著的袋子上，皺眉道：「什麼東西？重不重？」說著習慣性伸手要去接過來。他們從小一起長大，駱江璟沒少說他是哥哥，要照顧弟弟。

米陽道：「不重，就是曬乾的紅棗。」

米陽想去跟白老爺子打招呼，卻沒有看見他老人家，只有駱江璟在。

駱江璟看到他之後，露出如釋重負的笑容來，先摸了摸他的小臉，心疼道：「陽陽瘦了好多啊，你家裡……」她視線轉向米陽的衣袖，上面別了黑紗，便嘆了口氣，安撫道：「好孩子，辛苦你了。你爸爸媽媽在嗎？我想去看看他們。」

米陽點點頭，領著駱江璟他們過去。

駱江璟原本是來探望重病的長輩，帶了不少營養品。米家老太太沒了，米鴻身體也不太好，東西倒是也能用得上，她就都留下了，還去祭拜一下，給米澤海和程青留了點錢。

米澤海推拒不要，駱江璟道：「拿著吧，這是咱們老家這裡的規矩，我是嫁過來的媳婦，也是懂這些的。」

程青有些疲憊，人看著不胖，臉水腫了一圈，氣色不太好。米澤海要照顧父親，程青就帶了駱江璟去了他們住的那個房間，倒了茶水給她，陪著說了一會兒話。

駱江璟低聲詢問著老人家的事情，程青儘管壓低了聲音，但說了沒兩句就眼眶變紅。米陽看見了，從凳子上跳下來，拉著白洛川的手道：「咱們出去吧，我帶你出去玩。」

白洛川點頭答應了，他從來了就沒有多跟米陽說話，一副「我還在生氣，沒跟你和好」的樣子，但是米陽主動跟他說話，他還是會多看兩眼的，這會兒被握住了手也沒掙脫，任由米陽牽著走到了小院裡。

米陽看到院子石桌上放著的那一袋紅棗，拍了自己的腦門一下，「壞了，忘記這個了！你等我一下，我去洗棗！」

白洛川道：「我也去，你等我一下，我去拿衣服。」

他起身要走，米陽卻拿起那個裝紅棗的袋子，兩人都看著對方的手覺得不對勁。

米陽奇怪道：「洗棗拿衣服幹什麼？」

白洛川擰眉道：「你拿的是什麼東西？浴室用的？」

米陽一聽就樂了，道：「不是那個洗澡，我說的是洗紅棗。」他掂了掂袋子給他看，「能吃的這種棗。」

白洛川點點頭，又道：「去哪兒洗？」

米陽道：「就在院子裡啊，這邊不是有個小水池，是井水呢，可涼了，特別舒服。」

白洛川原本還站在一邊，聽到米陽叫了他兩遍，就一副「我勉為其難試試看」的樣子坐在一旁的小竹凳上，也伸手捧著井水玩了幾下。入手冰涼，他驚訝道：「像是放了冰塊，都可以當小冰箱了。」

米陽道：「對啊，過幾天我們可以拿個西瓜來冰著吃。這邊壓水……對，你再按兩下，水接到那個木盆裡。」米陽一邊指揮他取水，一邊抖開袋子把紅棗都倒進去泡著，「這個木盆大吧？我們可以泡兩個西瓜，小一點的那種，對半切開了用勺子挖著吃。我昨天還吃了一次西瓜，可甜了。我現在能聽聲音挑瓜了，保管是熟的。」

他一邊清洗紅棗，一邊跟小少爺絮絮叨叨地說話。什麼都說給他聽，帶著哄他的意思，畢竟是他太久沒回去，對那個原地等著的人，心裡總是難免有些愧疚。

白洛川很好哄，知道米陽還是把他放在第一位，就不怎麼生氣了，兩個人沒過一會兒就又熟悉起來，感情好得像是沒分開過。

米陽挑出一顆最大的紅棗，擦了擦上面的水，遞到白洛川嘴邊，「嘗嘗？」

白洛川正在壓第二盆井水，拿著這個當玩具了，正玩得開心，米陽遞到嘴邊他就張口吃了，嚼了兩口，道：「好甜。」

米陽也拿了一顆紅棗自己吃，問道：「你的病好了嗎？怎麼病了？嚴不嚴重？」

白洛川道：「就是感冒，不小心吹風著涼了，已經沒事了。」

米陽不明白，「怎麼會著涼？司機不是一直接你上下學嗎？」

白洛川道：「晚上著涼了。」

米陽在他家住過的次數太多了，簡直要比自己家裡還熟悉，聽見他說，更是皺眉，「那也不對啊，保姆阿姨每天晚上都檢查門窗，被子也夠，你是不是偷跑出去了……」

白洛川閉上嘴，不肯說了。

米陽想了一下，湊近問道：「你是不是晚上偷跑去我家了？」

白洛川不壓水井了，板著臉道：「這個不好玩，我不玩了！」說完轉頭就走了。

米陽想了一下，白洛川半夜頂著寒風跑去他家踮腳看他回來沒有，那得要等上多久才會生病？光是想像那個小孩可憐兮兮又一臉倔強地等自己回來的模樣，米陽就心軟得不行。

他嘆了一口氣，把紅棗收拾好放在盆中，自己過去找白洛川。

白少爺沒走遠，在米陽家門口站著瞪一棵樹，恨不得瞪出花來。

米陽走過去，抬頭也看著那棵樹道：「這是石榴樹，我爺爺為我種的，我每次回來都能有一顆大石榴，外面的皮乾了，但是裡面特別甜。有一次我吃它時嗆著了，把我爺爺奶奶嚇壞了，我就說我不愛吃了。」他笑了一下，嘆道：「他們也不信呀，每次都把石榴籽挖出來，然後用湯匙壓汁一口一口餵給我喝。」

白洛川乾巴巴道：「哦。」

米陽去牽他的手，彎著眼睛問他：「今年石榴還沒熟，要等到八月十五那會兒了，我留一顆給你好不好？」

白洛川剛想點頭，立刻又憤怒地挑起眉，「你還想留到過中秋嗎？」

米陽默默計算了一下時間，還沒等開口，就見少爺怒火更旺了，「你還想這事？」

米陽揉了鼻尖一下，低聲輕笑起來。

白洛川被他惹惱了，甩開他的手想走，米陽趕緊抓緊，連聲哄他道：「我就是說說啊！我想邀請你來我家玩，請你吃石榴，不好嗎？我也不知道什麼時候能回去，我得問問我爸媽，他們說了才算。」

白洛川轉頭看他，眼睛裡像是有跳動的小火苗，氣得臉頰都紅了。

兩個小的和好了又吵架，吵架了又和好，不管怎麼說，米陽暫時安撫住了小少爺，等到程青送駱江璟出來時，白洛川就拉著米陽的手過去道：「媽媽，小乖跟咱們一起走。」

駱江璟彎腰對他道：「媽媽不能做主，你要先問問小乖，再問問你程阿姨才可以。」

白洛川就牽著米陽的手走過去，小心問道：「程阿姨，我和小乖說好了，今天晚上他去我家裡玩，明天我們再一起過來，可以嗎？」

程青這段時間一直在忙，米陽盡可能地幫她，從來不到處亂跑，更別提和其他小朋友玩了，乖得讓她心疼。她聽見白洛川這麼說，點頭道：「當然可以，你要在這裡待多久？」

白洛川當著長輩的面有些拘謹，小大人似的回答道：「我媽媽說可以住一個暑假。」

程青道：「那讓陽陽多陪你玩兩天。」

白洛川驚喜道：「真的嗎？謝謝程阿姨！」他道謝飛快，生怕程青後悔似的，還不忘討好地說一句：「程阿姨最好了！」

駱江璟笑道：「聽聽，我忙前忙後這麼多天，一聲好都沒聽到呢！現在最好的就是你程阿姨，對不對？」

白洛川得償所願，毫不吝嗇地誇道：「媽媽也最好了！」

最好的駱江璟帶著兩個小孩一起回了白家老宅。

白家老宅占地很大，踏著高高的門檻進去，就像是踏入了另外一個世界，和外面的喧囂都隔開了，只感覺到庭院的靜謐。院中的老樹枝繁葉茂，入耳聽得到清脆的鳥鳴聲。

米陽一邊走一邊看著，他來過幾次，但是太大了，並沒有像這次一樣逛著走完，而且大部分去的地方都是右邊新蓋的一座樓上，那裡也是白洛川平時休息娛樂的地方，雖然外觀跟老宅相符，但只做了木質外層，裡面依舊是鋼筋水泥，室內裝修得非常時尚，白家一般都會在那邊舉辦宴會，去的也大多都是年輕人。

不過現在還早，白洛川那棟自己住的小樓還沒建起來，老宅也沒有上一世修葺整頓後的樣子，還保持著最初的古樸。

米陽抬頭看著，帶著幾分好奇和比較，這麼看下來倒是跟記憶裡的慢慢重疊起來，有些地方覺得有些熟悉了。他和白洛川一起邁步走進內院，轉角處的一道石屏風上的壁畫顏色斑駁，米陽對這些老物件比較敏感，多看了兩眼。

白洛川卻是皺眉，看著院子裡偌大且空蕩蕩的天井。這裡的荒草碎石都清理了，但空著也並不好看。白洛川小聲哼道：「這邊應該挖個池塘，旁邊種花才好看。」

米陽錯愕地看他一眼，眨了眨眼睛。

上一世白洛川還真的這麼做了，他接手老宅之後，在這裡挖了一個池塘，養魚養荷花，周圍種了許多品種名貴的花，一年四季常開不敗，還帶他來看過幾次，神色得意極了。

白洛川先帶米陽去見了白老爺子，米陽站在門口問好。白老爺子坐在書房中正在擺弄沙盤，書房古色古香，寬大的檀木桌上放著沙盤有點突兀，但是他老人家不在乎，招手讓兩個小的進去，仔細看了，這才笑道：「陽陽，怎麼一段時間沒見，就跟白爺爺生疏了？」

米陽搖搖頭，他身上還戴孝，小孩子倒是沒有那麼嚴格不能去別人家，但是白老爺子畢竟是老人家，有些老人還是忌諱這些的。

白老爺子看見他手臂上的黑紗，對他道：「不礙事，爺爺當年是從死人堆裡爬出來的，不忌諱這些。」

他問了米陽家裡的情況，米陽一一答了。白老爺子嘆了一聲，拉開檀木桌的抽屜，給他和白洛川一人一個長方形紅絨盒，「拿著吧，你們自己去玩，洛川照顧好弟弟。」

白洛川點頭應了，帶著米陽出去。

他們在走廊上拆開盒子看裡面裝著的東西，是派克鋼筆，應該是早就準備好的禮物。

白洛川很滿意和米陽用同樣的東西，他看見一些家裡有兄弟的總是穿一樣的衣服，用一樣的東西，覺得很有意思。他和米陽都是獨生子，但是白少爺覺得自己是米陽的哥哥，兩個人穿一樣的才顯得更親暱，兄弟感情更好一些。

駱江璟這邊也幫他們收拾出了臥室，老宅的房子太大，顯得很空曠，她怕兩個孩子突然換了環境害怕，便讓兩人還是住在一處。

她在來這裡之前就準備了雙份的兒童用品，什麼都是一樣的，只是顏色不同。

白洛川看到之後，奇怪道：「怎麼有兩支藍色牙刷？」

駱江璟道：「你是深藍色的，小乖是淺藍的。小乖是男孩子，用藍色的更好看。」

白洛川摸了摸，滿意道：「對，藍色的更好看。」也跟他的更像了。

米陽倒是無所謂，不過白夫人很細心地照顧到他，還是覺得心裡暖暖的。

晚上睡覺的時候，米陽忽然想起一件特別重要的事。他翻來覆去滾了幾下，最後還是受不了地坐起身來，苦惱道：「壞了，我忘記帶我的小枕頭！」

白洛川白天路上坐車累了，聽見他這麼說，伸手摸了一下，擰眉道：「這個是蕎麥殼的，不夠軟，你試試我這個……」

米陽也睏了，但是沒有枕頭睡不著，「你這個軟也不行，不是我用的那個。」

白洛川拽著他挨著自己的躺下，兩個人枕在同一個軟乎乎的枕頭上，白洛川閉著眼睛一邊摟著他，一邊在他後背安撫似的拍了兩下，含糊道：「你試試，我覺得這個跟我在家裡用的挺像的。你以前睡覺的時候，好幾回都睡到我這邊來了，不是也睡著了嗎？」

米陽不情不願地躺著，每次想翻身，就被白少爺勾著肩膀又帶回來一點，哄他一句：「先閉上眼睛，這個真的跟咱們在家裡用的那個枕頭一樣軟。」

也不知道是安撫起了作用，還是白天忙了一天太累了，米陽睏意上來，隨著肩膀上的小手一下接一下的輕輕拍撫，慢慢呼吸均勻地睡著了。

第二天米陽醒過來的時候，還有點分不清睡在哪裡，瞇著眼睛轉身時和旁邊的孩子腦袋撞了腦袋一下，兩人都哼了一聲，睜大眼睛看著對方，然後一起笑了。

白洛川沒什麼事的樣子，精神抖擻地起來穿衣服。

米陽頭還有點疼，摸了一下，嘀咕道：「真硬……」

白洛川聽見了，轉身問他：「什麼？」

米陽搖搖頭道：「沒什麼，我想等一下先回家去。」

白洛川立刻道：「不行！」

米陽道：「我只是回去拿東西，我拿了枕頭就回來。」

白洛川有點猶豫，擰眉道：「睡我那個枕頭不行嗎？你昨天不是也用了？我看你睡得挺好啊，不然我多拿幾個來，你再試試？」

米陽看著他，沒有吭聲。

白洛川不太情願地道：「好吧，我陪你回去。」

兩個人回去的路上，白洛川一再強調特別遠，要好久才能到米陽家，出來一趟不容易，讓米陽拿了東西趕緊跟自己回去。

米陽：「……」

你昨天可不是這麼說的，你說特別近，走幾步就到，我還能隨時回家去呢！

白洛川當瞧不見米陽那個眼神，在車上還在跟他念叨：「你都不知道我來這裡一趟有多不容易，跟我媽談了好久的條件，還去滬市讀了兩個禮拜的書呢！」

米陽好奇道：「去滬市？你要轉學嗎？」

白洛川說起這個就心煩，擰著眉頭道：「不知道，我媽特別想我去那邊讀書，還得聽我爺爺的吧！反正我為了來找你，忙活了半個暑假，假期都上課，我看你都快把我忘了！」

米陽道：「怎麼會？」

白少爺一臉的不樂意。

米陽被他攥著手也動不了，只能伸出一根手指頭在他掌心動了動。

白洛川轉頭看他，就看見小孩帶著點討好似的用那雙微微下垂的小狗眼看他，又可憐又可愛，心裡那點小火苗當下就滅了。他最喜歡米陽聽話的樣子，尤其是這樣眼睛只看著他一個人。他伸手捏了捏米陽的臉頰，哼道：「你都不記得過幾天是什麼日子了。」

米陽心裡一動，看著他道：「記得呀，你的生日嘛，我們每年都是一起過的。」

白洛川這才心裡舒坦了，嘴角挑起來些，「你送我什麼？」

米陽其實還沒準備，硬著頭皮道：「先保密吧，給你一個驚喜。」

白少爺被驚喜這個詞哄得開心起來，一路上眼睛亮亮的。

回到米陽爺爺家裡，米陽推門進去，先拿了自己的小枕頭，又抱著枕頭去程青那邊打了個招呼，順便還想要一點零用錢，買點什麼給小少爺做個小手工哄他開心。

白洛川全程跟著，米陽就偷偷摸摸躲著跟程青要錢。

程青正在廚房忙活，聽不見他說的話，掀開鍋蓋問道：「什麼？你說大聲點！」

米陽道：「……也沒啥事。」

程青做了清蒸魚，剛放上去不久，打開之後想起要再放一點豆豉，米澤海平時喜歡吃這一口。她這邊剛打開，還未熟透的魚腥味夾雜著水霧騰起來一團，讓她臉色變了一下，匆匆丟下鍋蓋，跑出去乾嘔了兩聲。

米陽嚇了一跳，連忙追過去，「媽，您沒事吧？」

程青擺擺手，但還是噁心得說不出話來。

米陽去倒了一杯水給她，看著程青漱口之後臉色略微緩和，這才稍稍放心，接過杯子，擔心道：「媽，您是不是病了？要不要去醫院看看？」

程青道：「沒事，就是這幾天太累了，昨天晚上也沒睡好，過兩天就好了。」

米陽還是擔心得不行，要去跟米澤海說，卻被程青拉住了手臂。程青無奈道：「真不用，媽媽休息一下就好了。等幾天吧，媽媽就去醫院看看，好不好？」

米陽免為其難答應了。

程青笑了一下，摸了摸他的頭。

回到白家後，米陽一直都有點擔心，他覺得程青這段時間忙裡忙外太操勞了，很怕她的健康出問題。

白洛川想了一會兒，忽然問他：「你媽媽是不是要有小寶寶了？」

米陽愣了一下，「不可能啊……」

白洛川道：「上次來我家的那個阿姨也是這樣，吐了幾次，然後就有小寶寶了。」

米陽下意識還想否定，因為上一世就沒有，卻皺著眉頭回想起來，上一世他們母子倆也沒有那麼早隨軍，程青也沒有留在那邊工作，只是兩邊跑著，每年去探望幾個月，他更是在山海鎮的姥姥家長大……這一世已經改變了太多事情。

米陽開始猶豫起來，「應該不會吧？」

白洛川道：「請醫生來看看就知道了。」

白老爺子心臟不好，有隨行醫護人員陪同，而且鎮上的醫院距離不遠，去一趟並不是麻煩事，最要緊的是現在的規定，現在可是不准超生的。

米陽沒吭聲，含糊道：「我媽自己應該知道，過兩天我先問問我爸。」

白洛川點頭道：「好。」

米陽雖然這麼說著，也跟著忍不住犯愁。

計劃生育什麼規定來著？好像要孩子就保不住本職工作吧？當年就他爸一個人有工作，他小學二年級時他爸才轉業回來，他媽媽跟著一起換工作，接著他在這裡上了初中，去市裡讀了高中……

突然多一個小寶寶，好多事情都要出現變動了。

米陽這兩天在白洛川家待得很不安心，總覺得白少爺說的有道理，晚上做夢的時候還夢到自己幫剛出生的小寶寶泡了一晚的奶粉。小寶寶總是餓，他泡慢了小寶寶就哇哇大哭，米陽這個小蘿蔔頭的腿太短，恨不得踩上風火輪。

隔天醒來的時候，簡直是累壞了，沒兩天就有了黑眼圈。

白洛川伸出手指摸了摸他眼睛下面的黑影，皺眉道：「不然我陪你住在你家吧，你是不是在這裡睡不好？」

米陽想了想，點頭道：「我是不放心我媽。你要是不介意我的床小，咱們就一起睡。」

白洛川當然不介意，他都追到這裡來了，就是想跟米陽一起玩，當下就收拾了不少東西準備帶過去，看這架勢是打算在米陽家過暑假了。

白洛川整理行李的時候才看到一份作業，轉頭拿給了米陽，道：「我差點忘了，我把你的暑假作業帶來了。」

米陽：「……」

好吧，拿到就做，反正也沒幾道題。

米陽翻了一下，發現也就是語文作業抄寫的比較多，趕趕工幾天還是做得完的。

駱江璟正在樓下講電話，似乎在談生意上的事，看見他們下樓就對電話那邊輕聲吩咐了一句，然後掛斷電話，看向他們，「你們這是要去哪兒？」

白洛川背著背包道：「米陽想回家，我跟著一起去。媽媽，我去他家住幾天。」

米陽也背著一個相同的背包，懷裡還抱著小枕頭，有點不好意思道：「駱姨，不好意思，我擔心我媽媽。」

駱江璟道：「你媽媽怎麼了？」

米陽含糊道：「她這幾天身體不太舒服。」

駱江璟只當他是小孩子說不清楚，輕輕皺了眉頭，也拎上自己的小包叫了司機來，對他們道：「走吧，我跟你們一起過去看看。我前兩天瞧著你媽媽臉色有點不好，別是累病了，自己都不知道。」

她和程青這麼多年關係一直不錯，又是瞧著兩個小孩在自己跟前長大，因此對這件事挺上心的，還帶了一個隨行的軍醫一起過去。

米陽坐在車上有些不安，「駱姨，不用帶醫生了吧，我媽媽她自己就在醫院上班。」

駱江璟擺擺手道：「沒關係，這是幫你白爺爺看病的醫生，讓他去給你媽媽看一下，這樣大家都好放心。」

米陽沒辦法，只能跟他們一起回到自己家裡。

程青在房間裡休息，聽見院門口有動靜，準備起身去看看，還沒等走出去，就覺得一陣頭暈，坐在床邊緩了好一會兒。駱江璟剛好帶著醫生進來，看見她臉色蒼白，嚇了一跳，連忙過去扶住了，問道：「這是怎麼了？快躺下。」

程青小聲道：「不礙事，我就是累了點，休息一下就不要緊了。」

駱江璟不聽她的，叫了醫生來給她看。醫生提著醫藥箱過去問診，很快就「咦」一聲，神色複雜道：「這不是生病了。」

駱江璟愣了，「不是生病？臉色都這麼差了。」

醫生搖搖頭收起聽診器，道：「不是病了，她應該是有孩子了，我看至少三個多月快四個月了吧，胎心聽得很清楚。如果不放心可以去拍個片子看看，不過看妳家的情況……」最後一句沒說出來，這個年代，要和不要是兩種選擇。去了醫院被人知道，又是一番麻煩。

駱江璟驚訝地看著程青，「真有了？」

程青咬了咬唇，沉默著沒有說話。

駱江璟明白過來，又小聲問她：「妳早就知道了？」

程青搖搖頭，眼眶紅了，「我也是前陣子才發現的，反正是不能留的。現在家裡事太多，等過段時間我再去醫院吧。」

駱江璟也是當母親的，自然理解她的想法，都是捨不得。

她先讓醫生開了一點補氣血的藥，又讓司機跑一趟去醫院買回來，吩咐好這些事之後，這才招呼兩個小孩過來。

米陽從剛開始就站在門口，生怕阻礙了醫生給程青看病，這會兒都在門口聽見了，一臉的驚訝，站過來的時候看看程青，又看看她和平時幾乎一樣的小腹，小心碰了一下，也就指尖碰到一點就立刻停住，小聲道：「媽媽，這裡真的有小寶寶了嗎？」

程青嘆了口氣，摸摸他的頭道：「是啊！」

米陽抬頭看她，「能不能留下他？」

程青道：「咱們陽陽想當哥哥嗎？」

米陽點點頭。

程青嘆了一口氣，對他笑了笑，沒再說話。

駱江璟瞧著她精神不好，就讓兩個小的先出去，自己留下陪程青，跟她說話。

米陽哪裡肯走，躲在窗臺下豎起耳朵偷聽，可惜裡面說話聲音太小，只聽到幾個字。

白洛川蹲在旁邊戳了他一下，壓低聲音道：「我就說吧，你媽媽是有小寶寶了。」

米陽心不在焉地點點頭，抬頭看著窗戶那邊的時候有些無奈。

上一世他沒有聽說過這個小寶寶，但他不一定不存在，重生的小翅膀扇動幾次，讓他在這個時候知道了這件事。

白洛川小聲問他：「你想要弟弟或者妹妹嗎？」

他問得像是所有的小孩子一樣，帶著點新鮮也帶著點爭寵的擔憂，可是米陽不能用小孩的心思去看，想了半天，才嘆了口氣道：「看他們吧，我現在太小，做不了什麼。」

他是心疼他媽，剛才程青快要哭出來的樣子，米陽看了心都跟著揪起來。

白洛川誤會了，湊近了他一點，抱了他一下道：「沒事，你可以來我家，我只對你一個人好。」想了想，又加了一句：「永遠就對你一個人好，我跟你保證。」

米陽原本還在感傷，被他逗樂了，歪頭看他一本正經的樣子，忍不住笑著點點頭，「好，你可要記住了，以後不能欺負我。」

白洛川搖搖頭，認真道：「我不欺負你，我護著你。」

駱江璟從房間裡出來，她牽起白洛川的手帶他先回去，對米陽道：「你在家照顧你媽媽兩天，多陪陪她，我已經打電話給你爸爸，他一會兒就回來。」

米陽點點頭。

白少爺也聽出事情嚴重了，聽話地跟著母親一起走，到了門口的時候折回來抱了米陽一下，小聲道：「過幾天，我等著你。」

米陽拍拍他的肩膀道：「嗯。」

米陽送走了客人，又回到房間去陪著程青。程青大概是心事已經說出來，臉色比之前好了許多，她把米陽抱在懷裡小聲和他說話。

米澤海回來得很快，進來的時候正好跟來送藥的人碰到，那個老軍醫也跟著一起來，他不對女同志說什麼，但是看到米澤海忍不住把他叫到一邊，嚴肅地叨念了幾句：「……已經快四個月了，你們當大人的一點自覺都沒有嗎？身體這麼差，也不好好休息，以為年輕就沒事了是不是？她不在意，你也是個粗神神，怎麼都沒察覺？現在做手術身體創傷還小一些，如果再拖幾個月，對她的身體傷害更大。」

米澤海嚇了一跳，手足無措，完全不知道這件事。送走了醫生，這才轉頭找程青，眼睛看著她，呼吸都輕了，小心道：「這、這是真的嗎？」

程青點點頭，已經比見駱江璟那會神色平靜許多。

米澤海看了她好一會兒，才道：「那就是之前，在軍區醫院復健的時候……」

程青臉紅了一下，啐他一聲道：「當著孩子的面，什麼都敢胡說！」

米澤海立刻噤聲，湊近了一點，坐在床邊去看妻子，又低頭看看她的腹部，眼中的喜色一閃而過，很快就滿是擔憂起來。程青也沒好到哪兒去，兩人嘆了口氣，一起發愁。

米澤海道：「是我沒照顧好妳。」

程青搖頭道：「家裡事情這麼多，你已經做得很好了，再說是我自己沒注意，這次也跟懷陽陽的時候不一樣，聽話多了，一點都沒鬧騰。」她的手放在腹部上輕輕摸著，神情複雜。

米澤海又道：「這個孩子……」

程青迴避道：「你先忙其他事吧，這個等過段時間再說。」

米澤海沒有聽她的，握著她的手，聲音輕但堅定道：「留下來吧，咱們養他。」

程青錯愕地看著丈夫。

如果是換了其他時候，米澤海都會再猶豫一下，但正因為家中剛剛發生了大事，反而讓他清醒過來——錢可以再賺，工作可以再找，一條小生命就在眼前，他沒辦法置之不理。

就是因為失去親人，才知道生命有多可貴。

程青被他握著手，心裡說不感動是假的，但要點頭答應也很困難。她不想當著孩子的面談論這個，低頭對米陽柔和道：「陽陽乖，你先去看看爺爺，媽媽一會兒拿點心給你吃。」

米陽知道他們要避開自己討論，點點頭道：「好。」

他走出去兩步，立刻拐了彎兒繞回來躲在窗臺下面偷聽。比剛才那個距離近了些，他的耳朵豎得也更尖了。

房間裡，程青猶豫道：「算了吧，你努力了這麼多年，不要工作啦？咱們有陽陽一個就夠了，陽陽多懂事聽話啊，我這輩子有這麼一個兒子就知足了。」

米澤海道：「工作可以再找，妳和孩子最重要。醫生說妳的身體太弱，我聽得提心吊膽，都怪我這幾天粗心沒看出來。」他頓了一會兒，又認真道：「我不是逼著妳要孩子，我知道妳在醫院特別努力，總之這事全聽妳的，就是妳千萬不要去想我工作的事，我有力氣，做什麼都能養活妳和孩子們，妳就想著自己，我、我和陽陽什麼都聽妳的。」

程青被他氣笑了，「你就為你自己表態就行了，替陽陽說什麼？」

米澤海道：「我們父子連心啊，我瞧出來了，陽陽跟我想的一樣。」

米陽在窗戶外面蹲著聽，在心裡嘆了口氣。這點他倒是贊同的，他和他爸一樣，恨不得把程青捧成家裡的女王，他們一個國王一個王子，持槍拿盾，甘願為她保駕護航。

現在計劃生育查得嚴，程青再是不捨，也要考慮他們將來的生活。有了好些的工作，就能去城市裡安頓下來，就可以變成城市戶口，孩子也能得到更好的教育。她撫摸著腹部，嘆息道：「不了吧，我想把陽陽照顧好。這輩子能把一個孩子拉扯成才我就知足了，至於這個孩子，可能跟咱們沒有緣分。」

米澤海沉默了一會兒，嘆息了一聲。

程青這麼說了，但心裡多少還有些不是滋味。她懷了孩子，本就多愁善感，這會兒強撐著維持笑臉，可轉過頭去自己擦了幾次眼淚。

米澤海眉頭緊皺，他心裡是不捨的，又想尊重妻子的想法，一時間都糾結起來。不過再心痛，比起未見面的孩子，妻子的身體在他心裡還是第一位的，他詢問過白家那邊的軍醫，又去醫院打聽過一遍，這才回家來跟程青說了，想跟她定個時間去醫院。

程青嘴上答應了，中午那頓飯就沒吃下兩口，下午的時候米澤海騎著自行車載著她去了醫院，只留了米陽一個人在家裡。

米陽左眼跳了兩下，心裡沒底。

沒過半小時，程青和米澤海就回來了。兩人依舊還是那副愁眉苦臉的樣子，去的時候什麼樣，回來就還是什麼樣。

米陽連忙站起來，跑過去抱了抱程青，「媽……」

程青把他抱起來，米陽嚇壞了，動都不敢動，「媽，妳放我下來，我太重了！」

程青親他一下，坐下後依舊把米陽抱在懷裡，逕自發著呆。

米澤海坐在一旁也是皺著眉頭沒有說話，好半天才嘆了口氣，「不管怎麼樣，妳的身體第一，其他的先不管，我陪妳去省醫院再看一下。實在不行，我們去北京……」

米陽聽著不對，問道：「爸，我媽到底怎麼了？」

米澤海道：「你媽身體不好，要去做個小手術。」

米陽不懂，但聽起來不只是為了小孩，更多的是因為程青身體的關係。

米澤海猶豫著，詢問程青道：「不然我們把這個孩子留下吧，妳身體太弱，我真擔心萬一出什麼問題……醫生不是也說可以寫份證明，跟單位申請嗎？」

程青自己就在醫院工作，也見過類似的情況，但極少有單位會同意，尤其是她和米澤海工作的地方，更是不可能的。邊城那邊抓得不比這裡寬鬆多少，這年頭獨生子女的計畫很嚴格，丟工作罰款都需要一大筆錢，很可能是他們這個小家支撐不起的。她當然也喜歡孩子，但是經濟基礎在這裡，總歸是要先顧慮好第一個孩子再考慮其他。

如果一個都養不好，生下來才是不負責。

她已經淡定下來，對米澤海道：「爸的身體開始康復了，明天我和你去省立醫院看看，那邊的醫生和設備都好很多，總歸是有辦法的。」

米澤海點點頭，眼中有愧疚，更多的是心疼，「是我不好。」

程青搖搖頭道：「醫生不是說了嗎？是意外，我們也沒想到啊！」

米陽在旁邊聽著，努力回想。他記得剛上小學的時候，程青好像也去了一趟泉城，那時候米澤海還在部隊，程青在那邊的醫院住了一段時間，他姥姥還特意去陪著她直到出院。當時姥姥跟他說的好像也是「動了一個小手術」這樣的理由。

米陽這麼多年從來沒把這件事和未出生的小寶寶聯想在一起，現在想想，或許就是那次手術讓程青的身體變差了。他記得程青是在四十五歲就提前退休了，一直在家，偶爾出去旅遊，時間長了都會生病，他爸後來特意換了一輛越野車，把車裡收拾得像個小家一樣，週末的時候老兩口就出去轉一小圈，但也從不走遠。

米陽擔心起程青的身體，問道：「媽，這個手術很嚴重嗎？是不是很傷身體？必須要做手術才行嗎？哪個對您更好啊？」

程青握著他的手，擰眉道：「這是大人的事，你別管了。」

米陽搖搖頭道：「我可就一個親媽，別的我不管，我就管您。」

程青笑了一下，眉宇間的愁緒散開一點，對他道：「我再和你爸商量商量吧。一家醫院說的也不準，再去省立醫院看看。」

米陽點點頭，又叮囑：「凡事都以健康為重。」米澤海偷偷在背後碰了米陽一下，米陽立刻加了一句威脅：「不然我就去跟姥姥告狀，從咱家跑過去三分鐘不到就能看見姥姥家。」

程青戳他腦門，「就你心眼多，媽知道了！」

兩個人準備去省立醫院，這邊收拾好了，正準備走的時候，米澤海接到白政委的電話。

白敬榮原本要跟父親一同休假回老宅住上幾天，但是之前工作忙，這才晚了幾天。昨天晚上剛到，今天休息了一下就打電話來找米澤海，讓他過去一趟，說有事商量。

米澤海不知道什麼事，急急忙忙趕過去了。

白敬榮正在一樓客廳翻看報紙，看到他來，起身帶他去了書房。白敬榮也不是特別能寒暄的人，兩人坐下，他就開門見山地說道：「明年部隊人員的精簡方案已經下來，政策不變，還要繼續裁軍，師部也在精簡人員編制之中，你們團要減掉一半的人。」

米澤海愣了一下，心裡有些苦澀。

白敬榮道：「以你的身體情況，就算康復也不適合繼續留在一線。」他沉吟道：「我查了你的檔案，你入伍時是在基建工程部隊吧？我看上面對你的評價相當不錯。你有沒有想去的地方？沒有的話，我可以給你推薦一個。當初基建工程轉到鵬城的不少，那邊的單位多，雖然是工程建設公司，但也在編制內管理，我可以推薦你去那邊。戶口和孩子入學的事你不用擔心，你是演習保護戰友受傷，部隊會一併幫你解決安置好……」

米澤海感到一陣愧疚，他沒想到白敬榮會一直記得他的傷，還把未來的路都幫他想好。他猶豫一下，嘆氣道：「謝謝政委，您也幫我謝謝老首長，我可能去不了了。」

白敬榮愣了一下，道：「怎麼了？」

米澤海默了默，道：「我老婆懷孕了。」

白敬榮道：「你怎麼打算的，要留下嗎？」

米澤海道：「她的身體不好，醫生說有一定的危險。她跟我吃了這麼多年的苦，我不能為了自己，就不管不顧地送她去醫院……事關她的身體，最後我肯定要聽醫生的。」

白敬榮點點頭道：「情感上我能理解。現在還有一段時間，你回去可以再商量一下。」

米澤海轉身剛走兩步，還未出書房，就聽到白敬榮又問道：「如果堅持做這個決定，那麼就沒有辦法分配單位，不知道你有沒有興趣考慮一下私人公司？」

米澤海回頭看他，有些錯愕。

白敬榮笑了一下，「江璟想回滬市了，她當了我這麼多年的賢內助，我自然要支持她的決定，但是她一個人我總是不太放心，如果可以的話，我想請你去幫幫她。你和程青的為人我信得過，主要是和鵬城那些工程公司打交道，不少都是你老部隊的戰友，我相信你可以勝任的，至於薪資，我太太會開出一個讓你滿意的年薪。」

駱江璟做了許多年白夫人之後，終於在九六年翻滾的商潮中決定回滬市做一番事業。她思考了許久，瞄準了正在慢慢熱起來的地產業。

白家給出的兩條路，第一條路，米澤海為了妻子十分猶豫，但第二條路，就是他現在最需要的。他之前受傷被白敬榮及時救助，心裡原本就存了一份感激，現在別說白家是在幫他，即便是讓他辭了公職去幫忙，他也是肯的。聽到白敬榮這麼說，當場就點頭答應了。

白家的意思是要他們一同去滬市，除了戶籍問題，其餘和鵬城待遇幾乎沒有差別。

米澤海留下和駱江璟又商談了一陣子，有些恍惚，他怎麼也沒有想到，原本困擾他們夫妻的一個大麻煩會這麼順利就解決掉，甚至他還能陪在程青身邊一直照顧她。

駱江璟把裝合約的文件袋推給他，笑道：「也不是全為了你們，我也有私心。回滬市後，忙起來肯定不能多陪著洛川，正好你們現在情況特殊，能不能讓陽陽在我家住一年？」

米澤海要拿文件的手立刻收回去，特別的防備。

駱江璟笑壞了，對他道：「我開玩笑的，去了那邊之後，我們兩家還是離得不遠，孩子們跑兩步就回去了。他們倆一起長大，還真沒分開過，我自己也捨不得呀！」

米澤海從白家回來，先去了堂屋找米鴻聊了一會兒。

出來的時候有些狼狽，被米鴻扔了兩個藥盒，還夾雜著米老爺子帶著怒氣的聲音：「滾出去，這輩子我都不離開這個小院子！這裡就是我的家，我哪裡都不去！還有，你敢請什麼保姆，敢踏進這個院子一步，我就拿棍子把他打出去！」

米澤海站在院子中央被罵了好一頓，他一聲不敢吭，低頭等老爺子消火，等了一會兒堂屋裡才沒有罵聲了。好歹是養了自己這麼多年的老父親，米澤海聽著倒是也不記仇，心裡還琢磨著老爺子聲音比之前洪亮許多，身體真的快好了。

他挨了一頓罵，摸摸鼻尖，回了自己住的那個房間。

程青正抱著米陽說故事，看見他進來，放下手裡的童書道：「怎麼了？剛才我聽見爸在罵人，你又做什麼事招惹他老人家了？」

米澤海道：「也沒啥，我就跟他說我可能要直接退伍回家了。」

程青著急起來，「這怎麼可以？你奮鬥那麼多年，當初考試是容易的嗎？將來……」

米澤海握著她的手，問道：「妳其實是想要這個孩子的吧？」

米陽擰著眉頭小臉沒鬆開，表態道：「媽，您想生就生下來吧，我替你們養。」

程青本來還有點發愁，被他這麼一說，「噗哧」一聲就笑了出來。

米澤海臊了個滿臉通紅，「臭小子，胡說什麼？你爹還在，哪兒輪得到你說話？」

米陽還要說，米澤海就把他抱起來放到一邊去，自己坐在程青旁邊的板凳上。那麼大一個男人，這會兒露出幾分小心，活像是被主人馴服的狼犬，小心問道：「如果我能保證照顧好妳和孩子，也有穩定的收入，妳願意要這個孩子嗎？」

程青自己也想過很多次這種如果，嘆氣道：「真是這樣的話，那還是想的。」

米澤海的眼睛瞬間就亮了，他認真許諾道：「今天白大哥來了，我去和他談了一下將來工作的事，他跟我說了很多，也給我介紹了一份特別好的工作。」

程青很錯愕，她的觀念裡還是認為鐵飯碗最好，但是白政委親自開口了，自然差不了。

米澤海道：「妳看看，這是新工作的合約，聘期三年。不管怎麼說，前三年我能照顧好你們，給我三年的時間，我一定會處理好所有的事，不讓妳和孩子們吃苦受委屈。」

程青紅了眼睛，把丈夫和孩子一起抱住，過了好一會兒才鬆開。她摸了摸米陽的小臉，問道：「陽陽，咱們家以後要過得再節儉一點，可能不會買太多玩具給你，以後有好吃的也會分給你和小寶寶。你是做哥哥的，有些時候還需要你幫媽媽照顧小寶寶……你願意嗎？」

米陽當然願意啊，而且他比米澤海樂觀許多，現在雖然不是八零年代初期那會兒遍地黃金了，但是九零年代發家致富的機會也不少，他爸媽更沒有那麼多的物質要求，一家人都不愛攀比，買上兩個小房子，種種花，釣釣魚，他就知足了。

程青打開文件袋，一邊看一邊問道：「你能找一份工作就夠了，我也在自學考試，又有臨床幾年的經驗，醫院的工作不好找，小診所總是可以的。日子過得苦些但熬幾年也過得來，就是咱們走了，誰照顧爸？還有陽陽上學怎麼辦？」

米澤海道：「我剛才就去跟爸說了。」

程青道：「你不會是說，要爸跟咱們一起走吧？」

米澤海點點頭。

程青笑了一聲，「活該被罵，這話你也敢說出口？」

米澤海嘆了口氣，道：「爸不肯走，我說不然找個人來照顧他，也被罵了。他不肯讓別人進來，他要一輩子守在這裡。」

程青也嘆了一聲。

米澤海打起精神，又對她道：「陽陽上學的事已經解決，駱姊說包在她身上，去滬市任職的時候，陽陽還是和洛川一起讀書，好像是讀什麼寄宿學校，駱姊說那裡挺好的。」

米陽愣了一下，道：「爸，我也去嗎？」

米澤海道：「當然啊！」

米陽沒有想到有這件事，聽了一會兒，才聽出來白家並不只是介紹了一份工作，根本就是讓米澤海進自家公司去了。駱江璟在滬市有錢有人脈，又有白家的助力，自然如魚得水。她要的不一定是多得力的下屬，但人可靠才是她目前的首選。

米陽低頭看了一眼合約，上面的「工程建築」字樣特別醒目，果然和他上一世記憶中的一樣，是做房地產。

米澤海和程青說了小寶寶怎麼安頓，在外地又有人幫襯，總歸是比在這裡方便些。

一家人商量著做了決定，說完之後，全家都放鬆不少。

程青第一次讓米陽摸了摸她的肚子，之前沒想要這個孩子，也就沒讓米陽多接觸，生怕給小孩留下什麼不好的記憶。

米陽伸出手輕輕碰了碰，只摸到程青肚子上鼓起的一個小包，有點硬，但是一點也不明顯，要不是程青現在經常不太舒服，真跟平時沒什麼變化。

米陽覺得挺神奇的，又摸了一下，米澤海道：「行了，別摸壞了。」說著自己也小心摸了摸，這些天老婆脾氣不穩定，沒讓他摸過小肚子呢！

程青哭笑不得，把他們爺倆都趕了出去：「快走吧，真是太煩人了！」

米澤海也就頹廢了一陣子，現在精神抖擻，像是確定了新目標一樣，立刻挽起袖子去廚房洗菜做飯去了。米陽也跑出來，直奔堂屋。米澤海半路拎著他後衣領，攔住他道：「那天我可都聽見了，臭小子又跑去彈三弦對不對？還讓爺爺教你做風箏，線都順走了好些吧？」

米陽臉都不紅，理直氣壯道：「那是我親爺爺，拿點線怎麼了？爺爺讓我隨便拿。」

米澤海想想自己剛才挨罵，又瞧著兒子當著長輩像小皇帝的樣子就心酸，他剛想伸手揉米陽腦袋兩把，米陽就躲開了，還伸出四根手指比劃給他看。

米陽下巴抬高，得意道：「我在這裡可是還有一個姥姥和三個姨呢！爸，您可別動我，我的援軍可多了！」

米澤海道：「這什麼意思？」

米澤海哭笑不得，敲他腦袋一下，「快走吧！真是的，你回來就上天了！」

米陽一溜煙跑去堂屋，找米鴻繼續求他教自己做風箏。白少爺的生日快到了，他手頭的零用錢就那麼一塊幾毛的，別的也拿不出手，只能做一個漂亮的風箏給他。正好七月底山坡上微風徐徐，帶著他家少爺去放風箏陶冶性情也不錯。

米鴻對兒子和孫子的態度還是不同的，雖然依舊臭著臉，但沒趕小孫子出去。

米陽在老人家面前都是乖巧的，尤其是現在心裡放下一塊石頭，表情都高興起來，米鴻指導他的時候，不自覺地哼了小曲。

米鴻依在床上，腿上蓋著薄被，忽然開口道：「不對！」

米陽停下手上的動作，疑惑地看了半天，抬頭道：「爺爺，這裡沒紮錯呀！」

米鴻動了動唇角道：「曲兒哼錯了，調子高了半分。」

米陽看了一會兒，才看出剛才他爺爺是輕輕笑了一下，他立刻彎起眼睛，露出一個大大的笑臉，湊上去討好道：「那爺爺教我唱吧？我就聽奶奶唱了幾句，偷師沒偷全，嘿嘿！」

米鴻看他一眼，咳了一聲道：「先做你的風箏，貪多嚼不爛。」

米陽已經不怎麼怕他了，一連幾天都來學做風箏，跟爺爺的感情都親近了幾分，這會兒米鴻對他笑一下，他就覺得自己特別受寵似的，嘴裡的話也多了起來：「爺爺，我爸說您還會修書呢，我也想學。我看過書，在部隊的時候魏老師給過我一本特別厚的古籍修復書，我看了好久，自己也比著練了，但有些還是不會，爺爺，您教教我吧？」

米鴻招手讓他過去，米陽立刻兩眼放光，老爺子卻伸出兩根指頭圈起來，照著他腦門彈了一下。看著小孩傻乎乎的，額間微紅的一個指印，剛想教導他幾句，就看見自己那個跟奶狗一樣的小孫子攤開肚皮，躺在他床角滾了兩下，捂著頭連聲說「爺爺騙人」、「完了我受傷了」、「不教修書起不來啊」……

米鴻扯了扯嘴角，這次笑得比剛才要明顯許多。

米陽的風箏紮完，也到了七月底，離著白洛川的生日就剩兩天了。

他紮的那個是燕子風箏，精心上了色，還裝飾兩個在風中會旋轉發出響聲的小哨子。試飛的效果特別好，只是風箏太大，無法裝起來，米陽又怕碰壞，只好抱著去找白洛川了。

白少爺在家裡正在拆東西，他生日快到的時候總會收到一大堆禮物，只是這會兒拆了半天都懶洋洋的沒什麼興致，哪怕手邊放著一臺最新的筆記型電腦也懶得去打開來玩。

米陽進來的時候，他站起來，瞧見他抱著的那個大風箏，眼睛一下子就亮了，迫不及待地道：「這是給我的嗎？」

米陽點點頭，白少爺立刻就丟下那堆東西，去看自己的生日禮物。他圍著看了一圈，米陽還指給他看，燕子尾巴那兒寫了他的名字，跟專門訂做的一樣。

白洛川特別滿意道：「真漂亮！我的名字應該再寫大一點！」

白洛川拿到風箏就想去試放，米陽勸道：「今天沒風，等你生日那天我再陪你去試。」

白洛川點頭道：「好。」

他抱著風箏放在桌子上面，占了好大一片地方，兀自欣賞著不肯離開，忽然道：「怎麼沒寫你的名字？」

米陽奇怪道：「寫我的名字幹什麼？」

白洛川道：「一般製作者都要寫的吧？我幫你加上去。」他說著就去拿了筆，把米陽的名字寫在自己的名字旁邊。兩個名字並排，他看著更滿意了。

風箏現在不能玩，白洛川就帶著米陽去了沙發那邊，一起拆自己收到的那些禮物。駱家那邊郵寄來的東西最多，送的都是一些小孩子喜歡的高檔玩具，米陽幫著拆了兩個，視線落在他身旁的筆記型電腦上。最初米陽沒認出來，因為和後來那種輕薄版不同，現在的筆記型電腦厚重些，而且四四方方的，米陽差點沒認出來。

白洛川見他看著，就把筆記型電腦打開讓他玩，「這是我小姨送來的，你要不要玩？」打開之後鍵盤擺開，整體擴大了一圈，設計獨特，像是振翅欲飛的蝴蝶一樣。

這麼一看，米陽就認出來了，他以前有一個表弟特別喜歡收集這些電子產品，還特意跟他說過一些，但是對米陽一個愛好古書的人來說，電子產品都長得差不多，唯有這一款米陽記得清楚，因為設計特別，一直都是熱門收藏，暱稱就是「蝴蝶機」。

米陽伸手摸了摸那個鍵盤，果然新的比後世收藏的古董電腦觸感要好很多。

白洛川打開電腦和他一起玩遊戲，忽然道：「季柏安回家去了，要去念書。」

米陽抬頭看著他，白少爺撇嘴，小聲抱怨道：「我媽也讓我去，非要我讀那個什麼寄宿學校，誇得天上地下的好，我一點都不想去。」

米陽試著安撫道：「或許學校條件很好呢？」

白洛川道：「好什麼啊？我在那邊上了兩個禮拜的課，一點都不好！」

米陽又道：「可是我聽說操場很大，還可以學游泳和網球……」

白洛川掐了他的臉一下，扯起臉上軟軟的肉，米陽小臉都變形了，眨了眨眼說不出話。

白少爺威脅道：「你是站哪邊的，嗯？」

米陽含糊道：「你這邊。」

白少爺這才鬆手了，捏得極有分寸，小臉一點都沒被掐紅。

白洛川仰躺在禮物堆裡，還在哼哼唧唧的，不樂意去上學。

他大概以為自己要跟米陽分開了，就算是剛收了燕子風箏做生日禮物，也不怎麼能開心起來，皺著眉頭，像是生離死別似的，神情嚴肅。

米陽幾次想說話都被攔住了，白少爺根本就不許他張嘴，擺擺手道：「你聽我的，我也有東西給你，你這次正好帶回去。」

白洛川拽著米陽的手一起去了樓上，推開房門，給米陽看了地上放著的一個小箱子，招呼他道：「這裡放著的都是底片，我記得你有一個柯達相機，正好可以用這個。你每天照一張照片，然後三天一通電話，一個禮拜寫一次信，信裡記得放上照片……」他叮囑著，臉上表情難過，「反正不許把我忘了，聽到沒有？」

米陽蹲在他身邊，歪頭看他。

白洛川不耐煩道：「問你呢，聽到沒？」

米陽對他笑出小白牙，肩膀碰了碰他的，問：「你想不想我跟你一起去讀書？」

白洛川道：「當然想啊，但你又不能去滬市……」他說到這裡忽然停下，轉頭看著米陽，睜大了眼睛道：「不是吧，你爸媽答應你跟我去讀書？他們讓你去嗎？」

米陽道：「嗯，他們也去。駱阿姨不是要開公司嗎？我爸要去駱阿姨的公司上班了。」

白洛川欣喜若狂，「那咱們以後就能在一起啦！」

米陽點點頭，也笑了。

白少爺傻笑了半天，忽然變了臉色，「不對，你剛才就知道了，一直不告訴我！」

米陽舉手求饒：「我也是剛知道不久，就趕緊來告訴你了，還送了風箏給你，對吧？」

功勞必須說出來，免得小少爺教訓他。

白洛川把他按到地上，開始狠狠地撓他癢。

米陽別的不怕，就腿和後背怕癢，被白少爺碰一下，整個人就蜷縮成蝦米，笑得眼淚都快流出來了，拚命求饒道：「我不敢了，我是逗你玩的呢！」

白洛川又問他：「這三個月，你想我沒有？」

米陽連聲道：「想了！想了！」

「跟我分開念書，捨得嗎？」

「不、不捨得！哎喲，太癢了，哈哈哈！」

……

白洛川道：「你哪有捨不得我？虧我還帶作業給你，帶魏爺爺的書給你！」

米陽眼睛亮了一下，「魏爺爺給我書啦？在哪兒呢？是不是上次說的那本講修補的？」

白洛川沉著臉道：「在那邊矮桌的抽屜裡。」

米陽立刻爬過去要拿，被小少爺抱住了，惡聲惡氣道：「你哪兒捨不得我？我看你就是捨不得那些破書！」

米陽哄他道：「怎麼會？」

白洛川作勢要去打開抽屜，他剛伸手碰到書，米陽的眼睛就亮了，也伸了手過去，嘴裡說道：「真沒有，我就是捨不得你！」這麼說著，手碰到書就不捨得鬆開了，「你鬆開手，我看看書名，這什麼書呀？」

白洛川瞇著眼睛看他，然後把人按著，自己壓上去。

米陽被壓得悶哼了一聲，「太重了，你跟麵粉袋一樣重，快下去……」

白洛川不理他，張嘴咬了他細白的脖子，咬得米陽「哎喲」了一聲，但是像是被扣住的小動物，逃不開，沒一會兒就哼唧著繼續求饒：「不行了，放開我，被你咬破了！」

白洛川又用小牙磨了磨，聽著那人又求饒兩句，這才不甘願地放開他。

米陽看不到後面，伸手摸了摸，脖子後邊有一圈牙印，還挺整齊的。

白洛川幫他揉了兩下，印子挺深的，估計有段時間消不下去了。

他轉頭去看白少爺，人家一點都沒有悔改的意思，還覺得自己才是受害者，甚至理直氣壯地反問道：「怎麼了？」

米陽悶聲道：「被小狗咬了……」

白小狗氣得差點再咬人。

打鬧歸打鬧，兩人沒一會兒就又好得像同穿一條褲子了。

白洛川這股高興的勁頭，到了晚上達到了頂點。

米陽天黑也沒有要走的意思，只是找了一本書坐在白洛川身邊看得入迷。白洛川湊近了他，小聲問他一句，米陽就笑咪咪道：「對，不走了，留下來住兩天，給你過生日。」

白少爺高興壞了，當天晚上就要吃生日蛋糕。

駱江璟道：「洛川，今天不是生日，明天才能吃。」

白洛川道：「試吃也不可以嗎？」

駱江璟哭笑不得，「不行，你肯定要許願，還要點蠟燭，這要等生日許願才靈呢！」

白少爺這才勉為其難答應下來。

米陽是背著自己的背包來的，裡面塞得很滿，其實就一個小枕頭。

白洛川看到那個枕頭就徹底安心了，搶著把它和自己的枕頭並排放，晚上兩人說了好一會兒關於新學校的事。白少爺現在也不排斥那個學校了，因為他在那裡待了兩個禮拜，比較熟悉，正得意洋洋跟米陽顯擺：「……特別好，球場很大，草坪也軟，我們可以去踢足球，我還學了兩天游泳呢，一點都不難，下水就會了！等你去了我教你，吃飯什麼的也還可以吧，有你喜歡吃的紅燒排骨，特別甜！」

米陽：「……」

明明是你喜歡吃紅燒排骨，你才喜歡吃甜的好嗎？

白洛川抓著他的手晃了兩下，躺在床上，美滋滋道：「我都有點喜歡那個學校了！」

米陽嘴角抽了抽，下午你可不是這麼說的，還說是垃圾學校呢！

白洛川生日那天，米陽陪他去放了風箏，燕子飛得很高，在天上像是一個小黑點。白洛川牽著線一直看著它，恨不得在臉上寫「這是我最棒的生日禮物」幾個字來炫耀了。

燕子風箏上面寫了兩個人的名字，米陽瞇著眼睛抬頭去看，覺得自己的心情也好得像是要飛上藍天，特別的輕鬆。

晚上回來，兩人一起吃了蛋糕。

白洛川在切蛋糕之前還認真對著蠟燭許了願望，每一個都深思熟慮，默念了很久。

駱江璟覺得很有意思，去拿了錄影機來想拍一段。她剛走開，白洛川又準備雙手合十，米陽笑道：「還沒許夠願望？幾個啦？」

白洛川道：「第三個。」他看了看米陽，忽然問道：「你明年打算送我什麼禮物？」

米陽被他問傻了，今年還沒過完呢，就開始打明年的主意了？

他開玩笑道：「我把我家的小寶寶送給你？」

白洛川皺了皺鼻子，「那還不如把你送給我呢！」

他的眼睛亮了一下，緊跟著雙手合十，閉著眼睛許第三個願望。

米陽嚇了一跳，「你別亂來啊！你許什麼願望了？」

白洛川已經默念完了，這次非常迅速，回道：「不告訴你！」

米陽又問，白少爺就認真道：「最後一個願望不能說出來，不然就不靈了。」他挑高了一邊眉毛，得意地道：「我才不跟你說呢！」

第八章 別怕，你轉身就能看到我

米陽過生日之前，全家都去了滬市，他的入學手續是駱江璟一手辦理的，去了跟白洛川一樣的寄宿學校。因為兩個人情況特殊，都是跳級生，學校重新考核之後，把他們分到了同一個班級。不過滬市的教學比邊城要好上許多，為了保證他們能跟上雙語教學，讓他們重新讀了一次三年級，兩人依舊分在同一個班級。

兩人聰穎，但年紀偏小，校方對他們多有照顧，除了分在同一班，還在同一個寢室。這個私立貴族學校在當地非常有名，小學部和初中部連在一起，教學條件很好，宿舍都是兩人間的。米陽準備的東西不多，就帶了一個背包，裡面鼓鼓囊囊的裝著東西。

白洛川道：「不用帶那麼多啊，學校裡都有。」他要去看，米陽支支吾吾攔著。白洛川摸了一下就摸出來了，打開背包，果然那個小枕頭立刻蓬鬆地彈了出來。

白洛川取笑他道：「哦，你的小寶貝！」

米陽紅著臉道：「我就帶這一個啊，我用慣了！」

這裡的小學就開始寄宿制，在學校住的第一天，兩個人睡在一個寢室裡，各自躺在自己的床上，熄了燈之後特別安靜。白洛川除了覺得新鮮之外，還有那麼一點想家，翻身去看對面床鋪上的米陽，他已經抱著自己的小枕頭睡得香甜了。

白洛川：「……」

這人只要有小枕頭，去哪兒好像都能適應？

小學部和初中部是一起的，米陽和白洛川一起在這裡讀了七年的書，原本以為會花大力氣去適應新環境，但是有白少爺在身邊，米陽好像突然像開掛一樣順利起來。

七年的時間裡發生了不少事，米澤海的事業穩步發展，幾個工程下來，比他自己預料的還要順利許多。近幾年房地產熱門，公司有人出走，也有別家來挖人，米澤海都不為所動。

程青在滬市開了一家小藥房，聘請了一位退休老醫生在這裡坐班，小日子過得也不錯。她平時精打細算，家裡收入穩定，除了剛開始的兩年比較緊巴巴的，之後都很不錯。

家裡的第二個孩子叫米雪，是一個小丫頭，長得粉雕玉琢，非常可愛，米澤海和米陽都很喜歡她，尤其是米陽，第一次當哥哥，特別寵孩子，程青只好扮黑臉，擔當起教育責任。不過小丫頭也懂事聽話，很少犯錯，偶爾撒嬌也是想吃點糖果，這種小事程青也就睜一隻眼閉一隻眼，瞧著那邊的父子兩人輪番偷偷給小丫頭糖吃，只要別太過分，她都懶得管了。

初中的課業比較繁重，學校裡不少人已經在家裡的安排下為下一步做準備了。正好是出國熱，許多人家裡都安排了出國。

白洛川家倒是沒有這個打算，只是駱江璟也在有意無意地讓兒子多接觸自己事業相關的事，沒有把他往部隊裡送的打算。

白少爺輕鬆悠閒，他心情好了，米陽也跟著能放鬆幾天。

兩人現在住在同一個寢室裡，相處的時間比陪伴家人還多，週末兩天回家的時候還不一定能看見大人。禮拜天晚上，白少爺一定會讓米陽提前去自己家，名頭都找好了，說是怕第二天遲到，司機一起送他們去剛好。

一連幾年，習慣成自然，連米陽的妹妹都知道禮拜天哥哥就要提前去「學校」，每次都淚眼汪汪地送別他。

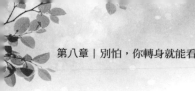

米陽收拾書包的時候，小丫頭就站在門口，一半身體躲在外面，只倔強地露出一雙眼睛來看哥哥，小胖手還在摳著門，小聲喊他：「哥哥，你又要走啦？」

米陽看見她就招手讓她過來，小丫頭跑進來，他就一把抱起來放在自己的腿上，逗著她道：「對，哥哥要去上學了，妳也要在幼稚園好好讀書，知道嗎？」

小丫頭認真地點點頭。

米陽道：「現在能寫好自己的名字了嗎？」

小丫頭從他腿上扭著身體蹦下地，去拿了紙筆寫給哥哥看，一筆一劃地寫了「米雪」兩個字。她出生的時候剛好是冬天下第一場雪的時候，米澤海和程青就給她取了這個名字，倒是和九月陽光燦爛時出生的哥哥成對比，家裡一兒一女，湊成一個「好」字。

米陽看著她寫的字，知道這段時間小丫頭又練習了不少，很有幾分樣子了，他就拿了幾塊奶糖獎勵她，揉了揉她的頭道：「寶寶真棒！」

小丫頭含著奶糖，不好意思地笑起來，然後剝了一塊糖遞給米陽，「哥哥也吃！」

米陽咬了那塊糖，笑得眼睛彎起來，「好吃！」

儘管展示了「才藝」，也沒能留住哥哥，小丫頭今天依舊淚眼汪汪地送走了自己最喜歡的哥哥。她看著那輛黑色轎車把米陽接走的時候，忍不住「哇」一聲哭了，把程青嚇了一跳，連忙哄著道：「這是怎麼了，好好的這麼哭了？」

小丫頭抱著媽媽，紮著的兩根羊角辮都哭得直抖，「哥哥又去他家了！」

程青哭笑不得，「哥哥是要去上學啊！」

小丫頭道：「上學怎麼上到他家去了啊？」

程青哄她：「沒禮貌，白哥哥不也是哥哥嗎？再說，他們第二天要一起去學校呀！」

小丫頭抽抽噎噎地還在哭，難過得不行，程青哄了她好一會兒，帶著她去藥房，給了她一個計算機讓她幫著自己「統計數字」，這才把人哄住。這麼大點的小孩子哪幫得上忙，無非就是安排個任務分她的心。

另一邊，米陽也到了白家。

白家在滬市住的房子位置沒變，只是周邊的價格已經翻了數倍，駱江璟把自己家裡打理得相當細緻，非常懂得享受，儘管忙起來可能沒什麼時間回來，但是司機、廚師和保姆都在家，時時刻刻能照顧得到念書的兒子。

米陽進來之後沒在客廳看到白洛川，就去了樓上，在走廊上聽到了打遊戲機的聲音。房間的門大開著，白洛川正盤腿坐著，握著遊戲手柄玩遊戲，手指按得飛快，臉上沒有什麼表情，甚至有點懶洋洋的，要不是電視螢幕上雙方激烈廝殺互搏，真看不出是他在操縱的。

十四歲的少年，青澀的模樣已經消失，白洛川的五官長開了，眉眼俊俏，稜角分明。他聽見腳步聲，頭也不抬地道：「柳橙汁放在桌上，我等一下再喝。」

米陽道：「我去拿。」

白洛川停下動作，轉頭挑眉道：「來了？比上回早了一點。」

米陽點點頭，「繞了一下路，沒碰到塞車。」上次來晚半小時，白少爺發了好大的脾氣，嚇得司機都不敢說話。這次便特意提前又繞路趕回來，只敢早，不敢晚了。

米陽還要下去端果汁，白洛川打了個哈欠道：「別去，等一下讓吳阿姨拿來就行了，你陪陪我。」他挪了挪身體，讓出沙發的一側，米陽就坐過去。剛坐穩，白洛川就順勢倒在他腿上，大長腿一伸，搭在雙人沙發的扶手上，耍賴似的哼唧道：「頭痛！」

米陽伸手幫他按了按太陽穴，心裡想著：活該，誰讓你玩一天的遊戲！

白洛川閉著眼睛笑了笑，道：「你肯定在心裡罵我。」

米陽：「……」

保姆端了果汁進來，順便準備了一些零食。她知道米陽一般這個時間過來，都是準備好雙份的，進來看到米陽在幫白少爺揉太陽穴，忍不住念叨了兩句：「昨天就在玩啦，晚上都沒睡好，陽陽下次你早點過來，也管管他！」

等著保姆走了，白洛川睜開眼睛看他，像詢問似的。

米陽搖頭道：「真的不能再早了，我也要回自己家啊！」

白洛川不滿道：「帶你妹妹一起來，行了吧？」

米陽搖頭，「算了，你倆見面又要吵。」

白洛川嗤笑，「我會跟一個六歲的小丫頭吵架？」

米陽面無表情道：「上次是誰在我家隔著門板跟她吵架？」

白少爺怒了，「那能怪我？我都關了房門了，就表示『不接受打擾』，你妹妹一個勁兒敲門，一會兒送糖一會兒送牛奶，還要不要人有隱私了……」

米陽道：「可那是我的臥室，我平時都沒反鎖過啊！」

白洛川翻身抱住他的腰，含糊道：「我就反鎖一會兒怎麼了？煩死了！」

米陽被他的呼吸噴得癢，推他腦袋一下，笑道：「起來，吃東西了！」

白洛川道：「不要吃！」

米陽聽著他聲音沙啞，道：「那就喝點果汁？喉嚨還疼嗎？」

白洛川這才翻身起來，碎髮落在額前，眉眼深邃，鼻樑高挺，相貌俊美，說的話卻刻薄很多：「你管米雪啊，管我幹什麼？」

米陽哭笑不得，「她才六歲，你跟她爭什麼呀？」

杯子送到手裡，白洛川這才不情願地喝了。他這段時間處於變聲期，喉結也因為發育有點充血，喝水的時候仰頭嚥下去，喉結滾動，隱約透著少年人的模樣。

補充了一點糖，白少爺心情好多了，他伸手摸了摸米陽的脖子，大拇指在喉嚨那裡摩挲幾下，得意道：「你的聲音沒變，還是個小孩呢！」說著又拉著米陽的手去摸自己的，炫耀似的道：「你看，不一樣吧？」

米陽：「……」

書上還說要防止變聲期會自卑，你這種莫名的自信是怎麼回事啊？

米陽跟他一起喝了果汁，聽他說沒吃飯，又陪著下去吃了點東西。

白洛川跟他聊起學校的事，兩人下個禮拜都有比賽，只是白洛川去參加「國際初中科學奧林匹克」比賽，米陽則是去參加一個航模比賽。兩人的比賽地點倒是都在北京，學校統一安排的，住宿的地方也不遠。

白洛川詢問時間，跟自己的核對一下，道：「你比我早結束幾天，等我一起回來？」

米陽點點頭道：「好，那我跟老師說，把票和你們隊的一起訂。」

白洛川滿意了，看著米陽吃燒肉，也想要吃，「甜嗎？」

米陽夾了一塊給他，「甜。」

白洛川一邊吃一邊道：「好吃，難怪你平時喜歡吃這個。」

米陽這麼多年背黑鍋都習慣了，一點脾氣都沒有。白少爺嗜甜，但也傲嬌得不肯承認，每次都推到他身上，搞得他過生日的時候蛋糕都是加大的，禮物也沒少收糖果巧克力。白少爺還會趁機買一些自己想吃的，塞到他那邊，然後藉機吃上一些，特別狡猾。

吃完飯，大概是米陽在這裡，白洛川跟他聊天都覺得有意思，也沒有再去碰遊戲機了。米陽在這裡有一個工作室，是書房裡面的一個小隔間，現在收拾出來，放了一張桌子給他當工作臺。這幾年他跟爺爺米鴻有書信往來，一邊學一邊實踐，慢慢開始練習修書技術。

米陽拿紙張去汙的時候，白洛川就拿白紙摺飛機玩，一邊跟他有一搭沒一搭地說話：「你們那個老師太摳門了，訂個飯店那麼偏僻，怎麼不跟我們住一起？」

米陽道：「這次航模競賽本來就不大，我都沒想到還要去北京比賽。」

白洛川「嘖」了一聲，趴在椅背上撥弄手裡的紙飛機，忽然問他：「我幫你加點錢，換到我們飯店來好不好？」

米陽搖頭，「不好，我們那麼多人在呢！」

白洛川眼珠轉了一下，米陽又道：「你也別想把我們全都換過去，別鬧了啊！」

白洛川這才勉強道：「那好吧。」

學校跟往常一樣，教學條件再好的學校也一樣要寫作業，甚至才藝課多些，得多交幾份作業。白洛川昨天晚上睡得還可以，但是過完週末總是比平時睏一點，趴在桌上沒精打采地等米陽買水回來給他。

坐在後面的一個男孩名叫周通，跟他關係不錯，湊過來帶著點討好道：「少爺，過幾天放假，想好去哪兒玩沒有？」

白洛川道：「去北京參加比賽。」

周通愣了一下，訕笑道：「對對對，我給忘了，你和米陽一起去的吧？那暑假呢？寫完作業想好去哪玩沒有？」

白洛川打了個哈欠，道：「誰還寫作業啊？開學就換學校了，你到時候把作業交給誰？這邊老師幫你批改嗎？高中老師也不收啊！」

周通撓了一下頭，「我忘了，平時抄米陽的作業抄習慣了。暑假你們有什麼安排啊？要不要一起出國玩，周明他們在挑地方呢，可以玩半個月。」

白洛川懶洋洋道：「不去，要回山裡。」

他們每年寒暑假都要回山海鎮，米陽是去照顧爺爺米鴻，白洛川是去探望白老爺子。白老爺子退休了，留在老宅安享晚年，侍弄花草，養養魚，非常悠閒。

周通聽了很感興趣，兩眼放光地問道：「有寺廟嗎？我最近在研究禪學啊……」

白洛川挑眉道：「那你最好先修一下閉口禪，這個最適合你。」

周通：「……」

平時被白少爺懟習慣了，周通沒把這話放到心裡去，他這都還算好的了，換了其他人，估計白少爺直接上來就開嘲諷。同窗這幾年，他就沒看見白少爺對誰客氣過，除了米陽。他當初能和白洛川熟悉起來，好像也是因為無意中幫了米陽一個小忙。

這麼想著，周通心裡平衡了，反正在少爺這裡，除了米陽，眾生一律平等。

白洛川等得不耐煩，站起來想看看米陽怎麼還沒回來。

周通有個外號叫百事通，知道的也多，一看就知道他是要找米陽，連忙道：「我剛才好像看到他幫班上的女生搬作業去了，應該快回來了。」

正說著，就看見走廊那邊走來幾個人，最中央的就是米陽。

米陽被幾個小丫頭圍著，他脾氣溫和，跟誰說話都是笑著的，認真聽了其中一個女孩說的之後，搖頭拒絕了什麼，女孩略微失望但很快又高興起來，纏著他還在小聲說著。

白洛川早上就沒睡好，這會兒更是看得一肚子火氣。

周通瞄了一眼，感慨道：「米陽對女生真有耐心啊！」

白洛川不滿道：「他對我也有耐心啊！」

周通連忙舉手投降，笑著道：「對對對，少爺你最大！」

米陽進教室之後，那幾個女生也終於說完了，組團站在那裡依依不捨地送他過來，雖然也偷偷看了白洛川這邊一眼，但是白少爺脾氣太差了，她們這個年紀喜歡的還是溫柔體貼的白馬王子，對白洛川那種暴脾氣的霸道人設愛不起來，跟米陽比起來簡直就是一匹肆意奔馳在草原上的野馬，雖然也很帥，但橫衝直撞得不講道理。

白洛川的臭臉不分男女，他這兒是真正的平權，基本上誰來都不愛搭理。

米陽把牛奶交給他，又拿出一個麵包遞過來道：「早上你就沒吃多少，吃這個吧。」

白洛川心情好了一點，「跑那麼遠去幫我買麵包了？」

米陽點點頭，「是啊，正好碰到班上的同學去送作業，我就順便幫了一下。」他從口袋裡拿出兩顆包著金箔紙的巧克力，攤在手心問他：「這個吃不吃？她們給的謝禮。」

白洛川皺眉道：「不要，扔了！」

米陽沒聽他的，拆開一顆含在嘴裡道：「太浪費了，你不吃我自己吃了。」

白洛川一臉的不樂意，米陽又拆開一顆，送到他嘴邊，逗他道：「騙你的，這是我妹昨天偷偷放在我書包裡的，嘗嘗看？」

白少爺這才勉為其難地張嘴吃了，依舊排斥道：「難吃死了！」

米陽道：「我覺得挺好吃的啊！」

白洛川鼻尖動了一下，忽然道：「什麼味道？一股奶味。」

米陽愣了愣，他並沒有聞出哪裡不對，「是不是巧克力？這個好像是牛奶巧克力……」

白洛川沒理他的解釋，鼻尖聳動幾下，抓起米陽的手聞著，道：「就是這裡，你碰她們誰了？怎麼這麼重的奶味啊？」

米陽有點尷尬，抽回手道：「沒有啊！」他舉起手自己聞了一下，「奶味很重嗎？」

白洛川湊上去，一副要他給個解釋的樣子。

米陽收拾了課本，有點不好意思地小聲道：「上禮拜我不是選了擊劍課嗎？那個木刀上面有刺，回來之後我修書都把紙弄壞了，就在家裡找了支護手霜……我妹平時都用這個，我聞著也沒什麼味道，不然等一下我去洗掉吧……」

白洛川又摸了摸，米陽的手很軟，手指也修長，摸起來很舒服，這會兒皮膚比平時還細膩了一些，他揉了兩把道：「沒事，抹著吧，也不是很明顯。」

米陽「哦」了一聲，就準備上課了。

白洛川跟他是同桌，兩個人坐在靠窗偏後的位置。米陽認真聽課，白少爺則有一搭沒一搭地聽著，手抓著米陽的手放在書桌下面，帶著幾分好奇又試了試新鮮的觸感。從軟乎乎的掌心到皮肉細膩的手背，從指間到指縫，摸來摸去，玩得不亦樂乎。

碰到指縫的時候，米陽的手指動了動，再摸幾下，米陽的手就開始掙扎起來。白洛川不肯放開，抬眼就看到米陽轉頭看他，耳尖都紅了。

米陽小聲道：「你鬆開，我要寫字。」

白洛川也跟他咬耳朵：「你用另一隻手，我知道你左右手都能寫。」

米陽：「……」

這種從小一起長大，在對方面前毫無隱私的感覺是怎麼回事啊？

米陽不敢使勁甩開他，只好用另一隻手寫字，任由白少爺玩了一節課，感覺自己手上塗抹的那點護手霜都被白少爺蹭走了。

下課之後，白洛川才鬆開，米陽問他：「現在不嫌有奶味了？」

白洛川笑道：「塗在你身上還挺好聞的。」

去北京比賽的時間很快確定下來，米陽和白洛川他們一起出發，參賽的同學週四提前回家去收拾行李。

米陽回家之後，程青一邊幫著他整理行李，一邊道：「陽陽，那邊很冷，我看天氣預報說會降溫，再多帶一件毛衣，把羽絨外套也帶上吧？」

米陽點頭道：「好。」

他拿了兩件衣服，轉頭看向旁邊，有點不好意思帶那個小枕頭。

那是他從小就用慣了的東西，裡面的枕頭芯換了幾次，枕套還是乾淨柔軟的。他用得小心仔細，看起來還很整潔，只是布料已經揉得很軟了。

程青瞧見了，低頭對身邊寸步不離跟著的小ㄚ頭道：「小雪去客廳幫媽媽拿針線盒來，媽媽幫哥哥縫一下扣子。」

小ㄚ頭就邁著小短腿跑去客廳了。

程青支開小ㄚ頭，把那個小枕頭拆開，只拿了枕套疊好，塞到行李箱最裡面去，然後笑著道：「我還以為你不用它了呢！」

米陽戒這個小枕頭有一兩年了，斷斷續續帶著去學校，現在雖然也能入睡，但是它不在身邊的時候，總是睡得不踏實，一晚得醒來兩次。在學校有白洛川兩個人說說話分心還好，現在出去比賽，晚上睡不好怕耽誤正事。

程青也就跟他說笑兩句，她這個兒子處處讓她省心，別說帶一個枕頭，帶三五個她都同意。收拾好行李，程青又給了他一些錢，道：「洛川不是也去嗎？你們比賽完有時間的話去逛逛，別光顧著悶頭念書，小心累到自己。」

米陽道：「知道了。」

小丫頭拿了針線盒來，程青在一旁順手幫米陽的衣服上縫了兩針，小丫頭就湊過去跟哥哥說話：「哥，你是不是要去北京啦？」

米陽抱著她放在自己的膝蓋上，「對。」

小丫頭就咬著手指，問他：「是上次爸爸帶了特別好吃的點心的那個北京嗎？」說著還用力吞了一下口水。

米陽笑道：「嗯，我也幫妳帶。還是要京八件點心，對不對？」

小丫頭高興極了，羊角辮直晃，抱著米陽的手臂撒嬌道：「我最喜歡哥哥啦！」

程青問她：「怎麼，今天不是最喜歡我啦？」

小丫頭連忙軟乎乎道：「也最喜歡媽媽，普通喜歡爸爸。」

米澤海正好下班回來，聽見這麼一句，心都要碎了，鞋都不換就走進來抓了小丫頭起來用鬍渣扎她，「怎麼爸爸就是普通喜歡啊？不行，妳再想想，想好了才說！」

小丫頭躲了兩下，躲不開，咯咯笑個不停。

這次比賽學校頗為重視，尤其是白洛川他們那組，都是省級種子選手，學校老師專門帶隊一起送去參賽。相比起來，米陽他們這個興趣小組更像是來打醬油的，不過他們本身也不爭什麼，湊在一起討論模型也挺有趣的。

上了飛機之後，白洛川跟人換了位置坐到米陽旁邊。他現在的身高已經有一米七，還在長個兒，依舊保持比米陽高半個頭的趨勢。

米陽的人緣好，和他一起來的航模興趣小組的同學都遞了水和零食給他，分來的還有一小包口香糖。米陽吃了一顆，轉頭問白洛川：「口香糖，要吃嗎？」

白洛川搖搖頭，把帽檐壓低些，歪頭靠在米陽的肩膀上睡覺。

白洛川眼底還帶著點睡眠不足的青黑，駱江璟今天早上把他送來的時候還在心疼他，跟米陽念叨「念書太辛苦了」。其實米陽一猜就知道，白少爺這是昨天晚上玩遊戲睏了。因為知道今天出來要坐一天的車，有時間補眠，所以就毫無顧忌玩到了半夜。

白洛川精力充足，睡上幾個小時就生龍活虎，米陽有時候都熬不過他，自己的生物時鐘和中老年人一樣，特別的規律，每天晚上早早就躺下，看一會兒書就能睡著。白洛川跟他截然不同，從小就是太陽能充電似的，天一亮就自動醒來，晚上非得把所有電量耗光才肯老實睡下，有時候睡眠不足，白天補上一兩個小時就又精力充沛了。

米陽羨慕得不行。

飛機快降落的時候，白洛川醒了，他睡得迷迷糊糊的，米陽把礦泉水擰開給他，他就著米陽的手喝了一口。

米陽小聲問他：「還喝嗎？要不要吃東西？」

白洛川搖搖頭，「不要了。」

他坐了一會兒，還有點迷糊，跟米陽道：「我做了一個夢。」

米陽問他：「夢到什麼了？」

白洛川道：「夢到回邊城了，和唐驍、班長、小胖他們一起去春遊……」

米陽也很懷念三年一班那些小朋友，他們只在邊城讀了一年小學，但是發生的事倒是不少，畢竟也算是一起「起義」的情誼了。剛開始的時候兩邊還互相通信，但是慢慢的讀初中之後就很少聯絡了。米陽還收到過一張小學畢業照，他們特意拍的，空了兩個位置給他和白洛川，背面列印名字的時候手寫加了他們兩個。

米陽珍惜地收藏著。

這會兒聽見白洛川提起，忍不住道：「以後有時間了，咱們可以回去看看。」

白洛川道：「嗯。」

兩個多小時的行程，白少爺睡了一路，這會兒睡飽了，恢復了精神，又是一個精神奕奕的小帥哥了。

飛機降落，大家分頭去了飯店。

因為比賽會場不在同一個地方，白洛川和米陽他們兩隊住的地方也不同，米陽跟著自己這邊的同學去了偏遠一點的飯店。住宿條件還可以，反正就比賽一天，很快就結束了。

跟他住同一個房間的同學很活潑，沒什麼富二代的驕縱之氣，對米陽頗為客氣。他們平時都在興趣小組見面，除了模型，談論的東西不多，難得有機會私下接觸，他對米陽挺好奇的，問道：「你和白洛川很熟吧？之前是不是跟他一起參加過奧賽？我記得你也得過獎。」

米陽笑道：「那都是小學的事了，我初中以後就沒參加。」

對方道：「有點可惜了。」

米陽倒是沒覺得可惜，他來滬市的學校後參加了不少比賽，小學跟著白洛川參加過一次奧賽，後來上了初中就有自知之明，不去參與那些，轉頭忙活小手工去了。

他對數學也沒有那麼大的熱情，後來看見學校裡有航模團隊，他對這種精細的活計情有獨鍾，就跟著參加了幾次比賽，目的只有一個，佛系拿獎。他們學校有一個規定，學生拿到省級獎勵的就會發獎金，還有根據當年的綜合分數減免一部分學費。

米陽今年初三下學期還去參加比賽，沒別的原因，就是為了這個獎金和減免。

這個學校的學費太貴了。

米澤海和程青收入尚可，但家裡還有一個妹妹，程青最近又有點想要盤下現在藥房的這家店面，需要用錢的地方很多，節省一點沒有壞處。

米陽在學校裡參加的比賽多了，幾年下來倒是積攢了一點人氣，不過比起白洛川這種風雲人物來說，還是差遠了。大家記得他，很大一部分原因是他是「白洛川的弟弟」。

白少爺長大了幾歲，在外面依舊沒什麼收斂，地盤劃分得清楚，地盤裡的人更是恨不得圈在自己手腳能攏抱過來的範圍內，誰都不能碰一下，護短得要命。

託他的福，米陽直到初中快畢業也沒被什麼人欺負過，但也沒交到幾個好朋友就是。

航模比賽結束後，米陽他們團隊拿了一個二等獎，因為比賽等級比較高，大家拿到第二名也挺高興的，老師帶著他們一起去吃了頓飯慶祝，點了鴛鴦鍋。

不少同學吃不了太辣，米陽倒是喜歡，尤其是裡面的鴨血特別嫩，在紅湯裡燙一會兒，滾動浮起來的時候就可以吃了，麻辣鮮香，入口即化。

米陽自己吃了半盤，特別滿足。

旁邊的同學看得目瞪口呆，道：「我還以為你就愛吃甜的，沒想到這麼能吃辣呀！」

米陽想起自己為白少爺背負的甜黨人設，笑道：「我不挑食，都挺好吃的。」

飯後米陽跟老師請假去找白洛川。

白洛川那邊的比賽要再過兩天才結束，正好是星期五、星期六的比賽，他跟著禮拜天一起回去剛剛好，不耽誤星期一上課。

米陽離開的時候，火鍋店裡懸掛著的電視上有一則新聞閃過。穿著全套白色防護服的人推著一個急診病人的報導只持續了一分多鐘，沒有引起大家的注意。

米陽拿起圍巾和帽子，沒有看到那個新聞，穿好羽絨外套就站在飯店門口攔車。隔著計程車玻璃看外面，初春的北京還是很冷的，呼出的熱氣很快就在車窗上凝成一片水霧。

米陽到了那邊的飯店，在大廳打電話給白洛川，白少爺很快就下來認領，帶著他另開了一個房間，一邊拎著行李箱帶他上去，一邊問道：「外面冷不冷？」

米陽的手還放在口袋裡，圍巾擋著半邊臉，回道：「還行。」

白洛川看他一眼就笑了，「怎麼還這麼怕冷？等一下進房間把空調打開就暖和了。」

白洛川特意選跟自己同一層樓的房間，就是沒有走的打算，還是跟他一起來的隊友來敲門喊他，他才不情願地出去，聽對方說了幾句，才皺眉道：「知道了，一會兒就回去。」

他回來拿了自己的外套和房卡，對米陽道：「我晚一點就回來，老師叫我們過去講題，明後天有實驗題，要再做一點複習。」

米陽道：「好。」

白洛川走了兩步，又轉身回來對他道：「你累了就先睡，我叫人再送一床棉被來，你開門讓人進來幫你鋪好。」

米陽穿著厚毛衣，捧著杯熱開水，笑著點點頭道：「知道了。」

白洛川晚上回來的時候，看到米陽已經睡著了。房間裡有兩張床，米陽睡靠窗的那張，整個人裹在被子團起身體，床墊微微凹陷下去，看起來床也跟著軟了似的。他睡得沉，白洛川就覺得自己也有了睏意，特別好入眠。

白洛川過去幫他掖了下被角，留了一盞小燈，燈光昏暗，但是能看見米陽手裡捏著個什麼露出一角。白洛川伸手揉了一下，觸感熟得不能再熟。米陽從小就沒離開過他身邊，這個小枕頭自然是天天見。雖然現在只是一個枕套，但捏在手裡這人就能睡得特別踏實。

白洛川輕手輕腳地去洗漱，又把空調的溫度調高了些，這才躺下來。

米陽的生物時鐘挺準的，第二天一早就醒了，看著時間差不多了就把白少爺叫起來，擠了牙膏讓他刷牙。白洛川有起床氣，一臉的不痛快，但牙刷都被塞到嘴裡了，米陽又一個勁兒催促，只能洗漱好了，跟著一起去吃了早餐。

他們下樓的時候，一起來的另外兩個同學也到了，看見白洛川都有點驚訝，其中一個女生笑道：「真是難得，跟你一起出來比賽這麼多次，還是頭一次見你起來吃早餐。」

白洛川隨意「嗯」了一聲，坐在那裡等。

女同學還想問他為什麼不去取餐點，就見米陽一個人端了兩個托盤過來，放了一個在白少爺面前，小聲問他：「不要咖啡了吧？牛奶怎麼樣，我看到那邊有熱的。」

白洛川點點頭，語氣好了些：「好。」

米陽端了兩杯牛奶過來，兩人都沒覺得哪裡不對，坐下開始吃飯。

女同學的視線在白洛川身上轉了轉，很快又移到米陽身上，大概是覺得米陽比較平易近人，說話又溫和，小聲跟他聊了兩句：「你是白洛川的弟弟嗎？」

米陽搖搖頭道：「不是，我們從小一起長大的。」

女同學道：「難怪，你們挺熟的吧？我看你一直在照顧他，你對他可真好。」

米陽笑了，「他對我也很好啊！」

女同學有點想像不出來，她是在半年前和白洛川一起參加比賽的，個人賽還好，團隊賽的時候白少爺可是沒把她當女生看待，該怎麼分配還是怎麼分配，做不好就黑臉，不過硬要說的話，對男生要求得更狠一些就是了。

女同學跟米陽交談這麼幾句的功夫，白洛川就來打斷了兩次，第一次是要米陽把手邊的方糖盒遞給他，第二次是嫌棄盒子裡面放的是黃糖，眉頭皺得死緊。

米陽又給他加了一塊，攪拌化開，低聲道：「一樣的，喝吧。」

白洛川這才喝了。

女同學在旁邊偷看兩眼，和白洛川視線撞到，立刻收回來專心吃自己的早餐，不敢再跟米陽聊下去了，只是她心裡在嘀咕，這兩人看起來也不知道是誰在管誰。白洛川脾氣大，但是米陽看起來一點都不怕他。

第一天的比賽很順利，晚上回來的時候白洛川在其他人面前沒說什麼，還是一副沉穩的樣子，只剩下他跟米陽兩個人時，他忍不住炫耀了一下自己壓中了題型，聽到米陽誇他一句，尾巴都要翹上天了。

晚上米陽跟著去吃飯，那幾個和白洛川一起參加比賽的同學在閒聊，有人開玩笑道：「聽說明天的實驗還有電視臺來拍攝，不知道會不會播出，搞不好我們也能上電視。」

白洛川有一搭沒一搭聽著，眼睛卻在看著那個跟米陽說話的女同學。女同學大概是早上和米陽交談過，晚上也坐下打了招呼。白洛川隱約聽到米陽說了句「家裡有個妹妹」，就看到那個女同學一副恍然大悟的樣子，帶了笑意道：「原來是這樣，難怪我跟你說話的時候特別放鬆，你平時是不是對你妹妹特別好呀？你對其他女生也這麼溫柔嗎？」

米陽還沒回答，就聽見旁邊傳來「嘶」一聲。

白洛川捂著自己的嘴巴，皺眉道：「好像咬破了，你幫我看看。」

米陽看了一眼，拿紙巾擦了一下就沾了血跡，這一口可咬得不輕，當下倒了一杯開水給他道：「怎麼咬到嘴巴了？」

白洛川含糊道：「不小心的。還是很痛，你再看看，傷口是不是很大？」

他一直要米陽看，聽著米陽說不礙事也不肯撒手，非說痛，直到米陽只跟他一個人說話才消停。他們兩個人說話時，倒是沒有剛才那麼大著舌頭喊痛了，話也說得利索很多。

過了一會兒，另一個女同學走過來打斷他們，白洛川特別不耐煩道：「幹麼啊？」

女同學很尷尬，她抱著一本書摳了摳書角，小聲道：「也沒什麼，我就是有個題目想再跟你確認一下計算步驟……」

白洛川道：「現在才想起這個？早幹麼去了？」

女同學臉都紅了，留也不是，走也不是。

米陽道：「現在也不晚啊，明天不是還要比賽，你去吧。」

白洛川道：「那你呢？」

米陽道：「我回房間等你，反正也沒什麼事，就看會兒書什麼的。」

白洛川想了一下，眼角餘光看到那個女同學在看米陽，立刻下意識側身擋了一下，點點頭道：「好吧，你回去就不要再出來了，外面冷，小心著涼。」

米陽答應了一聲，起身回房間去了。

他回去之後先在行李箱裡找了一下，每次出門的時候程青都會幫他準備一個小藥盒，放一些常備的藥在身邊，這次算是出遠門，準備得更齊全。米陽找了一瓶西瓜霜噴霧出來，這個是治療口腔潰瘍的，白洛川咬傷嘴角也能用到。

把藥放到桌上，米陽拿起昨天看的那本書繼續翻看。這本也是魏老師找來的。魏老師從邊城跟著他們回到滬市，悉心輔導。白洛川的天分居多，但他這邊更多的是依賴這位良師，如果沒有魏賢的話，他可能沒有今天這份成績。

重活一次，並不代表很多事都理所當然地會了。

米陽在滬市學校裡見過許多學生，他們很多人在起跑線上已經遠超普通小孩，或是天賦出眾，或是家境優越，但他們付出的努力也遠遠比普通人更多。米陽自認天賦普通，唯獨多了一份成年人的理智和沉穩，讓他可以靜下心來去踏踏實實地做事，因此有魏賢輔導的時候，他總是拿出十分的精力去努力學努力聽。

魏賢來了滬市之後，從那位教授好友手中搜刮了不少好東西，連修書的工具也給米陽找來一套。這會兒米陽看的就是那位教授整理準備要出版的一份書稿，是他帶隊去新疆搶救冊頁式拓本和絹畫的記錄，還拍了不少的照片。這份是整理出來要送去出版社的，被魏賢又多複印了一份拿來給米陽先睹為快。

關於修補具體案例的書米陽一直都很感興趣，他上一世是自己摸索的，接觸的少，現在簡直像打開新世界的大門，光是看著就恨不得自己也去吐魯番博物館親眼看看那些東西。

等到九點多白洛川才回來，米陽就放下書道：「我找到藥了。」

白洛川愣了一下才想起來是自己嘴巴有傷口，「哦，不用了，好得差不多了。」

米陽道：「那麼深的傷口怎麼可能一下子就好了？你過來噴藥，要不然明天早上又說痛，不肯吃東西了。」

白洛川想躲，但是房間就這麼小，實在沒辦法，只能被抓過去噴了一嘴藥粉，苦得他臉都皺起來。他剛開口要說話，米陽就道：「不能說話，就這樣含著吧，一晚就好了。」

白少爺修了一晚的閉口禪，翻來覆去睡不著，憋得難受。

第二天一早臨走又被米陽叫住，米陽看著他自己噴藥，這才點頭道：「可以走了。」

白洛川戴上圍巾，含糊道：「你等我回來，我中午就沒什麼事了，我們出去吃飯，下午再陪你買東西。」

米陽把手套拿給他，「嗯，加油啊！」

白洛川咧嘴笑了笑，兩根手指在眉毛那邊比劃了一下，有著少年人特有的意氣風發。

米陽上午看了半天的書，又躺在床上睡了一會兒，醒過來的時候覺得房間很冷，看了一下，果然空調停了，只有一點暖氣的餘溫，裹著被子都覺得冷。

他起來穿了厚衣服，打電話去櫃臺總機詢問。

總機客氣地致歉道：「真是非常對不起，目前全市限電，電梯也停止運轉了，我們會盡快恢復供電，要不要再給您送一床被子過去？」

米陽住在十七樓，加上昨天已經多要了一條棉被，就沒讓他們再送來。

他把衣服都穿好，想去喝點水，卻發現沒有熱水了，只能勉強喝一點冷的，但是隱約覺得喉嚨有些不舒服。

外面不時傳來救護車的聲音，最近的一次甚至都停在了飯店樓下。米陽起身站在窗邊往外看，全副武裝的醫護人員正用擔架抬著一個人從飯店出去，旁邊還有人舉著點滴，急匆匆把病人送上了救護車，但也只開走了一輛救護車，另一輛救護車還停留在原地，不斷有人進進出出，還有一些人拎著箱子慌亂地跑了出去。

這畫面相當熟悉，跟米陽記憶中的一些情景重疊，他的腦海中猛然浮現一個名詞——

ＳＡＲＳ，亦即嚴重急性呼吸道症候群，傳染性很強，可能會造成暴斃。更可怕的是，它的病原尚未確定，所以又被稱為「非典型肺炎」。

在米陽的印象裡，它是發生在夏天，最早的通報也是在五月前後，當時他人在山海鎮，學校放假兩個多月，他一直留在家中，並沒有很深的印象，只記得那年夏天所有人都留在家裡，還有消退不去的消毒水和醋的味道。

米陽看著外面已經有醫護人員開始消毒並拉起警戒線，眉頭皺得更深。或許是因為他太依賴上一世的記憶，反而沒有及早做出預防，實在太大意了。

房間裡的電話很快響起，是飯店櫃臺的人打來告知請他留在房間：「……是一位香港來的客人突然發燒，已經送去醫院，請您不要慌亂，留在房裡等候醫護人員去測量體溫，確認沒問題就給您辦理退房，損失由我們飯店承擔……」

米陽聽著她說完，冷靜道：「好的，我知道了。」

他先打了一個電話給白洛川，白洛川的手機關機，應該是還沒比賽完，手邊也沒有他們老師的手機號碼，只好先發了簡訊給白洛川，簡單說明情況，又叮囑道：「你們不要回飯店，直接回滬市。」

發完簡訊又打電話給程青，道：「媽，您聽我說，京城有『流感』，我們住的飯店有人發燒被送去醫院了，我沒有事，您不用擔心，只是還需要再隔離確認……對，我就在飯店裡，現在很安全，您在滬市等我回去。」

因為沒有任何新聞報導強調病毒的嚴重性，大家只當作是新型流感，每年春天都有，只是沒有隔離這麼嚴重，程青遲疑一下，問他道：「陽陽，要不要我過去陪你？」

米陽拒絕了：「您在家陪著小雪吧，我沒事，可以照顧好自己。」他頓了頓，又道：

「如果可以的話，再進一批藥吧，板藍根和小柴胡沖劑，還有消毒水、口罩一類的。你們一定要照顧好自己，也別讓小雪去幼稚園了。」

程青道：「小雪的身體比你還好呢，你每年春天都會感冒一次，這次又去北京，一下子冷那麼多……真不用媽媽過去陪你嗎？」

米陽道：「不用，你們在滬市，哪裡也不要去。」

等程青答應了，米陽才掛了電話。

他把手背放在額頭試了一下，覺得微微發燙。

隨身帶的醫藥盒裡有體溫計，他拿出來量了一下，幾分鐘後取出來看了一下，三七度五，是低燒，但依舊是發熱了。

米陽裹著被子，盡量取暖。他打電話到櫃檯，讓人送熱水來。吃了藥，又喝了一大杯熱開水，感覺略微好了些。

等到醫護人員來測量體溫的時候，略微降低了一點，是三十七度三了。

醫生聽著他說體溫下降過，放鬆了一點，但仍舊戴著厚厚的防護口罩站在門口詢問他這幾天的行程：「幾號到京城的？有沒有出去？都去過那裡？」

他問得很細，米陽一一答了，醫生又問他跟之前那個生病的人有過接觸沒有。

米陽搖頭道：「沒有，我一直都在房間，只去餐廳吃過飯，沒有離開過。」

醫生道：「不到三十八度，低熱而已，還不用去醫院，但也需要再觀察一下。請你留在房間裡，不要到處走動。」

米陽點頭答應了。

隨行的醫護人員給他留了一些藥，並且跟飯店人員說好讓人給米陽送飯放在門口。雖然沒有明說，但是人暫時是不能離開這個房間了。

米陽表現得還算鎮定，倒是來的醫生安撫地道：「很快就會過去的，大家體諒一下。」

米陽道：「應該的，您也辛苦了。」

醫生隔著防護口罩對他笑了笑，點點頭走了。

米陽記得非典時期醫護人員是最辛苦的，新聞裡還報導過犧牲了的醫生和護士，其中一個護士在被病毒感染後還一再表示願意在自己身上試驗新的治療方法，想為更多的生命爭取活下來的希望。這些奮鬥在一線的醫護人員，實在是很值得敬佩的。

米陽簡單吃過飯，身體暖和了些，隔了一會兒又給自己測量體溫，依舊維持在三十七度左右，應該只是著涼，沒什麼太大的問題。

米陽拿起藥看了一下，都是醫院裡普通的那些治療感冒的，還有一小袋消炎藥。他按照說明把藥吃了，剛把藥嚥下去，手機就響了，是白洛川打來的。

白洛川在比賽時全程關機，電視臺的人來拍攝，還被老師帶著去接受了一個訪問，手機開機得有些晚了，看到米陽發來的那些簡訊，他整個人都慌亂了，「你在哪兒？」

米陽道：「在飯店，我沒事，但是飯店現在限制出入，你們直接回滬市吧……」

白洛川打斷他道：「我知道了！」說完匆匆掛了電話。

這沒頭沒腦的一句話，讓米陽有點不安，再打過去的時候對方並不接。米陽心情有些沉重，加上藥效上來，眼皮沉得厲害，裹著被子睡著了。

幸虧昨天白洛川多要了一條被子，他現在都用上了。不知道是被子包太多，還是藥效厲害，米陽身上開始發熱，蜷縮在被子中昏昏沉沉地睡著，就算耳邊有聲響，也跟隔著一層似的，怎麼都醒不過來。

他一會兒模糊聽到有救護車的聲響，一會兒又聽到白洛川的聲音，還總夢到那個被醫生抬走的擔架上有人。大概是聽到白洛川的聲音，總疑心躺在上面被抬走的是他……心裡越是著急，身體越是動彈不得，喘氣都艱難。

「三十八度以上才算高燒，現在是三十七度五，對……沒有其他症狀。之前因為喉嚨痛也發熱過，他從小就這樣，換季的原因，不是第一次了……」

米陽昏昏沉沉的，聽到有人在身邊說話，聲音很熟悉，但是耳中嗡嗚，像是隔了一層似的，怎麼也聽不清楚。

他張了張嘴，喊道：「白洛川……」

聲音比他預想的要小很多也沙啞，那個人就走過來握著他的手，「醒了？還難受嗎？」

米陽想要喝水，還未等開口，溫熱的水就遞到唇邊。他閉著眼睛喝了幾口，稍微舒服一點了，點頭道：「好多了。」他被扶著坐起來，就看到白洛川去門口送走醫護人員，關了房門轉身回來坐在床邊，伸手試探他額頭的溫度。米陽躲了一下，還是被他的掌心覆蓋住額頭。

白洛川皺眉道：「還是有點熱。」

米陽問道：「你怎麼進來了？不是讓你先跟老師他們回去嗎？」

白洛川道：「老師讓我來照顧你。」

米陽看著他沒說話。

白洛川無奈道：「好吧，我自己偷溜進來的。我看警戒線有漏洞，就衝進來了。」

米陽被他弄得頭更疼了，「你這樣不行，一會兒就去跟樓下的人說要測一下體溫，看看能不能開一個健康證明，先出去再說。」

白洛川道：「我不走！」

米陽道：「別鬧了，下午被送到醫院去的人還沒確診，你不知道這裡有多危險……」

白洛川幫他披了一件衣服，「我開了空調，覺得暖和點沒有？要不要再調高一點？」

米陽道：「白洛川！」

白洛川抿唇看著他，眼睛裡有怒意，但壓低了聲音道：「我說了，我不走。」

米陽打開電視要給他看，現在報導的新聞還沒有那麼多，可陸續開始有了。換了幾個臺還沒有找到關於非典的新聞，白洛川把他手裡的遙控器拿走，站在床邊看著米陽，道：「我知道有多嚴重，來的路上我數了，過去了十二輛救護車。」

米陽看著他，張了張嘴，但是沒能說出話來。

白洛川俯身幫他把被子蓋嚴實，道：「我不會走的，樓下已經拉起警戒線了，剛才飯店的人來就是告訴我，至少要在這裡隔離十五天。」

米陽揉了揉眉心，好半天才點頭，「好吧，你把我的手機拿來，我跟家裡說一下。」

白洛川道：「打電話給程阿姨是吧？剛才你睡著的時候我打過了，我已經跟家裡說好了，你不用擔心這些。」

米陽身上沒力氣，坐一會兒又躺回去。

白洛川握著他的手，他動了動手指，問道：「嚇到大家了嗎？」

白洛川搖搖頭道：「滬市還沒這麼嚴重，她們只是說知道了。」

米陽「哦」了一聲，沒有多說什麼。

白洛川握著他的手更緊了些，小聲安撫道：「別怕。」

米陽其實沒有很害怕，畢竟上一世大概不到半年就控制住了疫情，大家慢慢恢復了正常的工作，但是現在的氣氛太過緊張凝重，他也沒辦法放鬆就是了。

晚上飯店的人送了飯來，放在門口，白洛川去取了端進來和米陽一起吃。他看著米陽食慾不太好，又打電話重新叫了一份粥，哄著米陽喝了半碗，才讓他吃藥睡下。

米陽原本沒有病得這麼嚴重，但是白天飯店電力經常中斷，室內忽冷忽熱的，他又是從南方過來，還沒有適應這裡的天氣，這才病得比以往重些。

白洛川按照醫生說的，每隔一段時間就幫米陽測量體溫，記錄在表格上。

到了半夜，米陽發起低燒，做了一個很長的夢。

夢裡的他長途跋涉，走了太久，累得腳都無法抬起來，一直想要尋找什麼，但是又叫不出那個東西的名字。直到在黑暗中走了很久看到微弱的光芒，他抬起頭，與那片火光凝視。

很熟悉，又很古怪的感覺，像是好朋友見面，又像是從來沒有看到過的一顆跳動著的血紅色火焰「心臟」。

他抬腳邁了一步，立刻就被席捲而來的火光包覆其中，入眼皆是炫目的紅。火焰席捲全身，卻小心沒有傷他分毫，狂舞著帶著按捺不住的喜意。米陽伸手碰了碰它，它當即纏住他的手腕，舔過他的掌心，略燙的溫度占有似的纏著他不放。

像是彼此都找到了歸宿，並不畏懼對方，有的只是親暱。

火焰纏得緊了，有些累，米陽動了動手指醒過來。

他躺了好一會兒才想起自己是在飯店，腰上是白洛川摟抱著他的手臂，沉甸甸地壓著不放，對方整個人也從背後纏過來，難怪他晚上做夢也不踏實。

米陽想著夢裡的事恍惚了一下，小聲道：「……原來是你啊！」

他背後睡著的人幾乎是瞬間就醒了，帶著厚重的鼻音問道：「你以為是誰？」

米陽笑了笑，掰開他的手指道：「我家少爺唄！」

後面的人哼了一聲，聽起來很不痛快。

米陽道：「你怎麼到我床上來了？別離我太近，小心傳染給你。」

白洛川沒聽他的，把人抱緊了一點，道：「你晚上一直喊冷，我把羽絨外套也給你蓋上，但你還是在發抖，我就上來了……你現在還冷嗎？」

米陽搖搖頭道：「不冷了。」

白洛川身體也跟著放鬆了一點，他拿了體溫計來給米陽，親眼看了溫度之後才徹底鬆了一口氣，去拿了表格來記錄，「好多了，三十六度九，不燒了。」

他開了床前的小燈，認真寫下那個數字。表格上寫了很多，基本上他每隔兩個小時就幫米陽測量一次，米陽注意到晚上十點之後是空白的，問道：「這裡怎麼沒記了？」

白洛川道：「我太睏了，就沒記。」

米陽道：「說謊，你晚上都很晚睡，從來沒十點睡過！」他看了看前面兩組慢慢升高的數字，明白過來，問他道：「我發燒了是不是？超過三十八度了對嗎？」

白洛川搖搖頭，把表格扔到一邊，抱著他道：「就差一點，我幫你量了好多次，一直不降溫。我想了很久，如果你超過三十八度怎麼辦？要是我打電話給醫院，你半夜被送上救護車就這樣走了，我該怎麼辦……」

米陽不怕，但是抱著他的人手臂在發抖，嘴裡還在逞強地道：「就算去醫院你也不用怕，要是你真的感染了ＳＡＲＳ，電視上說經常和病人接觸的人也會被傳染。到時我也被隔離，咱們就能繼續在一起。」

白洛川小聲但堅定地道：「我陪著你，你別害怕！」

米陽也抱了抱他，「我沒事了。」

他覺得再不抱抱眼前的這個人，這個人就要哭出來了。

（未完待續）

綺思館040

回檔1988 1

國家圖書館出版品預行編目資料

回檔1988 / 愛看天著. -- 初版. -- 臺北市 : 晴空,
城邦文化出版 : 家庭傳媒城邦分公司發行,
2019.08
　冊；　公分. --（綺思館040）
ISBN 978-957-9063-42-5（第1冊：平裝）
857.7　　108010476

作　　者　愛看天
封面繪圖　子　葉
責任編輯　施雅棠
國際版權　吳玲瑋　郭哲維
行　　銷　艾青荷　蘇莞婷　黃俊傑
業　　務　李再星　陳紫晴　陳美燕　馮逸華
編輯總監　劉麗真
總 經 理　陳逸瑛
發 行 人　涂玉雲
出　　版　晴空
　　　　　城邦文化事業股份有限公司
　　　　　104台北市中山區民生東路二段141號5樓
　　　　　電話：（886）2-2500-7696　傳真：（886）2-2500-1966
發　　行　英屬蓋曼群島商家庭傳媒股份有限公司城邦分公司
　　　　　104台北市中山區民生東路二段141號2樓
　　　　　書虫客服服務專線：(886)2-2500-7718；2500-7719
　　　　　24小時傳真服務：(886)2-2500-1990；2500-1991
　　　　　服務時間：週一至週五09:30-12:00；13:30-17:00
　　　　　郵撥帳號：19863813　戶名：書虫股份有限公司
　　　　　讀者服務信箱E-mail：service@readingclub.com.tw
晴空部落格　http://sky.ryefield.com.tw
香港發行所　城邦（香港）出版集團有限公司
　　　　　香港灣仔駱克道193號東超商業中心1樓
　　　　　電話：852-2508-6231　傳真：852-2578-9337
　　　　　E-mail：hkcite@biznetvigator.com
馬新發行所　城邦（馬新）出版集團【Cite(M)Sdn. Bhd.(45832U)】
　　　　　411, Jalan 30D/146, Desa Tasik,Sungai Besi, 57000 Kuala Lumpur, Malaysia.
　　　　　電話：(603) 9057-8822 傳真：(603) 9057-6622
　　　　　Email：cite@cite.com.my
美術設計　洸譜創意設計股份有限公司
印　　刷　沐春行銷創意有限公司
初版一刷　2019年07月25日
定　　價　380元
I S B N　978-957-9063-42-5

原著書名：《回档1988》，由北京晉江原創網絡科技有限公司授權出版。